Daniel Silva Das Attentat

Daniel Silva

Das Attentat

Thriller

Aus dem Amerikanischen von
Wulf Bergner

Pendo München Zürich

Die amerikanische Originalausgabe erschien 2012
unter dem Titel »The Fallen Angel«
bei HarperCollins, New York.

Von Daniel Silva liegen auf Deutsch außerdem vor:
Double Cross – Falsches Spiel
Der Maler
Der Botschafter
Der Auftraggeber
Der Engländer
Die Loge
Der Zeuge
Der Schläfer
Das Terrornetz
Das Moskau-Komplott
Gotteskrieger
Der Oligarch
Die Rembrandt-Affäre
Der Hintermann

FSC
www.fsc.org
MIX
Papier aus verantwortungsvollen Quellen
FSC® C014889

ISBN 978-3-86612-371-7

Satz: seitenweise, Tübingen
Gesetzt aus der Bembo
Druck und Bindung: Druckerei Pustet, Regensburg
Printed in Germany

Für Louis Toscano, der von Anfang an dabei war.
Und wie immer für meine Frau Jamie
und meine Kinder Lily und Nicholas.

Ich warne euch davor, Blut zu vergießen,
darin zu schwelgen und das
zur Gewohnheit werden zu lassen,
denn Blut schläft niemals.
Sultan Saladin

Teil I

Stadt der Toten

I

Vatikanstadt

Es war Nicolò Moretti, der Kustos des Petersdoms, der die Entdeckung machte, mit der alles begann. Das war um 6.24 Uhr morgens, aber wegen eines unbeabsichtigten Zahlendrehers wurde in der ersten offiziellen Mitteilung des Vatikans als Uhrzeit 6.42 Uhr angegeben. Diese war nur eine der zahlreichen großen und kleinen Fehlinformationen, aus denen man schloss, der Heilige Stuhl habe etwas zu verbergen, was auch tatsächlich der Fall war. Die römisch-katholische Kirche, sagte später ein bekannter Kirchenkritiker, sei nur noch einen Skandal vom Untergang entfernt. Was der Heilige Vater jetzt am wenigsten brauchen konnte, war eine Leiche im Vatikan, dem Herzen der Christenheit.

Nicolò Moretti hatte natürlich auch keinen Skandal erwartet, als er an diesem Morgen eine Stunde früher als gewöhnlich in den Petersdom kam. In seiner dunklen Hose und dem knielangen grauen Arbeitskittel war er kaum zu sehen, als er über den im Dunkel liegenden Petersplatz zu den Stufen des Doms hastete. Ein Blick nach rechts zeigte ihm, dass im zweiten Stock des Apostolischen Palasts Licht brannte. Seine Heiligkeit, Papst Paul VII., war schon wach. Moretti fragte sich, ob der Heilige Vater überhaupt geschlafen hatte. Im Vatikan gingen Gerüchte um, er leide derzeit an schwerer Schlaflosigkeit und verbringe die Nächte meist schreibend in seinem Arbeitszimmer oder gehe in den Vatikanischen Gärten spazieren. Das kannte der Kustos schon. Im Lauf der Zeit litten sie alle unter Schlaflosigkeit.

Moretti hörte Stimmen hinter sich, sah sich um und beobachtete, wie zwei Kuriengeistliche aus dem Halbdunkel auftauchten. Sie unterhielten sich angeregt und achteten nicht auf ihn, während sie in Richtung Heilige Pforte weitermarschierten und wieder mit den Schatten verschmolzen. Bei den römischen Kindern hießen sie *Bagarozzi* – schwarze Käfer. Auch Moretti hatte diesen Ausdruck in seiner Kindheit benutzt und war dafür von niemand Geringerem als Papst Pius XII. gescholten worden. Seitdem hatte er ihn nie wieder in den Mund genommen.

Moretti stieg die Stufen zum Dom hinauf und trat in den Portikus. Von hier führten fünf Portale ins Kirchenschiff, aber nur das Südportal außen links, das sogenannte Todesportal, war geöffnet. Dort stand Pater Jacobo, ein hagerer mexikanischer Geistlicher mit strohigem grauen Haar. Er trat zur Seite, um Moretti einzulassen, schloss dann die Tür und legte den massiven Sperrbalken vor. »Ich bin um sieben wieder hier, um Ihre Männer einzulassen«, sagte der Geistliche. »Seien Sie dort oben vorsichtig, Nicolò. Sie sind auch nicht mehr der Jüngste.«

Der Geistliche zog sich zurück. Moretti tauchte zwei Finger ins Weihwasser und bekreuzigte sich, bevor er durch das riesige Kirchenschiff weiterging. Wo andere vielleicht ehrfürchtig staunend stehen geblieben wären, bewegte Moretti sich mit der Vertrautheit eines Mannes, der das eigene Heim betritt. Als Chef der sogenannten *Sanpietrini,* der kirchlichen Haustechniker, betrat er seit siebenundzwanzig Jahren an sechs Tagen in der Woche frühmorgens den Petersdom. Es war Moretti und seinen Männern zu verdanken, dass die Basilika in himmlischem Licht erstrahlte, während die meisten anderen Dome und Kathedralen Europas in mystischem Halbdunkel lagen. Moretti sah sich nicht nur als Diener des Papsttums, sondern auch als Partner eines gemeinsamen Unternehmens. Den Päpsten war die Sorge für eine Milliarde Katholiken anvertraut, und Nicolò Moretti betreute die gewaltige Basilika, die ihre weltliche Macht symbolisierte. Vom Scheitelpunkt der Kuppel bis zu den Tiefen der Krypta kannte er jeden Quadratzentimeter der Kirche – ihre vierundvierzig Altäre, siebenundzwanzig Kapellen, achthundert Säulen, vierhundert Statuen und dreihundert Fenster. Er wusste, wo sie Risse hatte und wo sie undicht war. Er wusste, wann es ihr gut oder schlecht ging. Wenn die Basilika sprach, flüsterte sie in Nicolò Morettis Ohr.

Die riesenhaften Abmessungen des Petersdoms ließen normale Sterbliche schrumpfen, und so erinnerte Moretti in seiner Dienstkleidung auf dem Weg zum Papstaltar an einen zum Leben erweckten Fingerhut. Er beugte das Knie vor der Confessio, dann richtete er den Blick nach oben. Fast dreißig Meter über ihm befand sich der auf vier gedrehten Bronzesäulen ruhende majestätische Baldachin. An diesem Morgen war er teilweise durch ein Aluminiumgerüst verdeckt. Berninis Meisterwerk mit seinem Figurenschmuck und den kunstvoll gearbeiteten Oliven- und Lorbeerzweigen zog Staub und Weihrauch geradezu magisch an. Deshalb reinigten Moretti und seine Männer es jedes Jahr, und zwar eine Woche vor Beginn der Fastenzeit. Der Vatikan war ein Ort zeitloser Rituale, und auch für die Reinigung des Baldachins gab es eines. Moretti selbst hatte festgelegt, dass er das Gerüst als Erster besteigen werde, sobald es stehe. Den Blick von oben kannten nur wenige Menschen – und als Chef der *Sanpietrini* bestand Nicolò Moretti auf dem Vorrecht, ihn als Erster zu genießen.

Moretti stieg zum Kapitell der vorderen Säule hinauf, hakte seine Sicherheitsleine ein und kroch auf allen vieren den Baldachin hinauf. Den Scheitelpunkt bildete eine von einem Kreuz gekrönte Kugel auf vier Ständern. Dies war der heiligste Punkt der Basilika St. Peter, der sich in genau senkrechter Linie über dem Grab des Apostels Petrus befand.

Es symbolisierte die Grundidee, auf der das ganze Unternehmen basierte: Du bist Petrus, und auf diesen Felsen werde ich meine Kirche bauen. Als die ersten dämmrigen Lichtstrahlen das Innere der Basilika erhellten, konnte Moretti fast spüren, wie der Finger Gottes seine Schulter berührte.

Wie gewöhnlich verlor er dort oben jegliches Zeitgefühl. Als er später von der Vatikanpolizei befragt wurde, konnte er sich nicht genau erinnern, wie lange er schon auf dem Baldachin gewesen war, als er den Gegenstand unter sich entdeckte. Von Morettis hoher Warte aus glich er einem Vogel mit gebrochenen Flügeln. Er hielt ihn zunächst für etwas Harmloses: für eine von einem anderen *Sanpietrino* vergessene Plane oder vielleicht für ein Schultertuch, das eine Touristin verloren hatte. Die Besucher ließen dauernd irgendwelche Sachen liegen, darunter auch Dinge, die in einer Kirche nichts zu suchen hatten.

Trotzdem musste er sich diesen Gegenstand ansehen, und so kehrte Moretti vorsichtig um und begann den langen Abstieg. Unten im Querschiff erkannte er schon nach wenigen Schritten, dass dort keine Plane und erst recht kein Schultertuch lag. Als er näher kam, sah er auf dem Marmorboden seiner Basilika angetrocknetes Blut und ein Augenpaar, das mit so leerem Blick in die Kuppel starrte wie die vierhundert Statuen des Petersdoms. »Herr im Himmel«, flüsterte Moretti, als er durchs Kirchenschiff zurückhastete, »sei ihrer armen Seele gnädig.«

Von den Ereignissen, die unmittelbar auf Nicolò Morettis Entdeckung folgten, erfuhr die Öffentlichkeit nur wenig, denn sie fanden nach alter Vatikantradition unter striktester Geheimhaltung und mit einer Prise jesuitischer Listigkeit statt. Beispielsweise sollte niemand außerhalb der Mauern jemals wissen, dass Moretti als Erstes den Kardinalrektor des

Petersdoms aufsuchte: einen strengen Kölner mit gesundem Selbsterhaltungstrieb. Der Kardinal war erfahren genug, um potenzielle Unannehmlichkeiten zu wittern, weshalb er den Vorfall nicht der Polizei meldete, sondern stattdessen den wahren Hüter des Gesetzes im Vatikan verständigte.

So kam es, dass Nicolò Moretti fünf Minuten später Zeuge einer sehr ungewöhnlichen Szene wurde, als der Privatsekretär Seiner Heiligkeit Papst Pauls VII. die Taschen der Toten auf dem Marmorboden der Basilika durchsuchte. Der Monsignore nahm einen einzigen Gegenstand mit, als er in den Apostolischen Palast zurückkehrte. Es würde zwei parallele Ermittlungen geben müssen, beschloss er in seinem Arbeitszimmer – eine für die Öffentlichkeit bestimmte, die andere für ihn selbst. Und damit die privaten Nachforschungen Erfolg hätten, würden sie von einem besonders vertrauenswürdigen Ermittler angestellt werden müssen. Wenig überraschend war, dass der Monsignore als seinen Inquisitor einen Mann wählte, der große Ähnlichkeit mit ihm selbst hatte. Einen gefallenen Engel in Schwarz. Einen Sünder in der Stadt der Heiligen.

2

Piazza di Spagna, Rom

Der Restaurator zog sich lautlos und im Dunklen an, um die Frau nicht zu wecken. Wie sie mit ihrem zerzausten rotbraunen Haar und den sinnlich vollen Lippen dalag, erinnerte sie ihn an Modiglianis *Liegenden Akt*. Er legte eine geladene Beretta neben sie aufs Bett. Dann zog er die Steppdecke etwas herunter, bis ihre schweren Brüste sichtbar wurden. Das Meisterwerk war perfekt.

Irgendwo in der Nähe läutete eine Kirchenglocke. Aus dem Bett kam eine warme Hand hervor und zog den Restaurator herab. Die Frau küsste ihn wie immer mit geschlossenen Augen. Ihr Haar duftete nach Vanille. Auf ihren Lippen schmeckte er noch eine Spur von dem Wein, den sie am Vorabend in einem Restaurant auf dem Aventinischen Hügel getrunken hatten. Sie ließ ihn los, murmelte etwas Unverständliches und schlief wieder ein. Der Restaurator deckte sie zu. Dann steckte er eine weitere Beretta hinten in den Hosenbund seiner Jeans und verließ leise die Wohnung.

Unten glänzte der Asphalt der Via Gregoriana im ersten Morgenlicht wie ein frisch gefirnisstes Gemälde. Der Restaurator blieb noch einen Augenblick im Hauseingang stehen und gab vor, auf sein Handy zu sehen. Er brauchte nur wenige Sekunden, um den Mann in dem Lancia zu entdecken, der ihn beobachtete. Der Restaurator winkte ihm freundlich zu, unter Profis eine schlimme Beleidigung, und ging in Richtung der Kirche Trinità dei Monti davon.

Oben an der Spanischen Treppe fütterte eine alte Frau mit Kopftuch und in schäbigem Mantel ein Rudel abgemagerter Katzen, die ihr um die Füße strichen. Sie beobachtete den Restaurator misstrauisch, als er an ihr vorbei zur Piazza hinunterging. Er war knapp einen Meter siebzig groß und hatte den sehnigen Körperbau eines Radrennfahrers. Sein Gesicht war lang und schmal mit hohen Wangenknochen und einer wie aus Holz geschnitzten schmalen Nase. Die Augen leuchteten fast unnatürlich grün, sein Haar war schwarz und an den Schläfen grau meliert. Seinem Gesicht war nicht anzusehen, aus welchem Land er stammte, und der Restaurator war sprachbegabt genug, um diese Tatsache entsprechend nutzen zu können.

In seiner langen Karriere hatte er in Italien und anderswo unter zahlreichen Decknamen und Nationalitäten gearbeitet. Die italienischen Sicherheitsbehörden, die seine Biografie kannten, hatten ihm die Einreise verbieten wollen, sie aber nach dezenter Intervention des Heiligen Stuhls doch gestattet. Aus nie ganz geklärten Gründen war der Restaurator vor einigen Jahren im Vatikan gewesen, als dieser von islamischen Terroristen angegriffen worden war. An jenem Tag waren über siebenhundert Menschen umgekommen, darunter vier Kardinäle und acht Kurienbischöfe. Der Heilige Vater selbst war nur leicht verwundet worden. Auch er hätte unter den Opfern sein können, hätte der Restaurator ihn nicht im letzten Moment vor einem Geschoss in Sicherheit gebracht.

Die Italiener hatten an die Rückkehr des Restaurators zwei Bedingungen geknüpft: Er müsse unter seinem Klarnamen im Land leben und damit einverstanden sein, gelegentlich überwacht zu werden. Die erste Bedingung akzeptierte er mit gewisser Erleichterung, denn nach einem Leben auf geheimen Schlachtfeldern sehnte er sich danach, seine vielen Decknamen abzulegen und ein andeutungsweise normales Leben zu führen. Die zweite Bedingung hatte sich jedoch als lästig erwiesen. Zu seiner Beschattung wurden nämlich junge Agenten in der Ausbildung eingeteilt. Anfangs war der Restaurator fast beleidigt gewesen – bis er erkannte, dass er als Übungsobjekt eines Meisterkurses in Überwachungstechniken diente. Er tat seinen Studenten den Gefallen, sie gelegentlich abzuschütteln, behielt aber einige seiner besten Tricks in Reserve – für den Fall, dass die Umstände ihn zwingen sollten, durch die Maschen des italienischen Netzes zu schlüpfen.

So kam es, dass er auf seinem Weg durch die noch ruhigen Straßen Roms von nicht weniger als drei Jungagenten des italienischen Geheimdiensts beschattet wurde. Seine Route, die ihn nach Westen durch die Stadt führte und wie üblich am Annentor endete, dem Geschäftseingang des Vatikans, stellte sie vor wenig Herausforderungen und brachte keinerlei Überraschungen. Weil der Restaurator dort theoretisch eine internationale Grenze überschritt, blieb den Beschattern nichts anderes übrig, als ihn der Obhut der Schweizergardisten zu überlassen, die ihn nach einem kurzen Blick auf seinen Dienstausweis einließen.

Der Restaurator verabschiedete sich von den Beschattern, indem er seine Mütze lüftete, dann folgte er der Via Belvedere – vorbei an der buttergelben St.-Annen-Kirche, der Druckerei des Vatikans und der Zentrale der Vatikanbank. An der Hauptpost wandte er sich nach rechts und durchschritt mehrere Innenhöfe, bis er eine unbezeichnete Tür erreichte. Dahinter lag ein winziger Vorraum, in dem ein Gendarm des Vatikans in einem Glaskasten saß.

»Wo ist Ihr Kollege, der sonst hier Dienst tut?«, fragte der Restaurator in perfektem Italienisch.

»Lazio hat gestern Abend gegen Milan gespielt«, antwortete der Gendarm apathisch und zuckte mit den Schultern.

Er zog den Dienstausweis des Restaurators durch den

Kartenleser und bedeutete ihm, durch die Sicherheitsschleuse zu gehen. Als das Gerät schrill piepste, blieb der Restaurator stehen und nickte müde zum Computer des Gendarmen hinüber. Auf dem Bildschirm erschien neben dem Passfoto des Restaurators eine Sonderanweisung vom Chef des vatikanischen Sicherheitsdiensts. Der Gendarm las sie zweimal, um sicherzugehen, dass er sie auch richtig verstanden hatte. Als er wieder aufsah, starrte er direkt in die ungewöhnlich grünen Augen des Restaurators. Irgendetwas an seinem ruhigen Gesichtsausdruck, vielleicht die Andeutung eines schelmischen Lächelns, ließ den Gendarmen unwillkürlich schaudern. Er wies mit dem Kopf zur nächsten Doppeltür und beobachtete aufmerksam, wie der Restaurator sie geräuschlos öffnete und durchschritt.

Dann stimmt das Gerücht also, dachte der Gendarm: Gabriel Allon, berühmter Restaurator von Altmeistergemälden, israelischer Spion und Auftragskiller im Ruhestand sowie Retter des Heiligen Vaters, war in den Vatikan zurückgekehrt. Mit einem einzigen Tastenbefehl entfernte er die Datei vom Bildschirm. Dann bekreuzigte er sich und sprach erstmals seit Jahren wieder das Reuegebet. Eine merkwürdige Reaktion, fand er selbst, denn seine einzige Sünde war Neugier gewesen, und die würde ihm bestimmt vergeben werden. Schließlich passierte es nicht jeden Tag, dass ein einfacher Gendarm im Vatikan eine lebende Legende zu Gesicht bekam.

Die Leuchtstoffröhren summten leise, als Gabriel das Konservierungslabor der Vatikanischen Pinakothek betrat. Wie gewöhnlich kam er als Erster. Er schloss die Tür, wartete das beruhigende Klicken der automatischen Verriegelung ab und ging dann an einer langen Reihe von Schränken vorbei, bis er zu den schwarzen Vorhängen kam, die den rückwärtigen Teil des Raums abschlossen. Ein kleines Schild verwies darauf, dass der Zutritt zu diesem Bereich streng verboten sei.

Gabriel schlüpfte durch die Vorhänge, trat an den Werkzeugwagen und überprüfte die Position seines Materials. Die Behälter mit Pigmenten und Malmitteln standen so da, wie er sie zurückgelassen hatte. Unverändert war auch die Position seiner Zobelhaarpinsel von Winsor & Newton, darunter auch die des Pinsels mit einem Tropfen Azurblau an der Spitze, den er immer in einem Winkel von genau dreißig Grad über die anderen legte. Alles zusammen bestätigte, dass das Reinigungspersonal der Versuchung widerstanden hatte, seinen Arbeitsplatz zu betreten. Dass seine Kollegen ähnlich zurückhaltend gewesen waren, bezweifelte er allerdings. Tatsächlich wusste er aus zuverlässiger Quelle, dass seine winzige Enklave der Espressomaschine im Pausenraum den Rang als beliebtester Treffpunkt des Museumspersonals abgelaufen hatte.

Er zog seine Lederjacke aus und schaltete zwei Halogenlampen ein. *Die Grablegung Christi,* nach weit verbreiteter Ansicht das beste Werk Caravaggios, leuchtete in dem starken weißen Licht. Gabriel stand mehrere Minuten lang mit leicht zur Seite geneigtem Kopf vor dem riesigen Altarbild. Nikodemus, muskulös und barfuß, schien den Blick des Betrachters zu erwidern, während er den blassen Leichnam Christi behutsam auf die Steinplatte legte, auf der er für die Beisetzung vorbereitet werden sollte. Behilflich war ihm der Apostel Johannes, der, um seinen geliebten Lehrer ein letztes Mal zu berühren, in dessen Seitenwunde griff. Die beiden Männer wurden von der Muttergottes und Maria Magdalena schweigend beobachtet, während im Hintergrund die Maria des Kleophas verzweifelt die Arme gen Himmel reckte. Ein Gemälde voller Trauer und Zärtlichkeit, das durch Caravaggios revolutionären Gebrauch von Licht besonders wirkungsvoll war. Selbst Gabriel, der seit

Wochen daran arbeitete, hatte ständig das Gefühl, ungewollt einen Augenblick intimen Schmerzes zu stören.

Das Altarbild war im Lauf der Jahre nachgedunkelt, vor allem am linken Rand, wo früher der Eingang des Grabes deutlich zu sehen gewesen war. Manche im italienischen Kunstestablishment – darunter auch Giacomo Benedetti, der berühmte *Caravaggisto* vom Istituto Centrale per il Restauro – fragten sich, ob es richtig sei, das Grab wieder hervorzuheben. Benedetti hatte sich gezwungen gesehen, sich in der Zeitung *La Repubblica* dazu zu äußern, weil der beauftragte Restaurator unverständlicherweise darauf verzichtet hatte, vor Arbeitsbeginn seinen Rat einzuholen. Außerdem fand Benedetti es befremdlich, dass das Museum sich weigerte, den Namen des Restaurators bekannt zu geben. Die Zeitungen veröffentlichten tagelang flammende Appelle, der Vatikan solle endlich sein Schweigen brechen. Wie sei es möglich, schäumten sie, einen nationalen Kunstschatz wie *Die Grablegung Christi* einem Mann ohne Namen anzuvertrauen?

Dieser Sturm im Wasserglas klang schließlich ab, als Antonio Calvesi, der Chefkonservator des Vatikans, mitteilte, der Restaurator sei ein Mann mit makellosen Referenzen, dem der Heilige Stuhl bereits zwei meisterhafte Restaurierungen verdanke: Guido Renis *Kreuzigung des hl. Petrus* und Nicolas Poussins *Martyrium des hl. Erasmus*. Allerdings verschwieg Calvesi, dass beide Restaurierungen, die in einer abgelegenen Villa in Umbrien vorgenommen worden waren, sich verzögert hatten, weil der Restaurator zwischendurch für den israelischen Geheimdienst im Einsatz gewesen war.

Gabriel hatte gehofft, auch den Caravaggio irgendwo auf dem Land restaurieren zu können, aber Calvesis Entscheidung, das Gemälde müsse im Vatikan bleiben, ließ ihm keine andere Wahl, als hier im Labor inmitten der Festangestellten zu arbeiten. Er stand im Mittelpunkt intensiver

Neugier, aber das war nicht anders zu erwarten gewesen. Sie hatten ihn viele Jahre lang für einen ungewöhnlich begabten, wenn auch launischen Restaurator namens Mario Delvecchio gehalten – um nun zu erfahren, dass er jemand ganz anderes war. Immerhin ließen sie sich nichts anmerken, falls sie sich getäuscht fühlen mochten.

Tatsächlich behandelten sie ihn mit dem Zartgefühl, das Menschen angeboren zu sein scheint, die beschädigte Dinge wieder instand setzen. In seiner Anwesenheit waren sie leise, sie respektierten sein Bedürfnis, ungestört zu arbeiten, und sahen ihm nie lange in die Augen, als fürchteten sie, was darin zu finden sein mochte. Sprachen sie ihn an, was selten vorkam, blieben ihre Bemerkungen auf allgemeine Höflichkeiten oder Kunstthemen beschränkt. Und wenn es in Bürogesprächen um Themen wie Nahostpolitik ging, verzichteten sie auf scharfe Kritik an seinem Heimatland. Nur Enrico Bacci, der für die Restaurierung des Caravaggios getrommelt hatte, war aus moralischen Gründen gegen Gabriels Anwesenheit. Er bezeichnete den schwarzen Vorhang als »Grenzzaun« und hängte ein Poster mit der Forderung »Befreit Palästina!« an die Wand seines winzigen Büros.

Gabriel kippte einen kleinen Schuss Mowolith 20 Medium auf seine Palette, fügte einige Körner Trockenpigment hinzu und verdünnte die Mischung mit Acrosolve, bis die gewünschte Konsistenz und Leuchtkraft erreicht war. Dann setzte er seine Lupenbrille auf und konzentrierte sich auf die rechte Hand Christi. Seit Tagen versuchte er, einige Abschürfungen an den Fingerknöcheln zu reparieren. Caravaggio hatte fünf andere Versionen des Werks gemalt, bevor er diese im Jahr 1604 fertiggestellt hatte. Im Gegensatz zu seiner vorhergehenden Auftragsarbeit – der *Tod Mariens* wurde schon bald wieder aus der Kirche Santa Maria della Scala entfernt – galt *Die Grablegung* sofort als Meisterwerk, und Caravaggios Ruhm verbreitete sich in ganz Europa. Im

Jahr 1797 wurde Napoleon Bonaparte, einer der größten Kunsträuber der Geschichte, auf das Gemälde aufmerksam und ließ es über die Alpen nach Paris karren. Dort blieb es, bis es 1817 zurückgegeben und in die Gemäldesammlung des Vatikans aufgenommen wurde.

Einige Stunden lang hatte Gabriel das Labor für sich allein. Erst gegen zehn Uhr hörte er die Schlösser einrasten, bevor Enrico Baccis schwere Schritte erklangen. Nach ihm kam Donatella Ricci, eine auf die Frührenaissance spezialisierte Restauratorin, die im Flüsterton mit den ihr anvertrauten Gemälden sprach. Als Nächster traf Tommaso Antonelli ein, einer der Stars bei der Restaurierung der Sixtinischen Kapelle, der auf Kreppsohlen so leise wie ein nächtlicher Dieb durchs Labor schlich.

Um halb elf hörte Gabriel dann das typische Geräusch von Antonio Calvesis handgenähten Schuhen auf dem Linoleumboden. Einige Sekunden später kam Calvesi durch die schwarzen Vorhänge gewirbelt wie ein Matador. Mit seiner in die Stirn fallenden Locke und der stets gelockerten Krawatte sah er aus, als wäre er auf dem Weg zu einem lästigen Termin. Er setzte sich auf einen hohen Hocker und knabberte nachdenklich am Bügel seiner Lesebrille, während er Gabriels Arbeit begutachtete.

»Nicht übel«, sagte er ehrlich bewundernd. »Warst du das – oder ist Caravaggio vorbeigekommen, um die Ausbesserung selbst vorzunehmen?«

»Ich habe ihn um Hilfe gebeten«, antwortete Gabriel, »aber er konnte nicht kommen.«

»Wirklich? Wo war er denn?«

»Im Gefängnis Tor di Nona. Offenbar ist er auf dem Campo Marzio mit blankem Degen herumgelaufen.«

»Schon wieder?« Calvesi beugte sich etwas nach vorn. »An deiner Stelle würde ich überlegen, ob das Craquelé am rechten Zeigefinger wiederhergestellt werden sollte.«

Gabriel schob die Lupenbrille hoch und bot Calvesi seine Palette an. Der Italiener wies sie lächelnd zurück. Obwohl er selbst ein begabter Restaurator war – in ihrer Jugend waren die beiden sogar Konkurrenten gewesen –, hatte er seit vielen Jahren nicht mehr praktisch gearbeitet. Heutzutage verbrachte Calvesi den größten Teil seiner Arbeitszeit mit der Suche nach Geldquellen. Trotz seiner irdischen Reichtümer war der Vatikan für den Unterhalt seiner außergewöhnlichen Kunst- und Antiquitätensammlungen auf fremdes Geld angewiesen. Auch Gabriels kümmerliches Honorar betrug nur einen Bruchteil dessen, was er bei privaten Restaurierungen verdiente. Das war jedoch ein geringer Preis für die einmalige Chance, ein Meisterwerk wie *Die Grablegung* restaurieren zu dürfen.

»Glaubst du, dass du irgendwann damit fertig wirst?«, fragte Calvesi. »Ich möchte es zur Heiligen Woche wieder in der Galerie haben.«

»Wann ist die dieses Jahr?«

»Ich werde so tun, als hätte ich das nicht gehört.« Calvesi spielte geistesabwesend mit den Utensilien auf Gabriels Wagen.

»Hast du irgendwas auf dem Herzen, Antonio?«

»Einer unserer wichtigsten Gönner besucht morgen das Museum. Ein Amerikaner. Stinkreich. Einer von den Leuten, die dazu beitragen, dass wir hier arbeiten können.«

»Und?«

»Er möchte gern den Caravaggio sehen. Und er hat gefragt, ob jemand bereit wäre, ihm einen kurzen Vortrag über die Restaurierung zu halten.«

»Hast du wieder Aceton geschnüffelt, Antonio?«

»Darf er ihn nicht wenigstens *sehen*?«

»Nein.«

»Warum nicht?«

Gabriel betrachtete einen Augenblick lang schweigend

das Gemälde. »Weil es ihm gegenüber nicht fair wäre«, sagte er schließlich.

»Dem Gönner gegenüber?«

»Nein, Caravaggio. Die Restaurierung soll unser kleines Geheimnis bleiben, Antonio. Unser Job ist es, unsichtbar zu bleiben und unter Ausschluss der Öffentlichkeit zu arbeiten.«

»Was ist, wenn ich Caravaggio selbst um Erlaubnis bitte?«

»Frag ihn lieber nicht, wenn er gerade seinen Degen in der Hand hat.« Gabriel setzte die Lupenbrille wieder auf und arbeitete weiter.

»Weißt du, Gabriel, du bist genau wie er. Stur, eingebildet und viel begabter, als dir guttut.«

»Kann ich sonst noch irgendwas für dich tun?«, fragte Gabriel und klopfte ungeduldig mit dem Pinsel an die Palette.

»Nicht für mich«, antwortete Calvesi, »aber du sollst in die Kapelle kommen.«

»Welche Kapelle?«

»Die einzige, die wichtig ist.«

Gabriel wischte den Pinsel ab und legte ihn sorgfältig an seinen Platz zurück.

Calvesi lächelte. »Du hast einen weiteren Charakterzug mit unserem Freund Caravaggio gemein.«

»Welchen denn?«

»Du leidest unter Verfolgungswahn.«

»Caravaggio hatte gute Gründe, paranoid zu sein. Genau wie ich.«

3

Sixtinische Kapelle, Vatikan

Die 548 Quadratmeter große Sixtinische Kapelle ist vermutlich das meistbesuchte Gebäude Roms. Tagtäglich strömen mehrere Tausend Touristen durch ihre eher schlichten Türen und verrenken sich die Hälse, um die herrlichen Fresken an Wänden und Decken zu bewundern. Dabei werden sie von blau uniformierten Gendarmen überwacht, die nur die Aufgabe zu haben scheinen, ständig um *Silenzio* zu bitten. Ganz allein in der Kapelle zu stehen bedeutet jedoch, sie so zu erleben, wie Papst Sixtus IV., ihr Namensgeber, es beabsichtigt hatte. Bei gedämpftem Licht meint man fast, die Streitigkeiten früherer Konklaven zu hören oder Michelangelo auf seinem Gerüst zu sehen, wie er mit einigen Pinselstrichen *Die Erschaffung Adams* fertigstellt.

Die Westwand der Kapelle nimmt das zweite sixtinische Meisterwerk des Künstlers ein, *Das Jüngste Gericht*. Es wurde dreißig Jahre nach den Deckenfresken begonnen und zeigt die Apokalypse und die Wiederkunft Christi, bei der sich die Menschenseelen in einem Wirbel aus Farbe und Schmerz erheben oder aber fallen, um ihren ewigen Lohn oder die ewige Strafe zu erhalten.

Dieses Fresko sehen die Kardinäle als Erstes, wenn sie die Kapelle betreten, um einen neuen Papst zu wählen, und an diesem Morgen schien es die ganze Aufmerksamkeit eines einzelnen Geistlichen zu beanspruchen. Er war groß und schlank, sah blendend aus und trug eine maßgeschneiderte schwarze Soutane mit purpurroter Schärpe von einem Schneider in der Nähe des Pantheons. Seine dunklen Augen kündeten von scharfer, kompromissloser Intelligenz, während sein energisches Kinn darauf schließen ließ, dass es gefährlich sein konnte, sich mit ihm anzulegen, was auch die Wahrheit war. Monsignore Luigi Donati, Privatsekretär Seiner Heiligkeit Papst Pauls VII., hatte im Vatikan kaum Freunde, nur gelegentliche Verbündete und Erzrivalen. Diese nannten ihn oft »einen kirchlichen Rasputin«, »die wahre Macht hinter dem päpstlichen Thron« oder »den schwarzen Papst« – ein wenig schmeichelhafter Hinweis auf seine Vergangenheit als Jesuit. Donati störte das nicht. Obwohl er eifrig Ignatius und Augustinus studiert hatte, neigte er dazu, sich Rat bei dem weltlichen Philosophen Machiavelli zu holen, der einmal gesagt hatte, für einen Fürsten sei es besser, gefürchtet als geliebt zu werden.

Zu den vielen Verfehlungen Donatis, zumindest in den Augen einiger Angehöriger des geschwätzigen päpstlichen Hofs, gehörte seine ungewöhnliche Freundschaft mit dem berüchtigten Spion und Auftragskiller Gabriel Allon. Ihre Partnerschaft trotzte Geschichte und Glauben: Donati, der Soldat Christi, und Gabriel, ein Mann der Kunst, dem der Zufall seiner Geburt ein geheimes Leben voller Gewalt aufgezwungen hatte. Trotz dieser offensichtlichen Unterschiede hatten sie viel gemeinsam. Beide lebten nach hohen moralischen Prinzipien, und beide glaubten, wichtige Dinge ließen sich am besten privat abhandeln. Im Lauf ihrer langen Freundschaft hatte Gabriel den Vatikan beschützt, aber auch einige seiner dunkelsten Geheimnisse aufgedeckt – und Donati war sein williger Komplize gewesen. So hatten die beiden Männer viel dazu beigetragen, die belasteten Beziehungen zwischen den Katholiken der Welt und den Juden, ihren entfernten spirituellen Verwandten, zu entspannen.

Gabriel blieb wortlos neben Donati stehen und betrachtete *Das Jüngste Gericht*. Fast in der Bildmitte, neben dem linken Fuß Christi, befand sich eines der beiden Selbstporträts, die Michelangelo in den Fresken versteckt hatte. Er hatte sich als der heilige Bartholomäus dargestellt, der seine abgezogene Haut in den Händen hielt – eine nicht gerade subtile Antwort auf zeitgenössische Kritiker seiner Arbeit.

»Ich nehme an, dass Sie schon mal hier waren«, sagte Donati, dessen sonore Stimme durch die Kapelle hallte.

»Nur einmal«, erwiderte Gabriel nach kurzer Pause. »Im Herbst 1972, lange vor der Restaurierung. Damals war ich als angeblicher deutscher Student in Europa unterwegs. Ich bin nachmittags hergekommen und geblieben, bis die Aufseher mich zum Gehen genötigt haben. Am nächsten Tag …«

Er brachte den Satz nicht zu Ende. Am Tag danach hatte Gabriel, dem Michelangelos Vision vom Ende der Welt noch deutlich vor Augen stand, ein tristes Mietshaus an der Piazza Annibaliano betreten. Vor dem Aufzug hatte ein hagerer Palästinenser namens Wadal Zwaiter mit einer Flasche Feigenwein in der einen Hand und einem Exemplar von *Tausendundeine Nacht* in der anderen gewartet. Der Palästinenser gehörte der Terrororganisation Schwarzer September an, die das Münchner Olympiamassaker verübt hatte, und war dafür in einem Geheimprozess zum Tod verurteilt worden. Gabriel hatte Zwaiter ruhig aufgefordert, laut seinen Namen zu sagen. Dann hatte er elf Schüsse auf ihn abgegeben – einen für jeden der in München ermordeten Israelis.

In den folgenden Monaten hatte Gabriel weitere fünf Angehörige des Schwarzen Septembers hingerichtet, was der Auftakt zu einer ruhmreichen Laufbahn gewesen war, die weit länger gedauert hatte, als er jemals beabsichtigt hatte. Im Auftrag des legendären Chefspions Ari Schamron hatte er eines der berühmtesten Unternehmen in der Geschichte des israelischen Geheimdiensts durchgeführt. Jetzt war er müde und angeschlagen nach Rom zurückgekehrt, wo alles begonnen hatte. Einer der wenigen Menschen, denen er vertrauen konnte, war ein katholischer Geistlicher namens Luigi Donati.

Gabriels Blick wanderte durch den rechteckigen Raum mit Fresken von Botticelli und Perugino zu dem dickbäuchigen kleinen Ofen hinüber, in dem bei Konklaven die Stimmzettel verbrannt wurden. Dann rezitierte er: »›Das Haus aber, das der König Salomo dem Herrn baute, war sechzig Ellen lang, zwanzig Ellen breit und dreißig Ellen hoch.‹«

»Das erste Buch der Könige«, sagte Donati. »Kapitel sechs, Vers zwei.«

Gabriel sah an die Decke. »Ihre Vorväter haben dieser eher schlichten Kapelle nicht ohne Grund genau die Abmessungen von Salomos Tempel gegeben. Aber weshalb? Wollten sie damit die Juden als ihre älteren Brüder ehren? Oder damit verkünden, das alte Gesetz sei durch ein neues ersetzt und der alte Tempel mitsamt dem Allerheiligsten nach Rom versetzt worden?«

»Vielleicht war es etwas von beidem«, erwiderte Donati philosophisch.

»Wie diplomatisch von Ihnen, Monsignore.«

»Ich bin von Jesuiten ausgebildet worden. Vernebelung ist unsere Stärke.«

Gabriel sah auf seine Armbanduhr. »Merkwürdig, dass die Kapelle um diese Zeit noch leer ist.«

»Ja«, sagte Donati geistesabwesend.

»Wo sind die Touristen, Luigi?«

»Im Augenblick sind nur die Museen fürs Publikum geöffnet.«

»Warum?«

»Wir haben ein Problem.«

»Wo?«

Donati neigte stirnrunzelnd den Kopf nach links.

Das Treppenhaus, das vom Prunk der Sixtinischen Kapelle in die prächtigste Kirche der Christenheit führt, ist eine hässliche graugrüne Röhre mit glatten Betonwänden. Auf diesem Weg gelangten Gabriel und Donati unweit der Kapelle der Pietà in den Petersdom. In der Mitte des Kirchenschiffs bedeckte eine gelbe Plane etwas, das unverkennbar eine Leiche war. Vor ihr standen zwei Männer, die Gabriel bereits kannte. Der eine war Oberst Alois Metzler, Kommandant der Schweizergarde. Der andere war Lorenzo Vitale, Chef des Corpo della Gendarmeria, der hundertdreißig Mann starken Vatikanpolizei. In seinem früheren Leben hatte Vitale als Angehöriger der Guardia di Finanza gegen korrupte Beamten ermittelt. Metzler war ein pensionierter Schweizer Offizier. Sein Vorgänger Karl Brunner war bei einem Terroranschlag der al-Qaida auf den Vatikan ums Leben gekommen.

Die beiden Männer beobachteten Gabriel Allon, wie er das Kirchenschiff an der Seite des zweitmächtigsten Mannes der katholischen Kirche durchquerte. Metzler war sichtlich ungehalten, als er Gabriel mit der kalten Präzision eines Schweizer Chronometers die Hand gab und dabei nur knapp nickte. Er war groß und breitschultrig wie Donati, der Allmächtige hatte ihm jedoch das faltige Gesicht eines Bluthunds gegeben. Zu seinem dunkelgrauen Anzug trug er ein weißes Oberhemd und die silberne Krawatte eines Bankiers. Eine kleine randlose Brille vergrößerte seine blauen Augen, denen fast nichts entging. Der Oberst hatte Freunde in Schweizer Geheimdienstkreisen und wusste deshalb von Gabriels Unternehmen auf dem Boden seines Heimatlands.

Oberst Metzlers Anwesenheit im Petersdom war bemerkenswert. Streng genommen fielen Leichen im Vatikan in die Zuständigkeit der Gendarmen und nicht der Schweizergarde – außer sie tangierten die Sicherheit des Heiligen

Vaters, versteht sich. War das der Fall, konnte Metzler seine Nase überall hineinstecken. Fast überall, dachte Gabriel, denn hinter den Mauern des Vatikans gab es Orte, die nicht einmal der Kommandant der Palastwache betreten durfte.

Donati wechselte einen Blick mit Vitale, dann wies er den Polizeichef an, die Plane zu entfernen. Die Tote musste aus großer Höhe gestürzt sein, denn vor ihnen lag ein zerschmetterter Körper mit zahllosen Knochenbrüchen und zerfetzten Organen. Erstaunlicherweise war das attraktive Gesicht weitgehend intakt. Auch der Dienstausweis, den sie umgehängt getragen hatte, war unbeschädigt geblieben. Gabriel machte sich nicht die Mühe, den Namen zu lesen. Die Tote war Claudia Andreatti, Kuratorin der Antikensammlung.

Mit dem Gleichmut eines Mannes, der schon viele Tote gesehen hat, ging Gabriel neben ihr in die Hocke und begutachtete sie wie ein restaurierungsbedürftiges Gemälde. Wie alle Laiinnen im Vatikan war sie dezent gekleidet: schwarze Hose, weiße Bluse, graue Wolljacke. Ihr heller Kaschmirmantel war aufgeknöpft und wie ein Cape um sie herum ausgebreitet. Der rechte Arm lag quer über dem Unterleib, der linke Arm hingegen war gerade ausgestreckt, das Handgelenk leicht abgewinkelt.

Die Augen der Toten waren geöffnet. Gabriel hatte sie zuletzt gesehen, als sie ihn auf einer Treppe im Museum begutachtet hatte. Begegnet waren sie sich am Vorabend kurz vor einundzwanzig Uhr. Gabriel war nach einem langen Tag vor dem Caravaggio-Gemälde auf dem Heimweg gewesen, während Claudia mit einem Stapel Akten in ihr Büro gewollt hatte. Sie war zwar in Eile gewesen, hatte aber keineswegs wie eine Frau gewirkt, die im Petersdom Selbstmord verüben wollte. Ganz im Gegenteil: Gabriel hatte ihren Blick als leicht flirtend empfunden.

»Sie haben sie gekannt?«, fragte Vitale.

»Nein, aber ich weiß, wer sie war«, entgegnete Gabriel.

»Mir ist aufgefallen, dass Sie beide gestern Abend noch sehr spät gearbeitet haben.« Dem Italiener gelang es, diese Bemerkung beiläufig klingen zu lassen, obwohl sie es keineswegs war. »Laut der Kladde am Empfang haben Sie das Museum um 21.47 Uhr verlassen. Dottoressa Andreatti ist wenig später gegangen, um 21.56 Uhr.«

»Da hatte ich den Vatikan schon durchs Annentor verlassen.«

»Ich weiß.« Vitale lächelte humorlos. »Die dortigen Listen habe ich auch kontrolliert.«

»Dann werde ich also nicht mehr verdächtigt, meine Kollegin umgebracht zu haben?«, konterte Gabriel sarkastisch.

»Entschuldigen Sie, Signor Allon, aber wenn Sie im Vatikan aufkreuzen, kann es leicht mal Tote geben.«

Obwohl Polizeichef Vitale Anfang sechzig war, sah er wie einer dieser sonnengebräunten italienischen Filmstars aus, die mit einer weit jüngeren Frau in einem offenen Cabrio auf der Via Veneto unterwegs sind. In der Guardia di Finanza hatte er als unbeugsamer Eiferer gegolten, der sich die Aufgabe gestellt hatte, die Korruption in Politik und Wirtschaft Italiens einzudämmen. Als ihm das nicht gelungen war, hatte er sich in den Vatikan zurückgezogen, um seinen Papst und seine Kirche zu beschützen.

»Wer hat sie aufgefunden?«, fragte Gabriel.

Vitale nickte zu einigen *Sanpietrini* hinüber, die sich in respektvoller Entfernung hielten.

»Haben sie irgendetwas verändert?«

»Wie kommen Sie darauf?«

»Sie ist barfuß.«

»Einen ihrer Schuhe haben wir in der Nähe des Baldachins gefunden. Der andere hat vor dem Altar des heiligen Josef gelegen. Wir vermuten, dass sie während des Sturzes abgefallen sind. Oder ...«

»Oder was?«

»Sie könnte sie auch von der Galerie unter der Kuppel geworfen haben, bevor sie gesprungen ist.«

»Wozu?«

»Vielleicht wollte sie sehen, ob sie wirklich die Nerven hatte, es zu tun«, schlug Metzler vor. »Eine Anwandlung von Zweifel.«

Gabriel sah nach oben. Gleich oberhalb der lateinischen Inschrift am Fuß der Kuppel befand sich die Besucherplattform, an die sich eine umlaufende Galerie anschloss. Ihr Geländer war hoch genug, um Selbstmorde schwierig, aber nicht unmöglich zu machen. Tatsächlich mussten Vitales Gendarmen alle paar Monate jemanden daran hindern, sich in die Tiefe zu stürzen. Am späten Abend, wenn der Petersdom für Besucher geschlossen war, hätte Claudia Andreatti die Galerie allerdings für sich allein gehabt.

»Todeszeitpunkt?«, fragte Gabriel so ruhig, als stelle er diese Frage der Toten.

»Unklar«, antwortete Vitale. »Einmal wöchentlich schaltet die Sicherheitszentrale die Überwachungskameras für einen routinemäßigen Neustart aus. Das machen wir spätabends, wenn die Kirche für Besucher geschlossen ist. Im Allgemeinen ist das kein Problem.«

»Wie lange bleiben sie abgeschaltet?«

»Von neun bis Mitternacht.«

»Merkwürdiger Zufall. Wie hoch mag die Wahrscheinlichkeit sein, dass sie beschlossen hat, Selbstmord zu verüben, während die Kameras abgeschaltet waren?«

»Vielleicht war das kein Zufall«, sagte Metzler. »Vielleicht hat sie diesen Zeitpunkt absichtlich gewählt, damit ihr Tod nicht aufgezeichnet würde.«

»Woher hätte sie wissen sollen, dass die Kameras ausgeschaltet waren?«

»Das ist hier allgemein bekannt.«

Gabriel schüttelte langsam den Kopf. Trotz der Gefahren, die von Terroristen und anderen drohten, waren die Sicherheitsmaßnahmen im kleinsten Staat der Welt verblüffend lasch. Darüber hinaus genossen die im Vatikan Tätigen ungewöhnlich viel Bewegungsfreiheit. Sie wussten, welche Türen nie abgeschlossen waren, welche Kapellen nie benutzt wurden und in welchen Lagerräumen man völlig ungestört eine Verschwörung planen oder Sex haben konnte. Sie kannten auch alle in den Dom führenden Geheimgänge, von denen einige auch Gabriel bekannt waren.

»War außer ihr noch jemand in der Kirche?«

»Soweit wir wissen, nein«, antwortete Vitale.

»Aber Sie können es nicht ausschließen.«

»Richtig. Andererseits hat niemand etwas Ungewöhnliches gemeldet.«

»Wo ist die Umhängetasche der Toten?«

»Die hat sie vor dem Sprung auf der Galerie abgestellt.«

»Fehlt etwas daraus?«

»Unseres Wissens nicht.«

Trotzdem fehlte irgendetwas. Gabriel kam nur nicht gleich darauf. Er schloss die Augen und stellte sich Claudia Andreatti vor, wie er sie am Vorabend erlebt hatte – das warme Lächeln, der kokette Blick aus den braunen Augen, die an ihre Brust gedrückten Akten.

Und das Goldkreuz an einer dünnen Halskette.

»Ich möchte mich auf der Galerie umsehen«, erklärte Gabriel.

»Ich bringe Sie hinauf«, bot Vitale ihm an.

»Danke, nicht nötig. Der Monsignore ist bestimmt so freundlich, mich zu begleiten.«

4

Basilika St. Peter, Vatikan

Es gibt zwei Wege, um von der Kirche aus den Fuß der Kuppel zu erreichen: eine lange gewundene Treppe oder einen Aufzug, der etwa vier wohlgenährte Pilger aufnehmen kann. Donati, ein unbußfertiger Raucher, plädierte für den Aufzug, aber Gabriel war schon auf dem Weg zur Treppe.

»Der Aufzug ist außer Betrieb, sobald die letzte Touristengruppe des Tages ihn benutzt hat. Claudia kann unmöglich so spätabends damit gefahren sein.«

»Stimmt«, sagte Donati und betrachtete missmutig seine handgenähten Slipper, »aber es sind ein paar Hundert Stufen.«

»Und wir werden jede einzelne absuchen.«

»Wonach?«

»Als ich Claudia gestern Abend begegnet bin, hat sie am Hals ein Goldkreuz getragen.«

»Es war nicht mehr da.«

Zusammen mit Donati nahm Gabriel die Treppe in Angriff und stieg sie langsam hinauf. Obwohl er die Stufen sorgfältig absuchte, fand er nur ein paar entwertete Eintrittskarten und einen Faltprospekt eines sehr unheiligen Etablissements, das die Dienste junger Frauen aus Osteuropa anbot. Oben auf dem Treppenabsatz ging es in der einen Richtung zur Dachterrasse, in der anderen zur Galerie in der Kuppel. Gabriel blickte übers Geländer auf die jetzt winzigen Gestalten Vitales und Metzlers hinab, dann ging er langsam auf dem abgetretenen Marmor weiter. Schon nach wenigen

Schritten fand er das Kreuz. Der Verschluss war intakt, aber die dünne Goldkette war zerrissen.

»Sie kann sie sich abgerissen haben, bevor sie übers Geländer geklettert ist«, sagte Donati, während er die kaputte Kette begutachtete.

»Denkbar ist alles. Aber die logischere Erklärung ist, dass sie von jemand anderem zerrissen wurde.«

»Von wem?«

»Von ihrem Mörder.« Gabriel machte eine kurze Pause. »Sie hat einen Genickbruch, Luigi. Er kann natürlich eine Folge ihres Sturzes sein, aber ich glaube, dass es hier oben passiert ist. Ihr Mörder hat wahrscheinlich nicht gemerkt, dass er auch Claudias Halskette zerrissen hat. Doch die Schuhe sind ihm aufgefallen. Deswegen sind sie so weit voneinander entfernt aufgefunden worden. Wahrscheinlich hat er sie übers Geländer geschleudert, bevor er geflüchtet ist.«

»Wie bestimmt wissen Sie, dass sie ermordet worden ist?«

»So bestimmt wie Sie.« Gabriel studierte Donatis Gesicht sorgfältig. »Irgendwas sagt mir, dass Sie mehr wissen, als Sie zugeben, Luigi.«

»Schuldig im Sinne der Anklage.«

»Gibt es irgendetwas, das Sie beichten möchten, Monsignore?«

»Ja«, sagte Donati mit einem Blick in die Tiefe. »Unter Umständen steht der für Claudia Andreattis Tod Verantwortliche gerade vor Ihnen.«

Sie traten auf die Dachterrasse der Basilika hinaus, um zwischen den Statuen von Aposteln und Heiligen auf und ab zu gehen. Donatis schwarze Soutane flatterte und knatterte im kalten Wind. In der Hand hielt er Claudias Goldkreuz, dessen Kette wie ein Rosenkranz um seine Finger geschlungen war.

»Sie hatte den Auftrag …« Donati zögerte, als suche er das

richtige Wort. »Sie sollte Recherchen anstellen«, sagte er dann.

»Was für Recherchen?«

»Die einzige Art, die wir kennen.«

»Geheime Ermittlungen«, sagte Gabriel. »Natürlich von Ihnen angeordnet.«

»Auf ausdrücklichen Wunsch des Heiligen Vaters«, fügte Donati hastig hinzu.

»Und was für Recherchen waren das?«

»Wie Sie wissen, tobt in der Kunstwelt und unter Kuratoren eine Diskussion darüber, wem eigentlich die Schätze des Altertums gehören. Die großen europäischen Reiche haben sie jahrhundertelang geplündert. Der Rosettastein, die Elgin Marbles, die großen Tempel der Pharaonen – die Liste ließe sich beliebig verlängern. Nun fordern die Herkunftsländer die Rückgabe der Symbole ihres Kulturerbes. Und sie wenden sich oft an Polizei und Gerichte, die ihnen helfen sollen, sie zurückzubekommen.«

»Sie haben befürchtet, auch die Vatikanischen Sammlungen seien gefährdet?«

»Das sind sie vermutlich.« Donati betrachtete den ägyptischen Obelisken unten auf dem Petersplatz. »Der da ist einer von acht hier in Rom. Sie wurden von Handwerkern eines Reichs geschaffen, das nicht mehr existiert, und von Soldaten eines Reichs hergeschafft, das ebenfalls längst untergegangen ist. Sollten wir sie nach Ägypten zurückschicken? Was ist mit der Venus von Milo oder der Nike von Samothrake? Wären sie in Athen wirklich besser aufgehoben als im Louvre? Würden sie dort von mehr Menschen gesehen?«

»Was das betrifft, gehören Sie anscheinend eher zu den Falken.«

»Viele meiner Feinde halten mich fälschlicherweise für einen Liberalen, der die Kirche zu zerstören versucht. Dabei bin ich trotz meiner jesuitischen Ausbildung so doktrinär wie nur irgendeiner. Ich finde, dass die Schätze des Altertums in den großen Museen ausgestellt werden sollten.«

»Und warum wurde Claudia mit den Recherchen beauftragt?«

»Weil sie in dieser Sache vehement anderer Meinung war«, antwortete Donati. »Ich wollte keinen Bericht, der die Probleme verniedlicht. Ich wollte wissen, was uns schlimmstenfalls droht, wollte die ungeschminkte Wahrheit über alle unsere Schätze erfahren. Die Sammlungen des Vatikans gehören zu den ältesten und umfangreichsten der Welt. Und ein Großteil der Stücke hat keinerlei Provenienz.«

»Das heißt, Sie wissen nicht genau, wo sie herkommen.«

»Oder auch nur, wann sie erworben wurden.« Donati schüttelte langsam den Kopf. »Sie werden es kaum glauben, aber bis in die Dreißigerjahre hinein verfügte die Vatikanbibliothek über keinen richtigen Katalog. Bücher wurden nach Größe und Farbe geordnet. Nach Größe und Farbe«, wiederholte er ungläubig. »Und die Aufzeichnungen der Museen waren nicht viel besser, fürchte ich.«

»Also haben Sie Claudia damit beauftragt, die Sammlungen daraufhin zu überprüfen, ob sie zweifelhafte Stücke enthalten.«

»Unter besonderer Berücksichtigung der ägyptischen und etruskischen Sammlungen«, ergänzte Donati. »Aber ich möchte betonen, dass Claudias Nachforschungen völlig defensiv angelegt waren. Gewissermaßen so, als ließe ein Wahlkampfmanager seinen Kandidaten durchleuchten, um dunkle Punkte in seiner Vergangenheit zu finden, bevor der Gegner sie aufdeckt.«

»Und wenn sie ein Problem entdeckt hätte?«

»Dann hätten wir unsere Optionen sehr sorgfältig abgewogen«, sagte Donati mit anwaltlicher Präzision. »Ausführliche Beratungen sind unsere Spezialität. Sie sind einer der

Gründe dafür, dass wir nach zwei Jahrtausenden noch im Geschäft sind.«

Die beiden Männer machten kehrt und gingen langsam zur Kuppel zurück.

»Wie lange hat Claudia schon an diesem Projekt gearbeitet?«

»Ein gutes halbes Jahr.«

»Wer hat noch davon gewusst?«

»Nur der Direktor des Museums. Und natürlich der Heilige Vater.«

»Hatte sie Ihnen schon einen Zwischenbericht erstattet?«

»Noch nicht.« Donati zögerte. »Aber wir hatten einen Termin vereinbart. Sie wollte mir etwas Wichtiges mitteilen.«

»Was denn?«

»Das hat sie nicht gesagt.«

»Wann wollten Sie sich mit ihr treffen?«

»Gestern Abend.« Donati machte eine Pause, dann fügte er hinzu: »Um einundzwanzig Uhr.«

Gabriel blieb stehen und wandte sich ihm zu. »Weshalb so spät?«

»Eine Kirche mit einer Milliarde Seelen zu führen kostet viel Zeit. Ich hatte nur diesen Termin frei. Doch Claudia hat meinen Assistenten angerufen und darum gebeten, den Termin auf heute Morgen zu verschieben. Ohne Angabe von Gründen.«

Donati nahm eine Zigarette aus einem eleganten goldenen Etui und zündete sie mit einem goldenen Feuerzeug an. Nicht zum ersten Mal musste Gabriel sich ins Gedächtnis zurückrufen, dass der Mann vor ihm wirklich ein katholischer Priester war.

»Nur für den Fall, dass Sie sich das fragen«, sagte Donati, »ich habe Claudia Andreatti nicht ermordet. Ich kenne auch niemanden, der sich ihren Tod gewünscht hätte. Sollte jedoch bekannt werden, dass ich am Abend ihres Todes mit ihr verabredet gewesen war, wäre ich in einer sehr schwierigen Position. Und der Heilige Vater natürlich auch.«

»Deswegen haben Sie das alles Vitale und Metzler gegenüber nicht erwähnt.«

Donati schwieg.

»Was wollen Sie von mir, Luigi?«

»Ich möchte, dass Sie mir helfen, meine Kirche vor einem weiteren Skandal zu bewahren. Und mich auch.«

»Was schlagen Sie vor?«

»Zwei parallele Ermittlungen. Für die eine sind Vitale und seine Gendarmen zuständig. Sie wird nicht lange dauern und mit dem Ergebnis enden, dass Dottoressa Andreatti Selbstmord begangen hat, indem sie sich von der Kuppelgalerie gestürzt hat.«

»Rom hat gesprochen, der Fall ist beendet.«

»Amen.«

»Und die zweite Ermittlung?«

»Die übernehmen Sie«, sagte Donati. »Und das Ergebnis erfährt nur einer.«

»Der Privatsekretär Seiner Heiligkeit Papst Paul VII.«

Donati nickte.

»Ich bin nach Rom gekommen, um ein Gemälde zu restaurieren, Luigi.«

»Sie wären nicht in Rom, wenn Seine Heiligkeit und ich nicht interveniert hätten. Und jetzt müssen Sie im Gegenzug uns einen Gefallen tun.«

»Wahrhaft christlich gedacht, Monsignore.«

»Christus brauchte nie eine Kirche zu führen. Ich schon.«

Gabriel musste unwillkürlich lächeln. »Den italienischen Sicherheitsbehörden haben Sie erklärt, Sie bräuchten mich, um einen Caravaggio zu restaurieren. Irgendetwas sagt mir, dass sie nicht begeistert sein werden, wenn sich herausstellt, dass ich in einem Mordfall ermittle.«

»Also werden wir sie täuschen müssen, nehme ich an«, sagte Donati. »Glauben Sie mir, das wäre nicht das erste Mal.«

Sie blieben am Geländer stehen. Direkt unter ihnen wurden die sterblichen Überreste Claudia Andreattis vor dem Eingang zur Vatikanischen Nekropole in einen neutralen Van geladen. Einige Schritte daneben stand Lorenzo Vitale wie ein Trauernder am offenen Grab.

»Um anfangen zu können, brauche ich ein paar Dinge«, sagte Gabriel, während er den Polizeichef des Vatikans beobachtete. »Und Sie müssen sie mir beschaffen, ohne dass Vitale davon erfährt.«

»Nämlich?«

»Eine Kopie der Festplatte von Claudias Bürocomputer, die Verbindungsdaten ihrer Telefongespräche und alle schriftlichen Unterlagen über ihre Recherchen zu den Vatikanischen Sammlungen.«

Der Monsignore nickte. »Vielleicht wäre es gut, sich in Claudias Apartment umzusehen, bevor Vitale einen Durchsuchungsbefehl erwirken kann«, schlug er vor.

»Und wie soll ich in ihre Wohnung kommen?«

Donati hielt ihm einen Schlüsselbund hin.

»Wo haben Sie den her?«

»Regel Nummer eins im Vatikan«, sagte Donati. »Nicht zu viele Fragen stellen.«

5

Piazza di Spagna, Rom

Als das Presseamt des Vatikans bestätigte, Dr. Claudia Andreatti, die geschätzte Kuratorin der Antikensammlung, habe in der Basilika St. Peter Selbstmord verübt, hatten Gerüchte von ihrem Ableben längst die Runde gemacht. Im Konservierungslabor rätselten die Mitarbeiter darüber, wie ihnen Dr. Andreattis Verzweiflung hatte entgehen können und wie es möglich gewesen war, jahrelang mit einer Kollegin zusammenzuarbeiten und so wenig über ihr Privatleben zu wissen.

Gabriel murmelte ein paar mitfühlende Worte, die dem Anlass angemessen waren, zog sich aber bald wieder in seinen durch die schwarzen Vorhänge abgetrennten Teil des Labors zurück. Dort blieb er bis zum Spätnachmittag mit dem Caravaggio allein, dann machte er sich in kaltem Nieselregen auf den Heimweg. Zu Hause traf er Chiara in der Küche an. Sie hatte den Fernseher eingeschaltet und verfolgte den Bericht eines RAI-Reporters, der von dem tragischen Selbstmord im Petersdom erzählte. Als ein Foto von Claudia Andreatti gezeigt wurde, schüttelte Chiara langsam den Kopf.

»Eine echte Schönheit. Ich kann das noch schwerer nachvollziehen, wenn jemand so hübsch ist wie sie.«

Sie entkorkte eine Flasche Sangiovese und goss zwei Gläser ein. Gabriel wollte nach dem einen greifen, doch dann ließ er die Hand sinken. Der dunkle, schwere Rotwein war blutrot.

»Irgendwas nicht in Ordnung?«

»Donati hat mich gebeten, einen Blick auf die Leiche zu werfen.«

»Wieso denn das?«

»Er wollte eine zweite Meinung hören.«

»Er glaubt nicht, dass sie Selbstmord verübt hat, oder?«

»Nein. Ich übrigens auch nicht.«

Er erzählte Chiara von der abgerissenen Halskette, den Schuhen, die zu weit voneinander entfernt gelandet waren, von Claudias Recherchen und von der dringenden Besprechung, die in Donatis Büro hätte stattfinden sollen.

»Aha, jetzt verstehe ich das Problem«, sagte Chiara. »Attraktive Kuratorin soll sich mit mächtigem Privatsekretär treffen. Stattdessen endet die attraktive Kuratorin tot auf dem Boden von St. Peter.«

»Und sämtliche Verschwörungstheoretiker der Welt werden darüber spekulieren, der mächtige Privatsekretär könnte etwas mit ihrem Tod zu tun gehabt haben.«

»Das erklärt, weshalb du ihm helfen sollst, die Sache zu vertuschen.«

»So würde ich es nicht nennen.«

»Wie denn sonst?«

»Es ist ein privater Untersuchungsausschuss, wie wir ihn vom King Saul Boulevard kennen.«

Am King Saul Boulevard in Tel Aviv residierte der israelische Auslandsgeheimdienst, von Chiara und Gabriel nur der »Dienst« genannt.

»Ich sehe alle Zutaten für einen weiteren Vatikanskandal«, meinte Chiara warnend. »Und wenn du nicht aufpasst, zieht dein Freund Donati dich mit hinein.«

Sie schaltete den Fernseher aus und trug die Weingläser ins Wohnzimmer hinüber. Auf dem Couchtisch stand ein Teller mit Bruschetta in verschiedenen Variationen. Aufmerksam beobachtete Chiara, wie Gabriel eine Scheibe mit Artischocken und Ricotta auswählte und dazu einen

Schluck Sangiovese trank. Sie wirkte beunruhigt. Dazu hatte sie auch allen Grund. Ihr letzter Einsatz im Auftrag des Diensts, ein Unternehmen gegen ein dschihadistisches Netzwerk, war besonders gewalttätig gewesen und hatte im Leeren Viertel Saudi-Arabiens geendet. Chiara hatte gehofft, die Restaurierung des Caravaggio-Gemäldes werde die letzte Etappe von Gabriels langer und schwieriger Genesung sein. Ermittlungen im Auftrag des Privatsekretärs des Papsts gehörten ganz bestimmt nicht dazu.

»Nun?«, fragte Chiara.

»Köstlich wie immer«, sagte Gabriel.

»Ich rede nicht von der Bruschetta.« Chiara ordnete die Sofakissen neu an. Wenn sie verärgert war, brauchte sie immer etwas, das sie neu anordnen konnte. »Hast du dir überlegt, was die italienischen Sicherheitsdienste tun werden, wenn sie merken, dass du nebenbei für den Vatikan arbeitest? Sie werden uns ausweisen. Wieder mal.«

»Ich habe versucht, das Donati zu erklären.«

»Und?«

»Er hat seinen Herrn ins Spiel gebracht.«

»Er ist aber nicht dein Papst, Gabriel.«

»Und was hätte ich deiner Meinung nach sagen sollen?«

»›Suchen Sie sich einen anderen‹«, antwortete Chiara. »Das sind fünf hübsche Wörter, die du lernen musst.«

»Das würdest du nicht sagen, wenn du Claudias Leiche gesehen hättest.«

»Das ist nicht fair.«

»Aber es ist die Wahrheit. Ich habe in meinem Leben schon viele Leichen gesehen, aber noch keine, die aus achtzig Metern Höhe auf einen Steinboden geknallt ist.«

»Ein schrecklicher Tod.« Chiara beobachtete den Regen auf dem kleinen Balkon. »Wie sicher bist du, dass Donati die Wahrheit sagt, was seine Beziehung zu Claudia Andreatti betrifft?«

»Wenn du damit meinst, ob ich glaube, dass die beiden ein Verhältnis hatten, lautet die Antwort nein.«

»Du bist mit einer Mutter aufgewachsen, die dir nie erzählt hat, was sie im Krieg durchgemacht hat.«

»Worauf willst du hinaus?«

»Jeder hat seine Geheimnisse. Sogar vor Menschen, denen er sehr vertraut. Vielleicht ist es weibliche Intuition, aber ich habe schon immer das Gefühl gehabt, dass Monsignore Donati etwas zu verbergen hat. Er hat eine Vergangenheit. Garantiert.«

»Jeder hat eine.«

»Aber manche sind interessanter als andere. Was weißt du denn wirklich über sein Privatleben?«

»Genug, um zu wissen, dass er nie so unvorsichtig wäre, eine Affäre mit einer Angestellten des Vatikans zu haben.«

»Vermutlich hast du recht. Aber ich mag mir nicht vorstellen, wie es für einen Mann wie Luigi Donati sein muss, im Zölibat zu leben.«

»Das erleichtert ihm seine Aura absoluter Unnahbarkeit. Außerdem trägt er eine lange schwarze Soutane und schläft gleich neben dem Papst.«

Chiara lächelte und nahm sich eine Bruschetta vom Teller. »Dieser Auftrag hätte zumindest einen Vorteil«, meinte sie nachdenklich. »Du bekämst die Gelegenheit, dir die Antikensammlung des Vatikans anzusehen. Gott allein weiß, was alles im Depot liegt.«

»Gott und die Päpste«, sagte Gabriel. »Aber ich kann mir unmöglich alles allein ansehen. Ich brauche eine Assistentin, die etwas von Altertümern versteht.«

»Mich?«

»Hätte der Dienst dich nicht gekapert, wärst du Professorin an einer großen italienischen Universität.«

»Das stimmt«, sagte Chiara. »Aber ich habe Römische Geschichte studiert.«

»Wer die Römer studiert hat, versteht auch etwas von ihren Artefakten. Und über Griechen und Etrusker weißt du weit mehr als ich.«

»Das heißt nicht viel, fürchte ich.«

Chiara zog die eine Augenbraue hoch, bevor sie einen Schluck Wein trank. Seit ihrer Ankunft in Rom hatte ihr Aussehen sich merklich verändert. Wie sie jetzt auf dem Sofa saß – mit ihren schulterlangen üppigen Locken und dem leuchtenden dunklen Teint –, hatte sie große Ähnlichkeit mit der bezaubernden jungen Italienerin, die Gabriel vor zehn Jahren in Venedig kennengelernt hatte. Die Spuren der vielen langen und gefährlichen Unternehmen schienen fast getilgt zu sein. Nur manchmal lag der Schatten eines Verlusts auf ihrem Gesicht. Schuld daran war das Ungeborene, das sie verloren hatte, als der russische Oligarch und Waffenhändler Iwan Charkow sie als Geisel genommen hatte. Seither war sie nie wieder schwanger geworden. Insgeheim hatte Chiara sich fast damit abgefunden, dass Gabriel und sie kein Kind haben würden.

»Es gibt eine weitere Möglichkeit«, sagte sie jetzt.

»Welche denn?«

»Dass Dr. Claudia Andreatti voller widersprüchlicher Gefühle in die Galerie hochgelaufen ist und sich in den Tod gestürzt hat.«

»Bei unserer Begegnung gestern Abend hat sie nicht verwirrt gewirkt. Ich hatte sogar den Eindruck … « Gabriel zögerte.

»Ja?«

»Ich hatte den Eindruck, sie wollte mir etwas erzählen.«

Chiara schwieg. »Wie lange braucht Donati, um uns eine Kopie ihrer Festplatte zu beschaffen?«, fragte sie schließlich.

»Ein bis zwei Tage.«

»Und was können wir in der Zwischenzeit tun?«

»Ich denke, wir sollten sie etwas besser kennenlernen.«

»Wie?«

Gabriel hielt den Schlüsselring hoch.

Dr. Claudia Andreatti hatte in Trastevere gewohnt, in einem verblassten alten Palazzo, den man in ein verblasstes altes Mietshaus umgebaut hatte. Gabriel und Chiara schlenderten zweimal am Eingang vorbei, bis sie wussten, dass ihre unvermeidlichen italienischen Beschatter für heute abgezogen waren. Beim dritten Mal schloss Gabriel die Haustür mit der selbstverständlichen Nonchalance eines Mannes auf, der hier wohnte, und ließ Chiara den Vortritt. Der Eingangsbereich lag im Halbdunkel, und aus Claudias Briefkasten ragten ein paar Postsendungen. Gabriel nahm sie heraus und verstaute sie in Chiaras Umhängetasche. Sie durchquerten die Eingangshalle und stiegen die breite Treppe hinauf.

Schon bald stellte sich bei Gabriel ein vertrautes Gefühl ein, das sein Mentor Schamron als »operativen Kick« bezeichnete. Er schlich leicht vorgebeugt über den Boden und atmete mit der Regelmäßigkeit eines Ventilators. Vor allem aber zwang dieses Gefühl ihn dazu, instinktiv das Schlimmste anzunehmen, als lauere hinter jeder Tür, hinter jeder Ecke ein bewaffneter alter Feind, der noch eine Rechnung zu begleichen hatte. Seine Augen waren in ständiger Bewegung, und sein plötzlich geschärftes Gehör erfasste jedes noch so schwache oder triviale Geräusch: das Rauschen einer Klospülung, die fernen Klänge eines Violinkonzerts, das Schluchzen eines untröstlichen Kindes.

Das Kinderweinen folgte ihnen bis in den zweiten Stock. Gabriel blieb vor der Tür von Claudia Andreattis Apartment stehen und fuhr mit den Fingern rasch um den Türrahmen, bevor er den Schlüssel ins Schloss steckte. Dann sperrte er lautlos auf, und sie schlüpften hinein. Im nächsten Augenblick stellten sie fest, dass sie nicht allein waren. Auf dem Sofa saß Dr. Claudia Andreatti und weinte leise.

6

Trastevere, Rom

Die Frau war natürlich nicht Claudia, aber ihre Ähnlichkeit war verblüffend. Gabriel kam es vor, als hätte Caravaggio die Kuratorin porträtiert und sei mit seinem Werk so zufrieden gewesen, dass er gleich noch eine exakte Kopie angefertigt hatte – mit denselben Gesichtszügen, demselben mittelblonden Haar, denselben ausdrucksvollen blauen Augen. Die Frau musterte Gabriel und Chiara sekundenlang schweigend, bevor sie sich eine Träne von der Wange wischte.

»Was machen Sie hier?«, fragte sie.

»Ich heiße Gabriel Allon und bin ein Kollege von Claudia aus dem Museum«, antwortete Gabriel vage. Er merkte plötzlich, dass er der Frau unhöflich ins Gesicht starrte. Morgens im Petersdom hatte Luigi Donati die in London lebende Schwester Claudias erwähnt, dabei aber verschwiegen, dass die beiden eineiige Zwillinge waren.

»Sie haben mit Claudia in der Antikensammlung gearbeitet?«, fragte sie.

»Nein«, sagte Gabriel. »Ich soll einige Unterlagen abholen, die sie aus dem Archiv entliehen hatte. Hätte ich geahnt, dass Sie hier sind, hätte ich Sie niemals gestört.«

Die Frau schien diese Erklärung zu akzeptieren. Gabriel empfand Schuldgefühle, was für ihn eher untypisch war. Obwohl er in der Kunst des Lügens ausgebildet war, schämte er sich, einer Hinterbliebenen etwas Unwahres zu sagen. Die Schwester der Toten stand auf und kam im Halbdunkel auf ihn zu.

»Wo haben Sie die her?«, fragte sie mit einem Blick auf die Schlüssel in seiner Hand.

»Sie sind in Claudias Schreibtisch gefunden worden«, sagte er – und bezahlte dafür mit neuerlichen Gewissensbissen.

»Hat man sonst noch irgendwas entdeckt?«

»Was zum Beispiel?«

»Einen Abschiedsbrief?«

»Tut mir leid, aber das müssen Sie die Vatikanpolizei fragen.«

»Das werde ich tun. Ich bin übrigens Paola Andreatti«, sagte sie und streckte die Hand aus. Als Gabriel zögerte, sie zu ergreifen, kniff sie die Augen zusammen. »Dann stimmt es also doch …«

»Was denn?«

»Sie müssen der Restaurator des Caravaggio-Gemäldes sein, von dem meine Schwester erzählt hat, Mr Allon. Ehrlich gesagt bin ich ziemlich überrascht, Sie jetzt hier zu sehen.«

Gabriel ergriff ihre ausgestreckte Hand, die warm und feucht war.

»Entschuldigung«, sagte sie, »aber ich habe gerade das Geschirr abgewaschen. Meine Schwester hat ziemliche Unordnung hinterlassen.«

»Wie meinen Sie das?«

»Nichts in ihrer Wohnung war mehr an seinem Platz«, erklärte sie und sah sich um. »Ich habe versucht, wieder ein bisschen Ordnung zu schaffen.«

»Wann haben Sie zuletzt mit ihr gesprochen?«

»Mittwoch letzter Woche. Sie war sehr beschäftigt, hat aber völlig normal gewirkt, überhaupt nicht wie jemand, der …«

Sie sprach nicht weiter, sah stattdessen Chiara an. »Ihre Assistentin?«

»Sie hat das Pech, mit mir verheiratet zu sein.«

Paola Andreatti lächelte traurig. »Ich wäre versucht, Sie als Glückspilz zu bezeichnen, Mr Allon, aber ich habe genug über Ihre Vergangenheit gelesen, um zu wissen, dass das nicht stimmt.«

»Sie sollten nicht alles glauben, was in der Zeitung steht.«

»Das tue ich auch nicht.«

Sie musterte ihn forschend. Ihre Augen waren mit denen identisch, die heute Morgen in die Kuppel des Petersdoms gestarrt hatten. Er kam sich vor, als nähme ihn ein Gespenst unter die Lupe.

»Vielleicht sollten wir noch mal von vorn anfangen, Mr Allon«, sagte sie schließlich. »Aber diesmal belügen Sie mich bitte nicht. Ich habe gerade meine Schwester und mit ihr meine beste Freundin verloren. Und dass der Vatikan einen Mann wie Sie mit dem Auftrag losschicken würde, irgendwelche Papiere zu holen, ist eine absurde Vorstellung.«

»Ich belüge Sie aber nicht.«

»Dann sagen Sie mir bitte, weshalb Sie hier sind.«

»Aus demselben Grund wie Sie.«

»Ich versuche herauszubekommen, weshalb meine Schwester tot ist.«

»Das will ich auch.«

Das Gespenst Paola schien erleichtert zu sein, bei seinen Bemühungen nicht mehr allein zu sein. Sie hielt noch einen Augenblick die Stellung, als bewachte sie den Zugang zu Claudias Geheimnissen. Dann trat sie zur Seite und machte eine einladende Geste.

Mit Regalen, die sich unter dem Gewicht der vielen Bücher bogen, und Beistelltischen, auf denen sich dicke Monografien türmten, war das Wohnzimmer ein Ort akademischer Unordnung. Es erweckte den Eindruck, als hätte seine Bewohnerin auf ein bestimmtes Ziel hingearbeitet und sich bemüht, einen Termin einzuhalten. In einem Punkt hatte

Paola Andreatti recht: Alles wirkte ein wenig unordentlich, als hätte jemand es angefasst und hastig wieder zurückgestellt.

Gabriel trat an den Schreibtisch und knipste die Lampe an. Dann ging er in die Hocke und suchte das polierte Holz ab. Ziemlich genau in der Mitte war ein Rechteck von fünfundzwanzig mal fünfunddreißig Zentimetern staubfrei. Er nahm seinen halb ausgetrunkenen Kaffee mit in die Küche, wo Paola Andreatti und Chiara die letzten Geschirrteile abspülten. Keine der Frauen sagte etwas, als er die Tasse auf die Arbeitsfläche stellte und sich an den Bistrotisch setzte.

»War Ihre Schwester fromm?«, fragte er.

»Sie war eine gläubige Katholikin. Ich bin mir aber nicht ganz sicher, ob sie wirklich an Gott geglaubt hat.« Paola sah von ihrer Arbeit auf. »Wieso fragen Sie danach?«

»Sie hat ein Kreuz an einer Halskette getragen.«

»Ein Erbstück von unserer Mutter. Das Einzige, das Claudia unbedingt haben wollte. Und zum Glück ein Stück, das ich auf gar keinen Fall wollte.«

»Sie teilen also nicht den Glauben Ihrer Schwester?«

»Ich bin Kardiologin, Mr Allon. Ich bin eine Frau der Wissenschaft, nicht des Glaubens. Außerdem bin ich der Ansicht, dass im Namen der Religion mehr Grausamkeiten verübt worden sind als durch jede andere Macht in der Geschichte der Menschheit. Denken Sie an das schreckliche Schicksal Ihres Volkes. Die Kirche hat die Juden zweitausend Jahre lang fälschlicherweise als Gottesmörder hingestellt, und Sie haben zweitausend Jahre lang darunter gelitten. Jetzt sind die Juden ins Land ihrer Väter zurückgekehrt, nur um in einen endlosen Krieg verwickelt zu werden. Kann das wirklich Gottes Absicht gewesen sein, als er den Bund mit Abraham schloss?«

»Vielleicht hat Abraham vergessen, das Kleingedruckte zu lesen.«

Chiara fixierte Gabriel mit vorwurfsvollem Blick, aber

Paola Andreatti rang sich ein flüchtiges Lächeln ab. »Wenn Sie mich fragen, ob meine Schwester aus Glaubensgründen davor zurückgeschreckt wäre, Selbstmord zu verüben, lautet die Antwort: Ja. Darüber hinaus hat sie den Petersdom für eine heilige Stätte gehalten. Außerdem«, fügte sie hinzu, »erkenne ich als Ärztin einen selbstmörderisch veranlagten Menschen, wenn ich einen sehe. Und meine Schwester war keiner.«

»Irgendwelche Schwierigkeiten im Beruf?«, erkundigte sich Gabriel.

»Sie hat nie welche erwähnt.«

»Könnte ein Mann im Spiel sein?«, fragte Chiara.

»Wie viele Frauen in diesem Land hatte meine Schwester noch keinen italienischen Mann gefunden, der für eine Ehe oder auch nur eine ernsthafte Beziehung geeignet gewesen wäre. Auch deshalb bin ich letztlich in London gelandet. Ich habe einen anständigen Engländer geheiratet. Und nach fünf Jahren hat er in eine anständige englische Scheidung eingewilligt.«

Sie trocknete sich flüchtig die Hände ab und machte sich daran, das Geschirr wieder einzuräumen. Ihre Betriebsamkeit hatte etwas leicht Absurdes an sich – als gieße man seinen Garten, während in der Ferne bereits Donner grollt –, aber sie schien beruhigend auf sie zu wirken.

»Zwillinge sind anders«, sagte sie, als sie die Schranktür schloss. »Wir haben uns alles geteilt – unsere Mutter, unser Kinderzimmer, unsere Kleidung. Das kommt Ihnen vielleicht merkwürdig vor, Mr Allon, aber ich habe immer angenommen, meine Schwester und ich würden eines Tages auch den Sarg teilen.«

Sie trat an den Kühlschrank. An der Tür war mit einem Magneten ein Foto befestigt, das die Zwillingsschwestern an einer Schiffsreling zeigte. Sogar Gabriels geschultes Künstlerauge konnte sie kaum auseinanderhalten.

»Das Foto wurde letzten August am Comer See aufgenommen«, sagte Paola Andreatti. »Ich hatte mich gerade von meinem Mann getrennt. Claudia und ich waren zu zweit unterwegs, nur wir beide. Gezahlt habe natürlich ich. Angestellte des Vatikans können sich keine Fünfsternehotels leisten. Für mich war es der schönste Urlaub seit Jahren. Claudia hat mich wegen der bevorstehenden Scheidung pflichtgemäß bemitleidet, aber ich vermute, dass sie insgeheim erleichtert war. Schließlich würde sie mich dann wieder für sich allein haben.«

Sie öffnete den Kühlschrank, atmete geräuschvoll aus und fing an, den Inhalt in einen Müllsack zu stecken. »In diesem Augenblick«, fuhr sie fort, »glauben weltweit Millionen von Menschen, dass meine Schwester Selbstmord verübt hat. Aber kein einziger von ihnen weiß, dass Gabriel Allon, ein ehemaliger Agent des israelischen Geheimdiensts und ein Freund des Vatikans, jetzt an ihrem Küchentisch sitzt.«

»Mir wär's lieber, wenn das so bliebe.«

»Den Männern im Vatikan sicher auch. Aber von Ihrem Kommen schließe ich darauf, dass nach Meinung des Vatikans hinter dem Tod meiner Schwester mehr als nur ein impulsiver Akt der Verzweiflung steckt.«

Gabriel gab keine Antwort.

»Glauben Sie, dass Claudia Selbstmord verübt hat?«

»Nein«, sagte er, »das glaube ich nicht.«

»Warum nicht?«

Er erzählte ihr von der abgerissenen Halskette, den Schuhen und dem Rechteck auf Claudias Schreibtisch, auf dem kein Staub lag. »Sie waren heute Abend nicht als Erste in ihrer Wohnung«, sagte er. »Andere waren früher hier. Das waren Profis. Sie haben alles potenziell Belastende mitgenommen – auch den Laptop Ihrer Schwester.«

Sie schloss den Kühlschrank und betrachtete schweigend das Foto an der Tür.

»Ihnen ist aufgefallen, dass der Laptop fehlt, nicht wahr?«

»Nicht nur der«, sagte sie leise.

»Was noch?«

»Meine Schwester ist nie eingeschlafen, ohne zuvor ein paar Zeilen in ihr Tagebuch geschrieben zu haben. Es hat immer auf ihrem Nachttisch gelegen. Jetzt ist es nicht mehr da. Wie lange wird man der Verbreitung dieser schrecklichen Lüge über meine Schwester noch untätig zusehen müssen?«

»Bis die Wahrheit entdeckt ist. Aber dazu werde ich Ihre Hilfe brauchen.«

»Wie kann ich Ihnen helfen?«

»Sie könnten damit anfangen, dass Sie mir von Claudia erzählen.«

»Und dann?«

»Dann durchsuchen wir diese Wohnung noch einmal.«

»Ich dachte, Sie hätten gesagt, diese Männer seien Profis?«

»Das waren sie«, bestätigte Gabriel. »Aber auch Profis machen manchmal Fehler.«

Sie gingen wieder ins Wohnzimmer und machten es sich zwischen Claudias Büchern und Papieren bequem. Paola Andreatti sprach über ihre Schwester, als spräche sie von sich selbst. Gabriel hatte das Gefühl, als befrage er eine Tote, die auf unerklärliche Weise noch sprechen konnte.

»Hatte Claudia außer ihrem Account im Vatikan weitere E-Mail-Adressen?«

»Im Vatikan hat jeder einen privaten Account. Vor allem die Geistlichen.«

Sie nannte eine Gmail-Adresse. Gabriel brauchte sie sich nicht aufzuschreiben, denn seine fast unheimliche Fähigkeit, die Pinselführung alter Meister zu imitieren, wurde nur noch von seinem Gedächtnis übertroffen. Außerdem, sagte er sich, benimmt man sich am besten wie ein Profi, wenn man mit Profis zu tun hat.

Nach der Befragung durchsuchten sie das Apartment. Paola Andreatti und Chiara nahmen sich das Schlafzimmer vor, während Gabriel für den Schreibtisch zuständig war. Er durchsuchte ihn jetzt, wie er vermutlich in den Stunden nach Claudias Tod durchsucht worden war: Schublade für Schublade, Akte für Akte, Seite für Seite. Trotz seiner Gründlichkeit fand er keinen Hinweis darauf, weshalb jemand sie hätte ermorden wollen.

Die Männer, die vor Gabriel hier gewesen waren, hatten tatsächlich einen Anfängerfehler gemacht: Sie hatten das Gebäude verlassen, ohne Claudias Briefkasten zu leeren. Gabriel zog die Post aus Chiaras Umhängetasche und sah sie rasch durch, bis er eine Kreditkartenabrechnung fand. Auffällig war nur ein Rechnungsposten: Zwei Wochen vor ihrem Tod schien Claudia eine Nacht in einem Hotel in Ladispoli verbracht zu haben, einem langweiligen Seebad nordwestlich von Rom. In einem anderen Leben war Gabriel schon einmal durch diese Stadt gekommen. Er erinnerte sich nur an mittelmäßige Restaurants und einen asphaltfarbenen Strand.

Gabriel steckte die Kreditkartenabrechnung wieder in den Briefumschlag und saß mehrere Minuten lang stumm da, während sein Verstand sich mit einer einzigen Frage beschäftigte: Weshalb sollte eine Frau wie Dr. Claudia Andreatti eine Nacht in einem Hotel an der Küste westlich von Rom verbringen – eine knappe Autostunde von ihrer eigenen Wohnung entfernt, mitten im Winter? Ihm fielen nur zwei mögliche Erklärungen ein: ein Liebesverhältnis oder aber ein Grund, der letztlich auch zu ihrem Tod geführt hatte.

7

Vatikanstadt

Die Totenmesse fand am dritten Tag in der St.-Annen-Kirche statt. Der Heilige Vater nahm nicht daran teil, aber nach langen Debatten hatte irgendeine Stelle im Apostolischen Palast entschieden, der Privatsekretär des Papstes werde die Messe lesen. Als Gabriel die Kirche betrat, sprach Donati mit der Trauergemeinde gerade das Bußgebet. Paola Andreatti saß schweigend und mit ausdrucksloser Miene in der zweiten Reihe. Ihre Anwesenheit bewirkte, dass Claudias Kollegen sichtlich unangenehm zumute war, weil man glauben konnte, die Verstorbene habe beschlossen, an ihrer eigenen Beerdigung teilzunehmen. Als Paola dem Sarg nach der Messe langsam auf die Via Belvedere hinausfolgte, ging sie an Gabriel vorbei, ohne ihn auch nur anzusehen. Das hatte vor ihr schon Monsignore Donati getan.

Das Restaurierungslabor war an diesem Tag offiziell geschlossen, aber Gabriel beschloss, die Gelegenheit zu nutzen, ein paar ungestörte Stunden mit dem Caravaggio zu verbringen. Kurz nach sechzehn Uhr erhielt er eine SMS von Pater Mark, Donatis Assistenten, der ihn bat, in ein Café knapp außerhalb der Mauern des Vatikans im Stadtteil Borgo Pio zu kommen. Als Gabriel eintraf, saß der junge Geistliche bereits an einem Fenstertisch und war mit seinem BlackBerry beschäftigt. Pater Mark war ein Amerikaner aus Philadelphia. Er hatte ein Ministrantengesicht, aber den Blick eines Mannes, der beim Kartenspielen nie verliert – und deshalb war er Donatis Assistent.

»Ein Geschenk des Monsignore«, sagte er und übergab Gabriel eine kleine Tragetüte aus der vatikanischen Buchhandlung.

»Eine Sammlung von Enzykliken des Heiligen Vaters?«

Pater Mark runzelte die Stirn. Scherze über Seine Heiligkeit mochte er ebenso wenig wie diesen Gabriel Allon.

»Die Ergebnisse von Dr. Andreattis Recherchen in unserer Antikensammlung, die Sie haben wollten.«

»Alle in dieser kleinen Tüte? Ein Mirakel!«

»USB-Sticks«, erklärte der Geistliche. Er mochte einst Humor besessen haben, aber acht Jahre Seminarausbildung hatten ihn gründlich davon befreit.

»Was ist mit ihren Verbindungsdaten?«

»An denen bin ich dran.«

»E-Mails?«

»Wir reden hier vom Vatikan. Solche Dinge brauchen Zeit.« Das Pokerface des jungen Geistlichen war nicht zu deuten. »Der Monsignore wüsste gern, wie Sie bei Ihren Ermittlungen vorgehen wollen«, sagte Pater Mark nach einem Blick auf sein BlackBerry.

»Als Erstes werde ich mir die Augen verderben, indem ich mehrere Tausend Seiten über die Provenienz der Stücke in Ihrer Antikensammlung lese.«

»Und dann?«

»Richten Sie dem Monsignore aus, dass er es als Erster erfahren wird.«

Der Geistliche stand abrupt auf, entschuldigte sich mit dringenden Aufgaben im Vatikan und verschwand. Gabriel steckte die Plastiktüte in die Manteltasche, zögerte einen Augenblick und drückte dann auf eine Kurzwahltaste seines Handys. Eine raue Stimme meldete sich auf Hebräisch. Gabriel murmelte ein paar Worte in derselben Sprache und trennte rasch die Verbindung, bevor der andere widersprechen konnte. Dann blieb er am Fenster sitzen, während es auf der Gasse dunkel wurde, und fragte sich, ob er gerade den ersten Fehler gemacht hatte.

Es gab kaum einen undankbareren Job, als offizieller Resident und Chef einer Station des Diensts in Westeuropa zu sein. Schimon Pazner, der die personell gut ausgestattete Abteilung in der israelischen Botschaft in Rom leitete, hatte diese Last länger als die meisten seiner Kollegen getragen. Seine Dienstzeit war mit einem steilen Niedergang des israelischen Ansehens bei Europäern jeglicher Couleur zusammengefallen. Während sein Land früher nur als etwas irritierend gegolten hatte, betrachteten heute die meisten Europäer das zionistische Unternehmen mit Spott und Verachtung. Israel war kein Leuchtturm der Demokratie im unruhigen Nahen Osten mehr, nein, es war ein Gesetzesbrecher, ein Besatzer und eine Gefahr für den Weltfrieden.

Der bekanntermaßen undiplomatische Pazner hatte auch seinen eigenen Ruf nicht gerade verbessert. Ganz oben auf der italienischen Beschwerdeliste stand sein Benehmen bei gemeinsamen Sitzungen. Wurde er zu israelischen Taktiken und Unternehmungen befragt, erinnerte er seine Kollegen stets daran, dass es ohne das bedauerliche Verhalten gewisser Europäer gar kein Israel gäbe.

Als Gabriel eintraf, saß Pazner allein auf einer Steinbank vor der Galleria Borghese und erwartete ihn. Der kleine, stämmige Stationschef hatte eisgraues Haar und einen blassen Teint. Nachdem er Gabriel flüchtig auf Italienisch begrüßt hatte, schlug er einen Spaziergang vor. Die beiden Männer gingen unter Schirmzypressen durch den Park. In der kalten Luft hing der Geruch von feuchtem Laub und Holzrauch. Pazner verdarb ihn, indem er sich eine Zigarette anzündete. Er schien noch schlechtere Laune zu haben als sonst, aber das war bei Pazner ohnehin schwer zu beurteilen. Rom gefiel ihm nicht, denn es war und blieb für ihn die

Hauptstadt des Reichs, das den Zweiten Tempel zerstört und die Juden in alle vier Winde verstreut hatte. Pazner war ein Mann mit Elefantengedächtnis, der sehr nachtragend sein konnte, wie Gabriel aus eigener Erfahrung wusste.

»Es ist gut, dass du angerufen hast«, sagte Pazner schließlich. »Wir wollten ohnehin mit dir reden.«

»Wir?«

»Du brauchst nicht nervös zu werden, Gabriel. Nach allem, was du in Saudi-Arabien durchgemacht hast, will niemand am King Saul Boulevard dich aus dem Ruhestand zurückholen. Sogar der Alte scheint damit einverstanden zu sein, dich diesmal in Ruhe zu lassen.«

»Bist du sicher, dass wir vom selben Ari Schamron sprechen?«

»Er ist in der Tat nicht mehr derselbe Mann wie früher.« Pazner schwieg einen Augenblick lang. »Hör zu, ich will dir keine Vorschriften machen«, sagte er schließlich, »aber vielleicht solltest du ihn besuchen, wenn du mal wieder in der Heimat bist.«

»Wann hast du ihn zuletzt gesehen?«

»Vor ein paar Wochen beim Jahrestreffen der Stationschefs. Schamron ist wie jedes Mal zum traditionellen Dinner am letzten Abend gekommen. Früher hat er uns bis tief in die Nacht hinein mit Geschichten aus alten Zeiten unterhalten, aber diesmal hatte ich den Eindruck, er spule sie nur noch mechanisch ab. Weißt du noch, wie er damals in unserer Jugend war, Gabriel? Wenn der Alte einen Raum betrat, schien der Boden zu erzittern.«

»Ich erinnere mich sehr gut«, sagte Gabriel geistesabwesend und befand sich für einen Augenblick wieder auf dem Hof der Kunst- und Designakademie Bezalel, wo er an einem heißen Septembernachmittag des Jahres 1972 Schamron zum ersten Mal begegnet war. Wie aus dem Nichts war ein drahtiger kleiner Mann mit dunkler Brille und einem

Gebiss wie ein Fangeisen aufgetaucht. Er war es, der seinerzeit die Geheimnisse gestohlen hatte, die Israel geholfen hatten, den Sechstagekrieg zu gewinnen, und er hatte Adolf Eichmann, den Geschäftsführer des Holocausts, aus Argentinien entführt.

Wie immer war Schamron an jenem Tag gut vorbereitet gewesen. Er hatte gewusst, dass Gabriel aus einer alten Künstlerfamilie stammte, fließend Deutsch mit Berliner Einschlag sprach und mit einer Kommilitonin namens Leah Savir verheiratet war. Er hatte auch gewusst, dass Gabriel, dessen Mutter das deutsche Vernichtungslager Birkenau überlebt hatte, die Geheimhaltung im Blut lag. »Das Unternehmen wird ›Zorn Gottes‹ heißen«, hatte er an jenem Tag gesagt. »Dabei geht es nicht um Gerechtigkeit, sondern um Rache für die Unschuldigen, die in München ermordet wurden.« Gabriel hatte Schamron aufgefordert, sich einen anderen zu suchen. »Ich will keinen anderen«, hatte Schamron gesagt. »Ich will Sie.«

Das war nur eine der vielen Auseinandersetzungen gewesen, aus denen Schamron immer als Sieger hervorgegangen war. Er hatte Gabriel stets dazu gebracht, seine Befehle auszuführen, hatte irgendwelche Ausreden und unbedeutende Aufträge erfunden, um seinen begabten Schützling an den Dienst zu binden. Schamron hatte sich gewünscht, Gabriel würde eines Tages seinen rechtmäßigen Platz in der Suite des Direktors am King Saul Boulevard einnehmen. Aber Gabriel hatte dieses Angebot in einem letzten Akt trotziger Auflehnung abgelehnt und den Posten seinem alten Rivalen Uzi Navot überlassen. Anfangs hatte es so ausgesehen, als sei Navot bereit, als Schamrons Marionette zu fungieren. Doch sobald er den Dienst im Griff hatte, hatte er Schamron in die Wildnis Judäas verbannt und ihn so von dem Dienst abgeschnitten. Schamron lebte jetzt in einer Art innerem Asyl in seiner Villa mit Blick über den See Genezareth. Die Politiker und Generäle, die sonst seinen Rat gesucht hatten, standen nicht mehr vor seiner Tür Schlange. Um sich die Zeit zu vertreiben, reparierte er alte Radios und versuchte, ein Mittel zu finden, um Gabriel, den er wie einen Sohn liebte, dazu zu überreden, in die Heimat zurückzukehren.

»Wie oft ruft er an, um sich nach mir zu erkundigen?«

»Niemals«, behauptete Pazner.

»Wie oft, Schimon?«

»Zweimal pro Woche, manchmal öfter. Tatsächlich hatte ich gerade mit ihm telefoniert, als du angerufen hast.«

»Was wollte er?«

»Der King Saul Boulevard ist in heller Aufregung. Alle glauben, dass etwas passieren wird. Etwas Großes.«

»Gibt es Vermutungen, was das mögliche Ziel betrifft?«

Pazner zog ein letztes Mal an seiner Zigarette, bevor er die Kippe wegschnippte. »Vielleicht eine Botschaft oder ein Konsulat. Vielleicht eine Synagoge oder ein Gemeindezentrum. Der Anschlag dürfte im Süden, in Istanbul oder Athen, verübt werden, aber auch Rom kann nicht ausgeschlossen werden. Dabei haben wir uns kaum von dem letzten Anschlag erholt.« Pazner sah zu Gabriel hinüber. »Irgendwas sagt mir, dass du dich gut an diesen Anschlag erinnerst.«

Gabriel antwortete nicht direkt. »Steckt die al-Qaida dahinter?«

»Seit deinem letzten Unternehmen gibt es vermutlich keine al-Qaida-Zelle mehr, die einen größeren Anschlag in Europa verüben könnte. Und weil die Palästinenser im Augenblick nicht daran interessiert sind, uns hier zu treffen, bleibt nur ein weiterer Kandidat übrig.«

»Der Iran.«

»Der natürlich wieder einen bewährten Stellvertreter vorschickt.«

Die Hisbollah, dachte Gabriel.

Sie hatten den Rand der Piazza di Siena erreicht. Das große staubige Oval lag in blassem Mondschein vor ihnen, und der Verkehr auf dem Corso war nur als schwaches Rauschen zu hören. Die beiden Männer konnten sich fast einbilden, die letzten Überlebenden in einer uralten Stadt zu sein.

»Aus welcher Quelle kommt das?«, fragte Gabriel.

»Es ist ein ganzes Nachrichtenmosaik aus menschlichen und elektronischen Quellen«, erklärte Pazner. »Für das Unternehmen zuständig sind offenbar die Quds-Brigaden der Iranischen Revolutionsgarde. Auch die Hauptabteilung fünf des VEVAK scheint involviert zu sein.«

VEVAK war die offizielle Abkürzung des iranischen Ministeriums für Nachrichtenwesen und Sicherheit, also der iranische Geheimdienst. Seine Hauptabteilung fünf befasste sich ausschließlich mit dem Staat Israel.

»Laut einer Quelle im Südlibanon«, fuhr Pazner fort, »hat ein Team aus Hisbollah-Agenten Beirut vor etwa sechs Wochen verlassen. Wir glauben, dass es einfach nur Rache nehmen soll. Ehrlich gesagt rechnen wir damit schon seit längerer Zeit. Die Iraner haben allen Grund, zornig auf uns zu sein.«

Seit fast einem Jahrzehnt führte der Dienst einen nicht ganz geheimen Krieg gegen das iranische Atomwaffenprogramm. Wissenschaftler waren ermordet, Computer mit Viren verseucht und Fabrikanlagen durch die Lieferung fehlerhafter Teile sabotiert worden – darunter mehrere Dutzend defekter Zentrifugen, die vier geheime Urananreicherungsanlagen zerstört hatten. Diese Operation hatte zu Gabriels besten Unternehmen gehört. Passenderweise hatte sie den Decknamen »Meisterwerke« getragen.

»Bin ich irgendwo namentlich erwähnt worden?«

»Bisher mit keiner Silbe. Aber das bedeutet nicht, dass sie dich nicht als Drahtzieher verdächtigen. Wer die Iraner unterschätzt, handelt auf eigene Gefahr – das gilt auch für dich.«

»Ich habe sie nie unterschätzt. Aber ich habe nicht die Absicht, mich für den Rest meines Lebens zu verstecken.«

»Das schlägt ja auch niemand vor.«

»Und was soll ich tun?«

»Jerusalem ist in dieser Jahreszeit besonders reizvoll.«

»Nein, es ist abscheulich. Aber darum geht es nicht. Ich habe zu viel Arbeit, um Rom zu verlassen.«

»Das habe ich gehört. Und ich habe auch gehört, dass dein Freund Monsignore Donati dich gebeten hat, dir die Selbstmörderin in der Basilika anzusehen, bevor sie abtransportiert wurde.«

»Ich bin beeindruckt, Schimon. Woher weißt du das?«

»Weil Lorenzo Vitale das einem alten Freund in der Guardia di Finanza erzählt hat. Und dieser Freund hat es einem *seiner* Freunde beim italienischen Sicherheitsdienst weitererzählt. Und der Freund beim Sicherheitsdienst hat es mir erzählt. Außerdem soll ich dich warnen, dass er dich beim ersten Verstoß gegen deine Aufenthaltsgenehmigung abschieben lässt.«

»Sag ihm, dass ich mich an Geist und Buchstabe unseres Abkommens halte.«

»Hat Donatis Assistent dich deshalb heute Nachmittag zum Kaffee eingeladen?«

»Aha, du lässt also wieder mein Mobiltelefon abhören?«

»Wie kommst du darauf, dass ich das jemals nicht getan hätte?« Pazner schwieg eine Weile und fuhr dann fort: »Vermute ich richtig, dass diese Frau sich nicht selbst von der Galerie gestürzt hat?«

»Da liegst du ganz richtig, Schimon.«

»Irgendeine Idee, weshalb sie ermordet worden sein könnte?«

»Ich habe eine Theorie, die ich aber ohne Hilfe nicht überprüfen kann.«

»Welche Art Hilfe?«

»Forensische Hilfe«, antwortete Gabriel. »Ich brauche die Einheit 8200, um untersuchen zu lassen, mit wem sie in Verbindung gestanden hat.«

Als Pendant zur National Security Agency der USA war die Einheit 8200 für die israelische elektronische Aufklärung zuständig. Obwohl sie offiziell dem Generalstab unterstand, übernahm sie Aufträge für den Dienst und alle sonstigen Geheim- und Sicherheitsdienste des Landes. Aus ihren Reihen kamen einige der erfolgreichsten Unternehmer der blühenden Hightechindustrie Israels.

»Mal sehen, ob ich dich richtig verstanden habe«, sagte Pazner. »Der Staat Israel sieht sich zahllosen existenziellen Bedrohungen gegenüber, und du willst, dass die Einheit wertvolle Zeit und Mühe darauf vergeudet, die Verbindungsdaten einer toten Italienerin zu analysieren?«

Gabriel schwieg. Der Stationschef atmete geräuschvoll aus.

»Wie weit soll die Analyse zurückgehen?«

»Sechs Monate. E-Mails, Browser-Verläufe, Internetsuchen.«

Pazner zündete sich eine weitere Zigarette an und blies den Rauch in Richtung Mond. »Besäße ich auch nur eine Unze gesunden Menschenverstand, würde ich diese Sache in einem tiefen Loch vergraben – und dich mit dazu. Aber du bist mir jetzt was schuldig, Gabriel. Und ich vergesse nie, wer mir was schuldig ist.«

»Wie kann ich mich jemals dafür revanchieren, Schimon?«

»Du könntest damit anfangen, deiner Frau zu sagen, dass sie aufhören soll, meine Leute abzuschütteln, wenn sie einkaufen geht. Ich lasse sie doch nur zu ihrem eigenen Besten bewachen.«

»Mal sehen, was ich tun kann. Sonst noch was?«

»Sollte dir irgendwo in Rom ein Hisbollah-Team über den Weg laufen, rufst du mich an, okay? Aber tu mir den Gefallen, deine Pistole stecken zu lassen. Ich habe schon genügend Probleme.«

8

Piazza di Spagna, Rom

Gabriel und Chiara näherten sich dem Fall mit der wachsamen Gelassenheit eines Teams, das in einem feindlichen Land im Untergrund operiert. Ihre Zielperson war der Mörder Claudia Andreattis. Nach dem Eintreffen ihres Materials aus dem Vatikan konnten sie mit der Fahndung beginnen. Dabei machten sie sich auf Enttäuschungen gefasst, denn die Unterlagen konnten durchaus unvollständig, widersprüchlich und irreführend sein.

Sie arbeiteten unter der Annahme, jede ihrer Bewegungen werde von anderen beobachtet, und verhielten sich dementsprechend. Vor allem Gabriel blieb nichts anderes übrig, als seine Tätigkeit wie bisher fortzusetzen. Er war ein Mann mit vielen Gesichtern und vielen verschiedenen Aufgaben. Für die jungen Schweizergardisten, die ihn jeden Morgen am Annentor begrüßten, war er ein Kamerad, ein geheimer Wächter und gelegentlicher Verbündeter. Für seine Kollegen im Restaurierungslabor war er ein talentierter, aber melancholischer Einzelgänger, der seine Tage hinter schwarzen Vorhängen mit Caravaggio und seinen Dämonen verbrachte. Und für die italienischen Beschatter, die ihm jeden Nachmittag nach Hause folgten, war er ein legendärer Agent, von dessen verworrener Vergangenheit sie nur Bruchstücke kannten.

Wenn er nach Hause kam, saß Chiara meist über einen Stapel Ausdrucke gebeugt da. Gabriel arbeitete dann noch einige Stunden an ihrer Seite, bevor sie zu einem späten

Abendessen ausgingen. Sie aßen in kleinen Lokalen, die nur von Einheimischen besucht wurden, und sprachen außerhalb der Wohnung nie über ihre Ermittlungen.

Von Tag zu Tag geriet Claudia Andreatti in den Augen der Öffentlichkeit mehr in Vergessenheit. Die Zweifel an den offiziell bekannt gegebenen Umständen ihres Todes schwanden, die Zeitungen brachten keine weiteren reißerischen Storys mehr, und selbst die Webseiten, die Verschwörungstheorien verbreitet hatten, gestanden widerstrebend ein, es sei wohl an der Zeit, ihre arme Seele in Frieden ruhen zu lassen. Doch in der kleinen Wohnung mit Blick auf die Spanische Treppe gingen die Fragen weiter.

Leider lieferten die Dateien von Pater Mark keinen einzigen brauchbaren Hinweis. Die Sammlungen, um die es ging, verdankten ihre Existenz der Tatsache, dass die Päpste mehr als ein Jahrtausend über den in archäologischer Hinsicht reichen Kirchenstaat mit seinen etruskischen, griechischen und römischen Artefakten geherrscht hatten. Darüber hinaus hatte der Vatikan wie alle Museen seine Schätze durch Zukäufe und Erbschaften vermehrt. Darin lagen potenzielle Probleme. Was passierte beispielsweise, wenn eine Privatsammlung Material enthielt, das aus illegalen Grabungen stammte oder keine eindeutige Provenienz besaß? Nach gründlichen Recherchen schien Claudia jedoch keinen Hinweis auf irgendetwas entdeckt zu haben, das den Heiligen Stuhl vor juristische oder ethische Probleme hätte stellen können. Tatsächlich schien der Vatikan diesmal eine bemerkenswert weiße Weste zu haben.

»Irgendwann ist immer das erste Mal«, meinte Chiara. »Sieht ganz so aus, als wäre der Vatikan das erste Museum weltweit, das keine gestohlene Statue im Keller versteckt hat.«

»Er hat genügend andere Probleme«, sagte Gabriel.

»Was tun wir jetzt?«

»Wir warten darauf, dass die Einheit uns die restlichen Puzzleteilchen liefert.«

Sie brauchten nicht lange zu warten. Schon am folgenden Abend machte sich einer von Schimon Pazners Leuten auf der Via Condotti an Gabriel heran und drückte ihm einen USB-Stick mit Claudia Andreattis E-Mails aus dem letzten halben Jahr in die Hand, und am Abend darauf gab es den Browser-Verlauf ihrer IP-Adresse und eine vollständige Liste ihrer Internetsuchen. Dieses Material lieferte intime Einblicke in das Leben einer Frau, die Gabriel nur flüchtig gekannt hatte – Nachrichten, die sie gelesen, Videoclips, die sie sich angesehen, und geheime Wünsche, die sie der Google-Suche anvertraut hatte. Sie erfuhren, dass Claudia französische Unterwäsche bevorzugt, gern Diana Krall gehört und regelmäßig die *New York Times,* aber auch den Blog eines bekannten katholischen Kirchenkritikers gelesen hatte. Offenbar hatte sie von Reisen nach Neuseeland und an die irische Westküste geträumt. Sie hatte an chronischen Rückenschmerzen gelitten und fünf Kilo abnehmen wollen.

Gabriel und Chiara gingen möglichst dezent vor, aber die meiste Zeit brüteten sie über Claudias Internetsuchen wie über Bruchstücken von Steintafeln einer untergegangenen Kultur. Sie fanden weder einen Hinweis auf Selbstmordpläne noch irgendwelche Todesdrohungen – keine eifersüchtigen Liebhaber, keine Schulden, keine beruflichen oder privaten Krisen irgendeiner Art. Claudia Andreatti schien die zufriedenste Frau in ganz Rom gewesen zu sein.

Der letzte Teil des Materials, das die Einheit geliefert hatte, bestand aus den Verbindungsdaten von Claudias Handy. In den letzten Wochen ihres Lebens hatte sie mehrmals eine Nummer in Cerveteri angerufen – eine für ihre Etruskergräber bekannte Kleinstadt vierzig Kilometer nordwestlich von Rom. Außerdem war es vielleicht kein Zufall, dass Cerveteri nur wenige Kilometer nördlich des Seebads Ladispoli lag. Auf Gabriels Ersuchen ermittelte die Einheit Namen und Adresse des Anschlussinhabers: Roberto Falcone, Via Lombardia 22.

Am späten Vormittag des nächsten Tages fuhren Gabriel und Chiara zur belebten Stazione Termini und stiegen in einen Zug nach Venedig. Eine Minute vor Abfahrt stiegen sie in aller Ruhe wieder aus und kehrten in die Bahnhofshalle zurück. Erwartungsgemäß waren die beiden Agenten, die ihnen von der Piazza di Spagna gefolgt waren, nicht mehr da. Ohne die lästigen Beschatter gingen sie in das benachbarte Parkhaus, in dem Schimon Pazner einen Mercedes des Diensts in ständiger Bereitschaft stehen hatte. Obwohl es zwanzig Minuten dauerte, bis ein Angestellter den Wagen mit quietschenden Reifen an der Ausfahrt anlieferte, beschwerte Gabriel sich mit keinem Wort. Als Autofahrer in Rom lernte man, kleine Unannehmlichkeiten schweigend zu ertragen.

Nachdem sie den Tiber überquert hatten, folgte Gabriel den Mauern des Vatikans bis zur Via Aurelia. Die alte Römerstraße führte Kilometer um Kilometer an tristen Wohnblöcken vorbei zur Autostrada A 12. Von dort aus waren es keine zwanzig Kilometer mehr nach Cerveteri. Unterwegs kontrollierte Gabriel immer wieder die Rückspiegel.

»Folgt uns jemand?«, fragte Chiara.

»Nur fünf der schlechtesten Fahrer Italiens.«

»Was passiert, denkst du, wenn der Zug ohne uns in Venedig einfährt?«

»Es wird Vorwürfe geben.«

»Intern oder an unsere Adresse?«

Gabriel verließ die Autobahn und kurvte eine Viertelstunde durch das historische Zentrum von Cerveteri, bis er die Via Lombardia knapp außerhalb der Stadtgrenze entdeckte. Die Nummer 22 war ein etwas heruntergekommenes einstöckiges Landhaus mit bröckelndem ockergelben Putz und abgeblätterten grünen Fensterläden, die leicht schief in ihren Angeln hingen. Der Garten war halb mit Obstbäumen, halb mit Rebstöcken bepflanzt. Zwischen dem Haus und einem baufälligen Schuppen stand ein Kombi, der schon lange nicht mehr in der Waschanlage gewesen war. In dem zertrampelten Vorgarten kläffte ein Schäferhund, der aussah, als habe er seit Tagen nichts mehr zu fressen bekommen.

»Insgesamt«, sagte Gabriel, während er den Hund anstarrte, »kaum ein Ort, an dem man eine Museumskuratorin erwarten würde.«

Er wählte Falcones Nummer, doch es meldete sich niemand.

»Was nun?«, fragte Chiara.

»Wir lassen ihm eine Stunde Zeit. Dann kommen wir zurück.«

»Wo willst du warten?«

»Irgendwo, wo wir nicht auffallen.«

»Das ist in einer Kleinstadt nicht so leicht«, stellte sie fest.

»Irgendwelche Vorschläge?«

»Nur einen.«

Die Nekropolis Banditaccia lag nördlich der Stadt am Ende einer langen Zypressenallee. Am Parkplatz gab es ein kioskartiges Café, einige Schritte weiter befanden sich in einem provisorisch wirkenden Gebäude die Kasse und ein Souvenirladen. Die Frau an der Kasse, ein vogelähnliches Wesen mit riesiger Brille, schien überrascht zu sein, sie zu sehen. Offenbar waren sie an diesem Tag die ersten Besucher.

Gabriel und Chiara zahlten den bescheidenen Eintritt und bekamen eine handgeschriebene Karte, die sie nach dem Rundgang zurückgeben sollten. In ihrer Rolle als Touristen stiegen sie in das erste Grab hinunter und betrachteten die kalten, leeren Grabkammern. Dann wanderten sie durch ein Labyrinth aus Gräbern, die wie Bienenstöcke aussahen. Sie waren in dieser Totenstadt allein.

Damit die Zeit schneller verging, hielt Chiara Gabriel halblaut einen Kurzvortrag über die Etrusker: ein geheimnisvolles Volk, strenggläubig, aber angeblich sexuell dekadent, das Männer und Frauen als gleichberechtigt angesehen hatte. Die künstlerisch und wissenschaftlich hochstehenden Etrusker hatten die Römer gelehrt, Straßen, Aquädukte und Entwässerungskanäle zu bauen, und die Römer hatten sich revanchiert, indem sie die Etrusker ausgerottet hatten. Heutzutage war von ihrer einst blühenden Zivilisation kaum mehr übrig als ihre Gräber, was genau den Absichten der Erbauer entsprach. Die Etrusker hatten ihre Häuser aus vergänglichen Materialien gebaut, ihre Totenstädte jedoch für die Ewigkeit. Die Grabbeigaben waren Gefäße, Hausgeräte und Schmuck gewesen – Schätze, die jetzt in den Museen der Welt und den Salons der Reichen ausgestellt waren.

Nach ihrem Rundgang gaben Gabriel und Chiara pflichtbewusst die Karte ab und gingen auf den Parkplatz hinaus, wo Gabriel noch mal Roberto Falcones Nummer wählte, doch wieder vergeblich.

»Und jetzt?«, fragte Chiara.

»Lunch«, antwortete Gabriel.

Er ging zum Kiosk hinüber und kaufte ein halbes Dutzend Sandwichs in Zellophan.

»Hungrig?« Chiara war erstaunt.

»Die sind nicht für uns.«

Sie stiegen wieder ein und fuhren zu Falcones Landhaus zurück.

9

Cerveteri

Unter den westlichen Geheimdiensten war Gabriels Angst vor Hunden ebenso legendär wie seine Erfolge. Seine Angst war keineswegs irrational – sie wurde durch praktische Erfahrungen bei zahllosen gewalttätigen Begegnungen überzeugend untermauert. In Gabriels Aussehen schien etwas zu liegen – vielleicht sein katzenartiges Auftreten und seine lebhaft grünen Augen –, das selbst Schoßhündchen in die zähnefletschenden prähistorischen Bestien verwandelte, von denen sie abstammten. Er war von Hunden gehetzt, von Hunden gebissen, von Hunden malträtiert worden, und in einem verschneiten Schweizer Tal hatte ihm der Schäferhund eines prominenten Bankiers einmal den Arm gebrochen. Diesen Angriff hatte Gabriel nur überlebt, indem er den Hund mit einem Kopfschuss aus seiner Beretta erledigt hatte. Hier in Cerveteri war eine Schießerei bestimmt nicht ratsam.

Die Stimmung des Schäferhunds schien sich in der Stunde seit ihrer ersten Begegnung verschlechtert zu haben. Dass Roberto Falcone sich solch eine Bestie hielt, konnte nur einen Grund haben: Auf seinem Grundstück war etwas versteckt, und der Hund hatte die Aufgabe, Schnüffler fernzuhalten. Zu Gabriels Glück schien das Tier misshandelt worden zu sein, was hieß, dass es jetzt für eine Anwerbung reif war. Daher die Tüte mit den Sandwichs.

»Vielleicht lässt du lieber mich versuchen?«, schlug Chiara vor.

Gabriel warf ihr einen vernichtenden Blick zu, sagte aber nichts.

»Ich dachte nur …«

»Ich weiß, was du gedacht hast.«

Gabriel bog auf die Einfahrt ab und holperte langsam die mit Schlaglöchern übersäte Zufahrt entlang. Der Hund stürzte sich sofort auf den Wagen – natürlich auf Gabriels Seite, die Fahrerseite. Er galoppierte neben den Vorderrädern her und machte ab und zu halt, um sich aggressiv zu ducken und seine scharfen Zähne zu fletschen. Sobald das Auto zum Stehen kam, schnellte er hoch und versuchte, Gabriel durchs Glas zu beißen. Gabriel beobachtete ihn gelassen, was den Schäferhund noch mehr zu reizen schien. Er hatte gelbe Wolfsaugen und Schaum vor der Schnauze, als wäre er tollwütig.

»Vielleicht solltest du mit ihm reden«, schlug Chiara vor.

»Mit Terroristen verhandle ich nicht.«

Gabriel seufzte schwer, dann packte er ein Sandwich aus, fuhr das Fenster etwas herunter und schob das belegte Brot rasch durch den Spalt. Fünfzehn Zentimeter Parmaschinken, Fontina-Käse und Weißbrot wurden heißhungrig in einem einzigen Bissen verschlungen.

»Er lebt nicht koscher«, stellte Chiara fest.

»Ist das ein gutes Zeichen oder ein schlechtes?«

»Schlecht«, antwortete sie. »Sehr schlecht.«

Gabriel schob ein weiteres Sandwich durch den Fensterspalt. Diesmal erwischte ihn ein Reißzahn an der Fingerspitze, die leicht zu bluten begann.

»Alles in Ordnung?«

»Nur gut, dass ich Beidhänder bin.« Er fütterte den Hund wie am Fließband mit drei weiteren Sandwichs.

»Der arme Kerl ist ganz ausgehungert«, meinte Chiara. »Willst du ihm das letzte nicht auch noch geben?«

»Das behalte ich lieber in Reserve. Dann kann ich ihn

damit bewerfen, wenn er beschließt, mir an die Kehle zu gehen.«

Gabriel entriegelte die Tür, zögerte aber noch.

»Worauf wartest du?«

»Dass er seine Absichten erkennen lässt.«

Er öffnete die Tür zu einem Drittel und stellte einen Fuß auf den Boden. Der Schäferhund knurrte tief in der Kehle, blieb aber sitzen. Seine Ohren waren gespitzt, was Gabriel für eine positive Entwicklung hielt. Wenn der Hund ihn hätte zerreißen wollen, wären seine Ohren angelegt gewesen wie die Tragflächen eines Schwenkflügeljägers.

Gabriel legte das letzte Sandwich auf die Erde und stieg langsam aus. Ohne den Schäferhund aus den Augen zu lassen, wies er Chiara an, ebenfalls das Auto zu verlassen. Das halbwegs gesättigte Tier verschlang das letzte Sandwich etwas manierlicher und verfolgte Gabriel und Chiara mit den Augen, als sie zum Hintereingang des Hauses gingen. Gabriel klopfte zweimal an, ohne dass sich jemand meldete. Dann drückte er die Klinke hinunter. Die Tür war abgesperrt.

Er holte das kleine, dünne Metallwerkzeug heraus, das er immer in der Geldbörse hatte, und bewegte es behutsam im Schloss vor und zurück, bis der Mechanismus nachgab. Jetzt ließ sich die Tür öffnen. Dahinter lag eine ehemalige Waschküche, die jetzt voller alter Arbeitskleidung und schlammiger kniehoher Gummistiefel war. Das emaillierte Waschbecken war trocken. Die Stiefel ebenfalls.

Gabriel machte Chiara ein Zeichen, ins Haus zu kommen, und ging in die Küche voraus. Überall stand schmutziges Geschirr, und in der Luft hing der Geruch von etwas Verbranntem. Gabriel trat an die Kaffeemaschine. Sie war eingeschaltet, aber ihr Inhalt war bis auf einen schwarzen Fleck verkocht. Offenbar war sie seit einigen Tagen eingeschaltet – so viele Tage, vermutete Gabriel, wie der Schäferhund nichts mehr zu fressen bekommen hatte.

»Er kann von Glück sagen, dass er das Haus nicht abgefackelt hat«, meinte Chiara.

»Ach, ich weiß nicht, ob Falcone da von Glück sagen kann.«

Gabriel schaltete die Kaffeemaschine aus, dann gingen sie ins Esszimmer weiter. Der Kronleuchter war wie die Kaffeemaschine eingeschaltet geblieben, und fünf der acht Glühbirnen waren durchgebrannt. Auf dem rechteckigen Tisch standen eine nur teilweise verzehrte Mahlzeit und ein Karton mit dem Aufdruck einer hiesigen Weinkellerei. Gabriel hob die Deckelklappen hoch und sah hinein. Der Karton enthielt lauter Gegenstände, die sorgfältig in Zeitungspapier des *Corriere della Sera* gewickelt waren. Eine ziemlich elitäre Zeitung für einen Mann wie Falcone, dachte Gabriel. Er hätte ihm eher die *Gazetta dello Sport* zugetraut.

»Er scheint eilig abgehauen zu sein«, sagte Chiara.

»Oder er ist dazu gezwungen worden.«

Gabriel nahm einen der Gegenstände aus dem Karton und wickelte ihn vorsichtig aus dem Zeitungspapier. Es handelte sich um eine gewölbte Tonscherbe, etwa so groß wie seine Handfläche, die mit dem Bildnis einer jungen Frau im Halbprofil geschmückt war. Sie trug ein Plisseegewand und schien ein flötenähnliches Instrument zu spielen. Haut und Gewand waren im gleichen Terrakottaton gehalten, aber der Hintergrund war leuchtend schwarz.

»Großer Gott«, sagte Chiara leise.

»Das sieht wie das Fragment eines attisch-rotfigurigen Gefäßes aus.«

Chiara nickte. »Form und Darstellung lassen darauf schließen, dass dieses Fragment aus dem oberen Teil eines *Stamnos,* eines griechischen Weingefäßes, stammt. Die Frau ist eindeutig eine Mänade, eine Jüngerin des Dionysos. Ihr Instrument ist eine als *Aulos* bekannte Flöte aus zwei Schilfrohren.«

»Könnte das eine römische Kopie eines griechischen Originals sein?«

»Theoretisch schon. Aber ich vermute, dass dieses Original vor zweieinhalbtausend Jahren in Griechenland für den Export in etruskische Städte hergestellt worden ist. Die Etrusker waren große Bewunderer griechischer Vasen. Deswegen sind in etruskischen Gräbern so viele davon gefunden worden.«

»Was macht dieses Fragment in einem Pappkarton auf Roberto Falcones Esstisch?«

»Diese Frage lässt sich leicht beantworten. Er ist ein *Tombarolo.*«

Ein Grabräuber.

»Das würde erklären, warum er sich einen so aggressiven Hund hält«, sagte Gabriel.

»Und es erklärt die schlammigen Stiefel in der ehemaligen Waschküche. Er hat offenbar in letzter Zeit gegraben, wahrscheinlich erst vor Kurzem.« Sie hielt die Zeitung hoch. »Die ist von letzter Woche.«

Gabriel griff nochmals in den Karton und holte ein weiteres in Zeitungspapier verpacktes Vasenfragment heraus. Es zeigte das Gesicht einer zweiten Mänade, die eine flache Trinkschale in der Hand hielt. Gabriel begutachtete die Darstellung schweigend, bevor er sich die Zeitung ansah. Sie enthielt einen Teil der Berichterstattung über die vatikanische Kuratorin, die im Petersdom Selbstmord verübt hatte. Nirgends war allerdings zu lesen, dass die Kuratorin gerade dabei gewesen war, ein geheimes Verzeichnis der Antikensammlung des Vatikans anzulegen. Ihre Nachforschungen hatten sie anscheinend hierher, ins Haus eines *Tombarolo* geführt. Vielleicht hatte schon das genügt, ihr den Tod zu bringen, aber Gabriel vermutete, dass dahinter mehr steckte.

Er begutachtete das Vasenfragment erneut und hob es dabei an die Nase. Es roch leicht chemisch, fast wie die

Lösungsmittel, die er benutzte, um Gemälde von alten Firnisschichten zu reinigen. Der Geruch ließ darauf schließen, dass das Fragment erst kürzlich von anhaftender Erde und sonstigen Verunreinigungen befreit worden war, vermutlich durch Eintauchen in verdünnte Salpetersäure. Selbst ein alter Mann, der allein in einem heruntergekommenen Haus lebte, würde ihren stechenden Geruch nur für wenige Minuten ertragen können. Also brauchte er einen separaten Raum, in dem er solche Objekte über längere Zeit hinweg lagern konnte.

Gabriel steckte das Terrakottafragment in seine Jackentasche und sah aus dem Fenster zu dem baufälligen Schuppen hinüber. Draußen stromerte Falcones Schäferhund mit gesenktem Kopf und angelegten Ohren herum. Gabriel seufzte schwer. Dann ging er in die Küche, stellte eine große Rührschüssel auf die Arbeitsfläche und machte sich daran, sie mit allem zu füllen, was auch nur im Entferntesten fressbar aussah.

Die Tür des Schuppens war mit zwei rostigen Vorhängeschlössern gesichert. Gabriel öffnete sie, während der Wachhund sich gierig über das Gemenge aus Thunfisch, dicken Bohnen, Artischockenherzen und Kondensmilch hermachte. Als die Tür quietschend aufging, sah das Tier nur kurz auf, um dann weiterzufressen.

Im Schuppen war der stechende Säuregestank kaum zu ertragen. Gabriel bedeckte mit der einen Hand Mund und Nase und tastete mit der anderen nach dem Lichtschalter. Leuchtstoffröhren flammten auf und zeigten ihnen ein Profilabor für die Reinigung und Lagerung geraubter Altertümer. Die Sauberkeit und Ordnung in dem Raum standen in auffälligem Gegensatz zur Verwahrlosung des übrigen Geländes. Nur ein Gegenstand wirkte merkwürdig deplatziert: eine Art Speer aus Eisen, der auf zwei Wandhaken ruhte. Gabriel untersuchte die Spitze und stellte fest, dass das anhaftende Material in Farbe und Konsistenz dem Schlamm an den Gummistiefeln entsprach.

»Das ist ein *Spillo*«, erklärte Chiara ihm. »Damit suchen die *Tombaroli* nach unterirdischen Grabkammern. Sie sondieren das Gelände, bis sie auf einen Hohlraum stoßen, der ein Grab oder eine römische Villa sein kann. Dann rücken sie mit Schaufeln und Baggern an und nehmen alles mit, was sie finden können.«

»Und dann«, sagte Gabriel mit einem Blick in die Runde, »bringen sie ihre Beute hierher.«

Er trat an Falcones Arbeitstisch, der nicht viel anders als die Tische im Restaurationslabor der Vatikanischen Museen aussah. Fundierte Monografien über römische, griechische und etruskische Altertümer stapelten sich darauf – die gleichen Bücher, die Gabriel in Claudia Andreattis Wohnung gesehen hatte. Die Farbtafel eines aufgeschlagen daliegenden Bandes zeigte attisch-rotfigurige *Stamnoi*, die mit Mänaden verziert waren.

Gabriel fotografierte die Abbildung mit seinem Black-Berry, bevor er an Falcones Lagerregale trat. Die Antiquitäten waren nach Verwendungszweck geordnet: Tongefäße, Haushaltsgeräte, Werkzeuge, Waffen und Eisenteile, die aussahen, als stammten sie aus den Kellern der Zeit. Beweise für massive Plünderungen, die sich leider nie mehr rückgängig machen ließen. Die aus ihrem ursprünglichen Umfeld gerissenen Altertümer sagten allerdings nur wenig über die Menschen aus, die sie einst hergestellt und benutzt hatten.

An der Rückwand des Labors standen vier große Edelstahlbottiche von je anderthalb Metern Durchmesser und einem Meter Höhe. In der rötlichen Flüssigkeit in den ersten drei Behältern waren deutlich Tongefäße, Kleinstatuen und weitere Gegenstände zu erkennen. Die Säure in dem vierten Bottich war trüb und füllte ihn fast zum Rand.

Gabriel holte sich den eisernen *Spillo* und untersuchte vorsichtig die Flüssigkeit. Dicht unter der Oberfläche stieß die Spitze auf etwas Weiches.

»Was ist das?«, fragte Chiara.

»Vielleicht irre ich mich«, sagte Gabriel, »aber ich glaube, wir haben eben Roberto Falcone gefunden.«

10

Piazza di Sant'Ignazio, Rom

Im Herzen Roms liegt zwischen dem Pantheon und der Via del Corso die hübsche kleine Piazza di Sant'Ignazio. An ihrem Nordrand steht die gleichnamige Kirche, die vor allem wegen ihres herrlichen Deckenfreskos bekannt ist, das vom Jesuitenpater Andrea Pozzo stammt. Im Süden des Platzes erhebt sich ein Palazzo mit prächtiger Fassade in Cremegelb und Weiß. Am Balkon im zweiten Stock sind zwei Flaggen gehisst, und über dem Portal prangt das Wappen der Carabinieri. Eine kleine Plakette verkündet, dass hier das Dezernat für die Verteidigung des Kulturerbes residiert, das in Justizkreisen einfach als Kunstdezernat bekannt ist.

Als es im Jahr 1969 eingerichtet wurde, war es die weltweit einzige Polizeidienststelle mit dem Auftrag, den lukrativen Handel mit gestohlenen Kunstwerken und Antiquitäten zu bekämpfen. Italien brauchte dieses Dezernat sicherlich, denn es war nicht nur reich an Kunstschätzen, sondern auch an Berufsverbrechern, die es darauf anlegten, sie zu stehlen. In den folgenden zwei Jahrzehnten brachte das Kunstdezernat Tausende von Personen wegen Kunstdiebstahls vor Gericht, klärte zahlreiche sensationelle Verbrechen auf und brachte entwendete Werke von Raffael, Giorgione und Tintoretto zurück. Doch dann setzte eine gewisse Erlahmung ein. Der Personalstand sank auf einige Dutzend pensionsreifer Mitarbeiter, von denen viele so gut wie nichts von Kunst verstanden. Vor allem aber wurde in dem eleganten Palazzo in entschieden römischem Tempo gearbeitet. Kritiker behaupteten, das Personal verbringe mehr Zeit damit, über das beste Restaurant fürs Mittagessen zu diskutieren, als nach den in Italien gestohlenen Kunstwerken zu fahnden, mit denen man Jahr für Jahr ein Museum hätte füllen können.

Das änderte sich mit dem Amtsantritt von General Cesare Ferrari. Der Sohn eines Lehrerehepaars aus der armen Campania hatte seine gesamte Laufbahn im Kampf gegen die unlösbaren Probleme seines Landes verbracht. Als in den Siebzigerjahren Terroranschläge das Land erschütterten, hatte er mitgeholfen, die kommunistischen Roten Brigaden auszuschalten. Und in den Mafiakriegen der Achtzigerjahre war er Kommandeur der von der Camorra unterwanderten Außenstelle Neapel gewesen. Diese Position war so gefährlich gewesen, dass Ferraris Frau und seine drei Töchter unter ständigem Polizeischutz hatten leben müssen.

Der General selbst war das Ziel zahlreicher Anschläge gewesen, und eine Briefbombe hatte ihn zwei Finger und das rechte Auge gekostet. Das Glasauge mit dem starren Blick erzeugte bei manchen Untergebenen das unheimliche Gefühl, vom allsehenden Auge Gottes beobachtet zu werden. Ferrari setzte es effektvoll ein, um Kleinkriminelle dazu zu bringen, ihre Bosse zu verraten. Einer dieser Bosse, den er zur Strecke brachte, hatte das Briefbombenattentat in Auftrag gegeben. Nach der Verurteilung des Mafiosos hatte Ferrari ihn persönlich in seine Zelle in dem berüchtigten neapolitanischen Gefängnis Poggioreale gebracht, in dem er den Rest seines Lebens verbringen würde.

Der Posten im Kunstdezernat war als Belohnung für lange treue Dienste gedacht gewesen. »Wälzen Sie ein paar Jahre lang Akten«, hatte der Kommandeur der Carabinieri gesagt, »dann ziehen Sie sich in Ihr Dorf in der Campania zurück und bauen Tomaten an.« Ferrari hatte die Ernennung angenommen und genau das Gegenteil getan. Schon wenige Tage nach seinem Amtsantritt setzte er die Hälfte des Personals seiner Dienststelle vor die Tür. Dann machte er sich daran, das an Überalterung leidende Dezernat zu modernisieren. Er füllte es mit aggressiven jungen Beamten auf, erwirkte die Erlaubnis, die Telefone polizeilich bekannter Kunstdiebe abhören zu dürfen, und eröffnete neue Außenstellen in Gebieten, in denen die Kunstdiebstähle tatsächlich verübt wurden, vor allem im Süden des Landes.

Vor allem wendete Ferrari viele der Methoden an, mit denen er seinerzeit in Neapel die Mafia bekämpft hatte. Ihn interessierten weniger die Kleinkriminellen, die sich gelegentlich als Kunstdiebe versuchten, denn er hatte es auf die großen Fische abgesehen, die das Diebesgut auf den Markt brachten. Der Erfolg von Ferraris neuen Methoden ließ nicht lange auf sich warten. Über ein Dutzend großer Diebe wanderte hinter Gitter, und die Zahl der Kunstdiebstähle sank. Der Palazzo war kein Seniorenheim mehr – ganz im Gegenteil: Er war der Ort, an dem sich die besten und intelligentesten Carabinieri drängten, um sich einen Namen zu machen. Und wer den Ansprüchen nicht genügte, fand sich in Ferraris Dienstzimmer wieder, wo er in das erbarmungslose Auge Gottes starrte.

Nach fast vierzig Jahren im italienischen Staatsdienst war General Ferrari durch fast nichts mehr zu schockieren. Doch selbst er war einigermaßen verblüfft, als am frühen Abend der legendäre Gabriel Allon in Begleitung seiner schönen und viel jüngeren Frau Chiara, einer geborenen Venezianerin, in seinem Dienstzimmer aufkreuzte. Die Ereignisse, die sie hergeführt hatten, waren vier Stunden zuvor ins Rollen gekommen, als Gabriel die teilweise aufgelöste Leiche Roberto Falcones entdeckt hatte. Statt sich direkt an die Polizei zu wenden, hatte er Donati angerufen, der sich seinerseits an Lorenzo Vitale von der Vatikangendarmerie gewandt hatte. Nach einer unangenehmen Viertelstunde am Telefon wurde beschlossen, Vitale solle sich an Ferrari wenden, mit dem er schon oft zusammengearbeitet hatte. Am Spätnachmittag trafen Leute des Kunstdezernats in Cerveteri ein und brachten ein Team der Mordkommission Lazio mit. Und bei Sonnenuntergang saßen Gabriel und Chiara, die ihre Waffen hatten abgeben müssen, in einer Limousine der Carabinieri, die sie in den Palazzo brachte.

An den Wänden von Ferraris Dienstzimmer hingen Gemälde – manche beschädigt, andere ohne Rahmen –, die bei Kunstdieben oder zwielichtigen Sammlern beschlagnahmt worden waren. Dort blieben sie, manchmal wochen- oder monatelang, bis sie ihren rechtmäßigen Eigentümern zurückgegeben werden konnten. Hinter seinem Schreibtisch hing Caravaggios Gemälde *Geburt Christi mit den Heiligen Franziskus und Lorenz,* das wie frisch restauriert glänzte. Es war natürlich eine Kopie; das Original war 1969 aus der Kirche San Lorenzo in Palermo gestohlen worden und seither verschwunden. Ferrari war von dem Gedanken besessen, es eines Tages doch noch aufzuspüren.

»Vor zwei Jahren«, sagte er, »dachte ich, wir hätten es endlich ausfindig gemacht. Ein kleiner Kunstdieb hat behauptet, er kenne das Haus in Sizilien, in dem das Gemälde versteckt sei. Wenn ich verspräche, ihn laufen zu lassen, obwohl er das Altarbild einer toskanischen Dorfkirche gestohlen hatte, wollte er mir die Adresse nennen. Ich habe eingeschlagen, und wir haben das Haus gestürmt. Das Gemälde war weg, aber wir haben das hier gefunden.« Ferrari schob Gabriel einen Stapel Fotos hin. »Herzzerreißend.«

Gabriel blätterte die Aufnahmen durch. Sie zeigten das Gemälde, dem vierzig Jahre in wechselnden Verstecken nicht gut bekommen waren. Seine Ränder waren stark ausgefranst, und die herrliche Malerei war durch Abschürfungen und tiefe Risse entstellt.

»Was ist aus dem Dieb geworden, der Ihnen den Tipp gegeben hat?«

»Den habe ich hinter Gitter gesteckt.«

»Aber seine Informationen waren zutreffend.«

»Ja, das stimmt. Aber sie waren nicht mehr aktuell. Und in diesem Geschäft ist das richtige Timing alles.« Ferrari gestattete sich ein flüchtiges Lächeln. »Sollten wir es jemals wieder auftreiben können, wäre die Restaurierung offensichtlich schwierig, sogar für einen Mann von Ihren Fähigkeiten.«

»Ich schlage Ihnen einen Deal vor, General. Wenn Sie es aufspüren, restauriere ich es.«

»Ich habe keine Lust zu irgendwelchen Deals, Allon.«

Ferrari schob die Fotos des verschwundenen Caravaggios wieder zusammen und legte sie in ihren Ordner zurück. Dann starrte er nachdenklich aus dem Fenster, als überlege er, ob er Gabriel über die Seufzerbrücke und für ein paar Stunden in die Folterkammern schicken sollte.

»Ich möchte dieses Gespräch damit beginnen, dass ich Ihnen alles erzähle, was ich weiß. Dann sind Sie vielleicht weniger versucht, mich zu belügen. Ich weiß zum Beispiel, dass Ihr Freund Monsignore Donati Ihnen den Auftrag verschafft hat, die *Grablegung Christi* für die Vatikanischen Museen zu restaurieren. Ich weiß auch, dass er Sie gebeten hat, die Leiche von Dottoressa Claudia Andreatti noch im Petersdom in Augenschein zu nehmen – und dass Sie anschließend private Ermittlungen zu ihrem bedauerlichen Tod angestellt haben. Diese Ermittlungen haben Sie zu Roberto Falcone geführt. Und jetzt haben sie Sie hierher gebracht«, schloss Ferrari, »in den Palazzo.«

»Ich war schon an weit schlimmeren Orten.«

»Und Sie werden noch welche kennenlernen, wenn Sie nicht kooperieren.«

Der General zündete sich eine amerikanische Zigarette

an und rauchte sie etwas unbeholfen mit der linken Hand. Seine Rechte mit den zwei fehlenden Fingern lag auf seinem Schoß unter dem Schreibtisch.

»Warum war der Monsignore so besorgt wegen dieser Frau?«, fragte er.

Gabriel berichtete von der Überprüfung der vatikanischen Antikensammlung.

»Mir ist zu verstehen gegeben worden, es habe sich bei ihren Untersuchungen um eine reine Routinesache gehandelt«, meinte Ferrari.

»So hat es vermutlich auch angefangen. Aber anscheinend hat Claudia bei ihren Nachforschungen irgendwas anderes aufgedeckt.«

»Wissen Sie, was?«

»Nein.«

Ferrari musterte Gabriel, als glaube er ihm nicht ganz. »Wieso haben Sie bei Falcone herumgeschnüffelt?«

»Dr. Andreatti hatte kurz vor ihrem Tod mit ihm Kontakt.«

»Woher wissen Sie das?«

»Ich habe seine Telefonnummer in ihren Verbindungsdaten gefunden.«

»Sie hat ihn von ihrem Büro im Vatikan aus angerufen?«

»Nein, von ihrem Handy aus«, sagte Gabriel.

»Wie konnten Sie als nur vorübergehend hier lebender Ausländer an die gespeicherten Mobilfunkdaten einer italienischen Staatsbürgerin herankommen?«

Als Gabriel keine Antwort gab, betrachtete Ferrari ihn über die Glut seiner Zigarette hinweg wie ein Scharfschütze, der ein schwieriges Ziel anvisiert.

»Die auf der Hand liegende Erklärung ist, dass Sie Freunde in Ihrem alten Dienst gebeten haben, Ihnen die Daten zu beschaffen. Sollte das zutreffen, haben Sie gegen Ihre Übereinkunft mit unseren Sicherheitsbehörden verstoßen. Und das bringt Sie in eine sehr missliche Lage, fürchte ich.«

Das ist eine Drohung, sagte Gabriel sich, aber eine sehr milde.

»Haben Sie jemals selbst mit Falcone gesprochen?«, fragte der General.

»Ich hab's versucht.«

»Und?«

»Er ist nicht ans Telefon gegangen.«

»Also haben Sie beschlossen, bei ihm einzubrechen.«

»Aus Sorge um sein Wohlbefinden.«

»O ja, natürlich«, sagte Ferrari ironisch. »Und dann haben Sie überraschenderweise ein großes Lager mit geraubten Altertümern entdeckt.«

»Und einen in Salpetersäure eingelegten *Tombarolo*.«

»Wie haben Sie die Schlösser aufbekommen?«

»Der Wachhund war eine größere Herausforderung als die Schlösser.«

Der General lächelte und streifte nachdenklich etwas Zigarettenasche ab. »Roberto Falcone war kein gewöhnlicher *Tombarolo*«, stellte er fest. »Er war ein *Capo zona*, der Kopf eines regionalen Netzwerks. Die einfachen Grabräuber mussten ihre Funde zu ihm bringen, und Falcone hat sie an Schmuggler und zwielichtige Händler weitergeleitet.«

»Sie scheinen ziemlich viel über einen Mann zu wissen, der erst vor wenigen Stunden tot aufgefunden wurde.«

»Weil Roberto Falcone auch mein Informant war«, gestand Ferrari. »Mein *bester* Informant. Und jetzt ist er durch Ihre Schuld tot.«

»Ich habe nichts mit seinem Tod zu schaffen.«

»Das behaupten *Sie*.«

Ein Adjutant klopfte dezent an Ferraris Tür. Der General schickte ihn mit herrischer Geste fort und dachte eine Weile nach.

»Aus meiner Sicht«, sagte er schließlich, »haben wir die Wahl zwischen zwei Möglichkeiten. Option Nummer eins: Wir handeln streng nach Vorschrift. Das heißt, wir werfen Sie den Sicherheitsdiensten zum Fraß vor. Allerdings dürfte das negative Publicity auslösen – nicht nur für Ihre Regierung, sondern auch für den Vatikan. Ich sehe schlimme Folgen voraus, Allon. Sehr schlimme.«

»Und die zweite Option?«

»Sie beginnen damit, dass Sie mir alles erzählen, was Sie über Claudia Andreattis Tod wissen.«

»Und dann?«

»Dann helfe ich Ihnen, ihren Mörder zu finden.«

II

Piazza di Sant'Ignazio, Rom

Zu den Vorteilen eines Arbeitsplatzes im Palazzo gehörte die Nähe zum Le Cave. Dieses Restaurant war eines der besten Roms und lag nur wenige Schritte entfernt in einer ruhigen Ecke der Piazza. Im Sommer standen vor dem Lokal Tische in ordentlichen Reihen, aber an diesem Februarabend lehnten sie unbeachtet an der Außenwand. Als General Ferrari unangemeldet hereinschneite, wurden seine beiden Gäste und er sofort zu einem Tisch im rückwärtigen Teil des Restaurants geleitet. Ein Ober brachte einen Teller *Arancini di riso* und Wein aus der Campania, der Heimat Ferraris. Der General trank auf ihre Zusammenarbeit, die sich erst noch würde bewähren müssen. Dann knabberte er eine Reiskrokette und erzählte von einem gewissen Giacomo Medici.

Obwohl Medici nicht mit der florentinischen Bankiersdynastie verwandt war, teilte er die Kunstleidenschaft seiner Namensvettern. Als Antiquitätenhändler mit Sitz in Rom und Genf hatte er über viele Jahre hinweg einige der prominentesten Händler, Sammler und Museen mit erstklassiger Ware beliefert. Sein lukratives Geschäft war im Jahr 1999 eingebrochen, als italienische und Schweizer Fahnder sein Lager in der Freihandelszone Genf durchsucht und eine Sammlung von zahlreichen erst kürzlich ausgegrabenen Schätzen entdeckt hatten. Dieser Fund zog internationale Ermittlungen nach sich, in deren Folge Ferraris Kunstdezernat einige der größten Namen der Kunstwelt als Mittäter überführte.

Im Jahr 2004 verurteilte ein italienisches Gericht Medici

wegen Handels mit gestohlenen Antiquitäten zu einer Rekordstrafe: zehn Jahre Haft und zehn Millionen Euro Geldstrafe. Anschließend benutzten die italienischen Behörden das gegen Medici gesammelte Beweismaterial, um Museen mit Rückgabeforderungen zu konfrontieren. Dabei ging es auch um den berühmten Euphronios-Krater, ein Gefäß zum Mischen von Wein und Wasser, den das New Yorker Metropolitan Museum of Art widerstrebend an Italien zurückgeben musste. Von Medici, der beschuldigt wurde, beim Diebstahl des Gefäßes eine Schlüsselrolle gespielt zu haben, gab es eine berühmte Aufnahme, die ihn im Met mit verschränkten Armen vor der Vitrine mit dem Krater zeigte. Diese Pose hatte Ferrari an jenem Tag imitiert, an dem das Gefäß erstmals in der römischen Villa Giulia ausgestellt worden war.

»Alles in allem«, fuhr der General fort, »trägt Medici die Verantwortung für den Raub Tausender Kunstwerke aus italienischer Erde. Aber er hat natürlich nicht allein gearbeitet. Sein Unternehmen war straff hierarchisch organisiert: von den *Tombaroli* und dem *Capo zona* über die Händler und Auktionshäuser bis zu Sammlern und Museen. Und wir wollen unsere guten Freunde bei der Mafia nicht vergessen«, ergänzte Ferrari. »Ohne ihre Einwilligung durfte nirgends gegraben werden. Und nichts kam auf den Markt, ohne dass die Mafiabosse ihren Anteil erhielten.«

Ferrari betrachtete kurz seine verstümmelte Hand, bevor er weitersprach. »Wir haben nicht fünf Jahre Arbeit und Millionen Euros investiert, um einen einzelnen Mann und einige seiner Helfer zu überführen. Wir wollten ein Netzwerk zerstören, das unser Kulturerbe geraubt und ins Ausland verschoben hat. Fast wider Erwarten ist uns das gelungen. Aber das war nur ein vorübergehender Sieg, fürchte ich. Die Plünderungen gehen weiter. Sie sind sogar schlimmer als je zuvor.«

»Medicis Netzwerk ist durch ein neues ersetzt worden?«

General Ferrari nickte, dann nahm er einen kleinen Schluck Wein. »In diesem Punkt ähneln sich Kriminelle und Terroristen, Allon. Erledigt man einen Terroristen, tritt sofort ein anderer an seine Stelle. Und der ist fast immer gefährlicher als sein Vorgänger. Dieses neue Netzwerk ist Medicis Organisation weit überlegen. Es operiert wirklich weltweit. Und es kennt offenbar keine Skrupel.«

»Wer führt es?«

»Das wüsste ich gern. Es könnte ein Konsortium sein, aber mein Instinkt sagt mir, dass es ein einzelner Mann ist. Ich wäre überrascht, wenn er irgendwas mit dem Kunsthandel zu tun hätte. Das wäre unter seiner Würde. Er hat genügend Leute, um zu verhindern, dass jemand aus der Reihe tanzt – also muss er Verbindungen zur Mafia haben. Dieses Netzwerk kann in Griechenland eine Statue ausgraben und sie ein paar Monate später mit scheinbar einwandfreier Provenienz bei Sotheby's versteigern lassen.« Ferrari machte eine kurze Pause. »Übrigens bekommt der Boss auch Material aus Ihrer Gegend.«

»Dem Nahen Osten?«

»Irgendjemand beliefert ihn mit Artefakten aus dem Libanon, Syrien und Ägypten. Dort gibt es ein paar Leute, mit denen nicht zu spaßen ist. Man fragt sich, wohin das viele Geld geht.«

»Welche Rolle hat Falcone dabei gespielt?«

»Als wir vor einigen Jahren auf seine kleine Organisation gestoßen sind, habe ich ihn dazu überredet, für mich zu arbeiten. Das war nicht weiter schwierig, weil die Alternative eine lange Haftstrafe gewesen wäre. Wir haben ihn mehrere Wochen lang hier im Palazzo ausgequetscht. Dann haben wir ihn nach Cerveteri zurückgeschickt, wo er seine Untaten fortsetzen durfte.«

»Aber Sie haben ihm dabei über die Schulter gesehen.«

»Genau.«

»Was ist passiert, wenn ein *Tombarolo* ihm eine Vase oder eine Statue gebracht hat?«

»Manchmal haben wir sie unauffällig vom Markt genommen und in Sicherheit gebracht. Aber meistens haben wir zugelassen, dass Falcone sie weiterverkauft, um ihren Weg im Blutkreislauf des illegalen Handels verfolgen zu können. Schließlich wollten wir, dass die gesamte Branche Roberto Falcone für einen wichtigen Mann hielt.«

»Wie weit sind Sie innerhalb des Netzwerks nach oben gelangt?«, erkundigte sich Gabriel.

»Leider nur bis zur ersten Leitersprosse«, bekannte der General stirnrunzelnd. »Dieses neue Netzwerk hat von den Fehlern seines Vorgängers gelernt. Die Männer an der Spitze reden nicht mit Leuten wie Roberto Falcone.«

»Warum hat Claudia Andreatti dann mit ihm geredet?«

»Sie muss bei ihren Recherchen zur Herkunft der Stücke in der Antikensammlung des Vatikans etwas entdeckt haben, das sie zu Falcone geführt hat. Etwas, das so gefährlich war, dass es sie das Leben gekostet hat. Die Tatsache, dass Falcone ebenfalls ermordet wurde, deutet darauf hin, dass dabei das Netzwerk eine Rolle gespielt hat. Ich würde mich ehrlich gesagt nicht wundern, wenn es demnächst weitere Leichenfunde gäbe.«

»Ist Ihnen klar, was Sie damit andeuten?«

Ferrari richtete sein Glasauge auf Gabriel und beugte sich etwas nach vorn. »Ich deute nichts an«, sagte er. »Ich stelle fest, dass Dr. Andreatti eine Verbindung zwischen dem Netzwerk und dem Vatikan entdeckt hat. Und das bedeutet, dass Ihr Freund Monsignore Donati vor einem weit größeren Problem als dem Tod einer Kuratorin steht. Es bedeutet aber auch, dass Sie und ich dasselbe Ziel haben.«

»Und deshalb sind Sie bereit, so zu tun, als wären meine Frau und ich nie in Cerveteri gewesen«, konstatierte Gabriel.

»Gelingt es mir, Claudias Mörder zu finden, sparen Sie sich die Mühe, das Netzwerk aufrollen zu müssen.«

»Das wäre eine ziemlich elegante Lösung unseres Dilemmas«, meinte Ferrari.

»Wieso übergeben Sie mich nicht dem Sicherheitsdienst und verfolgen den Fall selbst weiter?«

»Weil ich seit Falcones Tod keinen Zugang zu diesem neuen Netzwerk mehr habe. Die Chancen, dass es gelingt, einen neuen Informanten zu finden, stehen schlecht. Mittlerweile kennen nämlich alle meine Mittel und meine Methoden. Und sie kennen meine Leute, was es schwierig macht, sie als verdeckte Ermittler einzusetzen. Ich brauche jemanden, der mir hilft, dieses Netz von innen heraus zu zerstören. Jemanden, der wie ein Verbrecher denken kann.« Ferrari machte eine Pause. »Jemanden wie Sie, Allon.«

»Soll das ein Kompliment sein?«

»Das ist eine Tatsache.«

»Sie überschätzen meine Fähigkeiten.«

Der General lächelte wissend. »Zu Beginn meiner Laufbahn, als ich bei der Terrorismusbekämpfung tätig war, hatte ich einen Fall hier in Rom zu bearbeiten. Ein palästinensischer Übersetzer war im Eingangsbereich seines Mietshauses erschossen worden. Wie sich herausstellte, war er kein gewöhnlicher Übersetzer gewesen. Was seinen Mörder betrifft, konnten wir nie einen Zeugen finden, der sich erinnern konnte, ihn gesehen zu haben. Als hätte ein Gespenst geschossen.« Ferrari machte eine Pause. »Und jetzt sitzt er mir in einem Restaurant mitten in Rom gegenüber.«

»Ich hätte Sie nie für einen Erpresser gehalten, General.«

»Ich würde Sie nicht im Traum erpressen wollen, Allon. Damit wollte ich nur ausdrücken, dass unsere Wege sich schon einmal gekreuzt haben. Jetzt scheint das Schicksal uns wieder zusammengeführt zu haben.«

»Ich glaube nicht ans Schicksal.«

»Ich auch nicht, aber ich glaube, dass Sie vielleicht der Einzige sind, der dieses Netzwerk enttarnen kann. Außerdem«, fügte Ferrari hinzu, »verschafft Ihnen die Tatsache, dass Sie bereits im Vatikan sind, greifbare Vorteile.«

Gabriel schwieg einen Augenblick. »Was passiert, wenn ich Erfolg habe?«, fragte er schließlich.

»Dann nutze ich Ihre Informationen für eine Anklage, die vor italienischen Gerichten Bestand hat.«

»Und wenn diese Anklage meine Freunde vernichtet?«

»Ich weiß recht gut, wie nahe Sie dem Papst und Monsignore Donati stehen«, antwortete der General ruhig. »Aber wenn der Vatikan Straftaten verübt hat, muss er dafür büßen. Außerdem habe ich immer wieder erlebt, dass eine Beichte der Seele guttun kann.«

»Wenn sie privat erfolgt.«

»Das wird vielleicht nicht möglich sein. Aber Sie dienen den Interessen Ihrer Freunde am besten, indem Sie mein Angebot annehmen. Sonst könnte aller möglicher Schmutz zum Vorschein kommen.«

»Das klingt nun doch verdammt nach Erpressung.«

»Mag sein«, meinte Ferrari gelassen und lächelte schwach, aber sein Glasauge starrte ins Leere. Es war, als blicke man ins allsehende Auge eines unversöhnlichen Gottes.

Blieb nur noch die Frage, was die Öffentlichkeit über das Hinscheiden von Roberto Falcone erfahren sollte. Die Angelegenheit konnte unauffällig aus der Welt geschafft werden, oder sie konnten Falcones Tod mit Pauken und Trompeten verkünden, wie Gabriel es ausdrückte, und damit die eigenen Interessen fördern. Ferrari entschied sich für die zweite Möglichkeit, denn er neigte wie Gabriel zu publikumswirksamen Unternehmen. Außerdem standen die Haushaltsberatungen bevor, und der General brauchte einen

Sieg, damit das Kunstdezernat auch im kommenden Haushaltsjahr relativ üppig ausgestattet blieb.

Deshalb bestellte Ferrari die Medien am folgenden Vormittag in den Palazzo. An einem Tag ohne große Sensationen kamen die Medienleute in Trauben, weil sie auf etwas hofften, mit dem sich Zeitungen verkaufen oder Fernsehzuschauer für ein paar Sekunden fesseln ließen. Wie gewöhnlich enttäuschte Ferrari sie nicht. Er kam in seiner maßgeschneiderten blauen Generalsuniform aufs Podium und begann, eine Geschichte zu erzählen, die so alt wie Italien selbst war.

Es war die Geschichte eines Mannes, der nach außen hin bescheiden gelebt hatte, aber in Wirklichkeit einer der größten Grabräuber Italiens gewesen war. Bedauerlicherweise war dieser Mann brutal ermordet worden, vielleicht im Streit um Geld von einem Komplizen. Der General schilderte nicht genau, wie der Tote aufgefunden worden war, aber er nannte genügend grausige Details, die garantierten, dass die Boulevardpresse ausführlich über den Fall berichten würde. Dann zog er mit dem Instinkt eines großen Schauspielers im richtigen Augenblick einen schwarzen Vorhang auf, um die in der Werkstatt des *Tombarolo* sichergestellten Schätze zu zeigen. Die Reporter holten erschrocken Luft, und Ferrari strahlte im Blitzlichtgewitter.

Natürlich erwähnte der General weder die Rolle des pensionierten israelischen Spions und Restaurators Gabriel Allon noch das eigenartige Abkommen, das die beiden Männer beim Abendessen im Le Cave geschlossen hatten. Er gab auch nicht den Namen preis, den er Gabriel beim Abschied auf der dunklen Piazza zugeflüstert hatte.

Gabriel wartete das Ende der Pressekonferenz ab, bevor er sie anrief. Ihr Tonfall verriet, dass sie seinen Anruf erwartet hatte.

»Ich bin bis fünf in einer Besprechung«, sagte sie. »Wie wär's mit halb sechs?«

»Bei Ihnen oder bei mir?«

»Bei mir ist es sicherer.«

»Wo dort?«

»Am Euphronios-Krater«, sagte sie und legte auf.

12

Villa Giulia, Rom

In einer Großstadt voller Museen und archäologischer Wunder hat sich die Villa Giulia, das staatliche Museum für etruskische Kunst, eine gewisse Unauffälligkeit bewahrt. Selten besucht und leicht zu übersehen, befindet es sich in einem weitläufigen Palazzo, der einst das Landhaus von Papst Julius III. war. Im 16. Jahrhundert hatte man von dort aus über die Stadtmauern Roms hinweg zu den sanften Hügeln von Parioli hinübersehen können. Mittlerweile waren die Hügel mit Wohnblocks bebaut, und unter den Fenstern des ehemaligen Landsitzes lag ein verkehrsreicher Boulevard, den Fußgänger auf eigenes Risiko überquerten. Der Vorhof war in einen Personalparkplatz umgewandelt worden, wo die verbeulten Kotflügel und ausgeblichenen Autolackierungen von Niedriglöhnen in Italiens staatlichen Museen zeugten.

Gabriel traf um 17.15 Uhr ein, löste eine Eintrittskarte und ging in den ersten Stock hinauf, wo der Euphronios-Krater, vermutlich eines der größten jemals geschaffenen Kunstwerke, in einer schlichten Vitrine stand. Ein Schildchen erzählte die verworrene Geschichte dieses Gefäßes – wie es im Jahr 1971 aus einem Grab bei Cerveteri geraubt, für den erstaunlichen Preis von einer Million Dollar an das New Yorker Metropolitan Museum of Art verkauft worden und dank der Bemühungen der italienischen Regierung in seine angestammte Heimat zurückgekehrt war. Zwar war das italienische Kulturerbe gerettet worden, dachte Gabriel, während er sich in dem leeren Saal umsah, aber zu welchem

Preis? Das Met hatte jährlich fast fünf Millionen Besucher, aber hier in der menschenleeren Villa Giulia stand der Krater da wie ein trauriger Staubfänger. Wenn er irgendwo hingehörte, dann in das Grab des reichen Etruskers, der ihn vor zweieinhalbtausend Jahren von einem griechischen Händler gekauft hatte.

Gabriel hörte das Klappern von High Heels, drehte sich um und sah eine große, elegante Frau aus dem Verbindungsgang zum nächsten Saal kommen. Dunkles Haar fiel in weichen Wellen auf ihre Schultern herab, kluge braune Augen leuchteten aus dem schmalen Gesicht. Der Schnitt ihres Kostüms ließ ebenso auf privaten Reichtum schließen, der ihr Gehalt weit übersteigen musste, wie die Ringe, die an der sonnengebräunten Hand glitzerten. Ihr Händedruck dauerte etwas länger als nötig, als hätte sie einige Zeit darauf gewartet, seine Bekanntschaft zu machen. Sie schien sich ihrer Wirkung sehr wohl bewusst zu sein.

»Sie haben jemanden in einem weißen Laborkittel erwartet?«

»Ich kenne nur einen Archäologen«, erwiderte Gabriel, »und dessen Kleidung ist meist staubbedeckt oder schlammig.«

Dr. Veronica Marchese lächelte flüchtig. Sie musste mindestens fünfundvierzig sein, hätte aber selbst in dem wenig schmeichelhaften Halogenlicht des Museums leicht für Mitte dreißig durchgehen können. Als General Ferrari ihren Namen geflüstert hatte, war er Gabriel sofort vertraut gewesen, denn er war mehrfach in Claudias E-Mails aufgetaucht. Jetzt stellte er fest, dass er auch ihr Gesicht kannte. Zum ersten Mal hatte er es nach Claudia Andreattis Totenmesse gesehen. Sie hatte etwas abseits der übrigen Trauergäste gestanden und seltsamerweise nicht den Sarg, sondern Luigi Donati angesehen. Ihr Blick hatte ein wenig vorwurfsvoll gewirkt.

Jetzt stellte sie sich vor die Vitrine und betrachtete durch das bruchsichere Glas die Darstellung auf der Wand des Kraters. Sie zeigte den Leichnam des Zeussohns Sarpedon, der von den Personifizierungen des Schlafs und des Todes zur Beisetzung fortgetragen wurde. In seiner Komposition war das Bild der *Grablegung Christi* verblüffend ähnlich.

»Ich werde niemals müde, diese Darstellung zu bewundern«, sagte Dr. Marchese halblaut. »Sie ist fast so schön wie der Caravaggio, den Sie im Vatikan restaurieren. Finden Sie nicht auch, Mr Allon?«

»Nicht unbedingt.«

»Sie machen sich nichts aus griechischen Vasen?«

»Das habe ich nicht gesagt.«

Ihr Blick glitt langsam über ihn hinweg, als wäre er eine auf einem Sockel montierte Statue. »Griechische Vasen gehören zu den außergewöhnlichsten Gegenständen, die jemals geschaffen wurden«, sagte sie. »Ohne sie hätte es keinen Caravaggio gegeben. Und leider gibt es auf der Welt Männer, die vor nichts zurückschrecken, um sie an sich zu bringen.« Sie machte eine nachdenkliche Pause. »Aber Sie sind nicht hergekommen, um über die ästhetischen Vorzüge alter Kunst zu debattieren. Sie sind wegen Claudia hier.«

»Sie haben vermutlich General Ferraris Pressekonferenz gesehen?«

»Die Reporter haben ihm wie üblich aus der Hand gefressen. Aber er scheint vom Vatikan gelernt zu haben, wie man Ausflüchte macht.«

Ferrari hatte Gabriel vor Dr. Marcheses scharfer Zunge gewarnt. Die Absolventin der römischen Universität La Sapienza galt als Italiens führende Expertin für die Kultur der Etrusker und hatte das Kunstdezernat immer wieder als Sachverständige beraten – auch während der Ermittlungen gegen Medici. Nach der Razzia in seiner Genfer Lagerhalle hatte sie wochenlang beschlagnahmte Kunstwerke untersucht, um festzustellen, woher sie stammten und wann sie aus dem Boden geholt worden waren. An ihrer Seite hatte eine vielversprechende junge Kollegin namens Claudia Andreatti gearbeitet.

»Der General hat erzählt, dass Sie es waren, die Claudia den Job im Vatikan verschafft hat.«

»Sie war meine beste Freundin«, antwortete Veronica Marchese, »aber sie hat keine Hilfe gebraucht. Claudia war eine der begabtesten Assistentinnen, die ich je hatte. Sie hat sich den Job ganz allein verdient.«

»Sie wissen, dass sie den Auftrag hatte, die Antikensammlung des Vatikans unter die Lupe zu nehmen. Und Claudia hat sich regelmäßig Rat bei Ihnen geholt.«

»Wie ich sehe, haben Sie ihre E-Mails gelesen.«

»Und ich kenne ihre Handyverbindungsdaten. Ich weiß, dass sie vor ihrem Tod Kontakt mit Roberto Falcone hatte, und habe gehofft, Sie würden mir sagen können, weshalb.«

Veronica Marchese antwortete nicht sofort. »Claudia hat von einem Problem in der Sammlung gesprochen«, sagte sie schließlich. »Sie dachte, Falcone könnte ihr vielleicht helfen.«

»Was für ein Problem?«

»Offenbar haben Stücke gefehlt, und zwar viele Stücke.«

»Aus den Lagerräumen?«

»Nicht nur aus dem Lager, auch aus den Ausstellungsräumen.«

Gabriel trat neben sie an die Vitrine, als wolle er das Gefäß genauer betrachten. »Und als der Vatikan bekannt gegeben hat, Claudia habe im Petersdom Selbstmord verübt?«

»Ehrlich gesagt hatte ich meine Zweifel.«

»Aber Sie haben geschwiegen.«

Das war eine nüchterne Feststellung. Sie richtete ihre Antwort nicht an Gabriel, sondern an den toten Sarpedon.

»Es war nicht leicht«, sagte sie ruhig. »Aber es stimmt, ich habe geschwiegen.«

»Weshalb?«

»Weil ich darum gebeten worden bin.«

»Von wem?«

»Von demselben Mann, der Sie gebeten hat, ihren Tod unauffällig zu untersuchen.«

»Monsignore Donati?«

»Monsignore?« Sie lächelte melancholisch. »Mir fällt es noch immer schwer, ihn so zu nennen.«

Das Café des Museums war in dem ehemaligen Treibhaus untergebracht, das an den großen Hof der Villa angrenzte. Die Bedienung, eine grauhaarige Frau in den Sechzigern, wollte eben schließen, aber Veronica Marchese brachte sie dazu, noch zwei letzte Tassen Cappuccino zu machen. Dann saßen sie zu zweit an einem der kleinen schmiedeeisernen Tische. Über ihnen trommelte Regen aufs Glasdach, während Veronica das Terrakottafragment begutachtete, das Gabriel aus Falcones Haus in Cerveteri mitgenommen hatte.

»Ihre Frau hat ein sehr gutes Auge. Die Figur ist eindeutig eine Dionysosjüngerin. Ich halte sie für eine Arbeit des Menelaos-Malers, was bedeutet, dass sie hier in der Villa Giulia sein sollte, statt auf dem Küchentisch eines *Tombarolo* zu liegen.« Sie gab Gabriel das Fragment zurück. »Schade, vermutlich war das Gefäß heil, bevor es Falcone und seinen Leuten in die Hände gefallen ist.«

»Wie ist es zerbrochen?«

»Keramiken werden manchmal durch die *Spilli* zertrümmert, mit denen die Grabräuber unterirdische Hohlräume aufspüren. Bisweilen zertrümmern die *Tombaroli* und ihre Hehler die Stücke auch absichtlich und bringen die Fragmente nach und nach auf den Markt, um nicht zu viel Aufmerksamkeit zu erregen. Sobald alle Teile sich in der Hand eines einzelnen Händlers befinden, können sie behaupten, eine lange verschollene Vase sei wieder aufgetaucht.« Sie schüttelte angewidert den Kopf. »Diese Leute sind der Abschaum der Menschheit. Aber sie sind clever.«

»Und gefährlich«, fügte Gabriel hinzu.

»Offenbar.« Sie wollte sich eine Zigarette anzünden, ließ aber die Hand sinken. »Entschuldigung«, sagte sie und steckte die Zigarette ins Etui zurück. »Von Luigi weiß ich, dass Sie Tabak verabscheuen.«

»Was hat er Ihnen noch erzählt?«

»Er hat gesagt, Sie seien einer der bemerkenswertesten Männer, die er kenne. Und er hat auch gesagt, Sie hätten einen hervorragenden Geistlichen abgegeben.«

»Ich rette Gemälde, nicht Seelen. Außerdem«, fügte er hinzu, »bin ich ein Sünder, der nicht auf Erlösung hoffen kann.«

»Auch Geistliche sündigen. Selbst die guten.«

Sie kippte drei Tütchen Zucker in ihren Cappuccino und rührte um. Unwillkürlich fragte Gabriel sich, wo der Lebensweg des päpstlichen Privatsekretärs den einer Frau wie Dr. Veronica Marchese gekreuzt haben mochte. Er stellte sich mehrere Szenarien vor, von denen keines glücklich endete.

»Ich dachte, Spione verstünden sich darauf, ihre Gedanken zu verbergen«, sagte sie.

»Ich bin offiziell außer Dienst.«

»Gut. Sie interessieren sich unübersehbar dafür, woher Luigi und ich uns kennen, Sie müssen sich aber mit der Auskunft begnügen, dass wir alte Freunde sind. Im Übrigen habe *ich* vorgeschlagen, die Antikensammlung des Vatikans unter die Lupe nehmen zu lassen.«

»Sie waren besorgt, sie könnte Stücke zweifelhafter Provenienz enthalten?«

»Sagen wir einfach, dass ich es angesichts der heutigen

politischen Gegebenheiten für klug gehalten habe, wenn Luigi mehr weiß als seine potenziellen Gegner.«

»Sie hätten eine gute Anwältin abgegeben.«

»Ich habe Jura studiert«, sagte sie, »und natürlich Archäologie.«

»Wieso haben Sie nicht angeboten, die Überprüfung selbst vorzunehmen?«

»Die ideale Kandidatin für diesen Auftrag war schon im Vatikan beschäftigt.«

»Claudia.«

Veronica Marchese nickte langsam. »Sie war eine geborene Detektivin. Ihre Arbeit war mustergültig.«

»Aber in den Ergebnissen ihrer Recherchen war nirgends von Problemen die Rede. Ganz im Gegenteil: Claudia hat der Sammlung ein einwandfreies Zeugnis ausgestellt.«

»Weil ich ihr geraten habe, ihre Ergebnisse vorerst nicht schriftlich festzuhalten.«

»Hat sie Ihnen erzählt, was alles fehlte?«

»Nicht im Einzelnen, nur dass mehrere Dutzend Stücke unauffindbar waren. Keine Hauptwerke«, fügte sie rasch hinzu, »aber trotzdem sehr wertvolle Objekte von genau der Art, die einem arabischen Scheich oder russischen Oligarchen Prestige verleihen kann. Sie hat eine Liste aufgestellt und ist damit zu einem alten Freund gefahren, der vielleicht wusste, wo sie zu finden sein könnten.«

»Roberto Falcone?«

»Genau.«

»Woher hat Claudia jemanden wie Falcone gekannt?«

»Über ihren Vater.«

»Soll das heißen, dass Claudias Vater für Roberto Falcone gearbeitet hat?«

»Nein«, sagte Veronica Marchese und schüttelte langsam den Kopf. »Claudias Vater hätte niemals für einen Mann wie Falcone gearbeitet. Roberto Falcone hat für *ihn* gearbeitet.«

Die Frau hinter der Theke verdrehte die Augen, um anzudeuten, sie wolle für heute schließen. Veronica Marchese und Gabriel tranken rasch ihren Kaffee aus und traten ins Freie. Inzwischen war es dunkel geworden, und ein kalter, feuchter Wind fegte durch die Arkaden. Veronica zündete sich mit einiger Mühe eine Zigarette an und erzählte Gabriel dann von Claudia Andreatti – mit Details, die es nicht in ihre Personalakte im Vatikan geschafft hatten. Sie war in Tarquinia, einer alten Etruskerstadt nördlich von Cerveteri, aufgewachsen. Ihr Vater, der Maurer Francesco Andreatti, hatte seinen mageren Lohn mit *Spillo* und Schaufel aufgebessert. Offenbar war er nicht nur als Grabräuber einzigartig geschickt, sondern verstand es auch, sich die Carabinieri und die Mafia vom Leib zu halten. Obwohl er durch seine Ausgrabungen ziemlich wohlhabend wurde, hielt ihn in Tarquinia jedermann für einen schlichten Maurer, auch seine Zwillingstöchter.

»Wann haben sie die Wahrheit über ihn erfahren?«

»Er hat seine Sünden gebeichtet, kurz bevor er an Krebs starb. Und er hat das Versteck beschrieben, in dem seine Funde lagerten. Claudia und Paola sind nach seiner Beerdigung zur Polizei gegangen. Sie waren damals erst sechzehn.«

»Paola scheint das alles verdrängt zu haben.«

»Mich wundert es nicht, dass sie Ihnen nichts davon erzählt hat. Leider haben die meisten von uns irgendeinen Verbrecher in der Familie. Das ist der Fluch Italiens, fürchte ich.«

»Eine Ironie des Schicksals, finden Sie nicht auch?«

»Dass die Tochter eines *Tombarolo* sich der Erhaltung von Altertümern verschrieben hat?«

Gabriel nickte.

»In Wirklichkeit war das kein Zufall. Claudia schämte sich für ihren Vater und wollte eine Art Wiedergutmachung für den von ihm angerichteten Schaden leisten. Natürlich hat sie ihre Vergangenheit sorgfältig geheim gehalten. Wäre in Kuratorenkreisen bekannt geworden, dass ihr Vater ein Grabräuber war, hätte das wie eine dunkle Wolke über ihr gehangen.«

»Aber Sie wussten es.«

»Sie hat es mir während der Ermittlungen gegen Medici anvertraut. Dazu fühlte sie sich verpflichtet, weil wir mit General Ferrari zusammenarbeiteten.« Veronica Marchese machte eine Pause, dann fügte sie hinzu: »Claudia hatte ein übertrieben starkes Empfinden für Recht und Unrecht. Das gehört zu den Dingen, die ich am meisten an ihr geliebt habe.«

»Wissen Sie, was sie von Falcone erfahren hat?«

»Das wollte sie mir nicht sagen. Sie hat behauptet, das sei nötig, um die Integrität ihrer Ermittlungen zu wahren.«

Sie gingen an dem geschlossenen Museumsladen vorbei und blieben unter dem Säulenvordach stehen. Inzwischen goss es in Strömen. Veronica angelte einen Schlüsselbund aus ihrer Umhängetasche und entriegelte mit der Fernbedienung die Türen eines glitzernden Mercedes SL 350. Das Coupé passte so wenig hierher wie Veronica Marchese selbst.

»Ich würde Sie mitnehmen«, sagte sie entschuldigend, »aber ich habe leider noch einen anderen Termin. Sollte ich etwas für Sie tun können, rufen Sie mich bitte jederzeit an. Und richten Sie Luigi einen schönen Gruß von mir aus.«

Sie wollte schon zu ihrem Wagen gehen, da machte sie plötzlich halt und drehte sich noch einmal zu Gabriel um. »Eben fällt mir etwas ein, was sich zu Ihren Gunsten auswirken müsste«, sagte sie. »General Ferrari hat bei Claudias Mördern Antiquitäten im Wert von mehreren Millionen Euro beschlagnahmt. Das bedeutet, dass sie bestrebt sein werden, ihre Lager wieder aufzufüllen. An Ihrer Stelle würde ich versuchen, etwas Unwiderstehliches zu finden.«

»Und dann?«

»Dann zerschlagen Sie es«, antwortete sie, »und füttern sie Stück für Stück damit.«

Sie glitt hinters Steuer und lenkte den Mercedes in den dichten römischen Berufsverkehr hinaus. Gabriel blieb noch einen Augenblick stehen und fragte sich, weshalb Luigi Donati nicht erwähnt hatte, dass er mit Claudia Andreattis bester Freundin bekannt war. Auch Geistliche sündigen, dachte er. Selbst die besten.

13

Apostolischer Palast, Vatikan

»Wie ist die Tagessuppe?«, fragte Gabriel.

»Lauwarm«, antwortete Donati.

Misstrauisch kostete Gabriel einen Löffel der dünnen Fleischbrühe. Sie saßen im zweiten Stock des Apostolischen Palasts in dem karg möblierten Speisezimmer des Heiligen Vaters. Die Tischdecke war so weiß wie die Gewänder der Nonnen, die lautlos in die Küche und wieder heraus huschten. Seine Heiligkeit war nicht anwesend, sondern saß am Schreibtisch seines Arbeitszimmers. Nun war es vierzehn Jahre her, dass der zierliche Patriarch von Venedig auf den Stuhl Petri gewählt worden war, aber er mutete sich noch immer ein Tagespensum zu, das viele Jüngere überfordert hätte. Das tat er teilweise, um seine Macht zu erhalten. Die Kirche stand vor zu vielen Herausforderungen, als dass ihr absoluter Herrscher den Eindruck erwecken durfte, altersschwach zu sein. Sobald die Kardinäle den Eindruck hatten, Seine Heiligkeit fange an, gebrechlich zu werden, würde der Wettstreit um die beste Ausgangsposition fürs nächste Konklave beginnen. Und die Amtszeit von Papst Paul VII., eine der turbulentesten der Kirchengeschichte, wäre praktisch beendet.

»Wozu die sparsamen Portionen?«, fragte Gabriel.

»Als Folge von Sparzwängen beginnt die Ernährung in manchen Kircheneinrichtungen und Seminaren in Rom zu leiden. Seine Heiligkeit hat die Bischöfe und Kardinäle gebeten, nicht mehr üppig zu speisen. Mir bleibt nichts anderes übrig, als mit gutem Beispiel voranzugehen, fürchte ich.«

Er hielt sein Rotweinglas in die schräg einfallende Wintersonne, dann kostete er vorsichtig einen Schluck.

»Wie ist er?«

»Göttlich.« Donati stellte sein Glas vorsichtig ab, dann schob er Gabriel einen dicken schwarzen Ordner hin. »Hier ist der endgültige Plan für unsere Reise nach Israel und in die Palästinensergebiete. Wir haben beschlossen, sie in die Heilige Woche zu verlegen, damit Seine Heiligkeit den Tod und die Auferstehung Christi an den historischen Stätten begehen kann. Er wird auf der Via Dolorosa an die Leiden des Herrn erinnern und die Ostermesse in der Grabeskirche feiern. Auf dem Reiseplan stehen auch ein Abstecher nach Bethlehem und eine Stippvisite in der al-Aqsa-Moschee, wo er ohne Wenn und Aber für die Kreuzzüge um Vergebung bitten wird. Bei der Plünderung Jerusalems im Jahr 1099 haben die Kreuzritter auf dem Tempelberg zehntausend Menschen abgeschlachtet, darunter dreitausend, die sich in die Moschee geflüchtet hatten.«

»Und sie haben sich unterwegs schon mal aufgewärmt, indem sie mehrere Tausend unschuldige Juden umgebracht haben.«

»Ich glaube, dafür haben wir uns schon entschuldigt«, sagte Donati von oben herab.

»Wann wollen Sie die Reise bekannt geben?«

»Nächste Woche bei der Generalaudienz.«

»Das ist zu früh.«

»Wir haben so lange wie irgend möglich gewartet. Ich möchte, dass Sie sich die Sicherheitsmaßnahmen ansehen. Und der Heilige Vater lässt fragen, ob Sie auf dieser Reise als sein Leibwächter fungieren würden.«

»Irgendwas sagt mir, dass das nicht seine Idee war.«

»Stimmt«, bestätigte Donati.

»Der Heilige Vater ist nie in größerer Gefahr, als wenn ich neben ihm stehe.«

»Denken Sie darüber nach.«

Donati hob seinen Suppenlöffel an die Lippen und blies – merkwürdig, fand Gabriel, nachdem er die Fleischbrühe bereits als lauwarm bezeichnet hatte.

»Haben Sie irgendwas auf dem Herzen, Luigi?«

»Gerüchteweise hört man, dass Sie gestern in der Villa Giulia waren.«

»Die ist voller schöner Objekte.«

»Ich weiß.« Mit gesenkter Stimme fuhr Donati fort: »Sie hätten mir mitteilen müssen, dass Sie sie aufsuchen.«

»Ich wusste nicht, dass ich dazu Ihre Erlaubnis brauche.«

»So war es nicht gemeint.«

»Als ich diesen Fall übernommen habe«, sagte Gabriel, um sanft Druck zu machen, »haben Sie mir versichert, alle Türen stünden offen.«

»Nicht die zu meiner Vergangenheit«, antwortete Donati ruhig.

»Und wenn Ihre Vergangenheit etwas mit Claudias Tod zu tun hätte?«

»Meine Vergangenheit hat *nichts* mit ihrem Tod zu schaffen.«

Der Monsignore sprach mit liturgischer Endgültigkeit. Eigentlich fehlten nur noch das Kreuzeszeichen und das segnende Amen.

»Möchten Sie noch etwas Suppe?«, fragte Donati, um die momentane Spannung zwischen ihnen abzubauen.

»Danke, nein.«

Zwei Nonnen trugen ab und servierten wenig später die Vorspeise: eine dünne Scheibe Kalbfleisch, Salzkartoffeln und in Olivenöl gebratene grüne Bohnen. Donati nutzte diesen Wechsel, um seine Gedanken zu sammeln.

»Ich habe Sie um Ihre Hilfe gebeten«, sagte er schließlich,

»weil ich wollte, dass die Ermittlungen möglichst diskret geführt werden. Jetzt sind General Ferrari und die Carabinieri damit befasst, was ich eigentlich hatte vermeiden wollen.«

»Sie sind ins Spiel gekommen, weil meine Ermittlungen mich zu einem toten *Tombarolo* namens Roberto Falcone geführt haben.«

»Das ist mir klar.«

»Wäre es Ihnen lieber gewesen, wenn ich vom Tatort geflüchtet wäre?«

»Mir wäre es lieber gewesen«, antwortete Donati nach kurzem Nachdenken, »wenn dieser Schlamassel nicht bei den italienischen Behörden gelandet wäre, die nicht immer die Interessen des Heiligen Stuhls im Sinn haben.«

»Das wäre auf jeden Fall passiert, ganz gleich, was ich getan hätte«, betonte Gabriel.

»Weshalb?«

»Weil General Ferrari nicht lange gebraucht hätte, um Claudia aufgrund der Handydaten mit Falcone in Verbindung zu bringen. Und als Nächste hätte er sich Veronica Marchese vorgenommen. Wäre sie nicht Ihnen gegenüber so loyal, hätte sie dem General verraten, dass Sie sie nach Claudias Tod gebeten haben, den Mund zu halten. Und dann hätte General Ferrari mit einem Durchsuchungsbefehl in der Hand an die Bronzetür des Apostolischen Palasts geklopft.«

»Ich verstehe.« Donati stocherte lustlos in seinem Essen herum. »Warum hat Ferrari wohl vorgeschlagen, dass Sie mit ihr reden?«

»Diese Frage habe ich mir auch schon gestellt«, antwortete Gabriel. »Ich vermute, dass er wie jeder gute Ermittler mehr weiß, als er zuzugeben bereit ist.«

»Über meine Freundschaft mit Veronica?«

»Über alles.«

Draußen schob sich eine Wolke vor die Sonne und ließ einen Schatten über Donatis Gesicht ziehen.

»Wieso haben Sie mir nichts von ihr erzählt, Luigi?«

»Dieses Gespräch klingt allmählich wie eine Vernehmung.«

»Lieber durch mich als durch die Carabinieri, oder?«

Donati schwieg.

»Vielleicht wäre es einfacher, wenn ich für Sie antworten würde.«

»Bitte sehr.«

»Diese ganze Sache hat damit angefangen, dass Veronica Ihnen vorgeschlagen hat, die vatikanische Antikensammlung überprüfen zu lassen«, sagte Gabriel. »Aber Claudias Tod hat Sie vor zwei Probleme gestellt. Das erste war das Motiv für ihre Ermordung. Das zweite war Ihre Beziehung zu Veronica Marchese. Gründliche Ermittlungen wegen des Mordes an Claudia hätten beides zutage gefördert und Sie in eine schwierige Lage gebracht. Deshalb haben Sie offiziell die Selbstmordtheorie vertreten und mich gebeten, die Wahrheit herauszubekommen.«

»Und nun haben Sie ein kleines Stück davon entdeckt.« Donati schob seinen Teller beiseite und sah durch die offene Tür zum päpstlichen Arbeitszimmer hinüber.

»Wie viel weiß *er* davon?«, fragte Gabriel.

»Weit mehr, als Sie sich vorstellen können. Aber das bedeutet nicht, dass er die Sache öffentlich ausgebreitet sehen möchte. Gerüchte und persönliche Skandale können in dieser Umgebung tödlich sein. Und wenn irgendein Schatten auf mich fiele, könnte es ihm als Papst schaden.« Donati machte eine Pause, dann fügte er ernst hinzu: »Das darf ich unter keinen Umständen zulassen.«

»Verhindern lässt sich das am besten dadurch, dass Sie mir alles erzählen. Die ganze Wahrheit.«

Donati atmete geräuschvoll aus und sah auf seine Armbanduhr. »Bis zur nächsten Besprechung mit dem Heiligen Vater bleibt mir eine halbe Stunde«, sagte er. »Vielleicht sollten wir einen Spaziergang machen. Hier haben die Wände Ohren.«

14

Vatikanische Gärten

Angelegt wurden die Vatikanischen Gärten angeblich auf Erde vom Hügel Golgatha, die Helena, die Mutter Kaiser Konstantins – nach christlicher Legende die Entdeckerin des wahren Kreuzes –, nach Rom bringen ließ. Siebzehn Jahrhunderte später waren die Gärten ein rund zwanzig Hektar großes Eden, wo sich mehrere Paläste befanden, in denen verschiedene Stellen der Vatikanverwaltung untergebracht waren.

Das trübe Wetter passte zu Donatis Stimmung. Mit gesenktem Kopf erzählte er Gabriel von einem ernsthaften jungen Mann aus einer umbrischen Kleinstadt, der sich zum Priester berufen fühlte. Er trat dem Jesuitenorden bei und vertrat die sogenannte Befreiungstheologie. Anfang der Achtzigerjahre, als Gewalt und Revolutionen Südamerika erschütterten, wurde er nach El Salvador entsandt, um eine Tagesklinik und eine Schule zu leiten. Und dort, in den Bergen der Provinz Morazán, verlor er seinen Glauben an Gott.

»Befreiungstheologen glauben, dass irdische Gerechtigkeit und ewige Erlösung untrennbar zusammenhängen, dass es unmöglich ist, eine Seele zu retten, wenn der dazugehörige Körper weiter in Ketten aus Armut und Unterdrückung liegt. In Südamerika standen wir damit eindeutig auf der Seite der kommunistischen Revolutionäre. Für die herrschenden Militärs waren wir wenig mehr als linke Subversive. Dieser Ansicht war übrigens auch der

Pole«, fügte Donati hinzu, »aber das ist eine andere Geschichte.«

Er blieb stehen, als überlege er, in welche Richtung er weitergehen sollte. Schließlich wandte er sich der ockergelben Sendezentrale von Radio Vatikan zu. Darüber ragte der einzige Schandfleck des Stadtstaats auf: der Sendemast, der für eine Zuhörerschaft, die mehr und mehr durch irdische Angelegenheiten abgelenkt wurde, kirchliche Nachrichten und Programme verbreitete.

»In Morazán gab es einen Geistlichen, der mit mir zusammenarbeitete«, fuhr Donati fort, »einen spanischen Jesuiten namens Pater José Martinez. Eines Abends wurde ich zu einer Entbindung in ein anderes Dorf gerufen. Als ich zurückkam, war Pater José tot. Jemand hatte ihm den Schädel eingeschlagen und das Gehirn herausgekratzt.«

»Eine Todesschwadron?«

Donati nickte langsam. »Deshalb haben sie sein Gehirn mitgenommen. Als Symbol dafür, was das Regime und seine reichen Unterstützer am meisten an uns hassten: unsere Intelligenz und unseren Einsatz für soziale Gerechtigkeit. Als ich die Militärs aufgefordert habe, wegen Pater Josés Tod zu ermitteln, haben sie mir ins Gesicht gelacht. Dann haben sie mir angedroht, wenn ich nicht verschwände, sei als Nächster ich dran.«

»Haben Sie diesen Rat befolgt?«

»Das hätte ich tun sollen, aber sein Tod hat mich erst recht darin bestärkt, zu bleiben und meinen Auftrag zu erfüllen. Ungefähr ein halbes Jahr später hat ein Rebellenführer mich aufgesucht. Er wusste, wer für die Ermordung Pater Josés verantwortlich gewesen war: ein gewisser Alejando Calderón, Spross einer Grundbesitzerfamilie mit engen Verbindungen zur Militärjunta. Er hielt eine Geliebte in der Kleinstadt San Miguel aus. Die Rebellen wollten ihn ermorden, wenn er sie das nächste Mal wieder besuchte.«

»Wieso hat er Ihnen das im Voraus erzählt?«

»Weil sie meinen Segen wollten. Den habe ich natürlich verweigert.«

»Aber Sie haben sie auch nicht ermahnt, ihn *nicht* zu ermorden.«

»Nein«, gab Donati zu. »Ich habe auch Calderón nicht gewarnt. Drei Tage später baumelte seine Leiche, an den Füßen aufgehängt, an einem Laternenpfahl auf dem Hauptplatz von San Miguel. Binnen Stunden war eine weitere Todesschwadron in unser Dorf unterwegs – diesmal auf der Suche nach mir. Ich bin über die Grenze nach Honduras geflüchtet und habe mich bei Jesuiten in Tegucigalpa versteckt gehalten. Von dort aus bin ich bei erster Gelegenheit nach Rom zurückgekehrt, wo ich sofort zu unserem Ordensoberen zitiert wurde. Er hat mich gefragt, ob ich etwas über Calderóns Tod wisse. Dann hat er mich daran erinnert, dass ich als Jesuit Kadavergehorsam geschworen hatte. Ich habe die Antwort verweigert. Am folgenden Morgen habe ich darum gebeten, von meinem Gelübde entbunden zu werden.«

»Sie haben Ihren geistlichen Beruf aufgegeben?«

»Mir blieb keine andere Wahl. Ich hatte zugelassen, dass ein Mann ermordet wurde. Außerdem glaubte ich nicht mehr an Gott. Ein gerechter, barmherziger Gott hätte nicht zugelassen, sagte ich mir, dass ein gütiger Mann wie Pater José auf so grausame Weise umgebracht wurde.«

Einige Kurienkardinäle, denen ihre geistlichen Mitarbeiter folgten, kamen aus dem Eingang der Sendezentrale. Donati runzelte die Stirn und führte Gabriel in Richtung Johannesturm weiter.

»Den geistlichen Stand zu verlassen hat vermutlich Ähnlichkeit mit dem Ausscheiden aus einem Geheimdienst«, fuhr Donati nach kurzer Pause fort. »Das Verfahren ist lang und umständlich, um dem abtrünnigen Geistlichen reichlich Gelegenheit zu geben, sich die Sache anders zu überlegen. Aber letztlich kehrte ich nach Umbrien zurück – in ein Dorf am Fuß des Monte Cucco. Im dortigen Naturschutzgebiet war ich oft als Bergwanderer unterwegs. Vielleicht habe ich geglaubt, auf den Gipfeln Gott finden zu können. Stattdessen habe ich Veronica gefunden.«

»Sie ist die Art Frau, die einem Mann den Glauben an Gott zurückgeben könnte.«

»In gewisser Beziehung hat sie das getan.«

»Was hat sie nach Umbrien geführt?«

»Sie hat als frisch promovierte Archäologin eine römische Villa ausgegraben. Wir sind uns zufällig auf dem Wochenmarkt begegnet. Binnen weniger Tage waren wir unzertrennlich.«

»Haben Sie ihr erzählt, dass Sie Geistlicher gewesen waren?«

»Ich habe ihr *alles* erzählt, auch, was in El Salvador geschehen war. Sie hat es übernommen, meine Wunden zu heilen und mir die reale Welt zu zeigen, die ich im Priesterseminar nie kennengelernt hatte. Wir fingen bald an, Heiratspläne zu schmieden. Veronica wollte an der Uni lehren und ich als Menschenrechtsanwalt arbeiten. Wir hatten schon alles geplant.«

»Was ist dann passiert?«

»Ich habe einen Mann namens Pietro Lucchesi kennengelernt.«

Pietro Lucchesi, jetzt Seine Heiligkeit Papst Paul VII.

»Damals war er gerade erst zum Patriarchen von Venedig ernannt worden«, fuhr Donati fort. »Auf der Suche nach einem Privatsekretär hatte er von einem ehemaligen Jesuiten gehört, der wie ein Einsiedler in Umbrien lebte. Er ist unangemeldet erschienen und hat mir erklärt, er fahre erst wieder, wenn er mich davon überzeugt habe, in den geistlichen Stand zurückzukehren. Wir sind eine Woche in den Bergen gewandert und haben über Gott und die Mysterien des Glaubens diskutiert. Natürlich hat Lucchesi sich letztlich durchgesetzt. Veronica diese Nachricht schonend beizubringen war die schwierigste Aufgabe meines Lebens. Sie ist die einzige Frau, die ich jemals geliebt habe oder lieben werde.«

»Bedauern Sie Ihren Schritt?«

»Das fragt man sich gelegentlich, aber nein, ich bedaure nichts. Vermutlich wäre manches leichter, wenn wir uns nie wiedergesehen hätten, aber das Schicksal hat es anders gewollt.«

»Bitte sagen Sie mir, dass Sie kein Verhältnis mit ihr haben.«

»Ich nehme mein Gelübde ernst«, wehrte Donati ab. »Und Veronica ihres. Wir sind gute Freunde, das ist alles.«

»Ich vermute, sie ist verheiratet?«

»Ihr Mann ist Carlo Marchese, ein sehr erfolgreicher Geschäftsmann.« Donati machte eine Pause und musterte Gabriel ernst. »Er ist auch schuld daran, dass Claudia Andreatti tot ist.«

Irgendwo jenseits der Vatikanmauern hatte ein Motor eine Fehlzündung, die wie ein Schuss klang. Aus den Bäumen flatterte krächzend ein Krähenschwarm auf und flog in Richtung Petersdom davon. Gabriel beobachtete ihn einen Augenblick lang, während er sich darüber klar zu werden versuchte, welche Schlussfolgerungen aus Donatis Erzählung zu ziehen waren. Er hatte das Gefühl, sich unter der Oberfläche eines Altargemäldes zu bewegen und über Teilbilder zu stolpern, die unter späteren Farbschichten verborgen waren – hier eine tot in einer Kirche liegende Frau, dort ein Grabräuber, der in einem Säurebottich für seine Sünden büßt, und ein gefallener Priester, der Gott in den Armen seiner Geliebten sucht. Er hatte Tausende von Fragen, aber er hütete sich davor, den Bann zu brechen, unter dem Donati stand. Und so ging er wie ein Beichtvater schweigend neben dem Monsignore her und wartete darauf, dass sein Freund alle seine Sünden bekannte.

»Carlo stammt aus dem Schwarzen Adel«, sagte Donati, »den römischen Aristokratenfamilien, die nach der Besetzung des Kirchenstaats im Jahr 1870 papsttreu blieben. Sein Vater hat zu den Vertrauten von Pius XII. gehört. Er hatte auch enge Verbindungen zur CIA.«

»Inwiefern?«

»Er war in der Christdemokratischen Partei aktiv. Nach dem Krieg hat er mit der CIA zusammengearbeitet, um die Kommunisten daran zu hindern, in Italien die Macht zu ergreifen. Vor den Wahlen im Jahr 1948 sind mehrere Millionen Dollar durch seine Hände gegangen. Carlo erzählt gern, sein Vater habe in der Halle des Hotels Hassler mit Geld gefüllte Koffer in Empfang genommen.«

»Carlo und Sie scheinen sich gut zu kennen.«

»Ganz recht«, bestätigte Donati. »Wie schon sein Vater gehört Carlo zum päpstlichen Hofstaat. Außerdem sitzt er im Aufsichtsrat der Vatikanbank, was bedeutet, dass er über die Kirchenfinanzen so gut Bescheid weiß wie ich. Carlo gehört zu den Leuten, die keinen Besucherschein brauchen, um in den Apostolischen Palast zu kommen. Er erinnert mich gern daran, dass er noch im Vatikan sein wird, wenn ich längst woanders bin.«

»Wer hat ihn in den Aufsichtsrat entsandt?«

»Ich.«

»Warum?«

»Weil Veronica mich darum gebeten hat. Und weil Carlo die Idealbesetzung zu sein schien: ein Mann mit langen Bindungen an das Papsttum, der in einem für Korruption bekannten Land als einer der wenigen ehrlichen Geschäftsleute galt. Leider hat sich das als Irrtum erwiesen. Carlo Marchese kontrolliert den internationalen Handel mit gestohlenen Altertümern. Aber das ist nur die Spitze des sprichwörtlichen Eisbergs. Er herrscht über ein globales Imperium, das Drogen schmuggelt, Falschgeld druckt und mit Waffen handelt, um nur drei Gebiete zu nennen. Und er wäscht sein schmutziges Geld in der Vatikanbank.«

»Und Sie, der Privatsekretär Seiner Heiligkeit Papst Pauls VII., haben ihm geholfen, diesen Job zu bekommen.«

»Unabsichtlich«, sagte Donati entschuldigend. »Aber diese Kleinigkeit würde untergehen, wenn daraus ein weiterer Skandal entstünde.«

»Seit wann wissen Sie die Wahrheit über Carlo?«

»Seit ich eine begabte Kuratorin mit einer Bestandsaufnahme der vatikanischen Antikensammlung betraut habe«, sagte Donati. »Als Erstes hat sie das Verschwinden von Dutzenden von Stücken aus den Vatikanischen Museen festgestellt. Dann hat sie eine Verbindung zwischen den Dieben und einem gewissen Carlo Marchese entdeckt.«

»In welcher Sache wollte sie Sie an jenem Abend sprechen?«

»Sie hat mir mitgeteilt, sie könne Carlos Schuld beweisen. Am nächsten Morgen war sie tot, und etwaige Beweise waren verschwunden.« Donati schüttelte den Kopf. »Carlo hat mich tatsächlich nachmittags angerufen, um mir sein Beileid auszusprechen. Wenigstens hatte er Anstand genug, nicht zu ihrer Beisetzung zu kommen.«

»Ich denke, er war anderweitig beschäftigt.«

»Womit?«

»Einen *Tombarolo* namens Roberto Falcone zu beseitigen.«

Sie gingen am Johannesturm vorbei und hielten auf den Hubschrauberlandeplatz in der Südwestecke des Stadtstaats zu. Donati starrte die Mauer einen Augenblick an, als überlege er, wie sie sich ersteigen lasse, und setzte sich dann auf eine Bank am Rand der Asphaltfläche. Gabriel nahm neben ihm Platz und machte sich daran, seine Ermittlungsergebnisse im Kopf zu sortieren. Besonders bemerkenswert erschien ihm Claudia Andreattis letztes Telefongespräch am Abend ihres Todes. Sie hatte in der Villa Giulia angerufen, um mit der Frau eines Mannes zu sprechen, der keinen Besucherschein brauchte, um den Apostolischen Palast zu betreten.

»Wie viel weiß Veronica über ihren Mann?«

»Wenn Sie fragen, ob sie Carlo für einen Verbrecher hält, lautet die Antwort nein. Sie glaubt, ihr Mann, der aus einer alten römischen Familie stammt, habe es einfach nur verstanden, sein Erbe geschickt zu vermehren.«

»Weiß dieser erfolgreiche Geschäftsmann, dass Sie mal mit seiner Frau verlobt waren?«

Donati schüttelte den Kopf. »Veronica hat ihm kein Wort davon erzählt.«

»Was ist mit El Salvador?«

»Er weiß, dass ich dort tätig war und wie die meisten Jesuiten Schwierigkeiten mit den Todesschwadronen und ihren Freunden im Militär hatte. Aber er ahnt nicht, dass ich einige Zeit kein Geistlicher mehr war. Tatsächlich wissen nur wenige Leute innerhalb der Kirche von meiner kleinen Auszeit. Als ich angefangen habe, in Venedig für Lucchesi zu arbeiten, sind alle Hinweise darauf aus meiner Personalakte getilgt worden. Offiziell hat es diese Episode nie gegeben.«

»Fast wie beim Mord an Claudia.«

Donati schwieg.

»Sie haben mich belogen, Luigi.«

»Mea culpa, mea culpa, mea maxima culpa.«

»Ich will keine Entschuldigung. Ich verlange nur eine Erklärung, warum Sie mich wegen eines Mordes haben ermitteln lassen, obwohl Sie die Identität des Mörders bereits kannten.«

»Weil ich wissen musste, wie viel Sie allein herausbekommen, bevor ich den nächsten Schritt tun kann.«

»Und der besteht worin?«

»Ich möchte, dass Sie mir hieb- und stichfeste Beweise dafür liefern, dass Carlo Marchesi von meiner Bank aus eine international operierende Verbrecherbande führt. Und dann sollen Sie dafür sorgen, dass er von hier verschwindet. Unauffällig, versteht sich.«

»Die Sache hat nur einen Haken«, entgegnete Gabriel. »Durch meinen Besuch in der Villa Giulia kann ich nicht mehr mit einem Überraschungseffekt rechnen.«

»Ich bin ganz Ihrer Meinung. Carlo dürfte sogar genau wissen, was Sie vorhaben.«

»Weshalb?«

»Weil er Sie für morgen zu einem intimen kleinen Abendessen in seinem Palazzo eingeladen hat. Ich habe bereits in Ihrem Namen zugesagt. Aber versuchen Sie bitte, etwas Vorzeigbares anzuziehen«, fügte er mit einem Blick auf Gabriels Lederjacke und seine Jeans mit Farbklecksen hinzu. »Mich stört es nicht, wenn Sie in dieser Aufmachung im Palast herumlaufen, aber der schwarze Adel neigt dazu, in Fragen der Etikette förmlicher zu sein.«

15

Piazza di Spagna, Rom

Gabriel besaß einen einzigen Anzug. Die Schneider des Diensts hatten ihn durch Geheimtaschen für falsche Pässe und ein in den Hosenbund eingenähtes Halfter für eine Beretta und ein Reservemagazin ergänzt. Nach langen Diskussionen hatte er sich dagegen entschieden, zum Abendessen bei Carlo Marchese eine Schusswaffe mitzunehmen. Er band sich die blassblaue Krawatte um, die Chiara ihm an diesem Nachmittag auf der Via Condotti gekauft hatte, und steckte ein kunstvoll arrangiertes Seidentuch in die Brusttasche seines Jacketts. Chiara rückte beides zurecht, bevor sie im Bad verschwand, um ihr Make-up zu vervollständigen. Zu ihrem schwarzen Cocktailkleid trug sie die Haare offen, und an ihrem rechten Handgelenk glitzerte der Armreif, den Gabriel ihr zu ihrem letzten Geburtstag geschenkt hatte. Sie war erstaunlich schön, fand er, und viel zu jung, um am Arm eines zerbeulten Wracks wie ihm zu erscheinen.

»Vielleicht hättest du lieber was anderes anziehen sollen«, sagte er. »Aber wir müssen gleich los.«

»Gefällt dir nicht, was ich anhabe?«

»Dein Ausschnitt ist ein bisschen zu provokant«, meinte Gabriel. »Schließlich essen wir mit einem Monsignore.«

»Im Haus seiner ehemaligen Geliebten.« Sie puderte sich leicht die Wangenknochen, um die goldenen Flecken in ihren großen braunen Augen zu betonen. »Ich gestehe, dass ich neugierig auf die Frau bin, die es geschafft hat, Donatis Panzer zu durchdringen.«

»Du wirst nicht enttäuscht sein.«

»Wie ist sie?«

»Sie wäre die ideale Partnerin für Donati gewesen, wenn er einen anderen Beruf gewählt hätte.«

»Das ist mehr als ein Beruf. Als Tochter eines Rabbis *weiß* ich, dass es eine Berufung ist.« Chiara betrachtete prüfend ihr Spiegelbild. »Übrigens möchte ich festhalten, dass ich von Anfang an recht hatte. Ich habe dir gesagt, dass er eine Vergangenheit hat. Und ich habe dich gewarnt, dass er etwas zu verbergen hat.«

»Er konnte nicht anders.«

»Wirklich?«

»Hätte er mir erzählt, dass ich gegen einen Mafioso wie Carlo Marchese kämpfen soll, hätte ich den Caravaggio fertiggestellt und Rom so schnell wie möglich verlassen.«

»Das könntest du noch immer.«

Mit einem Blick in den Spiegel machte Gabriel ihr klar, dass er das nie tun würde.

»Du hast keine Ahnung, worauf du dich einlässt, Darling«, sagte Chiara. »Ich bin in diesem Land aufgewachsen. Ich kenne diese Leute besser als du.«

»Ich wusste gar nicht, dass das jüdische Getto in Venedig solch eine Brutstätte für Mafia-Aktivitäten ist.«

»Die Mafia ist überall«, entgegnete Chiara stirnrunzelnd. »Und sie beseitigt jeden, der sich ihr in den Weg stellt – Richter, Politiker, Polizeibeamte. Carlo hat schon zwei Morde verübt, um sein Geheimnis zu schützen. Und er wird nicht davor zurückschrecken, auch dich zu beseitigen.«

»Ich bin kein Politiker. Und ich bin auch kein Polizeibeamter.«

»Was soll das heißen?«

»Solche Leute müssen sich an die Spielregeln halten. Ich nicht.« Gabriel zog das Einstecktuch heraus und strich sein Jackett glatt.

»Vorher hat es mir besser gefallen«, sagte Chiara.

»Aber mir nicht.«

»Diese Tücher sind heutzutage wieder modern.«

»Genau deswegen gefällt es mir nicht.«

Chiara steckte das Seidentuch wortlos wieder in Gabriels Brusttasche. »Ich hätte nie gedacht, dass ich jemals einer Frau begegnen würde, deren Liebesleben noch komplizierter als meines ist«, sagte sie. »Erst verliebt Veronica sich in einen Geistlichen, der den Glauben an Gott verloren hat. Und als er sie sitzen lässt, heiratet sie einen Mafioso, der ein weltweites Verbrechersyndikat leitet.«

»Donati hat sie nicht sitzen gelassen«, stellte Gabriel richtig. »Und Veronica Marchese ahnt nicht, woher das Geld ihres Mannes kommt.«

»Schon möglich«, sagte Chiara und klang dabei wenig überzeugt. »Oder sie sieht nur, was sie wahrnehmen will, und übersieht den Rest. Das ist der bequemere Weg, vor allem, wenn viel Geld auf dem Spiel steht.«

»Hast du mich deshalb geheiratet? Wegen des Geldes?«

»Nein«, sagte sie. »Ich habe dich geheiratet, weil ich deinen Sinn für Humor bewundere. Sobald du nervös bist und dir nichts anmerken lassen willst, reißt du schlechte Witze.«

»Warum sollte ich nervös sein?«

»Weil du eigentlich nach Rom gekommen bist, um eines deiner Lieblingsgemälde zu restaurieren. Und jetzt bist du im Begriff, dir einen Mann, der dich mit einem Anruf erledigen lassen könnte, zum Feind zu machen.«

»Ich bin nicht so leicht zu erledigen.«

Chiara hob ihr Haar im Nacken hoch und kehrte Gabriel den Rücken zu. Er zog langsam den Reißverschluss ihres Kleides hoch, dann küsste er ihren Nacken.

»Warum hat er uns wohl zum Abendessen eingeladen?«, fragte Chiara.

»Ich kann mir nur vorstellen, dass er mir eine Botschaft übermitteln will.«

»Was hast du vor?«

»Ich werde aufmerksam zuhören«, sagte Gabriel und küsste ihren Nacken nochmals. »Und dann übermittle ich ihm meine.«

16

Via Veneto, Rom

Die Marcheses wohnten in einer stillen Seitenstraße der Via Veneto, die von der Piazza di Spagna aus zu Fuß zu erreichen war. Hier schien die Zeit in einem eleganteren Zeitalter zum Stehen gekommen zu sein. Dies war das Rom, von dem Touristen träumten, das aber nur wenige zu sehen bekamen: das Rom der Dichter und Maler und märchenhaft Reichen.

Carlo Marcheses Haus war keine einfache Villa, sondern ein weitläufiger ockergelber Palazzo inmitten eines großen Parks. Umgeben war er von einem Eisenzaun mit so vielen Überwachungskameras, dass das Gebäude oft für eine Botschaft oder Behörde gehalten wurde. Vor dem Haupteingang plätscherte ein großer Barockbrunnen, und in der Eingangshalle stand eine große armlose Statue von Pluto, dem Herrscher der Unterwelt und Gott des Reichtums. Daneben wartete Veronica Marchese in einem fließenden langen Gewand aus grüner Knitterseide. Sie begrüßte Gabriel und Chiara herzlich und führte sie durch einen breiten Korridor mit Renaissancegemälden in prunkvollen Rahmen. Zwischen den Leinwänden standen römische Büsten und Statuetten auf brusthohen Sockeln.

»Die Familie Marchese sammelt seit vielen Generationen«, sagte Veronica mit leicht missbilligendem Unterton. »Die Gemälde stören mich nicht, aber die antiken Skulpturen sind mir ein bisschen peinlich, weil ich oft genug gesagt habe, dass die Sammler die eigentlichen Plünderer sind.

Würden die Reichen aufhören, solche Skulpturen zu kaufen, würden die *Tombaroli* aufhören, welche auszugraben.«

»Ihr Mann hat einen ausgezeichneten Geschmack«, sagte Chiara.

»Er hat eine erfahrene Beraterin«, antwortete Veronica lächelnd. »Wir sind allerdings für keinen dieser Ankäufe verantwortlich. Carlos Vorfahren haben sie erworben, lange bevor der Handel mit Altertümern verboten wurde. Trotzdem versuche ich, ihn dazu zu überreden, wenigstens einen Teil der Sammlung als Leihgabe zur Verfügung zu stellen, damit sie der Öffentlichkeit zugänglich gemacht werden kann. Aber ich habe noch einiges an Überzeugungsarbeit zu leisten, fürchte ich.«

Am Ende des Korridors führte eine zweiflüglige Tür in einen großen Salon mit kostbaren Gobelins an den Wänden. Die Einrichtung war ebenso vornehm und elegant wie die Gäste. Gabriel hatte ein intimes Dinner zu fünft erwartet, doch es waren mindestens zwanzig Personen anwesend, darunter der italienische Finanzminister, ein bekannter Talkmaster und eine berühmte Sopranistin. Donati hatte sich auf einem Brokatsofa verschanzt. Er trug einen eleganten schwarzen Zweireiher und erzählte zwei mit Juwelen behängten Damen, die an seinen Lippen hingen, sorgfältig redigierten Kurienklatsch.

Am anderen Ende des Raums stand Carlo Marchese inmitten einer Gruppe von Männern, die reiche Geschäftsleute zu sein schienen. Er hatte die breiten Schultern eines Mannes, der schon in der Schule als Sportler geglänzt hat, und war gekleidet wie für ein Fotoshooting. Eine kleine randlose Brille verlieh seinen ebenmäßigen Zügen einen gewissen priesterlichen Ernst, und er gestikulierte bedächtig mit seiner Hand, die sicher nie ein anderes Werkzeug als einen Montblanc-Füller oder eine silberne Gabel gehalten hatte. Seine Ähnlichkeit mit Donati war auffällig. Man hätte glauben können, Veronica habe, nachdem sie ihren Geliebten an die Kirche verloren hatte, eine andere Version von ihm gefunden, jedoch ohne Priesterkragen oder Gewissen.

Als Gabriel und Chiara den Salon betraten, drehte man sich nach ihnen um, und die Unterhaltung verstummte sekundenlang, bevor sie wieder aufgenommen wurde. Gabriel ließ sich von einem Ober in weißer Jacke zwei Gläser Prosecco geben und stieß mit Chiara an. Als er sich umdrehte, stand Carlo vor ihm.

»Ich freue mich, Sie endlich kennenzulernen, Mr Allon.« Seine Rechte drückte Gabriels Hand, während die Linke seinen Ellbogen umfasste. »Ich war auf dem Petersplatz, als die Terroristen den Vatikan angegriffen haben. Keiner von uns wird jemals vergessen, was Sie an jenem Tag geleistet haben.« Er ließ Gabriels Hand los und stellte sich Chiara vor. »Sind Sie so freundlich, mir Ihren Mann kurz auszuleihen? Ich habe ein kleines Problem, das ich mit ihm besprechen möchte.«

»Kommt darauf an, um welches Problem es geht.«

»Ich kann Ihnen versichern, dass es rein künstlerischer Natur ist.«

Ohne eine Antwort abzuwarten, führte der Hausherr Gabriel die große Freitreppe in den ersten Stock des Palazzos hinauf. Vor ihnen erstreckte sich eine lange Galerie mit geerbten Schätzen: Gemälde und Wandteppiche, Statuen und Uhren, jede Art von Antiquitäten. Carlo spielte den Fremdenführer, der alle paar Schritte stehen blieb, um auf ein besonders wertvolles Stück hinzuweisen. Sogar Gabriel empfand diesen Überfluss an Kunstwerken als überwältigend: Er hatte das Gefühl, durch Lagerräume voller alter Kriegsbeute zu gehen.

Er blieb vor einem Canaletto stehen. Das Gemälde, eine leuchtende Darstellung des Markusplatzes in Venedig, kam ihm vage bekannt vor. Dann fiel ihm ein, woher er es kannte. Das Bild war vor einigen Jahren gestohlen worden. Seine von General Ferrari mit großem Tamtam verkündete Wiederbeschaffung galt als einer der wichtigsten Triumphe des Kunstdezernats.

»Jetzt weiß ich, weshalb der General den Namen des Eigentümers nicht bekannt geben wollte«, sagte Gabriel.

»Es geschah auf meinen ausdrücklichen Wunsch hin. Wir hatten Angst, erneut von Dieben heimgesucht zu werden, wenn bekannt würde, dass unsere Sammlung weitere Meisterwerke enthält.«

»Damals ist gemeldet worden, der Eigentümer habe eine bedeutende Rolle bei der Wiederbeschaffung gespielt.«

»Sie haben ein gutes Gedächtnis, Mr Allon. Ich habe die Lösegeldverhandlungen persönlich geführt. In der Tat habe ich General Ferrari den Gemäldediebstahl erst gemeldet, als die Verhandlungen abgeschlossen waren. Er hat die Diebe bei der Geldübergabe verhaftet. Sie haben sich nicht sonderlich professionell verhalten.«

»Ich erinnere mich daran«, sagte Gabriel. »Ich weiß auch noch, dass sie bald nach ihrer Einlieferung im Gefängnis Regina Coeli ermordet wurden.«

»Anscheinend bei irgendwelchen Revierkämpfen unter Häftlingen.«

Oder du hast sie umlegen lassen, weil sie den Boss bestohlen haben, dachte Gabriel. »Wollten Sie mir irgendwas Bestimmtes zeigen?«, fragte er.

»Dies«, sagte Carlo und nickte zu einem großen Gemälde an der Rückwand der Galerie hinüber. Die Darstellung, eine Anbetung der Hirten, war unter altem Schmutz und stark verfärbtem Firnis kaum zu erkennen. Der Hausherr betätigte einen Lichtschalter. »Den Künstler werden Sie erkennen, denke ich.«

»Guido Reni«, antwortete Gabriel. »Vermutlich unter Mitwirkung der besten Leute aus seiner Werkstatt.«

»Sie haben recht. Dieses Gemälde befindet sich seit über zweihundert Jahren im Familienbesitz. Leider ist es im Lauf der Zeit sehr gedunkelt. Ich frage mich, ob Sie die Reinigung übernehmen könnten, wenn Sie mit dem Caravaggio fertig sind.«

»Tut mir leid, ich bin anderweitig ausgelastet.«

»Ich weiß, dass Monsignore Donati Sie gebeten hat, wegen Claudias Tod zu ermitteln.« Carlo senkte die Stimme, als er vertraulich hinzufügte: »Der Vatikan ist ein großes Dorf, Mr Allon. Und Dorfbewohner tratschen gern.«

»Klatsch kann gefährlich sein.«

»Heikle Ermittlungen im Vatikan aber auch.«

Carlo reckte das Kinn vor und starrte Gabriel an, ohne zu blinzeln. Die meisten Männer wichen Gabriels Blick aus – nicht jedoch Carlo. Sein kühles, aristokratisches Selbstbewusstsein grenzte an Arroganz. Außerdem war er nach Gabriels Einschätzung ein Mann, der keine Angst kannte.

»Der Vatikan gleicht einem Labyrinth«, fuhr Carlo fort. »Sie sollten wissen, dass es in der Kurie Kräfte gibt, nach deren Ansicht Monsignore Donati eine Büchse der Pandora geöffnet hat und so der Kirche in einem denkbar ungünstigen Augenblick schadet. Ihnen widerstrebt auch die Tatsache, dass er die Angelegenheit in die Hände eines Außenstehenden gelegt hat.«

»Sie teilen diese Ansicht, nehme ich an.«

»Ich bin in dieser Frage offiziell neutral. Aber ich weiß aus Erfahrung, dass es in Bezug auf den Vatikan oft besser ist, keine schlafenden Hunde zu wecken.«

»Und was ist mit toten Frauen?«

Gabriels Direktheit schien Carlo Marchese zu beeindrucken. »Tote Frauen sind wie Bankschließfächer«, antwortete er überraschend freimütig. »Sie bergen fast immer unangenehme Geheimnisse.« Er zog eine Visitenkarte aus einem silbernen Etui. »Ich hoffe, dass Sie doch noch Zeit für den

Reni finden. Ich versichere Ihnen, dass Sie mit dem Honorar zufrieden sein werden.«

Als Gabriel die Karte einsteckte, erklang unten ein Gong, der die Gäste zum Essen rief. Carlo legte ihm ganz leicht eine Hand ins Kreuz und führte ihn in Richtung Treppe. Wenige Augenblicke später nahm Gabriel seinen Platz neben Chiara ein.

»Was wollte er?«, fragte sie leise auf Hebräisch.

»Ich glaube, er hat versucht, mich auf die Lohnliste der Familie Marchese zu setzen.«

»War das alles?«

»Nein«, sagte Gabriel. »Er wollte sich vergewissern, dass ich unbewaffnet bin.«

Als sie den Palazzo kurz nach Mitternacht verließen, fielen große flauschige Schneeflocken vom Himmel. Draußen wartete eine Limousine des Vatikans, die ihnen langsam folgte, als Donati, Gabriel und Chiara die menschenleere Via Veneto entlanggingen. Chiara klammerte sich an Gabriels Arm, während der Schnee ihr Haar weiß färbte. Donati marschierte wortlos neben ihr her. Als er sich vor wenigen Minuten mit Wangenküssen von Veronica verabschiedet hatte, hatte er gelächelt. Jetzt, wo ihm eine lange, kalte Nacht in einem leeren Bett bevorstand, wirkte er merklich bedrückt.

»Habe ich mir das nur eingebildet«, fragte Gabriel, »oder hat Ihnen der Abend tatsächlich Spaß gemacht?«

»Solche Abende sind immer schön, nur der Abschied fällt mir jedes Mal schwer.«

»Wieso gehen Sie dann hin?«

»Nach Veronicas Überzeugung unterziehe ich mich einer wenig bekannten jesuitischen Glaubensprüfung, indem ich mich bewusst in Versuchung begebe, um zu sehen, ob Gott eingreift und mich auffängt, wenn ich zu fallen drohe.«

»Tatsächlich?«

»Sie sollten die Sache nicht überbewerten. Ich bin einfach gern mit ihr zusammen. Die meisten Leute sehen nur meinen Priesterkragen, aber Veronica sieht ihn gar nicht. Sie lässt mich vergessen, dass ich ein Geistlicher bin.«

»Was passiert, wenn Sie Ihre Prüfung nicht bestehen?«

»Das würde ich niemals zulassen. Veronica übrigens auch nicht.« Donati winkte seine Limousine heran. Dann drehte er sich wieder zu Gabriel um und fragte: »Wie war Ihr Gespräch mit Carlo?«

»Geschäftsmäßig.«

»Hat er meinen Namen erwähnt?«

»Er hat Sie in den höchsten Tönen gelobt.«

»Was wollte er?«

»Er findet, ich sollte die Ermittlungen einstellen.«

»Vermutlich hat er nicht gestanden, Claudia Andreatti ermordet zu haben, oder?«

»Nein, Luigi, das hat er nicht getan.«

»Was nun?«

»Ich werde etwas Unwiderstehliches finden«, antwortete Gabriel. »Und dann werde ich es zertrümmern.«

»Hauptsache, es ist nicht meine Kirche – oder gar ich.«

Donati machte zwei Handbewegungen – eine senkrechte, eine waagrechte –, dann stieg er hinten in die Limousine, die rasch anfuhr.

Als Gabriel und Chiara die Via Gregoriana erreichten, hatte es aufgehört zu schneien. Gabriel blieb stehen und sah zur Kirche Trinità dei Monti auf. Die Straßenbeleuchtung war ausgeschaltet – eine weitere Sparmaßnahme der Stadtverwaltung. Rom schien in uralte Zeiten zurückzukehren. Gabriel wäre nicht überrascht gewesen, einen Streitwagen aus dem Halbdunkel heranrasseln zu sehen.

Weil die Gehsteige vielfach zugeparkt waren, gingen sie

wie die meisten Römer mitten auf der Straße. Das einzige Geräusch war das Klappern von Chiaras Absätzen. Gabriel spürte die Wärme ihres Körpers an seinem Arm und stellte sie sich nackt im Bett vor – sein privater Modigliani. Ein Teil seines Ichs wollte mit ihr im Bett bleiben, bis sie schwanger wäre, aber das ging nicht, weil der Fall Andreatti ihn mit Beschlag belegte. Gabriel konnte ihn so wenig aufgeben, wie er eine Restaurierung abgebrochen hätte. Nicht für General Ferrari, nicht einmal für seinen Freund Luigi Donati wollte er die Wahrheit herausfinden, sondern für Claudia Andreatti selbst. Das Bild, wie sie tot auf dem Steinboden des Petersdoms lag, hing jetzt in der Schreckensgalerie seiner Erinnerungen: *Tod einer Jungfrau,* Öl auf Leinwand, von Carlo Marchese.

Tote Frauen sind wie Bankschließfächer. Sie bergen fast immer unangenehme Geheimnisse.

Das Geräusch eines näher kommenden Motorrads ließ das Bild vor Gabriels innerem Auge zerplatzen. Es hielt direkt auf sie zu, wobei das Scheinwerferlicht wegen des unebenen Pflasters zitterte. Gabriel drängte Chiara zwischen zwei geparkte Autos und konzentrierte sich auf den Motorradfahrer, der mit der Rechten lenkte und mit der Linken in seine Lederjacke griff. Als er sie herauszog, sah Gabriel die unverkennbaren Umrisse eines Schalldämpfers, der an einen Pistolenlauf geschraubt war. Die Waffe zielte erst auf Gabriels Brust. Dann nahm der Attentäter Chiara ins Visier.

Dank seiner Ausbildung in Krav Maga, der israelischen Selbstverteidigungstechnik, beherrschte Gabriel mehrere Methoden, einen bewaffneten Angreifer auszuschalten. Aber fast alle setzten voraus, dass der Gegner dicht vor ihm stand, statt mit einem Motorrad auf ihn zuzurasen. Ihm blieb nichts anderes übrig, als auf einen der bewährten Grundsätze seiner Agentenausbildung zurückzugreifen: Im Notfall improvisieren – und zwar schnellstens.

Er drückte Chiara mit der Linken aufs Pflaster. Mit dem rechten Ellbogen brach er den Außenspiegel des nächsten geparkten Wagens ab, um ihn als Wurfgeschoss zu verwenden. Gabriels Wurf war nicht besonders kräftig, aber erstaunlich zielsicher. Der Attentäter wich dem Spiegel unwillkürlich aus und verlor sein Ziel für entscheidende Sekunden aus den Augen. Gabriel duckte sich sofort. Als das Motorrad weiter herankam, rammte er eine Schulter gegen das Helmvisier des Fahrers. Der Attentäter knallte aufs Pflaster, die Pistole blieb außerhalb seiner Reichweite liegen. Gabriel brach dem Mann das Handgelenk, nur um nichts zu riskieren, und kickte ihm den Helm vom Kopf. Der Atem des Killers stank nach Angst und Tabak.

»Weißt du, wer ich bin?«, fragte Gabriel ruhig.

»Nein«, erwiderte der Attentäter, der sein gebrochenes Handgelenk umklammerte.

»Das bedeutet, dass du der dümmste Auftragskiller bist, den die Welt jemals gesehen hat.« Gabriel hob die Pistole auf, eine Heckler & Koch, Kaliber 9 × 19 mm, und zielte damit auf das Gesicht des liegenden Mannes. »Wer hat dich geschickt?«

»Das weiß ich nicht«, antwortete der Attentäter keuchend. »Das erfahre ich nie.«

»Falsche Antwort.«

Gabriel drückte den Schalldämpfer auf die Kniescheibe des Attentäters.

»Versuchen wir's noch mal. Wer hat dich geschickt?«

TEIL II

Die Heilige Stadt

17

Flughafen Ben Gurion, Tel Aviv

Im Empfangsgebäude des israelischen Flughafens Ben Gurion gibt es einen besonderen Aufenthaltsraum für Angehörige des Diensts. Als Gabriel und Chiara ihn am folgenden Nachmittag betraten, waren sie überrascht, dort einen einzelnen Mann anzutreffen. Er saß in einem der Kunstledersessel, hatte die dicken Beine übereinandergeschlagen und studierte im grellen Licht einer Halogenlampe den Inhalt eines Aktenordners. Unter dem anthrazitgrauen Anzug trug er ein weißes Oberhemd mit offenem Kragen, außerdem eine moderne Brille mit dünnem Silberrahmen, die viel zu klein für sein Gesicht war. Er wirkte wie ein überlasteter Manager, der zwischen zwei Flügen etwas Papierkram erledigt, was durchaus der Wahrheit entsprach. Seit Uzi Navot den Dienst führte, verbrachte er viel Zeit in Flugzeugen.

»Was verschafft uns diese Ehre?«, fragte Gabriel.

Navot sah von der Akte auf, als überrasche ihn die Unterbrechung. »Es kommt nicht jeden Tag vor, dass jemand mitten in Rom versucht, zwei unserer Leute zu erschießen«, sagte er. »Das ist anscheinend nur möglich, wenn du in der Stadt bist.«

Er legte den Ordner in seinen Aktenkoffer und stand langsam auf. Seit ihrer letzten Begegnung hatte er wieder zugenommen, was bewies, dass er sich nicht an die strenge Diät hielt, die seine anspruchsvolle Frau Bella ihm vorzuschreiben versuchte. Vielleicht will er aber auch nur den täglichen Stress kompensieren, dachte Gabriel. Dazu hatte er auch allen Grund. Der Staat Israel stand einer arabischen Welt im Aufruhr gegenüber und war von zahllosen Gefahren bedroht. Ganz oben auf der Liste stand das iranische Atomprogramm, das trotz des geheimen Krieges mit Sabotage und Attentaten, den der Dienst und seine Verbündeten führten, Erfolg zu haben drohte.

»Dabei siehst du für jemanden«, sagte Navot und zog eine Augenbraue hoch, »der gerade einen Anschlag überlebt hat, gar nicht übel aus.«

»Das würdest du nicht sagen, wenn du sehen könntest, wie grün und blau meine Schulter ist.«

»Das kommt davon, wenn man einen Mann wie Carlo Marchese besucht, ohne eine Pistole in der Tasche zu haben.« Navot verzog missbilligend das Gesicht. »Du hättest vorher mit Schimon Pazner reden sollen. Er hätte dir ein paar Dinge über Carlo erzählen können, die selbst dein Monsignore Donati nicht weiß.«

»Zum Beispiel?«

»Zum Beispiel, dass der Dienst Carlo seit einiger Zeit im Auge behält.«

»Weshalb?«

»Weil Carlo nie besonders darauf achtet, mit welchen Leuten er umgeht. Den Rest will der Alte dir selbst erzählen. Er kann deine Ankunft kaum noch erwarten.«

»Glaubst du, dass er uns mit der nächsten Maschine zurückfliegen lässt?«

Navot legte Gabriel eine schwere Hand auf die Schulter und drückte sie. »Ihr fliegt nirgends hin, fürchte ich«, sagte er. »Zumindest nicht gleich.«

Im Herzen Jerusalems lag nicht weit von der Altstadt entfernt die Narkiss Street, eine ruhige, mit Bäumen bestandene Straße. Das Mietshaus mit der Nummer 16 war nur zwei Stockwerke hoch und wurde zum Teil von einer massiven Kalksteinmauer verdeckt. Ein riesiger Eukalyptusbaum beschattete die winzigen Balkone, und das Vorgartentor quietschte, als es geöffnet wurde. Im Eingangsbereich gab es ein Klingelbrett mit drei Namensschildern. Das Ehepaar in der obersten Wohnung hatte nur selten Besuch, denn es war kaum da. Den Nachbarn war erzählt worden, der schweigsame Mann mit den grau melierten Schläfen und den lebhaft grünen Augen sei ein Künstler, der viel reise und sein Privatleben eifersüchtig hüte. Das glaubten sie schon längst nicht mehr.

Im Wohnzimmer hingen dicht an dicht Gemälde: drei Werke von Gabriels Großvater, dem bekannten deutschen Expressionisten Viktor Fränkel, und ein halbes Dutzend Arbeiten von Gabriels Mutter. Dazu kam ein nicht signiertes Porträt eines hageren jungen Mannes, den die Schatten des Todes zu verfolgen schienen. Ari Schamron saß da, betrachtete das Gemälde und schien in Erinnerungen versunken zu sein. Zu einer frisch gebügelten Khakihose trug er wie üblich ein offenes weißes Hemd und die Lederjacke mit dem Riss auf der linken Brustseite. Als Gabriel, Chiara und Navot hereinkamen, drückte er hastig seine filterlose türkische Zigarette in der Keramikschale aus, die er als Aschenbecher zweckentfremdet hatte.

»Wie bist du denn hier reingekommen?«, fragte Gabriel.

Schamron hielt einen Schlüssel hoch.

»Ich dachte, den hätte ich dir abgenommen.«

»Das hast du auch«, antwortete Schamron. »Die Hausverwaltung war so freundlich, mir einen neuen zu geben.«

Die Hausverwaltung war die Abteilung des Diensts, die sichere Immobilien verwaltete. Das Apartment in der Narkiss Street hatte einst dazugehört, aber Schamron hatte es Gabriel für treue Dienste geschenkt – eine großzügige Geste, die dem Alten seiner Meinung nach das Recht gab, es jederzeit zu betreten. Jetzt steckte er den Schlüssel ein und betrachtete Gabriel mit wässrigen blauen Augen. Seine Hände, die gefaltet auf dem Griff seines Stocks lagen, hätten einem doppelt so großen Mann gehören können.

»Ich habe schon befürchtet, wir würden uns nie mehr sehen«, sagte er nach kurzer Pause. »Jetzt scheint Carlo uns wiedervereinigt zu haben.«

»Ich wusste nicht, dass ihr euch duzt.«

»Carlo?« Schamron verzog sein von tiefen Runzeln durchzogenes Gesicht zu einer verächtlichen Grimasse. »Carlo Marchese steht uns schon länger besonders nahe. Er verkörpert die transnationale Gefahr von morgen, er ist ein Verbrecher ohne Grenzen, Glauben oder Gewissen, der mit jedem Geschäfte macht, solange der Rubel rollt.«

»Wer sind seine Partner?«

»Wie du dir denken kannst, ist Carlo ein Mann des organisierten Verbrechens. Außerdem ist er weltweit tätig, was ich bewundere. Er macht Geschäfte mit der russischen Mafia, der japanischen Yakuza und den chinesischen Banden, die Hongkong und Taiwan kontrollieren. Aber was uns am meisten Sorgen bereitet, sind seine Verbindungen zu Banden im Südlibanon und in der Bekaa-Ebene. Ihre Mitglieder sind fast ausschließlich Schiiten, die zufällig auch der gefährlichsten Terrororganisation der Welt nahestehen.«

»Hisbollah?«

Schamron nickte langsam. »Nachdem ich deine Aufmerksamkeit geweckt habe, frage ich mich, ob du mir den Gefallen tun wirst, dir die ganze Geschichte anzuhören.«

»Das hängt davon ab, wie sie ausgeht.«

»Sie endet, wie sie alle enden.«

Schamron lächelte verheißungsvoll wie bei jeder Anwerbung, dann zündete er sich eine neue Zigarette an.

Die Hausverwaltung hatte sich auch erlaubt, Kühlschrank und Speisekammer mit allem zu füllen, was für einen

Kriegsrat nötig war. Während Chiara Kaffee kochte, bereitete Gabriel einen Teller mit Keksen und Süßigkeiten vor, den er vor Navot auf den Couchtisch stellte, bevor er die Balkontüren öffnete. Die kühle Nachmittagsluft duftete nach Eukalyptus, Pinien und schwach nach Jasmin. Er blieb einen Augenblick stehen und betrachtete die länger werdenden Schatten auf der Straße, während hinter ihm Schamron die unheilige Allianz zwischen Carlo Marchese und den schiitischen Fanatikern der Hisbollah schilderte.

Begonnen habe sie, erzählte der Alte, nach dem kurzen, aber verlustreichen Krieg zwischen Israel und der Hisbollah im Jahr 2006. Nach diesem Konflikt war die Militärmacht der Hisbollah zerschlagen. Der Krieg hatte auch große Teile der sozialen Infrastruktur – Schulen, Krankenhäuser und Wohnungen – vernichtet, mit denen sich die Terrororganisation die Unterstützung der traditionell armen Schiiten gesichert hatte. Für Wiederaufbau und Wiederaufrüstung brauchte die Führung der Hisbollah dringend viel Geld. Da war es nicht überraschend, dass sie sich an ihre verlässlichsten Unterstützer, Syrien und den Iran, wandte.

»Eine Zeit lang ist viel Geld geflossen«, fuhr Schamron fort, »aber dann wurde der Hisbollah der Teppich unter den Füßen weggezogen. Der sogenannte arabische Frühling hat auch Syrien erfasst. Und die internationale Gemeinschaft hat sich endlich zu ernsthaften Sanktionen gegen den Iran wegen seines Atomprogramms durchgerungen. Die Mullahs mussten plötzlich sparsamer wirtschaften. Früher haben sie die Hisbollah mit bis zu zweihundert Millionen Dollar im Jahr unterstützt. Jetzt fließt nur noch ein Bruchteil davon.«

Schamron verfiel in Schweigen.

»Die Hisbollah hat gemerkt, dass sie ein ernstes langfristiges Problem hat«, fuhr Navot fort. »Weil sie kaum mehr mit Unterstützung durch ihre Förderer rechnen konnte, musste sie andere Geldquellen zur Finanzierung ihrer Unternehmen erschließen. Aber sie hat nicht lange gebraucht, um sich über ihr weiteres Vorgehen klar zu werden.«

»Verbrechen«, sagte Gabriel.

»Und zwar in großem Maßstab«, bestätigte Navot und schnappte sich einen Butterkeks. »Die Hisbollah ist wie die Gambino-Familie auf Drogen. Aber sie tendiert dazu, sich wie eine Klette zu verhalten.«

»Sie hängt sich an andere verbrecherische Organisationen an, meinst du?«

Navot nickte, bevor er sich einen zweiten Keks nahm. »Vom Kokainhandel in Südamerika bis zum Diamantenschmuggel in Westafrika – überall hat sie ihre Finger im Spiel. Außerdem betreibt sie einen lebhaften Handel mit gefälschten Markenartikeln.«

»Und das sehr erfolgreich«, fügte Schamron hinzu. »Die Hisbollah besitzt derzeit mindestens achtzigtausend Raketen und Lenkwaffen, die jeden Punkt Israels erreichen können. Ihre Wiederbewaffnung wird größtenteils durch internationale Verbrechen finanziert. Und Carlo Marchese gehört zu den verlässlichsten Partnern der Hisbollah.«

»Wie seid ihr auf ihn gestoßen?«

Schamron betrachtete seine Hände, bevor er weitersprach. »Vor knapp einem halben Jahr konnten wir den stellvertretenden Finanzchef der Hisbollah identifizieren. Er heißt Muhammad Qassem. Damals war er zur Tarnung ein kleiner Angestellter der Lebanon Byzantine Bank. Wir haben ihn mithilfe einer Frau nach Zypern gelockt. Dort haben wir ihn in eine Kiste gesteckt und hierher gebracht.«

Der Alte drückte seine Zigarette aus. »Beim Verhör hat Qassem ausgepackt und die Geldbeschaffungsmethoden der Hisbollah offengelegt – auch die Partnerschaft mit einem italienischen Kriminellen namens Carlo Marchese. Laut Qassem ist die Verbindung vielschichtig, aber der

Schwerpunkt liegt auf dem Handel mit geraubten Altertümern.«

»Was bringt die Hisbollah in die Partnerschaft ein?«

»Du bist der Fachmann für zweifelhafte Geschäfte mit Antiken. Du müsstest es am besten wissen.«

Gabriel erinnerte sich, dass General Ferrari davon gesprochen hatte, das Netzwerk werde aus dem Nahen Osten mit geraubten Antiken beliefert. »Die Hisbollah sorgt für ständigen Nachschub an hochwertiger Ware«, sagte er. »Sie operiert in einem der archäologisch bedeutsamsten Gebiete der Welt. Allein der Südlibanon ist eine Schatzkammer voller phönizischer, griechischer und römischer Artefakte.«

»Aber diese Antiken sind nicht viel wert, wenn sie nicht mit akzeptablen Provenienzen verkauft werden können«, ergänzte Schamron. »Das übernehmen Carlo und sein Netzwerk – offenbar zum Vorteil beider Seiten.«

»Wer ist bei der Hisbollah für diesen Geschäftszweig verantwortlich?«

»Das konnte Qassem uns nicht sagen.«

»Warum seid ihr mit eurem Wissen nicht zu den Italienern gegangen?«

»Das haben wir getan«, antwortete Uzi Navot. »Ich war sogar selbst in Rom.«

»Und die Reaktion?«

»Carlo hat Freunde in führenden Kreisen und steht dem Vatikan nahe. Wir können ihm nichts anhaben, solange wir nur die Aussage eines Hisbollah-Bankers haben, die ziemlich illegal zustande gekommen ist.«

»Also habt ihr aufgegeben.«

»Wir brauchten die Unterstützung der Italiener auf anderen Gebieten«, antwortete Navot. »Leider haben wir bei dem Versuch, die Hisbollah von ihren kriminellen Geldquellen abzuschneiden, bisher nur beschränkte Erfolge zu verzeichnen. Ihre Leute sind unglaublich wandlungsfähig und nach außen hin sehr gut abgeschottet. Außerdem operieren sie am liebsten in Staaten, die unseren Interessen nicht gerade wohlwollend gegenüberstehen.«

»Was wiederum bedeutet«, fuhr Schamron fort, »dass dein Freund Carlo uns eine einzigartige Gelegenheit bietet.« Er starrte Gabriel, in Zigarettenqualm gehüllt, an. »Die Frage ist nur: Bist du bereit, uns zu helfen?«

Da ist sie wieder, dachte Gabriel – die offene Tür. Und Schamron ließ ihm wie immer keine andere Wahl, als hindurchzugehen.

»Wie genau?«

»Indem du eine wichtige Geldquelle eines Feindes verstopfst, der geschworen hat, uns vom Angesicht der Erde zu tilgen.«

»Ist das alles?«

»Nein«, sagte Schamron. »Wir glauben, dass es für alle Beteiligten am besten wäre, wenn du auch Carlo Marchese liquidieren würdest.«

18

Jerusalem

Der folgende Tag war ein Freitag, was bedeutete, dass Jerusalem, Gottes gespaltene Zitadelle, nervöser als sonst war. Entlang des Ostrands der Altstadt, vom Damaskustor bis zum Garten Gethsemane, glitzerten Metallbarrikaden, die durch Hunderte von israelischen Polizeibeamten in blauen Uniformen bewacht wurden, in der hellen Wintersonne. Innerhalb der Mauern belagerten gläubige Muslime die Portale zum Tempelberg, der drittheiligsten Stätte des Islams, und warteten ab, ob sie zum Gebet in der al-Aqsa-Moschee zugelassen werden würden. Weil es wieder einmal Raketenangriffe der Hamas gegeben hatte, waren die Beschränkungen schärfer als sonst. Frauen und ältere Männer wurden eingelassen, während junge Männer ausgesperrt blieben. Die Jungen drängten sich außerhalb der Mauern auf der Jericho Road, wo ihnen ein bärtiger salafistischer Imam versicherte, die Tage ihrer Erniedrigung seien gezählt.

Gabriel blieb stehen, um sich die Predigt anzuhören, dann ging er auf dem Fußweg in die Senke des Kidrontals weiter. Kurz vor Absaloms Grab sah er eine arabische Großfamilie aus dem Stadtteil Silwan in Ostjerusalem auf sich zukommen. Die Frauen waren alle verschleiert, und der älteste Junge sah einem palästinensischen Terroristen, den Gabriel vor vielen Jahren auf einer ruhigen Straße mitten in Zürich erschossen hatte, täuschend ähnlich. Die Familienmitglieder gingen zu viert nebeneinander, sodass für Gabriel kein Platz blieb. Um keinen Zwischenfall zu provozieren, blieb er am Wegrand stehen – ein Akt höflicher Rücksichtnahme, der keinen Blick und erst recht kein dankendes Nicken wert war. Der Patriarch und die verschleierten Frauen stiegen zu den Mauern der Altstadt hinauf, die Jungen hingegen blieben in der provisorischen radikalen Moschee an der Jericho Road.

Unterdessen hallten durch Lautsprecher verstärkte Gebete aus der al-Aqsa-Moschee übers Tal hinweg und vermengten sich mit Glockengeläut vom Ölberg. Während zwei der drei auf Abraham zurückgehenden Religionen der Stadt miteinander wetteiferten, betrachtete Gabriel die endlosen Grabsteinreihen auf dem jüdischen Friedhof und fragte sich, ob er stark genug war, das Grab seines Sohnes Daniel zu besuchen. Vor nunmehr zwanzig Jahren hatte Gabriel in einer schneereichen eisigen Januarnacht in Wien den leblosen Körper des Kindes aus seinem durch eine Bombe zerfetzten Wagen geborgen. Leah, seine erste Frau, hatte den Anschlag wie durch ein Wunder, aber mit schweren Brandverletzungen am ganzen Körper überlebt.

Leah, die an einem posttraumatischen Stresssyndrom in Kombination mit psychotischen Depressionen litt, durchlebte den Bombenanschlag immer wieder. Gelegentlich hatte sie jedoch lichte Momente. In einer dieser kurzen Phasen hatte sie Gabriel erlaubt, Chiara zu heiraten. *Sieh mich an, Gabriel*, hatte sie gesagt. *Von mir ist nichts mehr übrig. Nichts als Erinnerungen*. Diese Visionen verfolgten Gabriel, wenn er durch Jerusalem ging. In dieser Stadt, die er liebte, konnte er keinen Frieden finden. Er sah den endlosen Konflikt zwischen Arabern und Juden in jeder Geste, hörte ihn aus dem Gebetsruf jedes Muezzins heraus. In den Gesichtern der Kinder erkannte er die Geister der Männer, die er erschossen hatte. Und vor den Grabsteinen auf dem Ölberg glaubte er, die letzten Schreie eines Kindes zu hören, das für die Sünden seines Vaters geopfert worden war.

Gabriel verweilte fast eine Stunde lang am Grab, dachte darüber nach, was für ein Mann sein Sohn hätte werden können – ob er ein Künstler wie seine Vorfahren geworden wäre oder einen anderen Beruf ergriffen hätte. Als die Kirchenglocken ein Uhr schlugen, legte er einige Steine auf Daniels Grab und ging durchs Kidrontal zum Dungtor weiter. Am Kontrollpunkt wartete eine israelische Schulklasse aus dem Negev, um ihre geöffneten bunten Rucksäcke vorzuzeigen. Auch Gabriel stellte sich kurz mit an. Dann wies er sich einem der Polizeibeamten gegenüber aus, ging um die Sicherheitsschleuse herum und betrat das Jüdische Viertel.

Direkt vor ihm erhoben sich jenseits eines großen Platzes die honigfarbenen Kalksteinblöcke der Klagemauer, des letzten Überrests der früheren Westmauer, die die Tempelberganlage umgeben hatte. Nach monatelanger grausamer Belagerung ordnete der römische Feldherr und spätere Kaiser Titus im Jahr 70 nach Christus die Zerstörung des sogenannten zweiten Jerusalemer Tempels und die Vernichtung der aufständischen Juden in der Provinz Judäa an. In dem darauffolgenden Blutbad ließen Hunderttausende ihr Leben, während die Schätze des Allerheiligsten, auch die große goldene Menora, nach Rom verschleppt wurden.

Als die Araber sechs Jahrhunderte später Jerusalem eroberten, war die Tempelruine nicht mehr zu sehen, und der Tempelberg, für Juden die Heimstätte Gottes auf Erden, kaum mehr als eine etwas erhöhte Müllhalde. Die Araber errichteten den goldenen Felsendom und die große al-Aqsa-Moschee und festigten so die religiöse Herrschaft des Islams über eine der heiligsten Stätten der Welt. Die Kreuzritter eroberten den Tempelberg im Jahr 1099 von den Moslems und wandelten die Moscheen in Kirchen um – ein taktischer Fehler, den die Israelis nach der Eroberung Ostjerusalems im Jahr 1967 nicht wiederholten. Seither kontrollierte Israel den

Zutritt zum Tempelberg. Die Verwaltung der islamischen heiligen Stätten lag in der Hand einer als Waqf bezeichneten autonomen wohltätigen Stiftung.

Der vom Platz aus sichtbare Teil der Klagemauer war achtundvierzig Meter lang und achtzehn Meter hoch. Tatsächlich erstreckte sich die Umfassungsmauer des Tempelbergs viel weiter, fiel auf dreizehn Meter unter Platzniveau ab und reichte über vierhundert Meter weit ins Muslimische Viertel hinein, wo sie hinter Wohnhäusern unsichtbar war. Nach jahrelangen politisch und religiös umstrittenen Ausgrabungen war es jetzt möglich, durch den Westmauertunnel fast die gesamte Klagemauer abzuschreiten.

Am Tunneleingang wurde Gabriel von einer jungen Frau erwartet, die den langen Rock und das Kopftuch einer orthodoxen Jüdin trug. »Er arbeitet nonstop an einem Ort in der Nähe der Höhle«, sagte sie in vertraulichem Tonfall. »Anscheinend hat er etwas Wichtiges gefunden, denn er ist ein völliges Wrack.«

»Wie können Sie das feststellen?«

Die junge Frau lachte, dann führte sie Gabriel zu einer schmalen Aluminiumtreppe, die unter die Altstadt und in die Vergangenheit zurückführte. Er blieb einen Augenblick unter dem nach seinem Entdecker benannten Wilson-Bogen stehen, der zur Zeit Christi den Tempelberg mit der Oberstadt verbunden hatte. Die massiven Fundamentblöcke leuchteten im Scheinwerferlicht und fühlten sich kühl an. Wenige Meter über ihnen lagen die chaotischen Straßenmärkte des heutigen Muslimischen Viertels, aber hier unten im Keller der Zeit herrschte absolute Stille.

Der als »Höhle« bezeichnete Tunnelabschnitt war in Wirklichkeit eine winzige Synagoge vor dem Wandteil, der dem ehemaligen Allerheiligsten vermutlich am nächsten lag. Eine kleine Gruppe orthodoxer Frauen betete mit ehrfürchtig an den Stein gepressten Fingern. Gabriel ging lautlos an ihnen vorbei und erreichte wenige Meter weiter einen aus undurchsichtigen Planen bestehenden Vorhang. Ein kleiner handgeschriebener Zettel untersagte Unbefugten den Zutritt. Gabriel schlüpfte durch den Vorhang und sah in den ungefähr sechs Meter tiefen Schacht einer Grabung. Auf dem Boden kratzte in greller Beleuchtung ein Archäologe mit einer winzigen Kelle in der schwarzen Erde.

»Was gibt es zu sehen?«, fragte Gabriel mit in dem Schacht hallender Stimme.

»Es ist kein *Es«,* antwortete Eli Lavon und rückte etwas zur Seite, damit Gabriel sehen konnte, woran er arbeitete – an Schulter, Arm und Hand eines menschlichen Skeletts. »Wir nennen sie Rivka. Und wenn ich mich nicht irre, ist sie in der Nacht der Tempelzerstörung gestorben.«

»Beweise, Professor Lavon«, sagte Gabriel im Scherz. »Wo sind die Beweise?«

»Von denen ist sie umgeben«, entgegnete Lavon und deutete auf die ins Erdreich eingebetteten rechteckigen Steine. »Die stammen vom Tempel selbst und liegen hier, weil die Römer sie in der Nacht, in der sie das Haus Gottes zerstört haben, über die Mauer geworfen haben. Dass Rivkas sterbliche Überreste nicht unter den Steinen, sondern *zwischen* ihnen liegen, lässt darauf schließen, dass ihr Leichnam zur selben Zeit über die Mauer geworfen wurde. Dafür sprechen auch ihre zahlreichen Knochenbrüche.«

Lavon betrachtete das teilweise freigelegte Skelett einige Augenblicke lang ehrfürchtig. »Nach Flavius Josephus, unserer einzigen Quelle für die Ereignisse jener Nacht, sind mehrere Tausend Juden in den Tempel gestürmt, nachdem die Römer ihn in Brand gesteckt hatten. Ich vermute, dass Rivka zu ihnen gehört hat. Wer weiß?«, fügte er seufzend hinzu. »Vielleicht hat sie gesehen, wie Titus selbst ins Allerheiligste eingedrungen ist, um Beute zu machen. Und danach … war die Hölle los.«

»Titus war nicht der erste Plünderer der Welt«, sagte Gabriel. »Und leider auch nicht der letzte.«

»Wie wahr.« Lavon sah zu ihm auf. »Stimmt es auch, dass neulich jemand in Rom auf dich schießen wollte?«

»Ich denke, dass er in Wirklichkeit Chiara im Visier hatte.«

»Sehr unklug von ihm. Lebt er noch?«

»Vorerst schon.«

»Irgendeine Idee, wer ihn geschickt haben könnte?«

Gabriel ließ das griechische Terrakottafragment in den Schacht fallen. Lavon fing es geschickt aus der Luft, bevor es auf den Tempelsteinen zerschellen konnte, und begutachtete es im hellen Schein seiner Arbeitslampen.

»Attisch-rotfigurig, fünftes Jahrhundert vor Christus, vermutlich vom Menelaos-Maler.«

»Sehr eindrucksvoll.«

»Danke«, antwortete Lavon. »Aber lass es bitte nie mehr fallen.«

Eine Fußgängerbrücke verband die Jerusalemer Altstadt mit den neuen Stadtteilen. Sie erstreckte sich vom Jaffator bis zur glitzernden Mamilla Mall, einem der wenigen Orte in Israel, wo Araber und Juden sich ohne größere Spannungen mischten. Gabriel und Lavon stritten sich freundschaftlich, wohin sie zum Essen gehen sollten, bevor sie sich für ein europäisch eingerichtetes Café entschieden, das momentan angesagt zu sein schien. Das Israel ihrer Jugend war noch ein Land ohne Fernsehen gewesen. Heute verfügte es über allen Komfort der westlichen Welt, dafür gab es keine Ruhe mehr.

Dröhnender Techno-Pop machte eine Unterhaltung im Inneren des Cafés unmöglich, deshalb saßen sie auf der Terrasse mit Blick auf die Mauern der Altstadt. Lavons schütteres Haar flatterte in der Brise. Bevor er zu essen begann, schluckte er eine magensäurehemmende Tablette.

»Noch immer?«, fragte Gabriel.

»Es ist ewig – genau wie Jerusalem.«

Gabriel lächelte. Manchmal konnte selbst er kaum glauben, dass der gelehrte kleine Hypochonder, der ihm gegenübersaß, der beste Beschatter war, den der Dienst jemals hervorgebracht hatte. Erstmals mit Lavon zusammengearbeitet hatte er im Rahmen der Operation Zorn Gottes. Sie waren drei Jahre lang fast unzertrennlich gewesen, hatten Tag und Nacht gemordet und in ständiger Angst gelebt, von europäischen Polizeibeamten verhaftet zu werden. Als ihre Einheit schließlich aufgelöst wurde, hatte Lavon an zahlreichen Stresssymptomen gelitten, zu denen ein überempfindlicher Magen gehörte.

Lavon hatte sich in Wien niedergelassen, wo er unter dem Namen »Organisation für Ansprüche und Ermittlungen wegen Kriegsschäden« eine kleine Ermittlungsstelle eröffnet hatte. Mit lächerlich geringen Mitteln hatte er Beute im Wert von vielen Millionen Dollar aufgespürt, die während des Holocausts geraubt worden war, und entscheidend dazu beigetragen, den Schweizer Banken eine milliardenschwere Entschädigung abzuringen. Aber als ein Sprengsatz zwei seiner Mitarbeiterinnen getötet und sein Büro verwüstet hatte, war Lavon nach Israel zurückgekehrt und hatte sich ganz seiner ersten Liebe, der Archäologie, verschrieben. Jetzt war er außerordentlicher Professor für biblische Archäologie an der Hebräischen Universität Jerusalem und nahm regelmäßig an Ausgrabungen im ganzen Land teil, auch an der im Westmauertunnel.

»Man kann sich kaum noch vorstellen, wie es hier vor dem Sechstagekrieg ausgesehen hat«, sagte Lavon und nickte zu dem unterhalb der Terrasse gelegenen Tal. »Meine Eltern sind oft mit mir hergekommen, um mir den Stacheldraht und die jordanischen Geschützstellungen entlang der Waffenstillstandslinie von 1949 zu zeigen. Juden durften nicht an der Klagemauer beten oder den Friedhof auf dem Ölberg besuchen. Sogar Christen mussten nachweisen, dass sie getauft waren, bevor sie ihre heiligen Stätten besuchen durften. Und jetzt muten unsere Freunde im Westen uns zu, die Verfügungsgewalt über die Mauer den Palästinensern zu übergeben.« Lavon schüttelte den Kopf. »Um des Friedens willen, versteht sich.«

»Sie ist ein Steinhaufen, Eli.«

»Diese Steine sind mit dem Blut unserer Vorfahren getränkt. Und wegen dieser Steine besitzen wir hier ein Heimatrecht. Das wissen die Palästinenser nur zu gut, weshalb sie gerne behaupten, der Tempel Salomos habe nie existiert.«

»Tempelleugner«, sagte Gabriel.

Lavon nickte nachdenklich. »Sie sind mit den Holocaustleugnern verwandt und treten heute in der arabischen und islamischen Welt ebenso häufig auf. Das Kalkül ist ganz einfach: kein Holocaust, kein Tempel ...«

»Keine Juden in Palästina.«

»Genau. Aber das ist nicht nur Gerede. Indem sie die religiöse Autorität der Waqf ausnutzen, versuchen die Palästinenser systematisch, alle Beweise für die Existenz eines Tempels auf dem Tempelberg zu tilgen. Wir führen hier in Jerusalem tagtäglich einen archäologischen Krieg. Die eine Seite versucht, die Vergangenheit zu erhalten, während die andere versucht, sie zu zerstören, vor allem unter dem Deckmäntelchen von Bauvorhaben wie der Marwani-Moschee.«

Die Marwani-Moschee, die über siebentausend Gläubigen Platz bot, lag im Südosten des Tempelbergs in einer uralten Kaverne, die als Salomos Stallungen bekannt war. Das gewaltige Bauvorhaben hatte das heilige Plateau destabilisiert und eine gefährliche Auswölbung der Südmauer verursacht. Nach Verhandlungen zwischen der israelischen

Regierung und der Waqf hatte eine jordanische Firma die Ausbesserungsarbeiten durchgeführt. Diese hatten leider einen hässlichen weißen Fleck hinterlassen, der quer über die Stadt hinweg sichtbar war.

»Natürlich«, fuhr Lavon fort, »sind bei einem Bauvorhaben von der Größe der Marwani-Moschee viele Tonnen Schutt und Erde angefallen. Und was hat die Waqf damit gemacht? Sie hat das Zeug auf den Müll gekarrt oder einfach im Kidrontal abgekippt. Ich habe zu dem Team gehört, das das gesamte Material durchsucht hat. Wir haben Hunderte von Artefakten aus der Zeit des ersten und des zweiten Tempels gefunden. Aber ihre Bedeutung ließ sich kaum einschätzen, weil sie aus ihrer ursprünglichen Umgebung gerissen waren.« Er machte eine Pause, dann fügte er hinzu: »Genau wie das griechische Keramikfragment, mit dem du herumläufst.«

»Einem Mann wie dir kann auch ein Fragment viel sagen.«

»Wo kommt es her?«

»Aus dem Haus eines Grabräubers in Cerveteri.«

»Roberto Falcone?«

Gabriel nickte.

»Sag mir bitte, dass nicht du ihn in den Säurebottich gestoßen hast.«

»Säure ist nicht mein Stil, Eli. Sie ist viel zu langsam.«

»Und schmutzig«, ergänzte Lavon. »Als Nächstes wirst du vermutlich sagen, dass es eine Verbindung zwischen Falcone und der Frau gibt, die von der Galerie des Petersdoms gestürzt ist.«

»Das Bindeglied heißt Carlo Marchese«, erklärte Gabriel. »Carlo kontrolliert den weltweiten Handel mit geraubten Antiken. Außerdem hat er enge Kontakte zur Hisbollah. Wir werden ihm das Handwerk legen.«

»Wir?«

»Das kann ich nicht allein, Eli. Ich brauche einen Archäologen, der eine Bilanz lesen kann und sich darauf versteht, schmutziges Geld aufzuspüren. Noch besser wäre es natürlich, wenn er sich auch auf der Straße behaupten könnte.«

»Ich dachte, du wärst im Ruhestand?«

»Das habe ich auch gedacht, aber es kommt immer irgendwas dazwischen.«

Lavon sah zu den Mauern der Altstadt hinüber.

»Woran denkst du, Eli?«

»Nicht an etwas. An jemanden.«

»Rivka?«

Lavon nickte.

»Sie hat zweitausend Jahre gewartet«, sagte Gabriel. »Da kann sie auch noch etwas länger warten.«

19

King Saul Boulevard, Tel Aviv

Das Gebäude des Diensts am King Saul Boulevard war so trist, nichtssagend und anonym wie eh und je. Über seinem Eingang hing kein Emblem, das verraten hätte, welche Organisation hier arbeitete. Nichts wies darauf hin, dass dies die Zentrale eines der gefürchtetsten und angesehensten Geheimdienste der Welt war. Eine genauere Untersuchung hätte die Existenz eines Gebäudes innerhalb des Gebäudes offenbart – mit eigener Strom- und Wasserversorgung, eigener Kanalisation und eigenen abhörsicheren Nachrichtenverbindungen. Alle Mitarbeiter verfügten über zwei Schlüssel. Der erste sperrte eine Tür im Foyer auf, mit dem zweiten ließ sich der Aufzug bedienen. Wer das Pech hatte, einen oder gar beide Schlüssel zu verlieren, wurde in die Wüste Judäa verbannt und blieb auf ewig verschollen.

Gabriel war nur einmal durchs Foyer hineingekommen: am Tag nach seiner ersten Begegnung mit Schamron. Seither war er nur »schwarz« – durch die Tiefgarage – in das Gebäude gelangt, wie auch jetzt in Begleitung von Eli Lavon und Chiara. Sie stiegen drei Treppen hinunter und folgten einem leeren Korridor zu einer mit »456C« bezeichneten Tür. Der Raum dahinter, ein ehemaliger Abstellraum für ausgemusterte Computer und abgenutzte Möbel, hatte der Nachtschicht oft als Liebesnest gedient. Heutzutage war er am King Saul Boulevard allgemein als Gabriels Schlupfwinkel bekannt. Das Tastenfeld an der Tür war auf die acht Ziffern seines Geburtsdatums eingestellt. Ein Witzbold im

Dienst hatte einmal behauptet, es sei das am besten gehütete Geheimnis in ganz Israel.

»Was hast du?«, fragte Eli Lavon, als Gabriel mit erhobener Hand zögerte.

»Ein Altersproblem.«

»Du hast deinen eigenen Geburtstag vergessen?«

»Nein«, sagte Gabriel und tippte den Code ein. »Ich kann nur nicht glauben, dass er schon so lange zurückliegt.«

Er betrat den Raum, machte Licht und betrachtete die Wände mit den gespenstischen Überresten vergangener Unternehmen. Sie alle hatten bewirkt, dass Unschuldige gerettet wurden, und bei allen war Blut vergossen worden, nicht selten Gabriels Blut. Er trat an die Wandtafel, die letzte Tafel im ganzen Gebäude, und sah darauf schwache Spuren seiner eigenen Schrift – das Konzept einer Operation mit dem Decknamen »Meisterstück«. Dabei hatten sie die iranischen Urananreicherungsanlagen erfolgreich sabotiert und so Israel und dem Westen einen wichtigen Zeitgewinn von einigen Jahren verschafft. Aber jetzt schien die Zeit abzulaufen. Die Iraner waren wieder kurz davor, ihre nuklearen Ambitionen zu verwirklichen. Und sie schienen jeden bestrafen zu wollen, der sich ihnen in den Weg stellte, indem sie die Hisbollah, ihre willige Helferin, als Instrument der Rache benutzten.

»Sollte der Dienst jemals ein Museum einrichten«, sagte Lavon, »wäre es ohne eine Nachbildung dieses Raums nicht komplett.«

»Und wie würden sie die Ausstellung nennen?«

»›Das Dorf der Verdammten‹.«

Die Antwort kam nicht von Lavon, sondern von einer großen, irgendwie britisch wirkenden Gestalt, die mit einem Schnellhefter unter dem Arm an der Tür stand. Jossi Gavisch war ein leitender Mitarbeiter der Abteilung Recherche, der Analyseabteilung des Diensts. Jossi, der in London geboren war und am All Souls College studiert hatte, sprach noch immer mit englischem Akzent und konnte ohne ständigen Nachschub an Earl-Grey-Tee und McVitie's Digestive Biscuits nicht arbeiten.

»Ich kann nicht glauben, dass ich wieder hier bin«, sagte er.

»Ich auch nicht.« Gabriel zeigte auf den Schnellhefter. »Was hast du da?«

»Alles, was der Dienst über Carlo Marchese weiß.« Jossi warf den Schnellhefter auf einen Arbeitstisch und sah sich um. »Erwartet Uzi, dass wir's zu viert mit Carlo und der Hisbollah aufnehmen?«

»Keine Sorge«, sagte Gabriel lächelnd. »Die anderen kommen auch bald.«

Die Personalabteilung brauchte fast den ganzen Vormittag, um die übrigen Mitglieder von Gabriels Team aufzuspüren und in sein fensterloses kleines Verlies zu schicken. Die Abkommandierungen klappten meist problemlos, aber in einigen Fällen leisteten Vorgesetzte überraschend Widerstand. Alle Beschwerden gingen direkt an Uzi Navot, der klarmachte, dass er keinen Widerspruch dulden würde. »Wir sind hier nicht in der arabischen Welt«, erklärte er einem unzufriedenen Abteilungsleiter. »Wir sind hier beim Dienst. Und bei uns geht es eben noch totalitär zu.«

Wie Angehörige eines Kommandotrupps, die von einem erfolgreichen Angriff zurückkehren, trafen sie nach und nach ein. Als Erster kam Jaakov Rossman, ein pockennarbiger ehemaliger Abwehroffizier im Inlandsgeheimdienst Schabrak, der jetzt Agenten in Syrien und dem Libanon führte. Ihm folgten die beiden schweigsamen Allrounder Oded und Mordecai, dann kam Major Rimona Stern, eine ehemalige Agentin des Militärgeheimdiensts, die jetzt auf die Beobachtung des iranischen Nuklearprogramms spezialisiert war. Rimona, eine Frau mit Rubensfigur und sandsteinfarbener Mähne, war zufällig eine Nichte Schamrons. Gabriel kannte sie seit ihrer Kindheit.

Als Nächste erschien in der Tür eine zierliche Schwarzhaarige namens Dina Sarid. Als wandelndes Lexikon des Terrorismus konnte sie Datum, Ort und Opferzahl jedes einzelnen Terroranschlags auf Israel und die Staaten des Westens ebenso auswendig hersagen wie die lange Liste der von Hisbollah-Attentätern verübten Gräueltaten. Sie hatte ihre analytischen Fähigkeiten jahrelang auf Imad Mughnijah konzentriert – Militärbefehlshaber der Hisbollah und Hohepriester des Terrors. Es war vor allem Dinas Arbeit zu verdanken, dass Mughnijah im Jahr 2008 durch eine Autobombe in Damaskus sein wohlverdientes Ende gefunden hatte. Aus diesem Anlass hatte Dina die Gräber ihrer Mutter und ihrer beiden Schwestern besucht. Die drei waren am 19. Oktober 1994 umgekommen, als ein Selbstmordattentäter der Hamas sich in Tel Aviv in die Luft gesprengt hatte. Dina war bei dem Anschlag schwer verletzt worden und hinkte noch heute leicht.

Wie üblich kam Michail Abramow als Letzter. Der schlaksige Blonde mit den gletscherblauen Augen war wenige Wochen nach dem Zerfall der Sowjetunion als Teenager nach Israel gekommen und hatte in der militärischen Spezialeinheit Sajeret Matkal gedient. Michail, von Ari Schamron einmal als »Gabriel ohne Gewissen« bezeichnet, hatte mehrere der führenden Terroristen der Hamas und des palästinensischen Islamischen Dschihad persönlich liquidiert. Jetzt führte er ähnliche Aufträge für den Dienst aus, aber seine vielfältigen Talente waren nicht auf den Umgang mit Waffen beschränkt.

Auf den Gängen und in den Konferenzräumen am King Saul Boulevard waren die neun Männer und Frauen im Raum 456C wegen ihrer Schnelligkeit unter dem Decknamen »Barak« bekannt, dem hebräischen Wort für Blitz. Sie hatten auf geheimen Schlachtfeldern, die von Moskau über die Karibik bis ins Leere Viertel Saudi-Arabiens reichten, gemeinsam gekämpft – oft unter fast unerträglichem Stress. Gabriel hatte ihr letztes Unternehmen nur mit Glück überlebt, aber jetzt stand er wieder vor ihnen, wirkte keineswegs angeschlagen und erzählte ihnen eine spannende Geschichte. Sie handelte von einer Museumskuratorin, deren Vater ein Grabräuber gewesen war, einem Priester mit einem gefährlichen Geheimnis und einem angesehenen Gangster namens Carlo Marchese, der mit der gefährlichsten Terrororganisation der Welt Geschäfte machte. Ihr Unternehmen würde darauf abzielen, ein Dossier zusammenzustellen, das Carlo vernichten und die Hisbollah von dieser Geldquelle abschneiden würde. Aber es würde nicht genügen, Carlo Marchese als Kriminellen zu enttarnen. Sie würden die *Cordata*, das Seil, finden müssen, das ihn mit der Hisbollah verband. Und dann würden sie es ihm um den Hals schlingen.

Wie in allen Familien gab es auch bei ihnen kleine Eifersüchteleien, unausgesprochene Ressentiments und verschiedene andere Formen von Geschwisterrivalität. Trotzdem schafften sie es, Arbeitsgruppen zu bilden und sich mit einem Minimum an Gemecker an die Arbeit zu machen. Jossi, Chiara und Mordecai waren für Carlo zuständig, während Dina, Rimona, Jaakov und Michail sich mit der kriminellen Geldbeschaffung der Hisbollah befassten. Gabriel und Eli Lavon schwebten irgendwo dazwischen, denn sie hatten die Aufgabe, das Bindeglied zwischen den beiden Organisationen zu finden.

Schon bald spiegelten die Wände des Raums das Einzigartige ihres Unternehmens wider. Auf der einen Seite entstand ein Organigramm von Carlo Marcheses Firmengeflecht, auf der anderen waren die bekannten Elemente der Hisbollah aufgeführt, die nur einen Zweck hatten – die gefährlichsten Terroristen der Welt zu finanzieren. Die Hisbollah, nicht al-Qaida, hatte als Erste Selbstmordattentäter eingesetzt und weltweit agiert. Zweimal schon hatte sie Ziele in Buenos Aires angegriffen: im Jahr 1992, als es bei ihrem Anschlag auf die israelische Botschaft 29 Tote gegeben hatte, und erneut im Jahr 1994, als sie das jüdische Gemeindezentrum AIMA in Schutt und Asche gelegt hatte – diesmal mit 95 Toten. Die Hisbollah konnte einige Tausend gut ausgebildete Kämpfer aufbieten, von denen sich viele in der weltweiten libanesischen Diaspora tarnten, und hatte in ihrem Arsenal mehrere sowjetische Scuds, womit sie weltweit die einzige Terrororganisation war, die über ballistische Kurzstreckenraketen verfügte. Kurz gesagt besaß die Hisbollah die Fähigkeit, jederzeit und an jedem Ort einen katastrophalen Anschlag zu verüben. Dazu brauchte sie nur den Segen der schiitischen Mullahs in Teheran.

Die Inspiration der Hisbollah mochte von Allah stammen, aber für ihre Finanzierung waren Menschen zuständig. Die Fotos der Männer, auf denen alle grimmige Gesichter machten, hingen auf Dinas Seite des Raums. Als Mittelpunkt dieses Netzwerks definierte sie die Lebanon Byzantine Bank. Dann erstellte sie mithilfe der Einheit 8200 eine Kommunikationsmatrix, die von Beirut über London bis in das gesetzlose Dreieck zwischen Argentinien, Paraguay und Brasilien reichte. Die Lebanon Byzantine Bank – kurz LBB – war der Leim, der alles zusammenhielt. Dank der begnadeten Hacker der Einheit 8200 kannten sie die Bücher der Bank bald so gut, dass Jaakov im Scherz behaupten konnte, das Geschäft der LBB sogar besser zu kennen als der Präsident der Bank. Wie sich bald zeigte, war sie kaum mehr als eine von der Hisbollah gegründete Scheinfirma. »Verfolgt den Weg des Geldes«, wies Gabriel sein Team an,

»dann stoßen wir mit etwas Glück auf den Finanzchef der Hisbollah.«

Gabriel verbrachte diese Tage größtenteils damit, einen Crashkurs im illegalen Handel mit geraubten Altertümern zu absolvieren. Dabei erfuhr er vor allem, wie antike Kunstwerke aus den schmutzigen Händen von Grabräubern und Dieben auf den legalen Markt gelangten. Ein Großteil seiner langweiligen Arbeit bestand darin, Monografien, Ausstellungs- und Bestandskataloge, Listen mit Auktionsergebnissen und Händlerinventare aus aller Welt zu wälzen. Einmal fuhr er mit Eli Lavon ins Rockefeller Museum, um von einem Fachmann der Israel Antiques Authority einen Vortrag über Grabräuber und ihre Techniken zu hören. Außerdem rief er einen alten Freund in der Londoner Kunstszene an, der mehrere Kollegen kannte, die sich mit zweifelhaften Geschäften abgaben. Und schließlich wandte er sich an General Ferrari, der ihm sofort Kopien einiger brisanter Unterlagen schickte, obwohl Gabriel sich weigerte, die Hintergründe seiner Anfrage zu nennen. Schließlich galten für dieses Unternehmen die üblichen Geheimhaltungsvorschriften.

Die Arbeitsgruppen waren zwölf Tage und zwölf scheinbar endlose Nächte lang damit beschäftigt, die Puzzleteile zu einem Bild zusammenzufügen. Lavon konnte nicht anders, als ihre Arbeit mit dem Bau des Aquädukts unter der Stadt Davids zu vergleichen, das einst die Gihonquelle mit dem Teich Siloah verbunden hatte. Diese unterirdische Wasserleitung war im achten Jahrhundert vor Christi hastig in den Fels gehauen worden, als die Stadt sich auf eine Belagerung durch die Assyrer vorbereitet hatte. Um den Bau des Tunnels zu beschleunigen, befahl König Hezekiah, ihn von beiden Enden aus zu beginnen. Irgendwie schafften es die beiden Mannschaften, sich in der Mitte zu treffen, und das lebensrettende Wasser gelangte in die Stadt.

Eine ähnliche Episode erlebte Gabriels Team kurz nach Mitternacht des dreizehnten Tages, als die allnächtliche Lieferung von der Einheit 8200 kam. Dazu gehörte eine Liste aller an diesem Tag bei der Lebanon Byzantine Bank erfolgten elektronischen Überweisungen. Sie zeigte, dass um 16.17 Uhr der Betrag von eineinhalb Millionen Euro von der Galerie Naxos in St. Moritz eingegangen war. Nur fünf Minuten später hatte die LLB hundertfünfzigtausend Euro, zehn Prozent der vorigen Summe, auf ein Konto beim Institut für die religiösen Werke überwiesen – besser als Vatikanbank bekannt. Eli Lavon verglich diesen Augenblick später mit dem Moment, in dem König Hezekiahs Tunnelbauer das Hämmern und Meißeln der jeweils anderen Gruppe hatten hören können. Gabriel wies seine Leute an, noch etwas tiefer zu schürfen, und bei Tagesanbruch wussten sie, dass sie ihren Mann gefunden hatten.

20

King Saul Boulevard

»Er nennt sich David Girard. Aber dieser Name ist so falsch wie das meiste andere an ihm.«

Gabriel warf das Dossier auf Uzi Navots lächerlich pompösen Schreibtisch. Der Chefschreibtisch mit Rauchglasplatte stand in der Nähe der wandhohen Panzerglasscheiben mit Blick auf das Stadtzentrum von Tel Aviv und das Meer. Navot ließ das Dossier liegen und forderte Gabriel mit einer Handbewegung auf, weitere Einzelheiten zu nennen.

»In Wirklichkeit heißt er Daoud Ghandur. Er stammt aus dem Dorf Tajr Dibba im Südlibanon – genau wie Imad Mughnijah, was vermutlich bedeutet, dass sie sich schon seit ihrer Kindheit kennen.«

»Wie hat er es aus einem elenden Nest wie Tajr Dibba in eine Galerie in St. Moritz geschafft?«

»Auf libanesische Art«, antwortete Gabriel. »Als Arafat und die PLO sich 1970 im Südlibanon etabliert hatten, ist die Familie Ghandur nach Beirut gezogen. Der Junge scheint überdurchschnittlich begabt gewesen zu sein. Er hat eine gute Privatschule besucht und Englisch und Französisch gelernt. Später ist er nach Paris gegangen, um an der Sorbonne Alte Geschichte zu studieren.«

»Und bei dieser Gelegenheit hat Daoud Ghandur sich in David Girard verwandelt?«

»Das war erst, als er nach Oxford ging«, erwiderte Gabriel. »Nach der Promotion als Archäologe hat er in der Antikenabteilung von Sotheby's in London gearbeitet. Als das Auktionshaus in den Neunzigerjahren in den Verdacht geriet, Stücke ungeklärter Herkunft versteigert zu haben, hat er London ziemlich hastig verlassen.«

»Und sich selbstständig gemacht?«

Gabriel nickte.

»Wie viel kostet es, in St. Moritz eine Galerie zu eröffnen?«

»Ziemlich viel.«

»Woher hatte er das Geld?«

»Gute Frage.«

Gabriel zog ein Foto aus dem Dossier und ließ es über die Schreibtischplatte segeln. Es zeigte einen schlanken Mann Ende vierzig, der an einer Vitrine mit griechischen und etruskischen Terrakotten lehnte. Über einem dunkelgrauen Pullover trug er einen dunkelblauen Blazer. Sein Blick war sanft und nachdenklich. Sogar sein aufgesetztes Lächeln wirkte echt.

»Sieht verdammt gut aus«, sagte Navot. »Woher hast du das Foto?«

»Von der Webseite seiner Galerie. Seine offizielle Biografie weist auffällige Lücken auf, zum Beispiel fehlen sein richtiger Name und sein Geburtsdatum.«

»Mit welchem Pass reist er heutzutage?«

»Er ist Schweizer und mit einer Deutschschweizerin verheiratet.«

»Wie kosmopolitisch.« Navot betrachtete das Foto stirnrunzelnd. »Was wissen wir über seine Reisegewohnheiten?«

»Wie die meisten Leute in seiner Branche verbringt er viel Zeit in Flugzeugen und Hotelzimmern.«

»Libanon?«

»Girard kreuzt mindestens einmal im Monat in Beirut auf.« Gabriel machte eine Pause, dann fügte er hinzu: »Er verbringt auch ziemlich viel Zeit hier in Israel.«

Navot sah ruckartig auf, äußerte sich aber nicht dazu.

»Elis Freunde drüben bei der Israel Antiquities Authority wissen, dass Daoud Ghandur, alias David Girard, häufig den Tempelberg besucht. Allerdings verbringt er die meiste Zeit unter dem Berg.«

»Womit?«

»Er berät die Waqf und die Palästinensische Selbstverwaltungsbehörde ehrenamtlich in archäologischen Fragen. Das steht übrigens auch nicht in seiner offiziellen Biografie.«

Navot starrte das Foto einen Augenblick länger an. »Wie lautet deine Theorie?«

»Ich halte ihn für den Vertreter der Hisbollah in Carlos Netzwerk. In seiner Galerie in St. Moritz verkauft er gestohlene Grabbeigaben, überweist die Gewinne über die LBB nach Hause und beteiligt Carlo Marchese, seinen Paten, jeweils mit zehn Prozent.«

»Kannst du das beweisen?«

»Noch nicht. Deshalb möchte ich versuchen, mit ihm ins Geschäft zu kommen.«

»Wie?«

»Ich werde ihm etwas Unwiderstehliches anbieten und abwarten, ob er anbeißt.«

»Vermutlich sollte ich das nicht fragen«, seufzte Navot, »aber wo willst du etwas Unwiderstehliches herkriegen?«

»Ich werde es natürlich stehlen.«

»Natürlich«, wiederholte Navot lächelnd. »Brauchst du irgendwas von mir?«

»Geld, Uzi. Massenhaft Geld.«

Eine Vorschrift des Diensts bestimmt, dass Agenten vor Auslandseinsätzen die letzte Nacht in Israel in einem als Absprungpunkt bezeichneten sicheren Haus verbringen. Ohne von Ehepartnern, Geliebten, Kindern oder Haustieren abgelenkt zu sein, nehmen sie dort die Identität an, die sie bis zu ihrer Heimkehr wie eine schusssichere Weste tragen werden. Nur Gabriel und Eli Lavon zogen es vor, nicht an diesem traditionellen Ritual teilzunehmen, weil sie nach eigener Berechnung mehr als die Hälfte ihres Lebens falsche Namen getragen hatten.

Wie sich zeigte, verbrachten beide zumindest einen Teil dieses letzten Abends in der Gesellschaft einer Frau. Lavon machte sich auf den Weg zum Westmauertunnel, um einige Stunden bei seiner geliebten Rivka zu verbringen, während Gabriel zur Psychiatrischen Klinik auf dem Herzlberg pilgerte, um Leah zu besuchen. Als er wie immer nach der üblichen Besuchszeit eintraf, erwartete Leahs Arzt ihn im Foyer. Er war der einzige Israeli außerhalb des Diensts, der genau wusste, was sich in jener Nacht in Wien ereignet hatte.

»Ihr letzter Besuch liegt schon eine Weile zurück.« Der Arzt lächelte verständnisvoll. »Sie freut sich schon auf Ihr Kommen.«

»Wie geht es ihr?«

»Unverändert. In diesem Stadium ihres Lebens müssen wir damit zufrieden sein.«

Der Arzt führte ihn zu einem Gemeinschaftsraum mit Blick auf den Garten der Klinik. Dort draußen, im Schatten einer Pinie, hatte Gabriel Leah um Erlaubnis gebeten, Chiara heiraten zu dürfen. Dieser Augenblick hatte sich Leahs schwankender Erinnerung nur teilweise eingeprägt. Manchmal schien sie zu wissen, dass Gabriel nicht länger ihr Ehemann war, aber die meiste Zeit blieb sie eine Gefangene der Vergangenheit. Für ihren verwirrten Verstand waren Gabriels lange Abwesenheiten nicht ungewöhnlich. Schamron war es zu verdanken, dass er ihre Welt häufig unangemeldet oder fast ohne Ankündigung betreten oder verlassen hatte.

Sie saß im Rollstuhl. Ihre verkrümmten, verbrannten Hände ruhten im Schoß. Die Haare, einst lang und dunkel wie Chiaras, waren mittlerweile grau meliert und praktisch kurz geschnitten. Gabriel küsste das kühle, feste Narbengewebe auf ihrer Wange, bevor er auf dem weißen Hocker neben dem Rollstuhl Platz nahm. Leah schien seine Anwesenheit nicht wahrzunehmen. Sie starrte in den dunkler werdenden Garten hinaus.

»Liebst du dieses Mädchen?«, fragte sie plötzlich, ohne sich ihm zuzuwenden.

»Welches Mädchen?«, fragte Gabriel. Als er begriff, dass Leah nur wieder das Gespräch durchlebte, das zur Auflösung ihrer Ehe geführt hatte, versetzte es ihm einen Stich. »Ich liebe dich«, sagte er leise und drückte ihre erstarrten Hände. »Ich werde dich immer lieben, Leah.«

Sie lächelte flüchtig. Dann starrte sie Gabriel einen Augenblick lang missbilligend an. »Du arbeitest wieder für Schamron«, hielt sie ihm vor.

»Woran merkst du das?«

»Ich sehe es in deinem Blick. Du bist jemand anders.«

»Ich bin Gabriel«, sagte er.

»Nur ein Teil von dir ist Gabriel.« Sie wandte sich wieder dem Fenster zu.

»Geh noch nicht, Leah.«

Sie kehrte zu ihm zurück. »Gegen wen kämpfst du diesmal? Den Schwarzen September?«

»Den Schwarzen September gibt es nicht mehr.«

»Gegen wen dann?«

»Die Hisbollah«, antwortete er nach kurzem Zögern. »Es ist die Hisbollah, Leah.«

Der Name schien ihr nichts zu sagen. »Erzähl mir von ihr«, verlangte sie.

»Das kann ich nicht.«

»Warum nicht?«

»Weil die Informationen geheim sind.«

»Wie früher?«

»Ja, Leah, wie früher.«

Leah runzelte die Stirn. Sie hasste Geheimnisse. Geheimnisse hatten ihr Leben zerstört.

»Wohin musst du diesmal?«

»Nach Paris«, antwortete Gabriel wahrheitsgemäß.

Ihre Miene verfinsterte sich. »Warum nach Paris?«

»Dort lebt ein Mann, der mir helfen kann.«

»Ein Spion?«

»Ein Dieb.«

»Was stiehlt er?«

»Gemälde.«

Sie wirkte ernsthaft besorgt. »Wieso sollte ein Mann wie du sich mit jemandem abgeben, der Gemälde stiehlt?«

»Manchmal muss man mit schlechten Leuten zusammenarbeiten, um Gutes zu bewirken.«

»Ist dieser Mann schlecht?«

»Eigentlich nicht.«

»Erzähl mir von ihm.«

Das hielt Gabriel für unbedenklich, deshalb erfüllte er ihre Bitte. Aber Leah schien sofort das Interesse zu verlieren und wandte sich wieder dem Fenster zu.

»Sieh nur den Schnee«, sagte sie, indem sie den wolkenlosen Abendhimmel betrachtete. »Ist er nicht schön?«

»Ja, Leah, er ist schön.«

Ihre Hände begannen zu zittern. Gabriel schloss die Augen.

Als Gabriel in der Abenddämmerung in die Narkiss Street zurückkam, fand er Chiara auf der Couch ausgestreckt. Auf dem Bauch balancierte sie ein Glas Rotwein. Sie bot ihm den Wein an und beobachtete ihn prüfend, als er trank – als suche sie nach Anzeichen für Verrat. Dann zog sie ihn mit sich ins Schlafzimmer, wo sie schweigend ihre Kleidung abstreifte. Ihr Körper war fieberheiß. Sie liebte ihn, als wäre es das letzte Mal.

»Nimm mich nach Paris mit.«

»Nein.«

Sie bestand nicht darauf, denn sie wusste, dass das nach dem Ereignis in Rom zwecklos gewesen wäre. Und erst recht nach dem in Wien.

»Hat sie sich diesmal an dich erinnert?«

»Ich denke schon.«

»An welche Version?«

»Beide«, antwortete er.

Chiara schwieg einen Augenblick. Dann fragte sie: »Weiß sie, dass du mich liebst, Gabriel?«

»Das weiß sie.«

Eine Pause. »Und tust du das?«, fragte sie schließlich.

»Was?«

»Mich lieben.«

»Chiara ...«

Sie kehrte ihm den Rücken zu. »Tut mir leid«, murmelte sie.

»Was tut dir leid?«

»Das mit dem Baby. Hätte ich das Baby nicht verloren, würdest du nicht ohne mich nach Paris fliegen.«

Gabriel gab keine Antwort. Chiara setzte sich langsam rittlings auf ihn.

»Liebst du mich?«, fragte sie noch mal.

»Mehr als alles andere.«

»Zeig es mir.«

»Wie?«

Sie küsste ihn, dann flüsterte sie: »Zeig's mir, Gabriel.«

21

Rue de Miromesnil, Paris

Antiquités Scientifiques nahm einen einsamen Außenposten am Ende der Rue de Miromesnil ein, bis zu dem Touristen selten vordrangen. Im Pariser Antiquitätenhandel gab es einige, die Maurice Durand, dem pedantischen Inhaber, geraten hatten, in die Rue de Rivoli umzuziehen. Aber Monsieur Durand hatte sich stets geweigert, weil er fürchtete, bis ans Lebensende zusehen zu müssen, wie fette amerikanische Touristen seine kostbaren alten Mikroskope, Kameras, Barometer, Fernrohre, Theodoliten, Sextanten und Brillen begrapschten, nur um anschließend den Laden mit leeren Händen zu verlassen. Außerdem gefiel Durand sein geordnetes Leben in dieser ruhigen Straße. Schräg gegenüber lag eine gute Brasserie, in der er morgens einen Kaffee und abends ein Glas Wein trank. Und ganz in der Nähe gab es Angelique Brossard, die in ihrem Laden Porzellanfiguren verkaufte und immer bereit war, das Schild an der Tür von OUVERT auf FERMÉ umzudrehen, wenn Durand auf Besuch kam.

Aber es gab noch einen Grund, weshalb Durand der Verlockung lebhafterer Straßen widerstand. Antiquités Scientifiques war zwar einigermaßen profitabel, aber es diente vor allem dazu, seine eigentliche Tätigkeit zu tarnen. Durand war darauf spezialisiert, Gemälde und andere Kunstwerke aus Villen, Galerien und Museen zu besorgen und Sammlern zu übergeben, die sich nicht mit Nebensächlichkeiten wie einer lückenlosen Provenienz aufhielten. Bei der Polizei gab es Leute, die ihn als Kunstdieb bezeichnet hätten, obwohl Durand mit dieser Beschreibung nicht einverstanden gewesen wäre, weil sein letzter Kunstdiebstahl schon viele Jahre zurücklag.

Heutzutage fungierte Durand nur als Mittelsmann bei Auftragsdiebstählen – er managte den Erwerb von Gemälden, die eigentlich nicht zum Verkauf standen, wie er es selbst ausdrückte. Viele seiner Kunden gehörten zu den Menschen, die Enttäuschungen hassen, und Durand enttäuschte sie selten. Er arbeitete mit einer Truppe von Marseiller Profis zusammen und hatte einige der bekanntesten Kunstdiebstähle geplant. Die Krönung seiner Laufbahn, zumindest in finanzieller Hinsicht, war Vincent van Goghs *Selbstbildnis mit verbundenem Ohr* gewesen. Dieses aus der Londoner Courtauld Gallery gestohlene Bild hing jetzt im Palast eines saudi-arabischen Scheichs, der eine Vorliebe für mit Messern verübte Gewalttaten hatte.

Aber es war Maurice Durands Verbindung zu einem weniger bekannten Werk – *Porträt einer jungen Frau,* Öl auf Leinwand, von Rembrandt van Rijn –, die zu seiner unwahrscheinlichen Allianz mit dem israelischen Geheimdienst geführt hatte. Nachdem Durand das Gemälde im Auftrag des Diensts gestohlen hatte, entdeckte er, dass auf seiner Rückseite eine Liste von Schweizer Nummernkonten mit Vermögenswerten versteckt war, die von Holocaustopfern geraubt worden waren. Mit dieser Liste hatte Gabriel den Schweizer Milliardär Martin Landesmann erpressen können, sodass der seinen Stammkunden in der Islamischen Republik Iran eine Ladung sabotierter Zentrifugen zur Urananreicherung schickte. Nach Abschluss der Operation hatte Gabriel beschlossen, nichts gegen Durand zu unternehmen, für den Fall, dass der Dienst noch einmal einen professionellen Dieb brauchte.

Dies alles erklärte, weshalb Eli Lavon binnen vierundzwanzig Stunden nach seiner Ankunft in Paris den kleinen Laden in der Rue de Miromesnil aufsuchte. Der von innen betätigte Türöffner schnarrte unangenehm laut. Dann öffneten die Riegel sich klackend, und Lavon, der Regentropfen von seinem Mantel abschüttelte, schlüpfte hinein.

»Haben Sie in letzter Zeit etwas geraubt, Monsieur Durand?«

»Nicht mal einen Kuss, Monsieur Lavon.«

Die beiden Männer musterten einander schweigend. Größe und Körperbau waren ungefähr gleich, aber damit endete die Ähnlichkeit bereits. Während Lavon sich im Revolutionärslook der Rive Gauche kleidete, wie er es nannte, trug Durand einen eleganten Nadelstreifenanzug mit lavendelfarbener Krawatte. Im Licht der dezenten Deckenbeleuchtung glänzte sein Schädel wie poliertes Glas. Seine dunklen Augen waren ausdruckslos.

»Was kann ich für Sie tun?«, fragte er, ohne sich anmerken zu lassen, dass er Lavon am liebsten zum Teufel gejagt hätte.

»Ich suche etwas Besonderes.«

»Nun, dann sind Sie hier richtig.« Durand trat an eine Vitrine mit Mikroskopen. »Dieses hier ist gerade reingekommen«, sagte er und berührte eines der Instrumente. »Im Jahr 1890 von Nachet & Fils in Paris gebaut. Optisch und mechanisch in Topzustand. Genau wie der Kasten aus Walnussholz.«

»Nichts in dieser Art.«

Durands Hand ruhte weiter auf dem oxidierten Messing des Mikroskops. »Offenbar ist meine Schuld jetzt fällig«, sagte er.

»Sie stellen uns als Erpresser hin«, entgegnete Lavon und bedachte ihn mit seinem gütigsten Lächeln. »Ich versichere Ihnen, dass wir keine sind.«

»Was wollen Sie?«
»Ihre Expertise.«
»Die ist teuer.«
»Keine Sorge. Geld ist nicht das Problem.«

Der eiskalte Regen jagte sie über die Place de la Concorde und am Seineufer entlang. Durand plädierte für die Wärme eines Taxis, aber weil Lavon sichergehen wollte, dass sie nicht beschattet wurden, bestand er darauf, zu Fuß zu gehen. Zuletzt betraten sie das Foyer eines luxuriösen Hauses mit Blick auf den Pont Marie und stiegen die Wendeltreppe zu einem Apartment im dritten Stock hinauf. Im Wohnzimmer saß ein behaglich und entspannt wirkender Gabriel. Mit einer kaum merklichen Bewegung seiner smaragdgrünen Augen forderte er Durand auf, Platz zu nehmen. Der Franzose zögerte. Als Lavon ihn leicht anstieß, näherte er sich Gabriel mit dem schleppenden Schritt eines Verurteilten auf dem Weg zum Galgen.

»Sie erkennen mich offenbar wieder«, sagte Gabriel, der ihn keine Sekunde aus den Augen ließ. »In unserer Branche ist das oft ein Nachteil. Aber nicht in diesem Fall.«

»Wie das?«

»Weil Sie wissen, dass ich genau wie Sie ein Profi bin. Sie wissen auch, dass ich meine Zeit nicht mit leeren Drohungen vergeuden würde.«

Gabriel blickte auf den Couchtisch hinab, auf dem zwei gleiche Aktenkoffer lagen. Er legte seine Hand auf den linken davon. »Dieser hier enthält genug Beweismaterial, um einen Mann für den Rest seines Lebens hinter Gitter zu bringen.«

»Und der andere?«

»Eine Million Euro in bar.«

»Was muss ich dafür tun?«

Gabriel lächelte. »Was Sie am besten können.«

22

Quai des Célestins, Paris

Auf dem Sideboard stand eine Flasche Armagnac. Nachdem Maurice Durand Gabriels Vorschlag gehört hatte, schenkte er sich ein großes Glas ein. Doch dann zögerte er, den ersten Schluck zu nehmen.

»Keine Sorge«, sagte Gabriel. »Den vergifteten Cognac heben wir uns für besondere Gelegenheiten auf.«

Durand trank einen kleinen Schluck. »Eines verstehe ich nicht«, sagte er dann. »Wieso stehlen Sie dieses Objekt nicht selbst oder leihen sich ein vergleichbares Stück bei einem Ihrer Museen aus?«

»Weil ich eine Geschichte erzählen werde«, antwortete Gabriel. »Und wie alle guten Geschichten muss sie realistisch sein. Würde ein kostbares Stück plötzlich aus dem Nichts auftauchen, würde unsere Zielperson zu Recht eine Falle wittern. Aber wenn unser Mann glaubt, es sei erst vor Kurzem von einer auf Kunstraub spezialisierten Diebesbande gestohlen worden …«

»… wird er annehmen, es mit Berufsverbrechern statt Berufsspionen zu tun zu haben. Sehr clever«, sagte Durand und hob sein Glas zu einem angedeuteten ironischen Toast. »Was wollen Sie genau?«

»Ein attisch-rotfiguriges Gefäß, viertes oder fünftes Jahrhundert vor Christus, groß genug, um auf dem illegalen Markt Aufsehen zu erregen.«

»Soll es aus einer öffentlichen oder einer privaten Sammlung kommen?«

»Privat«, antwortete Gabriel. »Keine Museen.«

»Ein Stück aus einem Museum zu besorgen ist nicht so schwierig, wie Sie denken.«

»Aber es wäre unanständig.«

»Wie Sie wollen.« Durand starrte nachdenklich in sein Glas. »Ich weiß von einer Villa außerhalb von Saint-Tropez. An der Baie de Cavalaire, nicht weit vom Landsitz dieses russischen Oligarchen entfernt. Sein Name fällt mir gerade nicht ein.«

»Iwan Charkow?«

»Ja, den meine ich. Haben Sie ihn gekannt?«

»Nur vom Hörensagen.«

»Er ist vor seinem Lieblingsrestaurant in Saint-Tropez ermordet worden. Sehr blutig.«

»Davon habe ich gehört. Aber Sie wollten mir vom Haus seines Nachbarn erzählen.«

»Sein Besitzer ist ein belgischer Kunstkenner. Er hat ein Industrievermögen geerbt und tut sein Bestes, um es bis auf den letzten Cent auszugeben. Vor ein paar Jahren haben wir ihn um einen Cézanne erleichtert. Das war ein Austauschjob.«

»Sie haben eine Kopie dagelassen.«

»Sogar eine ziemlich gute. Tatsächlich scheint unser belgischer Freund das Gemälde weiterhin für echt zu halten, denn meines Wissens hat er den Diebstahl nie angezeigt.«

»Welches Gemälde?«

»Das Haus des Jas de Bouffan.«

»Wer hat die Kopie gemalt?«

»Sie haben Ihre Geheimnisse, Mr Allon, ich habe meine.«

»Bitte weiter.«

»Der Belgier besitzt noch weitere Cézannes. Außerdem eine sehr eindrucksvolle Antikensammlung. Ein Stück ist besonders schön: eine attisch-rotfigurige Hydria des Amykos-Malers, fünftes Jahrhundert vor Christus. Sie zeigt zwei junge Frauen, die zwei nackten Athleten Geschenke überreichen. Sehr sinnlich.«

»Sie verstehen offenbar etwas von griechischer Keramik.«

»Sie ist meine stille Leidenschaft.«

»Wie oft ist der Belgier in seiner Villa?«

»Nur im Juli und August«, sagte Durand. »In der übrigen Zeit ist sie bis auf den Hausmeister unbewohnt. Er hat ein Häuschen auf dem Grundstück.«

»Wie sieht es mit den Sicherheitsvorkehrungen aus?«

»Jemand wie Sie weiß natürlich, dass Sicherheit eine Fiktion ist. Wenn es keine Überraschungen gibt, sind meine Männer binnen Minuten wieder aus dem Haus. Und wenig später bekommen Sie Ihren griechischen Wasserkrug.«

»Ich denke, ich möchte auch einen Cézanne.«

»Weil der Kunstraub dann plausibler wirkt?«

»Der Erfolg liegt im Detail, Maurice.«

Durand lächelte. Er war selbst ein Mann, der großen Wert auf Details legte.

Er stellte nur eine Forderung: Sie sollten der Versuchung widerstehen, seine Bewegungen zu überwachen, während er das Nötige tat, um die eingegangene Verpflichtung zu erfüllen. Bereitwillig stimmten sie zu, obwohl sie nicht im Entferntesten daran dachten, dieses Versprechen zu halten. Maurice Durand hatte einmal in einem einzigen Sommer Kunstwerke im Wert von mehreren Hundert Millionen Dollar gestohlen. Man konnte die Dienste eines Kriminellen wie Durand in Anspruch nehmen, aber nur ein Dummkopf hätte ihm jemals den Rücken zugekehrt.

Drei Tage verbrachte er in seinem schönen Geschäft am Nordrand des achten Arrondissements. Sein Tagesablauf war wie sein Laden mit hübschen Kuriositäten aus vergangenen Zeiten angefüllt. Er trank jeden Morgen in derselben Brasserie am selben Tisch zwei Tassen Café crème – lediglich in Gesellschaft eines Stapels Zeitungen, die er am selben

Kiosk kaufte. Danach überquerte er die Straße und verschwand um Punkt zehn Uhr in seinem goldenen kleinen Käfig. Manchmal musste er einem Kunden oder dem Postboten die Tür öffnen, aber die meiste Zeit verbrachte Durand allein. Das Mittagessen wurde um eins eingenommen und dauerte bis halb drei, worauf er für den Rest des Nachmittags wieder in seinem Laden verschwand. Um fünf Uhr stattete er Madame Brossard einen kurzen Besuch ab. Anschließend saß er wieder an seinem Tisch in der Brasserie und trank ein Glas Côtes du Rhône – stets mit sehr zufriedener Miene.

Für die Unglücklichen, die dieses langweilige Leben zu überwachen hatten, war Maurice Durand das Subjekt unendlicher Faszination und leidenschaftlicher Ressentiments. Deshalb überraschte es Gabriel nicht, dass einige Teammitglieder, vor allem Jaakov, der Ansicht waren, er habe einen Fehler gemacht, als er die Startphase ihres Unternehmens in die Hände eines solchen Mannes gelegt hatte.

»Sieh dir die Überwachungsberichte an«, verlangte Jaakov beim gemeinsamen Abendessen in einer sicheren Wohnung am Bois de Boulogne. »Maurice, der irgendwo Millionen von Euro gebunkert hat, denkt gar nicht daran, Wort zu halten.«

Doch Gabriel blieb unbekümmert. Durand hatte sich schon früher als prinzipienfest erwiesen. »Außerdem ist er ein geborener Dieb«, erklärte Gabriel. »Und einem Dieb macht nichts mehr Spaß, als die Superreichen zu bestehlen.«

Gabriels Vermutung bestätigte sich am folgenden Morgen, als die Einheit 8200 mithörte, wie Durand einen Sitzplatz erster Klasse im Mittags-TGV nach Marseille buchte. Jaakov und Oded fuhren mit und berichteten gegen siebzehn Uhr, Durand habe sich unter leicht konspirativen Umständen am Alten Hafen mit einem ortsansässigen Fischer getroffen. Später identifizierten sie den »Fischer« als Pascal

Rameau, den Boss einer der vielen Marseiller Gangsterbanden.

Nun schien das Unternehmen Fahrt aufzunehmen, denn binnen vierundzwanzig Stunden nach Durands Besuch beobachteten Männer aus Rameaus Bande die Luxusvilla des Belgiers. Das wusste Gabriel, denn zwei seiner eigenen Leute, Jossi und Rimona, hatten für kurze Zeit eine Villa in der Nähe angemietet, die etwas höher gelegen war, damit sie das Anwesen mit Teleobjektiven und Videokameras beobachten konnten. Rameaus Männer sahen sie nie wieder, aber als zwei Nächte später ein Sturm die gesamte Côte d'Azur verwüstete, wurden sie von Sirenengeheul auf der Küstenstraße geweckt. Danach standen stundenlang Streifenwagen mit eingeschaltetem Blaulicht in der Einfahrt des Belgiers herum. Der abgehörte Polizeifunk gab nähere Auskunft: ein Cézanne, eine griechische Vase, keine Festnahmen. *C'est la vie.*

Wie erhofft machte der Diebstahl Schlagzeilen in allen Zeitungen. Der Cézanne war die Hauptattraktion, die griechische Vase, eine schöne Hydria des Amykos-Malers, nur eine Dreingabe. Der verzweifelte belgische Eigentümer setzte eine hohe Belohnung für die Wiederbeschaffung der Kunstwerke aus, während sein Versicherer Lloyd's of London unauffällig streute, er sei bereit, über ein Lösegeld zu verhandeln. Die französische Polizei trat ein paar Türen ein und verhörte die üblichen Verdächtigen, bevor sie nach einer Woche beschloss, sie habe Wichtigeres zu tun, als ein altes Stück Leinwand und einen sehr alten Tonklumpen aufzuspüren. Außerdem hatte sie schon mit dieser Diebesbande zu tun gehabt. Sie bestand aus Profis, die nur auf Bestellung stahlen, weshalb die Beute auf ewig verschwunden blieb.

Im Pariser Kunsthandel erregte der Diebstahl beträchtliches Aufsehen, aber in Maurice Durands Welt glich er einem Kiesel, der in einen ruhigen Teich geworfen wird. Die Überwacher hörten, wie er mit einer vertrauten Bedienung in der Brasserie kurz darüber sprach, aber ansonsten behielt er seinen eintönigen Lebensrhythmus bei. Er sperrte um zehn Uhr auf. Er aß um dreizehn Uhr zu Mittag. Um siebzehn Uhr fand er sich zu einem Schäferstündchen bei Madame Brossard ein und trank anschließend ein Glas Wein, das seinem unschuldigen kleinen Herzen guttat.

Eine Woche nach dem Diebstahl rief er endlich Gabriel an, um zu berichten, die bestellten Gegenstände – ein Schweizer Höhenmesser aus den Zwanzigerjahren und ein Mikroskop von Merz in München – seien unbeschädigt eingetroffen. Auf Gabriels Wunsch brachte Durand die Objekte abends persönlich in dessen Wohnung und verschwand sofort wieder. Das Gemälde, eine Landschaft mit Cézannes geliebtem Montagne Sainte-Victoire, war fachmännisch von seinem Keilrahmen abgenommen und in eine Papprolle gesteckt worden. Der Wasserkrug lag gut gepolstert in einer Sporttasche von Adidas. Eli Lavon nahm ihn heraus und stellte ihn vorsichtig auf den Küchentisch. Dann saß er einige Minuten lang davor, während Gabriel die Darstellung zweier junger Frauen und zweier Athleten betrachtete.

»Irgendwer muss es tun«, sagte Lavon schließlich, »aber bestimmt nicht ich.«

»Ich bin Restaurator«, stellte Gabriel fest. »Ich könnte das nie.«

»Und ich bin Archäologe«, entgegnete Lavon abwehrend. »Außerdem war ich nie ein Mann für gewaltsame Sachen.«

»Ich habe nie einen antiken Wasserkrug liquidiert.«

»Keine Sorge«, sagte Lavon. »Im Gegensatz zu früher ist der Schaden nur vorübergehend.«

Gabriel atmete langsam aus, dann legte er die Hydria in die Sporttasche zurück und schob sie langsam über den

Tischrand. Der Terrakottakrug machte ein Geräusch wie zersplitternde Knochen. Lavon zog den Reißverschluss auf und sah hinein.

»Mörder«, flüsterte er kaum hörbar.

»Irgendwer musste es tun.«

Dem Cézanne blieb solche Behandlung erspart. In den letzten Stunden ihres Aufenthalts in Paris behob Gabriel sogar die kleinen Schäden, die der Diebstahl verursacht hatte. Ihm kam es darauf an, das Gemälde so zu stabilisieren, dass es seinem Besitzer eines Tages in einwandfreiem Zustand zurückgegeben werden konnte. Das hätte ein gewöhnlicher Kunstdieb niemals getan, aber Gabriel war nun mal zuallererst ein Restaurator, und die Arbeit an dem Cézanne half gegen seine Schuldgefühle wegen des Wasserkrugs.

Er überlegte sogar, ob er das Gemälde wieder aufspannen sollte, kam aber wieder davon ab, weil das den sicheren Transport erschwert hätte. Stattdessen beklebte er die Bildseite mit schützendem Seidenpapier, wozu er Leim aus Hasenhaut benutzte, die er in der Küche ihrer sicheren Wohnung selbst auskochte. Als der Leim am folgenden Morgen trocken war, steckte er die Leinwand vorsichtig wieder in die Pappröhre und brachte sie in die israelische Botschaft in der Rue Rabelais. Der Stationschef wollte begreiflicherweise nichts mit Diebesgut zu tun haben, änderte aber nach einem Anruf von Uzi Navot seine Meinung. Gabriel stellte die Rolle mit dem Gemälde in eine Ecke des Tresorraums und drehte den Thermostaten auf angenehme zwanzig Grad. Dann fuhr er zur Gare de Lyon und bestieg den Mittagszug nach Zürich.

Er verbrachte die viereinhalbstündige Bahnfahrt damit, die nächste Phase der Operation zu planen, und war gegen achtzehn Uhr mit einem gemieteten Audi auf der eleganten Bahnhofstrasse unterwegs. Neben ihm saß Eli Lavon mit der

Adidas-Tasche zwischen den Füßen. »Die Schweiz«, sagte er, während er verdrießlich nach draußen starrte. »Warum muss es immer die Schweiz sein?«

23

St. Moritz, Engadin

Inzwischen war es März, was bedeutete, dass in St. Moritz, dem alten Wintersportort im Oberengadin, wieder einmal der Wahnsinn ausgebrochen war. Auf der Via Serlas, der vielleicht teuersten Einkaufsstraße der Welt, zogen verblasste Aristokraten inmitten von Filmstars, Supermodels, Politikern, Industriebossen und deren Gefolge und Mitläufern ziellos von Chopard und Gucci zu Chanel und Bulgari. Sie wetteiferten um die besten Tische im La Marmite oder der Terrasse und versuchten abends, durch ein Lächeln in die Privaträume im Dracula oder im King's Club zu gelangen. Nur eine Handvoll fuhr jemals wirklich Ski. In St. Moritz war der Skilauf ein Freizeitvergnügen für Leute, die nichts Besseres zu tun hatten.

In einer ruhigen Seitenstraße stand wie eine Insel der Vernunft das stattliche alte Hotel Jägerhof. Es war ein wenig schäbig und unmodern, ohne sich jedoch das Geringste daraus zu machen. Es schien sich geradezu darin zu suhlen. Sein Restaurant war in keiner Weise bemerkenswert, und seine wenigen Annehmlichkeiten waren alle zweitklassig. Es hatte keinen Whirlpool, kein Hallenbad und keinen Nachtklub, um Gäste anzulocken, die gern im Rampenlicht standen. Die einzige Musik, die im Jägerhof erklang, machte das Streichquartett, das nachmittags im Salon zu in der euphemistisch als Après-Ski bezeichneten schläfrigen Zwischenzeit aufspielte.

Seine Zimmer waren wie seine Manieren verstaubte

Relikte aus einer anderen Zeit. Gäste, die das Haus kannten, verlangten gern Zimmer in den unteren Stockwerken, weil der Aufzug ständig defekt war, während Schnäppchenjäger die beengten Türmchen bevorzugten. In einem davon wohnte ein großer, schlaksiger Russe mit gletscherblauen Augen und blassem Teint. Leider hatte er sich gleich am ersten Tag das Knie verdreht und musste seither das Bett hüten. Manchmal saß er an dem winzigen Fensterschlitz und blickte sehnsüchtig auf die Straße hinunter, aber die meiste Zeit verbrachte er mit hochgelegtem Bein im Bett. Um sich die Zeit zu vertreiben, sah er sich Filme an oder hörte mit seinem Notebook Musik. Die Zimmermädchen schilderten ihn als mustergültig höflich – ungewöhnlich für einen Russen.

Das galt jedoch nicht für den Arzt, der vier Tage nach dem Skiunfall des Russen in den Jägerhof kam. Er war mittelgroß, hatte volles silbergraues Haar und wachsame braune Augen, die hinter den dicken Brillengläsern kaum zu erkennen waren. Die wenigen Hotelmitarbeiter, die das Pech hatten, mit ihm zu tun zu haben, sagten später, er habe nicht wie ein Heiler, sondern wie ein Verursacher von Wunden ausgesehen.

»Wie geht's deinem Knie?«, fragte Gabriel.

»Es tut noch immer weh, wenn ich es belaste.«

»Sieht nicht gut aus.«

»Du hättest es vor zwei Tagen sehen sollen.«

Das Knie ruhte auf zwei Kissen mit dem eingestickten diskreten Wappen des Jägerhofs. Gabriel zuckte leicht zusammen, als er es sich genauer anschaute.

»Wo kommen die ganzen Blutergüsse her?«

»Ich musste ein paarmal zuschlagen.«

»Womit? Mit einem Vorschlaghammer?«

»Ich hab die Flasche Champagner genommen, die das Hotel jedem Gast aufs Zimmer stellt.«

»Wie war sie?«

»Als stumpfes Werkzeug gut geeignet.«

Gabriel trat ans Fenster und blickte auf einen Schweizer Platz wie aus dem Bilderbuch hinunter. Auf einer Seite dockte eine Limousine langsam wie ein Luxusliner am Eingang eines teuren Hotels an. Auf der anderen posierten drei Damen in luxuriösen Pelzmänteln für ein Foto vor einer Pferdkutsche. Im nächsten Augenblick setzte die Kutsche sich in Bewegung und ließ den unprätentiösen Eingang der Galerie Naxos erkennen. Durch ihr großes Schaufenster konnte Gabriel beobachten, wie David Girard mit einem Interessenten über eines seiner besseren Stücke sprach: den Torso eines liegenden Jünglings, eine römische Kleinplastik aus dem ersten Jahrhundert. Leise ertönte der Mitschnitt ihres auf Deutsch geführten Gesprächs aus den Lautsprechern von Michails Notebook.

»Wo ist der Sender versteckt?«

»Auf seinem Schreibtisch.«

»Wie hast du das geschafft?«

»Bei meinem ersten und einzigen Besuch in der Galerie habe ich einen sehr teuren Goldfüller liegen lassen. Monsieur Girard ist so freundlich, ihn mir aufzuheben, bis ich wieder vorbeikommen kann. Das Problem ist nur, dass er neben dem Telefon liegt. Jedes Klingeln verursacht ein Geräusch, als ginge ein Feuermelder los.«

»Wie läuft das Geschäft?«

»Zäh. Im Allgemeinen empfängt er vormittags zwei Kunden und nachmittags ein paar, sobald die Lifte den Betrieb einstellen. Um sechs Uhr ist der Laden dicht.«

»Angestellte?«

»Seine Frau ist oft vormittags ein paar Stunden da, nachdem sie die Kinder in die Kita gebracht hat. Die Familie wohnt ein paar Kilometer von hier in Samedan. Hübsches Dorf. Vermutlich ist Daoud das einzige Hisbollah-Mitglied, das dort lebt.«

»Er heißt David«, betonte Gabriel, »und vorerst können wir ihm nur die Mitgliedschaft im Verband Schweizer Antiquare und Kunsthändler nachweisen.«

»Bis er das hübsche griechische Gefäß sieht.«

»Vielleicht beißt er nicht an.«

»Das tut er bestimmt«, sagte Michail zuversichtlich. »Anschließend setzen wir ihn unter Druck und drehen ihn um, genau wie du es auf der Tafel am King Saul Boulevard skizziert hast.«

»Manchmal klappen Unternehmen nicht wie geplant.«

»Das brauchst du mir nicht zu erzählen.« Michail betrachtete Gabriel prüfend. »Vielleicht ist es doch keine so gute Idee, dass du dich mit jemandem von der Hisbollah einlässt.«

»In dieser Aufmachung erkenne ich mich kaum selbst wieder.«

»Dein berühmtes Gesicht ist nicht der einzige Grund, warum du überlegen solltest, ob es richtig ist, dass du zu ihm gehst.«

Gabriel drehte sich um und sah Michail an. »Du glaubst, dass ich ihm nicht gewachsen bin? Willst du das sagen?«

»Es ist noch nicht allzu lange her, dass Nadia el-Bakari im Leeren Viertel in deinen Armen gestorben ist. Vielleicht solltest du jemand anders gehen lassen, damit der versucht, ihn zu ködern.«

»Wen zum Beispiel?«

»Mich.«

»Du kannst kaum gehen.«

»Ich werfe zwei Aspirin ein.«

»Wie viel weißt du über attisch-rotfigurige Vasen?«

»Absolut nichts.«

»Das könnte ein Problem sein.«

Michail schwieg.

»Sind wir fertig?«, fragte Gabriel.

»Ja.«

Gabriel klappte den Deckel des mitgebrachten Aktenkoffers aus Aluminium auf. Darin lagen eine sorgfältig in weiches Baumwolltuch gewickelte einzelne Scherbe der Hydria und mehrere große Farbfotos der restlichen Teile des Gefäßes. Mit einem versteckten Schalter aktivierte Gabriel die Audio- und Videoübertragung des Koffers. Dann klappte er den Deckel zu und sah Michail an.

»Empfängst du das Signal?«

»Laut und deutlich.«

Gabriel trat an den Wandspiegel und begutachtete sein ungewohntes Spiegelbild. Offenbar war er damit zufrieden, denn er verließ ohne ein weiteres Wort das Turmzimmer. Als er auf die Straße hinaustrat, war er nicht länger der schweigsame Arzt, der gekommen war, um einen momentan gehbehinderten Russen zu behandeln, sondern Anton Drechsler von Premier Antiquities Services in Hamburg. Nachdem er sich eingehend davon überzeugt hatte, dass er nicht beschattet wurde, erschien er zehn Minuten später am Eingang der Galerie Naxos. Im Schaufenster lag der Torso eines römischen Jünglings, der auf perverse Weise an das Opfer eines Bombenanschlags erinnerte. Herr Drechsler taxierte ihn kurz mit Kennerblick. Als er geklingelt und den Grund seines Besuchs genannt hatte, wurde er ohne Weiteres eingelassen.

24

St. Moritz, Engadin

Der Ausstellungsraum war raffiniert beleuchtet und kunstvoll eingerichtet, damit kein Eindruck von Überfüllung entstand – hier eine Auswahl von griechischen Kratern und Amphoren, dort eine kleine Gruppe von ägyptischen Bronzekatzen, außerdem einige römische Köpfe und Torsi, Preis auf Anfrage.

An der Rückwand der Galerie stand ein chinesischer Lacktisch, an dem Daoud Ghandur, alias David Girard, saß und Gabriel erwartete. Er trug einen dunklen Blazer, einen leichten Pullover mit Reißverschluss und eine bequem geschnittene Cordhose. Zwischen Kinn und Schulter hielt er ein dünnes schwarzes Handy eingeklemmt und machte sich mit Michails kostbarem Goldfüller unleserliche Notizen. Gabriel stellte sich vor, wie das Kratzen der Feder auf rauem Papier wohl im Turmzimmer des Hotels Jägerhof klingen würde.

Zuletzt murmelte Girard ein paar französische Abschiedsworte und legte das Handy weg. Ohne aufzustehen, musterte er den Besucher sekundenlang mit sanften braunen Augen, bevor er ihn um seine Visitenkarte bat. Gabriel legte sie ihm wortlos hin.

»Auf Ihrer Karte steht weder Adresse noch Telefonnummer«, sagte Girard auf Deutsch.

»Ich bin eine Art Minimalist.«

»Warum habe ich noch nichts von Ihnen gehört?«

»Ich versuche, keine Wellen zu erzeugen«, antwortete

Gabriel unterwürfig lächelnd. »Hoher Seegang erschwert mir die Arbeit.«

»Woraus besteht sie genau?«

»Ich finde Dinge. Weggelaufene Haustiere, Kleingeld unter Couchpolstern, vergrabenen oder auf Dachböden versteckten Schmuck.«

»Sie sind Händler?«

»Natürlich nicht wie Sie«, sagte Gabriel so bescheiden wie möglich.

»Wer hat Sie zu mir geschickt?«

»Ein Freund in Rom.«

»Hat dieser Freund einen Namen?«

»Er ist wie ich«, antwortete Gabriel. »Er bevorzugt stille Gewässer.«

»Findet auch er Dinge?«

»In gewisser Weise ja.«

Girard gab die Karte zurück und ließ mit einer Geste erkennen, dass ihn der Inhalt von Herrn Drechslers Aktenkoffer durchaus interessiere.

»Vielleicht haben Sie einen Raum, in dem wir ungestörter sind?«, schlug Gabriel vor, während er den Blick zum großen Schaufenster und dem belebten Platz davor schweifen ließ.

»Gibt es irgendein Problem?«

»Keineswegs«, versicherte Gabriel ihm. »Aber St. Moritz ist nicht mehr wie früher.«

Girard musterte Gabriel prüfend, bevor er aufstand und zu einer elektronisch gesicherten Tür ging. Hinter ihr lag ein klimatisierter Lagerraum mit all den Stücken, die es noch nicht in den Ausstellungsraum geschafft hatten und wahrscheinlich nie ausgestellt werden würden. Gabriel machte einen kleinen Rundgang durch den Raum, bevor er die Zahlenschlösser seines Aktenkoffers aufspringen ließ. Dann enthüllte er mit großer Geste das Fragment der Hydria und legte es sorgfältig auf den mit Filz belegten Untersuchungstisch, damit Girard die Darstellung gut sehen konnte.

»Ich handle nicht mit Fragmenten«, sagte der Galerist.

»Ich auch nicht.«

Gabriel gab ihm einen Stapel Fotos. Auf dem letzten Bild war das Wassergefäß lose zusammengefügt.

»Hier und da fehlen ein paar Splitter«, sagte Gabriel, »aber für einen guten Restaurator ist das eine Kleinigkeit. Ich habe einen Mann, der das übernehmen könnte, falls Sie interessiert sind.«

»Danke, ich habe selbst einen Restaurator«, wehrte Girard ab.

»Das habe ich angenommen.«

Girard streifte Latexhandschuhe über und untersuchte das Terrakottafragment mit einem starken Vergrößerungsglas. »Scheint eine Arbeit des Amykos-Malers zu sein. Vermutlich um vierhundertzwanzig vor Christus.«

»Ganz Ihrer Meinung.«

»Wo haben Sie die Hydria gefunden?«

»Hier und dort«, antwortete Gabriel. »Die meisten Stücke stammen aus alten Familiensammlungen in Deutschland und der Schweiz. Ich habe zwei Jahre gebraucht, um sie alle aufzuspüren.«

»Ach, wirklich?«

Girard legte das Fragment auf den Tisch zurück und trat wortlos an den PC in einer Ecke des Raums. Nach einigen kurzen Tastenbefehlen schoss eine Seite aus dem Farbdrucker: eine dringende Warnung des Verbands Schweizer Antiquare und Kunsthändler. Die Mitteilung betraf eine attisch-rotfigurige Hydria des Amykos-Malers, die vor zwei Wochen aus einer Villa in Südfrankreich gestohlen worden war. Girard legte die Warnung neben die Fotos auf dem Tisch und sah Herrn Drechsler an, als erwarte er eine Erklärung von ihm.

»Wie Sie wissen«, sagte Gabriel, der sich dabei an einen von Eli Lavon aufgesetzten Text hielt, »war der Amykos-Maler ein sehr produktiver Künstler, der zahllose Standardfiguren entwickelt hat, die auf vielen seiner Werke vorkommen. Meine Hydria ist nur eine andere Ausführung des in Frankreich gestohlenen Gefäßes.«

»Das ist also ein Zufall?«

»Hundertprozentig.«

Girard ließ ein trockenes, humorloses Lachen hören. »Ihr Freund in Rom hat Sie in die Irre geschickt, fürchte ich, denn diese Galerie handelt nicht mit gestohlenen oder geraubten Antiken. Das wäre ein Verstoß gegen die Ethikrichtlinien unseres Verbands – von den Schweizer Gesetzen ganz zu schweigen.«

»Tatsächlich gestatten die Schweizer Gesetze den Ankauf eines Stücks durch einen gutgläubigen Erwerber. Und ich versichere Ihnen, Herr Girard, dass ich diese Hydria in zweijähriger mühsamer Arbeit zusammengetragen habe.«

»Entschuldigen Sie, wenn ich nicht viel auf das Wort eines Mannes gebe, der anscheinend weder Adresse noch Telefonnummer hat.«

Die eindrucksvolle Vorstellung litt nur darunter, dass David Girard den Blick nicht mehr von dem Terrakottafragment wenden konnte. Gabriel hatte genug Erfahrung mit Kunsthändlern, um zu wissen, dass die Zielperson angebissen hatte und in Gedanken bereits ein Angebot kalkulierte. Jetzt musste er nur noch einmal kurz die Peitsche knallen lassen.

»Fairerweise will ich Ihnen nicht verheimlichen, dass es weitere Interessenten gibt, Herr Girard«, sagte Gabriel. »Aber ich bin nach St. Moritz gekommen, weil ich gehört habe, dass Sie solche Geschäfte mit einem einzigen Anruf abschließen können.«

»Sie überschätzen meine Fähigkeiten, fürchte ich.«

Gabriel lächelte, als nehme er den Einwand nicht ernst.

»Ihre Liste von Kunden im Nahen Osten ist im Handel legendär, Herr Girard. Sie haben bestimmt die Möglichkeit, eine Provenienz zu erstellen, die jeden von ihnen befriedigen würde. Nach meiner Schätzung ist die Hydria zusammengesetzt und restauriert vierhunderttausend Franken wert. Ich wäre bereit, mich mit hunderttausend zufriedenzugeben, sodass Ihnen ein Gewinn von dreihunderttausend bliebe.« Wieder ein Lächeln. »Nicht schlecht für ein Ferngespräch nach Riad oder Dubai.«

Der Galerist versank in nachdenkliches Schweigen, womit er endgültig erkennen ließ, dass er interessiert war, die Hydria zu übernehmen. »Fünfzigtausend«, sagte er schließlich, »zahlbar nach dem Verkauf des Stücks.«

Gabriel wickelte das Fragment behutsam wieder in sein Baumwolltuch. »Die Hydria gibt es nur gegen Vorauszahlung, Herr Girard. Und der Preis ist nicht verhandelbar.«

»Ich brauche etwas Bedenkzeit.«

»Sie haben vierundzwanzig Stunden.«

»Wie kann ich Sie erreichen?«

»Gar nicht. Ich rufe Sie morgen um siebzehn Uhr an, um Ihre Antwort zu erfahren. Sagen Sie Ja, bringe ich Ihnen um achtzehn Uhr die Fragmente und erwarte die vollständige Bezahlung. Sagen Sie Nein, lege ich auf und Sie hören nie wieder etwas von mir.«

Als sicheres Haus hatten sie ein Chalet oberhalb von St. Moritz gemietet – für lächerliche fünftausend Franken pro Nacht. Als Gabriel hereinkam, empfing das gesamte Team ihn mit stehendem Beifall. Dann wurde der Mitschnitt eines Telefongesprächs abgespielt, das David Girard soeben mit einem Hamburger Kollegen geführt hatte, um Informationen über einen gewissen Anton Drechsler zu bekommen. »Vielleicht irre ich mich«, sagte Eli Lavon lächelnd, »aber das klingt ganz so, als wärst du im Geschäft.«

Niemand schien ihn zu kennen. Kein Gemunkel in Zürich. Kein Flüstern in Genf. Kein Gerücht in Basel oder New York. Der einzige Hinweis auf diesen merkwürdigen Anton Drechsler, den David Girard zuletzt aus London erhielt, betraf eine schwammige Story über einen Mann, der vor einigen Jahren versucht hatte, Sotheby's eine gefälschte griechische Göttin anzudrehen. »Oder hat er sich Metzler genannt? Tut mir leid, dass ich dir nicht weiterhelfen kann, David. Treffen wir uns zum Lunch, wenn du mal wieder in London bist?«

Girard begann, andere Erkundigungen einzuziehen: Er versuchte, für seinen potenziellen Ankauf einen potenziellen Käufer zu finden. Wie Gabriel vorhergesagt hatte, brauchte er nur einmal mit Riad zu telefonieren, wo ein saudi-arabischer Prinz sofort dreihunderttausend Franken bot. Girard gab sich jedoch nicht damit zufrieden, sondern rief einen Sammler in Abu Dhabi an, der spontan dreihundertzwanzigtausend bot. Der nächste Anruf bei einem russischen Ölhändler brachte eine Steigerung auf dreihundertvierzigtausend. Damit begann das eigentliche Bieten, das einige Stunden später endete, als der Prinz vierhundertfünfundzwanzigtausend bot – zahlbar bei Übergabe.

Als Nächstes rief Girard seinen Kundenberater bei der hiesigen Filiale der Bank Julius Bär an, um hunderttausend Franken in bar bereitstellen zu lassen. Er holte das Geld um sechzehn Uhr ab, war eine Viertelstunde später wieder in der Galerie und klopfte nun, an seinem Lacktisch sitzend, nervös mit Michails Goldfüller auf die Tischplatte. Im Turmzimmer des Jägerhofs klang das wie ein Presslufthammer.

»Wie lange, glaubst du, macht er das noch?«, ächzte Michail.

»Bis ich ihn um fünf anrufe, denke ich«, antwortete Gabriel.

»Warum bringst du's nicht einfach hinter dich?«

»Weil Herr Drechsler zu seinem Wort steht. Und er hat gesagt, dass er um fünf anruft.«

Während Michail mit einem Kissen im Rücken auf dem Bett saß, hockte Gabriel auf der Fensterbank des schmalen Fensters, und David Girard spielte in nervöser Erwartung des Anrufs von Herrn Drechsler mit dem Füller herum. Punkt fünf Uhr rief Gabriel den Galeristen an und stellte ihm eine knappe Frage.

»Ja oder nein?« Nachdem er Girards Antwort gehört hatte, sagte er: »Ich komme in einer Stunde. Sorgen Sie dafür, dass wir allein sind.«

Gabriel beendete das Gespräch und nahm die SIM-Karte aus dem Handy. Sekundenlang herrschte Stille. Dann begann das stakkatoartige Klopfen wieder, jetzt noch lauter als zuvor.

»Wenn er nicht aufhört«, sagte Michail, »gehe ich rüber und knalle ihn ab.«

»Er muss uns erst Einblick in die Geldbeschaffung der Hisbollah verschaffen«, sagte Gabriel. »Dann darfst du ihn erschießen.«

In den folgenden fünfundfünfzig Minuten gab es für Michail und Gabriel immerhin zwei Pausen, was das endlose Klopfen betraf. Die erste trat um 17.10 Uhr ein, als Frau Girard überraschend vorbeikam, um den Verkauf der Hydria mit einem Glas Champagner zu feiern. Die zweite begann um 17.40 Uhr, als ein Gast des benachbarten Hotels, der anscheinend nichts Besseres zu tun hatte, sich für das Angebot der Galerie interessierte. Es war ein hochgewachsener Franzose, an dessen Arm wie ein Schmuckstück eine bildhübsche junge Frau mit modisch kurzen schwarzen Haaren hing. Die beiden blieben eine Viertelstunde, in der die junge Frau vor allem ihr Spiegelbild in der Schaufensterscheibe bewunderte. Beim Verlassen der Galerie schien es eine kleine Meinungsverschiedenheit zwischen ihnen zu geben, aber ein paar in das Ohr der Frau geflüsterte Worte zauberten ein Lächeln auf ihr Engelsgesicht. Als sie dann Arm in Arm über den Platz davongingen, begegnete ihnen Antiquitätenhändler Anton Drechsler, aber die beiden würdigten ihn keines Blickes.

Nach einem letzten Blick auf seine Armbanduhr machte Gabriel vor dem Eingang der Galerie Naxos halt und legte um Punkt achtzehn Uhr den Daumen auf den Klingelknopf. Er rechnete damit, das beruhigende Summen von Girards Türöffner zu hören, doch stattdessen sah er einen grellen weißen Lichtblitz. Der Torso des römischen Jünglings kam aus einer Feuerwand auf ihn zugeschossen, und im nächsten Moment war alles dunkel.

25

St. Moritz, Engadin

Der Sprengsatz war fachmännisch zusammengebaut und sorgfältig platziert worden. Die Schweizer Bundeskriminalpolizei tippte anfangs auf einen Zeitzünder, nur um dann zu entdecken, dass die Bombe mit einem Handy gezündet worden war. Die Detonation ließ in der Ortsmitte Hunderte von Fenstern zerspringen, löste am Gegenhang ein Schneebrett aus und fegte in der luxuriösen Halle von Badrutt's Palace Hotel eine Pyramide aus Dom-Pérignon-Flaschen weg. Die Glassplitter wurden mit typisch Schweizer Effizienz beseitigt, sodass bald wieder Ordnung herrschte. Trotzdem waren sich alle darüber einig, dass St. Moritz, der ehemals beschauliche Wintersportort im Oberengadin, nie mehr so sein würde wie früher.

Trotz der Wucht der Detonation gab es nur drei Tote, darunter der Galerist, in dessen Räumen die Bombe hochgegangen war. Weitere vierundfünfzig Menschen wurden verletzt, darunter der Vorstandsvorsitzende einer großen Schweizer Bank, ein englischer Fußballstar und ein tschechisches Supermodel, das nach St. Moritz gekommen war, um sich über die dritte Scheidung hinwegzutrösten. Die meisten Verletzten hatten nur Schnittwunden und Prellungen, aber es gab auch Knochenbrüche unter den Leuten, denen die gewaltige Druckwelle den Boden unter den Füßen weggezogen hatte.

Einer der Schwerverletzten konnte nicht identifiziert werden. Er hatte zum Zeitpunkt der Detonation weder

Reisepass noch Kreditkarten bei sich und schien sich später weder an seinen Namen noch an den Grund seines Aufenthalts in St. Moritz erinnern zu können. Wegen zahlreicher Schnittwunden und einer schweren Gehirnerschütterung musste er einige Tage im Krankenhaus bleiben, anscheinend ohne zu ahnen, wie sehr die Schweizer Behörden sich für ihn interessierten.

Interessant waren die Aufnahmen einer Überwachungskamera, die ihn zum Zeitpunkt der Detonation zeigten, wie er vor der Galerie stand – mit Perücke, falscher Brille und einem Aktenkoffer aus Aluminium. Alle diese Gegenstände wurden von den Spurensicherern geborgen. Verdächtig war auch der große, schlaksige Russe, der humpelnd versucht hatte, ihn wegzutragen, und geflüchtet war, bevor die Polizei ihn hatte aufhalten können. Dasselbe galt für die mehrsprachige Touristengruppe, die ein für eine Woche gemietetes Luxuschalet direkt an der Piste nach nur zwei Tagen Hals über Kopf verlassen hatte. Eine gründliche Durchsuchung förderte keinerlei Hinweis auf Namen und Identität der Verschwundenen zutage. Das galt auch für das Turmzimmer des Russen im Hotel Jägerhof.

Das interessanteste Beweisstück war jedoch das charakteristische Gesicht des Verletzten, das langsam zum Vorschein kam, als die Schwellung abklang. Der Nachrichtendienst des Bundes kannte es gut, im Archiv des NDB füllten Berichte über seine Untaten auf Schweizer Boden ein ganzes Aktenregal. Und nun war er ihnen endlich hilflos in die Hände gefallen. Manche hätten am liebsten ein Netz über ihn geworfen, damit er ihnen ja nicht wieder entwischte, aber kühlere Köpfe setzten sich durch. Und so hielten sie vor seiner Tür Wache und warteten darauf, dass seine Wunden heilten. Und als er fit genug war, um das Krankenhaus zu verlassen, legten sie ihm Handschellen an und nahmen ihn mit.

Sie verfrachteten ihn in einen Hubschrauber, ohne sich die Mühe zu machen, die Kantonspolizei zu verständigen, und flogen ihn nach Bern ins Bundesamt für Polizei in der Nussbaumstrasse. Nachdem sie ihm die Fingerabdrücke abgenommen und sein Gesicht aus allen denkbaren Perspektiven fotografiert hatten, sperrten sie ihn in eine Arrestzelle. Dort gab es einen kleinen Fernseher mit Flachbildschirm, einen Tisch mit Papier und Schreibzeug und ein bequemes Bett mit gestärkter Bettwäsche. Selbst Schweizer Polizeidienststellen, fand Gabriel, waren ausgezeichnete Hoteliers.

Sie ließen ihn einige Stunden allein, damit er über seine missliche Lage nachgrübeln konnte, dann wurde er plötzlich ohne Vorwarnung und ohne Rechtsbeistand in Handschellen in einen Vernehmungsraum gebracht. Dort erwartete ihn der für seinen Fall zuständige Beamte, der sich Ziegler nannte. Kein Vorname, kein Dienstgrad, keine Konversation – nur Ziegler. Er war groß und sportlich, mit den breiten Schultern und dem frischen Teint eines Skilangläufers. Auf dem Tisch vor ihm waren zahlreiche Fotos ausgebreitet, die Gabriel unterschiedlich stark getarnt in verschiedenen Phasen seiner Karriere zeigten. Er betrat oder verließ Banken, durchquerte Hotelhallen, überschritt Grenzen oder ging auf einem Foto mit der berühmten Schweizer Geigerin Anna Rolfe am Zürcher Schanzengraben spazieren. Auf diese Sammlung, deren Zusammenstellung viel Mühe erfordert haben musste, schien Ziegler sehr stolz zu sein.

»Wir haben eine Theorie«, begann er, sobald Gabriel vor ihm saß.

»Ich kann es kaum erwarten, sie zu hören.«

Ziegler verzog keine Miene. »Bevor Sie nach St. Moritz gekommen sind, waren Sie offenbar kurz in Südfrankreich, wo Sie einen Cézanne und eine zweitausend Jahre alte griechische Hydria gestohlen haben. Dann haben Sie das Gefäß in Stücken ins Land gebracht und versucht, es David Girard von der Galerie Naxos zu verkaufen. Der Galerist hat allerdings nicht erkannt, dass Sie ihm das Gefäß nie übergeben wollten, weil Ihre kleine Kriegslist nur dazu diente, ihn zu liquidieren.«

»Weshalb sollte ich einen Schweizer Kunsthändler ermorden wollen?«

»Weil er, wie Sie recht gut wissen, kein Schweizer war. Na ja«, fügte Ziegler mit fremdenfeindlichem Stirnrunzeln hinzu, »kein *richtiger* Schweizer. Er stammte aus dem Südlibanon. Und wie wir jetzt wissen, hatte er noch lebhafte Geschäftsbeziehungen dorthin. Deshalb hat der israelische Geheimdienst beschlossen, ihn zu beseitigen.«

»Hätten wir ihn umlegen wollen, hätten wir den Tod zweier Unbeteiligter vermieden.«

»Wie nobel von Ihnen, Herr Allon.«

»Sie scheinen eine weitere Kleinigkeit zu vergessen«, sagte Gabriel müde.

»Welche denn?«

»Die Bombe hätte fast auch *mich* erwischt.«

»Ja«, bestätigte Ziegler nüchtern. »Vielleicht ist der legendäre Gabriel Allon ein wenig aus dem Tritt geraten.«

Gabriel wurde in seine Arrestzelle zurückgebracht und bekam eine handfeste Portion Raclette-Kartoffeln mit paniertem Kalbsschnitzel. Dann sah er sich in SF 1 die Abendnachrichten auf Deutsch an. Erst nach einer Viertelstunde kam ein Folgebericht über den Bombenanschlag in St. Moritz: ein Beitrag über Stornierungen in der Hotelbranche. David Girards Verbindungen zur Hisbollah wurden mit keinem Wort erwähnt. Auch von Verhaftungen im Zusammenhang mit dem Anschlag war keine Rede, was Gabriel ermutigend fand.

Nach dem Abendessen untersuchte ein Arzt schweigend seine Schnittwunden und wechselte einige Verbände. Dann ging es zur Nachtsitzung in den Vernehmungsraum zurück. Statt Ziegler erwartete ihn ein hagerer Beamter mit dem blassen Teint eines Mannes, der keine Zeit für Sport hat. Er stellte sich als Christoph Bittel von der Spionageabwehr vor, was bedeutete, dass er mehr Spion als Polizeibeamter war. Ein weiteres ermutigendes Zeichen. Polizisten nahmen Verhaftungen vor. Spione fädelten Deals ein.

»Bevor wir anfangen, sollten Sie wissen, dass Ziegler und das Eidgenössische Justiz- und Polizeidepartement morgen früh offiziell Anklage gegen Sie erheben wollen«, sagte Bittel. »Sie haben genug Material, um dafür sorgen zu können, dass Sie den Rest Ihres Lebens hinter Schweizer Gittern verbringen. Und Sie sollten auch wissen, dass es hier in Bern jede Menge Leute gibt, denen es eine Ehre wäre, Sie zu Ihrer Haftzelle zu begleiten.«

»Ich hatte nichts mit dem Bombenanschlag zu tun.«

»Ja, ich weiß.«

Bittel griff nach einer Fernbedienung und aktivierte damit den Wandbildschirm. Wenige Sekunden später erschienen darauf zwei Gestalten: der hochgewachsene Franzose und das bildhübsche Mädchen. Gabriel beobachtete, wie der Mann ihr etwas ins Ohr flüsterte.

»Das sind die wahren Attentäter«, sagte Bittel und drückte die Pausetaste. »Während ihr Komplize Girard abgelenkt hat, hat die junge Frau den Sprengsatz auf der Toilette versteckt.«

»Wer sind die beiden?«

»Wir hatten gehofft, das von Ihnen zu erfahren.«

»Ich habe sie an diesem Abend zum ersten Mal im Leben gesehen.«

Bittel musterte Gabriel, bevor er den Monitor ausschaltete. »Sie sind ein Glückspilz, Allon. Anscheinend haben Sie hochgestellte Freunde. Einer davon hat sich für Sie eingesetzt.«

»Das war's also? Ich kann gehen?«

»Noch nicht ganz. Dass Sie gegen zahlreiche gesetzliche Bestimmungen verstoßen haben, können und wollen wir nicht auf die leichte Schulter nehmen. Wir sind ein gastfreundliches Land«, fügte er hinzu, als gäbe er streng geheime Informationen preis, »aber wir bestehen darauf, dass Besucher uns die Höflichkeit erweisen, sich bei der Ankunft ins Gästebuch einzutragen – bevorzugt unter ihrem richtigen Namen.«

»Und was hätten Sie getan, wenn wir Sie um Unterstützung gebeten hätten?«

»Wir hätten Sie weggeschickt und uns Girard selbst vorgeknöpft«, antwortete Bittel. »Wir sind Schweizer. Wir mögen es nicht, wenn Ausländer sich in unsere Angelegenheiten einmischen.«

»Wir auch nicht. Nur müssen wir uns das leider täglich gefallen lassen.«

»Für Israelis gehört das dazu, fürchte ich«, sagte Bittel und nickte philosophisch. »Die Geschichte hat Ihnen schlechte Karten gegeben, aber das bedeutet nicht, dass Sie das Recht haben, unser Land als eine Art Kurort für Geheimagenten zu betrachten.«

»So angenehm waren meine Aufenthalte in der Schweiz nie.«

»Aber stets produktiv. Und nur darauf kommt es an. Sie sind fleißig, Allon. Das bewundern wir.«

»Und was wollen Sie von mir?«

»Wir möchten, dass Sie reinen Tisch machen, was Ihre Aktivitäten in der Schweiz betrifft.«

»Wie meinen Sie das?«

»Ich stelle Ihnen Fragen nach früheren Unternehmen, und Sie beantworten sie. Und zwar ausnahmsweise ehrlich.«

»Das würde einige Zeit dauern.«

»Ich muss nirgends hin. Und Sie auch nicht, Allon.«

»Was ist, wenn ich mich weigere?«

»Dann werden Sie wegen Spionage, Terrorismus und Mordes angeklagt. Und verbringen den Rest Ihres schwer verdienten Ruhestands hier in der Schweiz.«

Gabriel dachte eine Weile nach. »Nicht gut genug«, sagte er dann.

»Was ist nicht gut genug?«

»Der Deal. Ich will einen besseren.«

»In Ihrer Position können Sie keine Forderungen stellen, Allon.«

»Sie stellen mich niemals vor Gericht, Bittel. Ich weiß viel zu viel über die Sünden Ihrer Banker und Unternehmer. Für die Schweiz wäre das ein PR-Desaster, genau wie der Skandal um die Bankkonten von Holocaustopfern.« Er machte eine Pause. »Daran erinnern Sie sich, nicht wahr? Alle Zeitungen waren voll davon.«

Diesmal dachte Bittel einen Moment nach. »Also gut, Allon. Was wollen Sie?«

»Ich glaube, dass es Zeit wird, in den israelisch-schweizerischen Beziehungen eine neue Seite aufzuschlagen.«

»Und wie könnten wir das tun?«

»Sie haben David Girard offenbar schon einige Zeit überwacht«, sagte Gabriel. »Ich möchte Kopien aller Ihrer Unterlagen, auch der E-Mails und Telefonmitschnitte.«

»Ausgeschlossen! Das müssten meine Vorgesetzten genehmigen.«

»Ich kann warten«, entgegnete Gabriel. »Wie Sie vorhin bereits erwähnten, muss ich nirgends hin.«

Bittel stand auf und verließ den Vernehmungsraum. Zehn Minuten später kam er zurück. Typisch Schweizer Effizienz, dachte Gabriel.

»Ich denke, es wäre einfacher, wenn wir in umgekehrter chronologischer Reihenfolge vorgehen würden«, sagte Bittel und schlug sein Notizbuch auf. »Vor einigen Monaten ist ein Zürcher Bürger in seinem Hotelzimmer in Dubai geköpft worden. Können Sie uns erzählen, weshalb?«

Vor vielen Jahren hatte Professor Emil Jacobi, ein Schweizer Dissident, Gabriel einen guten Rat gegeben. »Im Umgang mit der Schweiz«, hatte er gesagt, »müssen Sie stets eines im Auge behalten: Die Schweiz ist kein richtiger Staat. Sie ist ein Unternehmen und wird auch wie ein Unternehmen geführt.«

Deshalb überraschte es Gabriel nicht, dass Bittel diese Befragung mit der kalten Förmlichkeit von Kreditverhandlungen durchführte. Er benahm sich wie ein Privatbankier: höflich, aber distanziert, gründlich, aber diskret. Er wandte die erforderliche Sorgfalt auf, ohne dabei ins Boshafte abzugleiten. Gabriel hatte den deutlichen Eindruck, dass Bittel nichts in den Büchern stehen haben wollte, was später Probleme machen könnte. Deshalb hakte er lediglich Kästchen ab und addierte Zahlenkolonnen. Aber auch das war bewährte Bankermanier. Der Schweizer Banker wollte das Geld des Kunden, aber er legte nicht unbedingt Wert darauf zu erfahren, woher genau es stammte.

Die beiden Männer arbeiteten sich weiter rückwärts durch die Zeit, bis sie beim Fall Augustus Rolfe anlangten – Gabriels erster Kontakt mit dem bedauerlichen Verhalten von Schweizer Banken im Zweiten Weltkrieg. Er achtete darauf, niemanden zu belasten, und hütete sich davor, Quellen oder gar Verfahren des Diensts preiszugeben. Drängte Bittel ihn dazu, mehr ins Detail zu gehen, reagierte er mit leichtem Gegendruck. Drohte der Schweizer ihm, antwortete er seinerseits mit Drohungen. Er entschuldigte sich für nichts, verlangte auch keine Absolution. Dies war eine Beichte ohne Reue oder Buße. Eine geschäftliche Transaktion, sonst nichts.

»Habe ich irgendwas ausgelassen?«, fragte Bittel.

»Sie erwarten doch wohl nicht, dass ich darauf antworte?«

Bittel klappte sein Notizbuch zu und klingelte nach einem Wärter, der Gabriel in die Zelle zurückbrachte. Dort erwarteten ihn ein reichhaltiges Frühstück, Waschzeug und frische Kleidung. Gabriel sah die Morgennachrichten, während er frühstückte. Seine Festnahme wurde noch immer nicht gemeldet. Die einzige Nachricht aus St. Moritz betraf ein bevorstehendes Weltcuprennen.

Nach dem Frühstück wurde er ins Bad geführt und hatte eine halbe Stunde Zeit, um zu duschen und sich anzuziehen. Als er in die Zelle zurückkam, wartete Bittel bereits mit zwei Aktenkoffern aus Aluminium. Einer enthielt das von Gabriel verlangte Material. In dem anderen lagen die Bruchstücke der zerbrochenen Hydria.

»Wenn Sie wollen«, bot Bittel ihm an, »können wir der französischen Polizei mitteilen, dass wir sie in einem Schließfach auf einem Flughafen gefunden haben.«

»Danke«, sagte Gabriel, »ich kümmere mich selbst darum.«

»Aber möglichst bald«, mahnte Bittel. »Kommen Sie, Ihr Abholer wartet schon.«

Sie verließen das Gebäude durch den Hauptausgang. In der Einfahrt stand ein Mercedes mit leicht dampfenden Auspuffrohren. Bittel schüttelte Gabriel so herzlich die Hand, als hätten sie die Nacht damit zugebracht, sich gemeinsam alte Filme anzusehen. Gabriel wandte sich ab und stieg rasch hinten ein. Dort saß bereits Uzi Navot, der sein Handy ans Ohr gedrückt hielt. Er musterte Gabriels verpflastertes Gesicht und runzelte die Stirn.

»Sie scheinen dich ganz schön in die Mangel genommen zu haben.«

»Das war die Sache wert.«

»Was bringst du mit?«

»Einen Koffer voll Material von unseren neuen Freunden beim NDB.«

»Gut«, sagte Navot, »denn im Augenblick brauchen wir alle Hilfe, die wir bekommen können.«

26

Bern

Gabriel und Navot vermuteten, die beiden Aktenkoffer könnten verwanzt sein, deshalb schwiegen sie, bis sie sicher in der israelischen Botschaft eingetroffen waren. Die lag in einer düsteren alten Villa im Botschaftsviertel, an einer für den Durchgangsverkehr gesperrten schmalen Straße. In Erwartung ihrer Ankunft hatte das Personal in dem abhörsicheren Konferenzraum kleine Sandwichs und Schweizer Schokolade bereitgestellt. Navot schimpfte halblaut vor sich hin, während er am Tisch Platz nahm.

»Solange Schamron der Boss war, hatten die Stationschefs immer seine türkischen Zigaretten vorrätig. Aber wenn ich komme, stellen sie mir Essen hin. Manchmal kommt es mir vor, als würde ich für die Schlachtbank gemästet.«

»Du bist der beliebteste Boss seit Schamron, Uzi. Deine Leute bewundern dich nicht nur, sie respektieren dich, was noch wichtiger ist. Und das tut auch der Premierminister.«

»Aber das alles kann sich blitzschnell ändern, wenn ich die Sache mit dem Iran nicht hinkriege«, sagte Navot. »Dir ist zu verdanken, dass wir sie ein bisschen gebremst haben, aber Sabotage und Attentate sind nicht ewig wirksam. Irgendwann in naher Zukunft werden die Iraner die rote Linie überschreiten. Dann kann sie niemand mehr daran hindern, eine Atommacht zu werden. Davor soll ich den Premierminister rechtzeitig warnen. Und wenn ich mich nur um ein paar Tage irre, müssen wir mit einer iranischen Bombe leben.« Navot musterte Gabriel fragend. »Wie würdest du dich mit diesem Damoklesschwert über dem Kopf fühlen?«

»Schlecht. Deshalb habe ich Schamron seinerzeit gebeten, dich zum Direktor zu machen.«

»Du willst dir die Sache nicht doch noch anders überlegen?«

»Ich fürchte, nach dir wäre ich eine Enttäuschung, Uzi.«

»Danke für den Vertrauensbeweis.« Navot schob Gabriel den Sandwichteller hin. »Du musst was essen. Du bist sicher ausgehungert.«

»Ganz im Gegenteil, ich bin richtig gut versorgt worden.«

»Was gab es denn?«

Gabriel schwärmte von den Raclette-Kartoffeln.

»Die habe ich schon immer geliebt«, meinte Navot und steckte sich ein kleines Sandwich mit Ei und Brunnenkresse im Ganzen in den Mund. »Tut mir leid, dass wir dich in St. Moritz zurücklassen mussten, aber ich dachte, es sei leichter, einen Agenten aus Schweizer Haft freizubekommen als neun. Zum Glück hat uns jemand dabei geholfen.«

»Wer?«

»Deine Freunde im Vatikan.«

»Donati?«

»Höher.«

»Erzähl mir bloß nicht, dass ihr Seine Heiligkeit damit belästigt habt.«

»Er hat sich selbst für dich eingesetzt«, sagte Navot.

»Wie?«

»Er hat veranlasst, dass Alois Metzler von der Schweizergarde ein paar diskrete Telefongespräche mit Bern geführt hat. Von da an war deine Freilassung nur noch eine Frage der Zeit. Der Dienst konnte völlig an der Seitenlinie bleiben.«

»Ich musste Wegezoll zahlen, um rauszukommen.«

»Wie viel?«

Gabriel berichtete von seiner Befragung durch Bittel.

»Wie viel von deiner Aussage war wirklich wahr?«

»Nicht viel.«

»Gut gemacht.« Ein weiteres Sandwich verschwand in Navots Mund.

»Ihr habt das Paar, das vor mir in der Galerie war, nicht zufällig identifizieren können?«

»Natürlich konnten wir das«, sagte Navot und wischte sich Weißbrotkrümel von den Fingerspitzen. »Das Mädchen war ein unbeschriebenes Blatt, aber ihren Freund kennen wir. Er heißt Ali Montazeri.«

»Iraner?«

Navot nickte. »Ali, der stolz darauf ist, den Quds-Brigaden angehört zu haben, arbeitet jetzt als Auftragskiller für den VEVAK. Er hat Dutzende von iranischen Dissidenten in Europa und im Nahen Osten liquidiert. Als ich noch in Paris war, hat er einmal sogar versucht, *mich* zu erledigen.«

»Wieso sollten die Iraner einen ihrer besten Attentäter in die Schweiz entsenden, um einen wichtigen Hisbollah-Mann ermorden zu lassen?«

»Gute Frage.« Navot schwieg einen Augenblick. »Während du in Schweizer Haft gut gespeist hast, ist über den Dienst eine neue Woge von Warnungen vor einem bevorstehenden Angriff der Hisbollah hereingebrochen. Wir reden von etwas Großem, Gabriel.«

»Wie groß?«

»Wie der 11. September«, sagte Navot. »Groß genug, um einen Krieg auszulösen. Und was wir im Südlibanon beobachten, lässt darauf schließen, dass die Hisbollah sich auf einen Krieg vorbereitet. Sie verlegt ihre erfahrensten Kämpfer an unsere Grenze. Und auch ihre Raketen sind in Bewegung.«

»Wissen wir schon mehr über potenzielle Ziele?«

»Die Gerüchte deuten weiter auf Europa hin, was den

Zeitpunkt von David Girards Tod besonders interessant macht. Dina hat das Gefühl, es könnte einen Zusammenhang geben.«

»Dinas Gefühle machen mich immer nervös.«

»Mich auch.«

»Wie sicher bist du, dass der Bombenleger Ali Montazeri war?«

»Hundertprozentig.«

»Das sollten wir unseren neuen Schweizer Freunden vielleicht mitteilen.«

»Das wäre ehrenwert gehandelt«, bestätigte Navot. »Aber vorerst würde ich mich lieber an das iranische Skript halten.«

»Welches?«

»Chod'eh.«

»Verleitung des Feindes zu einer falschen Einschätzung der eigenen Position?«

»Korrekt.«

»Woran denkst du?«

»Zuerst müssen wir die Iraner glauben machen, sie seien mit dem Attentat in St. Moritz durchgekommen. Dann schaffen wir das Material, das wir den Schweizern verdanken, zum King Saul Boulevard und setzen Dina darauf an.«

»Wir sollten noch etwas anderes tun«, meinte Gabriel.

»Und zwar?«

»Jemanden finden, der dieses griechische Gefäß wieder zusammensetzt.«

»Kannst du das nicht? Wo du doch auch Gemälde restaurierst!«

»Das ist wie mit den Äpfeln und den Birnen.«

Navot betrachtete die Sandwichs. »Hast du wirklich keinen Hunger? Die sind echt gut.«

»Bedien dich nur, Uzi.«

»Vielleicht sollten wir uns welche für den Heimflug einpacken lassen. Das Essen bei El Al ist auch nicht mehr, was es früher war.«

Sie erreichten den Flug um 12.45 Uhr vom Flughafen Zürich und landeten um 17.45 Uhr auf dem Ben Gurion Airport in Tel Aviv. Auf dem Vorfeld wartete Navots gepanzerter Peugeot, der von doppelt so vielen Leibwächtern umgeben war wie sonst. Chiara, heute in Jeans, lehnte mit verschränkten Armen am Auto. Sie hielt Gabriel lange umarmt und vergrub ihr verweintes Gesicht an seinem Hals. Dann küsste sie ihn und berührte zart sein verpflastertes Gesicht.

»Du siehst schrecklich aus.«

»Nicht so schlimm, wie ich mich fühle.«

»Ich würde dir raten, dich zu Hause ein paar Stunden hinzulegen, aber dafür ist keine Zeit, fürchte ich.«

»Was ist passiert?«

Chiara übergab Navot eine kurze Mitteilung. Er las sie im Scheinwerferlicht der Limousine.

»Der Militärbefehlshaber der Hisbollah ruft die Truppe dazu auf, auf massive israelische Vergeltungsschläge binnen zwei Wochen vorbereitet zu sein.« Navot knüllte das Stück Papier zusammen. »Das bedeutet, dass sie es ernst meinen. Sie werden uns angreifen, Gabriel. Massiv. Und sehr bald.«

Wie sich zeigte, hatte Gabriels Vernehmer von der Schweizer Spionageabwehr nicht nur Wort gehalten, sondern geradezu ein Übersoll erfüllt. Eli Lavon verglich die Schatzkiste voll nachrichtendienstlicher Erkenntnisse mit der Entdeckung einer Hügelsiedlung einer bisher unbekannten Kultur. Noch bemerkenswerter wurde das Material dadurch, dass es von einem Dienst kam, der den Interessen Israels immer zutiefst feindlich gegenübergestanden hatte.

»Vielleicht sind wir doch nicht allein«, erklärte Gabriel

seinem Team beim Abendessen. »Wenn die Schweizer uns in der Not ihre Türen öffnen, ist alles möglich.«

Daoud Ghandur, alias David Girard, war offenbar auf dem internen NDB-Radar erschienen, kurz nachdem er den begehrten Schweizer Pass erhalten hatte, mit dem er beliebig durch den Nahen Osten reisen konnte. Zu dem Material gehörte das ursprüngliche Memo des Chefs von Onyx, des phänomenalen Schweizer Satellitenabhörsystems, mit den E-Mails und Telefonaten der Galerie Naxos, von ihren finanziellen Transaktionen ganz zu schweigen. Der NDB war so freundlich gewesen, auch alle später von Onyx abgefangenen Nachrichten in Kopie beizufügen.

Zusammen mit dem Material, das Gabriels Team schon besaß, bewiesen die Unterlagen ganz eindeutig, dass die Galerie Naxos nur als raffiniert getarnte Geldsammelstelle für die Hisbollah gedient hatte. Ebenso klar war die Verbindung zwischen der Galerie und Carlo Marchese. Das Team konnte weit über fünfzig Eilüberweisungen verfolgen, die von David Girard über die Lebanon Byzantine Bank auf Konten bei der Vatikanbank geflossen waren, auf die Carlo Marchese Zugriff hatte. Dies war die *Cordata,* die Gabriel gesucht hatte – das Seil, das Carlo mit den Hisbollah-Terroristen verband. Die Schweizer hatten diesen Beweis längst gehabt. Ihnen hatte nur der Schlüssel für den Code gefehlt.

Vorerst interessierte Carlo das Team jedoch nur in zweiter Linie, weil mit jedem Tag klarer wurde, dass David Girard keineswegs nur Geld eingesammelt hatte. Vor einem halben Jahr hatte er einmal eine Nummer in der südlibanesischen Bekaa-Ebene angerufen, die der Dienst dem dortigen Hisbollah-Häuptling zuordnete. Und zwei Wochen später hatte Girard eine Nummer in Kairo gewählt, um eine der zahlreichen Hisbollah-Zellen zu erreichen, die in dem chaotischen postrevolutionären Ägypten Wurzeln geschlagen hatten. Hinzu kamen zweihunderttausend Dollar, die er einem

Antiquitätenhändler in Bangkok, einer Brutstätte von Hisbollah-Aktivitäten in Südostasien, überwiesen hatte.

»Wenn ich raten dürfte«, sagte Dina, »dann war der verstorbene David Girard ein Postbote. Er hat seinen Job in der Antiquitätenbranche dazu benutzt, Hisbollah-Zellen in aller Welt geheime Nachrichten zu übermitteln.«

»Weshalb hätten die Iraner ihn dann liquidieren lassen sollen?«

»Vielleicht hatte die Post, die er befördert hat, etwas mit dem bevorstehenden Angriff zu tun. Oder vielleicht ...«

»Was, Dina?«

»Vielleicht war sie in Teheran abgestempelt.«

Letztlich lieferte nicht Schweizer Hightech die Antwort, sondern ein ganz altmodisches Überwachungsfoto. Die mit versteckter Kamera gemachte Aufnahme zeigte David Girard in einer Zürcher Tram – scheinbar ohne Begleitung. Eher zur Dekoration hing das Foto drei Tage lang an einer übervollen Wand des Raums 456C, bis Dina irgendwann daran vorbeikam und ruckartig haltmachte. Sie riss das Bild von der Wand und starrte nicht Girard, sondern den Mann mit dem modischen Dreitagebart neben ihm an. Der Kopf des Mannes war ebenso von Girard abgewandt wie seine breiten Schultern, und die Sonnenstrahlen, die durch die Fenster ins Fahrzeug einfielen, ließen das Saphirglas der massiven Taucheruhr an seinem rechten Handgelenk glitzern. Das lenkte Dinas Blick auf den Handrücken und die Bandage, die ihn bedeckte.

»Das ist er«, flüsterte sie. »Das ist der Teufel in Person.«

Sie verglichen das Foto des Mannes in der Zürcher Tram mit allen bekannten Aufnahmen in ihrer Datenbank, aber die Computer meldeten, die Daten reichten nicht für eine positive Identifizierung aus. Dina reckte ihr zierliches Kinn resolut vor und erklärte, die Computer irrten sich. Sie wisse, wer es sei, und darauf würde sie ihre Karriere verwetten. »Außerdem geht es nicht ums Gesicht«, meinte sie. »Seht euch die Hand an.« Diese Hand war im Libanon von einer israelischen Kugel durchschlagen worden, als er mitgeholfen hatte, aus einer bunt zusammengewürfelten Gruppe von Schiiten die berüchtigtste Terrororganisation der Welt zu formen. Diese mit Blut getränkte Hand gehöre eindeutig Massud, sagte Dina.

Also nahm Gabriel sie mit nach oben, damit sie Uzi Navot ihre Argumente vortragen konnte. Was sie sagte, ließ ihn blass werden und in den Meldungen blättern, die von einem unmittelbar bevorstehenden Anschlag sprachen. Navot bat Gabriel um Empfehlungen, was zu tun sei, aber Gabriel hatte nur eine für ihn. Es gebe zwar offenkundige Risiken, sagte er, aber die seien weit geringer als das Risiko, untätig zu bleiben.

Navot fuhr umgehend nach Jerusalem, um die Genehmigung des Premierministers einzuholen, und hatte binnen einer Stunde seinen Einsatzbefehl. Nun blieb nur noch der obligatorische Höflichkeitsbesuch bei den Amerikanern, den er bereitwillig Gabriel überließ. »Was du auch tust«, sagte er auf der Fahrt zum Flughafen, »bitte sie nicht um Erlaubnis. Finde nur heraus, ob irgendwo Minen liegen, die uns um die Ohren fliegen können. Es geht nicht um irgendeine PLO-Splittergruppe. Es geht um das verdammte Perserreich.«

27

Herndon, Virginia

Diese Gegend war einst Farmland gewesen, aber die unaufhaltsame Ausdehnung der Metropole Washington nach Westen hatte es längst verschlungen. Jetzt gab es hier nur noch Einfamilienhäuser auf großen Grundstücken, die stetig an Wert verloren, und Kinder, die viel zu viel Zeit damit verbrachten, in den dunkelsten Ecken des Internets zu stöbern. Die Namen der mäandernden Sackgassen sprachen von grenzenlosem amerikanischen Optimismus – Sunnyside und Apple Blossom, Fairfield und Crest View –, konnten aber nicht darüber hinwegtäuschen, dass die USA, Israels weltweit letzter Freund, sich in einem Stadium des Niedergangs befanden.

Das einstöckige Klinkerhaus am Ende des Stillwater Court unterschied sich von den umstehenden Häusern nur dadurch, dass es Fensterscheiben aus Panzerglas hatte. Die Nachbarn waren jahrelang in dem Glauben gehalten worden, der Mann, der es bewohnte, arbeite bei einer der Hightechfirmen, die den Dulles Corridor säumten. Dann kam die Beförderung, nach der er einen gepanzerten Cadillac Escalade fahren musste, und so dauerte es nicht lange, bis die Nachbarn merkten, dass in ihrer Mitte ein Spion lebte. Und zwar nicht irgendein Spion: Adrian Carter leitete den National Clandestine Service, die Operationsabteilung der CIA. Tatsächlich bekleidete er diesen Posten schon länger als alle seine Vorgänger, was er mehr auf Stehvermögen als auf Talent zurückführte. Andererseits war das für Carter typisch. Als eine der letzten Führungskräfte aus dem protestantischen Neuengland hielt er Eitelkeit für eine Sünde, die nur von Schummeln auf dem Golfplatz übertroffen wurde.

Obwohl es erst März war, spürte Gabriel die Sonne warm im Nacken, als er mit einem CIA-Aufpasser an seiner Seite Carters weitläufigen Rasen überquerte. Carter wartete an der offenen Terrassentür. Er hatte das zerzauste, schütter werdende Haar eines Professors und trug einen Schnauzer, der mit Discomusik, Crockpots und dem Atomwaffensperrvertrag aus der Mode gekommen war. Seine beigen Chinos hätten dringend gebügelt werden müssen. Sein Baumwollpullover mit Rundausschnitt fing an, sich am Ellbogen aufzulösen.

»Entschuldigen Sie, dass ich Sie hierher in mein Haus geschleift habe«, sagte er, als er Gabriel die Hand schüttelte, »aber dies ist seit einem Monat mein erster freier Tag, und mir hat davor gegruselt, nach Langley oder in eines unserer sicheren Häuser zu fahren.«

»Ich wäre froh, wenn ich nie mehr ein sicheres Haus von innen sehen müsste.«

»Was führt Sie her?«, fragte Carter ernst. »Und was zum Teufel ist mit Ihrem Gesicht passiert?«

»Ich habe in der Schweiz vor einer Galerie gestanden, als drinnen eine Bombe hochgegangen ist.«

»St. Moritz?«

Gabriel nickte.

»Ich hab gewusst, dass etwas Gutes kommen würde.«

»Das Beste haben Sie noch gar nicht gehört.«

Carter lächelte. »Kommen Sie rein«, sagte er und schloss die Tür hinter ihnen. »Ich habe meine Frau auf einen langen Spaziergang geschickt. Und machen Sie sich keine Sorgen. Sie hat Molly mitgenommen.«

»Wer ist Molly?«

»Wau, wau!«

In der verglasten Veranda mit Blick auf Carters grünen Anteil am amerikanischen Traum stand ein Lunchbüfett bereit. Gabriel lud sich pflichtbewusst einen Teller mit Aufschnitt und Nudelsalat voll, rührte ihn aber nicht an, während er die seltsame Reise schilderte, die ihn aus dem Petersdom in das Haus des ranghöchsten US-Spions geführt hatte. Als er mit seinem Bericht fertig war, legte er Carter zwei Fotos hin. Das erste zeigte Ali Montazeri und seine bildhübsche Begleiterin beim Verlassen der Galerie Naxos in St. Moritz. Auf dem zweiten saß der Galerist David Girard scheinbar allein in einer Zürcher Tram.

»Sehen Sie sich den Mann genau an, der links neben ihm sitzt«, sagte Gabriel. »Erkennen Sie ihn?«

»Kann ich nicht behaupten.«

»Aber vielleicht jetzt?«

Gabriel legte Carter ein weiteres Foto hin. Diesmal betrat der Mann die iranische Botschaft in Berlin.

Carter sah ruckartig auf. »Massud?«

»Höchstpersönlich.«

Adrian Carter, der Sohn eines Geistlichen der Episkopalkirche, fluchte halblaut.

»Wir sind ganz Ihrer Meinung«, sagte Gabriel.

Carter schob das Foto neben die anderen auf den Tisch und starrte es schweigend an. Massud Rahimi gehörte zu den wenigen Bewohnern der Geheimdienstwelt, die nicht vorgestellt zu werden brauchten. Tastsächlich nannte ihn jeder bei seinem Vornamen. Er war einfach Massud, der Mann, dessen Fingerabdrücke sich auf jedem Attentat fanden, das seit dem Bombenanschlag auf U.S. Marines in Beirut im Jahr 1983 dem Iran angelastet werden konnte. Heutzutage operierte Massud von der iranischen Botschaft in Berlin aus, die zugleich als wichtigster VEVAK-Vorposten in Westeuropa diente. Er hatte einen auf einen anderen Namen ausgestellten Diplomatenpass in der Tasche und behauptete, als kleiner Angestellter in der Konsularabteilung zu arbeiten. Selbst die Deutschen, die weiter enge Handelsbeziehungen zum Iran unterhielten, glaubten kein Wort davon.

»Und wie lautet Ihre Theorie?«, fragte Carter.

»Nun ja, wir halten es nicht für einen Zufall, dass David Girard und Massud in derselben Zürcher Tram unterwegs waren.«

»Sie glauben, dass Massud den Bombenanschlag in St. Moritz in Auftrag gegeben hat?«

»Das ist Massuds Art«, sagte Gabriel. »Er hat nie davor zurückgeschreckt, auch eigene Leute zu liquidieren, wenn er ein wichtiges Geheimnis zu bewahren hatte.«

»Und Sie wollen dieses Geheimnis herausbekommen.«

»Genau.«

»Wie?«

»Wir hoffen, dass Massud uns das bald selbst erzählen wird.«

»Sie denken daran, ihn mit Geld zu ködern?«

»Massud würde sich lieber die Pulsadern aufschneiden, als Geld von Juden anzunehmen.«

Carter schwieg eine Weile. »Ich brauche Sie nicht daran zu erinnern, dass Massud einen Diplomatenpass besitzt«, sagte er dann. »Und das macht ihn unangreifbar.«

»Niemand ist unangreifbar. Nicht, wenn es um Menschenleben geht.«

»Massud ist unangreifbar«, wiederholte Carter. »Sobald Sie ihm auch nur ein Haar krümmen, sind israelische Diplomaten weltweit Freiwild.«

»Glauben Sie mir, Adrian, das sind sie schon. Außerdem«, fügte Gabriel hinzu, »bin ich nicht hier, um mir Ratschläge zu holen.«

»Und wozu *sind* Sie hier?«

»Um zu erfahren, ob das Spielfeld frei ist.«

»Ich kann kategorisch feststellen, dass die Agency nicht mal in seiner Nähe ist«, antwortete Carter. »Aber Sie sollten wissen, dass die Deutschen vor zwei, drei Jahren überlegt haben, ihn sich zu schnappen.«

»Auf welche Weise?«

»Massud hat offenbar Geschmack an westlicher Dekadenz gefunden. Er sahnt routinemäßig etwas von seinem operativen Budget ab und versteckt das Geld auf Bankkonten in ganz Europa. Der BND hatte beste Beweise gegen ihn in der Hand. Er wollte Massud zu einem kleinen Gespräch einladen und ihn vor eine einfache Wahl stellen: Arbeiten Sie für uns, sonst erfahren Ihre Bosse in Teheran, dass Sie Staatsgelder veruntreut haben.«

»Woher wissen Sie das?«

»Weil die Deutschen bei mir waren, um zu fragen, ob die Agency mitmachen wolle. Sie haben mir sogar Kopien des Beweismaterials gegen ihn gegeben.«

»Was ist passiert?«

»Nichts. Das war damals, als das Weiße Haus noch glaubte, die Iraner mit freundlichen Worten zur Aufgabe ihres Atomprogramms überreden zu können. Der Präsident und sein Team wollten nichts tun, was die Iraner hätte verärgern können. Wie sich zeigte, wollte das auch die deutsche Bundeskanzlerin nicht. Sie hatte Angst, das könne dem blühenden deutschen Irangeschäft schaden.«

»Die Sache ist also abgeblasen worden«, sagte Gabriel. »Und in Berlin sitzt weiter ein Mörder, der einen Angriff auf mein Land plant.«

»Sieht ganz so aus.«

»Wo ist dieses Material vom BND?«

»In Langley im Archiv.«

»Ich will es haben.«

»Haben können Sie es«, antwortete Carter. »Aber es kostet.«

»Wie viel?«

»Ich habe eine lange Liste von Fragen, auf die ich gern eine Antwort hätte.«

»Warum machen Sie nicht einfach bei dem Spaß mit?«

»Weil ich nicht auf hundert Meilen an den Spaß herankommen möchte.« Carter betrachtete Gabriel ernst. »Darf ich Ihnen zwei Ratschläge geben?«

»Wenn's sein muss.«

»Erfinden Sie eine gute Tarngeschichte«, sagte Carter. »Und bauen Sie keinen Mist, was immer Sie tun. Sonst besteht eine sehr gute Chance, dass Sie den Dritten Weltkrieg auslösen.«

Carter forderte das deutsche Material auf eine Weise an, die in der Atmosphäre von Langley nur einen schwachen Kondensstreifen hinterließ, und es wurde binnen einer Stunde von einem Kurier der Agency an seiner Haustür abgeliefert. Weil Carter ihm die Dokumente nicht überlassen konnte, wenn er weiter imstande sein wollte, im Zweifelsfall alles glaubhaft zu leugnen, verbrachte Gabriel den Rest dieses warmen Nachmittags in Carters Veranda und prägte sich die Einzelheiten von Massuds Unterschlagungen ein. Carter erläuterte ihm einige Details, konzentrierte sich aber hauptsächlich auf die Fragen, die er Massud gerne stellen würde. Er notierte sie handschriftlich und überreichte sie Gabriel, dann verbrannte er die unbenutzten Seiten seines gelben Notizbüchleins. Carter war ein Spion alter Schule, der auf bewährte handwerkliche Methoden setzte. Witzbolde in Langley behaupteten, er male Kreidezeichen an den Bettpfosten, wenn er seine Frau lieben wollte.

Gabriel brauchte bis knapp sechzehn Uhr, um das Material zu sichten, und hatte gerade noch genug Zeit, um die Abendmaschine der Lufthansa nach Berlin zu erwischen. Auf dem Weg zum wartenden Escalade wirkte Carter enttäuscht darüber, dass Gabriel schon wieder abreiste. Tatsächlich war er so fürsorglich, dass Gabriel sich wunderte, warum er ihn nicht ermahnte, sich auch noch anzuschnallen.

»Haben Sie irgendwas auf dem Herzen, Adrian?«

»Ich frage mich nur, ob Sie dieser Sache wirklich gewachsen sind.«

»Der Nächste, der mich das fragt, bekommt …«

»Das ist eine faire Frage«, unterbrach Carter ihn. »Hätte einer meiner Leute durchgemacht, was Sie im Leeren Viertel erlitten haben, wäre er schon im Vorruhestand.«

»Ich hab's probiert.«

»Vielleicht sollten Sie sich nächstes Mal mehr Mühe geben.« Carter schüttelte Gabriel die Hand. »Schreiben Sie mir eine Ansichtskarte aus Berlin. Und sollten Sie verhaftet werden, versuchen Sie bitte zu vergessen, woher Sie die Informationen über Massuds Unterschlagungen haben.«

»Die bleiben unser kleines Geheimnis, Adrian. Wie alles andere auch.«

Carter lächelte und schloss die Autotür. Gabriel sah ihn zuletzt mit erhobener Hand auf dem Bürgersteig stehen, als versuche er, ein Taxi anzuhalten. Dann rumpelte der Escalade um eine Kurve, und Carter war verschwunden. Gabriel betrachtete die gepflegten Rasenflächen jenseits der getönten Scheiben, aber er hatte nur Zahlen im Kopf. Die Nummern von Massuds Geheimkonten. Und die Stunden, die noch blieben, bis Massud ein Blutbad anrichten würde.

28

Wannsee, Berlin

Zu den vielen ungelösten Rätseln dieses Unternehmens gehörte die Frage, weshalb das sichere Berliner Haus des Teams ausgerechnet im Ortsteil Wannsee lag. Der Chef der Hausverwaltung behauptete anfangs, das sei reiner Zufall gewesen – er habe das Objekt nur nach Verfügbarkeit und Zweckmäßigkeit ausgewählt. Später, als der offizielle Abschlussbericht vorlag, gab er jedoch zu, dass niemand anders als Ari Schamron seine Entscheidung beeinflusst hatte. Schamron hatte Gabriel und sein Team an die Ereignisse am 20. Januar 1942 erinnern wollen, als in einer Villa am Wannsee fünfzehn hohe Vertreter der NS-Regierung und SS-Führer zusammengekommen waren, um bei einem Mittagessen die Ausrottung eines Volkes zu organisieren. Und vermutlich, da waren sich alle einig, hatte er sie auch daran erinnern wollen, welchen Preis ein Misserfolg fordern konnte.

Das sichere Haus stand ungefähr einen Kilometer südlich des Ortes, wo die Wannseekonferenz stattgefunden hatte, in einer dicht bewaldeten kleinen Straße, die passenderweise Lindenstraße hieß. Es war von einer bröckelnden Klinkermauer und einer wuchernden Hecke umgeben. Die leeren Räume rochen nach Staub und Moder und seltsamerweise schwach nach Cognac. Unter der Eisschicht, die den Fischteich bedeckte, dösten bunte japanische Spiegelkarpfen.

Die Mitglieder des Teams gaben sich als Angestellte einer in Montreal ansässigen Firma VisionTech aus, die lediglich in der Phantasie eines Sachbearbeiters am King Saul Boulevard existierte. Sie behaupteten, sie seien nach Berlin gekommen, um ein Gemeinschaftsunternehmen mit einer deutschen Firma zu gründen, was die mitgebrachten Unmengen von Computern und anderen elektronischen Geräten erklärte. Aufgestellt wurden sie im großen Speisezimmer der Villa, das ihnen als Operationszentrale diente. Schon wenige Stunden nach ihrer Ankunft waren die Wände mit Landkarten, Stadtplänen und Überwachungsfotos eines Mannes tapeziert, der sich als kleiner Angestellter der iranischen Botschaft in Berlin ausgab, aber in Wirklichkeit der größte international tätige Terrorplaner seines Landes war.

Dina übernahm bereitwillig den Auftrag, die Fragen für Massuds Vernehmung auszuarbeiten. Wer ihr Arbeitszimmer betrat, erhielt einen umfassenden Einblick in die Entwicklung des modernen Terrorismus, den Massud Rahimi mitgeprägt hatte, seit er im November 1979 zu den militanten »Studenten« gehört hatte, die die US-Botschaft in Teheran besetzt hatten. Mehrere der zweiundfünfzig Geiseln hatten ihn später als den grausamsten ihrer Peiniger identifiziert. Schon damals genoss Massud nichts mehr als den Anblick eines Amerikaners, der um sein Leben flehte.

Seinen nächsten großen Auftritt hatte er im Jahr 1982, als er die Zusammenarbeit mit einer neuen militanten Schiitengruppe im Libanon begann, die sich »Bewegung der Unterprivilegierten« nannte. Angeblich hatte Massud maßgeblichen Anteil daran, dass sie den prägnanteren Namen »Partei Gottes« oder auch Hisbollah annahm. Es hieß, er habe persönlich mitgeholfen, die zwölf Tonnen schwere Lastwagenbombe zu bauen, die am 23. Oktober 1983 um 6.22 Uhr die Kaserne der U.S. Marines auf dem Flughafen Beirut zerstörte. Ihre Detonation tötete 243 US-Soldaten und hob den weltweiten Terror auf eine neue Ebene. Weitere Anschläge folgten. Flugzeuge wurden entführt, Geiseln genommen, Sprengstoffanschläge auf Botschaften verübt. Alle hatten eines gemeinsam: Sie wurden auf Anweisung eines Mannes ausgeführt, der jetzt im Schutz diplomatischer Immunität in der iranischen Botschaft in Berlin arbeitete.

Aber wie sollte man einen Mann wie Massud dazu überreden, seine mörderischsten Geheimnisse preiszugeben? Und wie sollte man seiner überhaupt erst habhaft werden? Sie würden auf die als *Taqiyya* bekannte alte schiitische Praxis zurückgreifen müssen, die bei Gefahr erlaubte, den eigenen Glauben und die eigenen Absichten zu verheimlichen. Sie würden Massud keineswegs entführen, sagte Gabriel. Sie würden seine Retter und Beschützer sein. Und wenn sie ihn ausgequetscht hatten, würden sie ihn laufen lassen. Fangen und freilassen, nannte er das. Nichts weiter passiert.

Sie hätten es vorgezogen, Massud einen Monat lang oder länger zu überwachen, aber das war nicht möglich, denn am King Saul Boulevard blinkten die roten Alarmleuchten, weil alle Informationen auf einen Anschlag binnen Wochenfrist hindeuteten. Sie mussten ihn in ihre Gewalt bringen, bevor Sprengsätze detonierten oder Teheran ihn unter einem Vorwand zurückrief.

Gabriel fürchtete, dass der VEVAK Massud vor den Anschlägen auf Eis legen und so dem Zugriff des Diensts entziehen könnte. Deshalb setzte er seinem Team eine Frist von drei Tagen, in denen es galt, die Entführung eines iranischen Diplomaten mitten in Berlin zu planen und auszuführen. Als Eli Lavon ihre Erfolgsaussichten auf nur eins zu vier einschätzte, nahm Gabriel ihn in Dinas Arbeitszimmer mit, um ihm auf Fotos zu zeigen, was passieren konnte, wenn die Operation fehlschlug. »Ich will keine Risikoabwägung«, sagte Gabriel. »Ich will Massud.«

Geringfügig erleichtert wurde ihr Auftrag durch die Tatsache, dass Massud sich offenbar auf deutschem Boden sicher fühlte. Sein Tagesablauf – zumindest in der kurzen Zeit, in der sie ihn beobachten konnten – war streng durchgeplant. Den größten Teil seiner Zeit verbrachte er in der VEVAK-Residentur, die zufällig neben dem Deutschen Archäologischen Institut in Dahlem lag, was nach Ansicht des Teams ein gutes Omen war. Er kam spätestens um acht Uhr und blieb bis spätabends. Sein Apartment lag wenige Kilometer weiter nördlich im Stadtbezirk Charlottenburg. Sein Dienstwagen schien nicht gepanzert zu sein, aber sein Fahrer und Leibwächter, ein typischer VEVAK-Schläger, war bewaffnet. Die Aufgabe, den Leibwächter am Abend der Entführung zu neutralisieren, fiel Michail zu, der sie bereitwillig übernahm. Nachdem er in der israelischen Armee jahrelang mit Munition beschossen worden war, die vom Iran geliefert worden war, brannte er darauf, sich zu revanchieren.

Aber wo sollten sie zuschlagen? Auf einer belebten Straße? Auf einer stillen? An einer Verkehrsampel? Vor Massuds Haus? Gabriel entschied, dass es für die Wahl des Orts nur ein Kriterium gebe: Unabhängig von Erfolg oder Misserfolg musste er einen freien Fluchtweg bieten. Verlegten sie ihn zu nahe an die iranische Botschaft, konnten sie in eine Schießerei mit der deutschen Polizei geraten, die sie Tag und Nacht bewachte. Ließen sie Massud zu nahe an seine Wohnung herankommen, riskierten sie, in Charlottenburg im Stau stecken zu bleiben. Letzten Endes drängte sich nur ein Ort auf, den Gabriel mit einem blutroten Stift auf dem Stadtplan markierte. Eli Lavon fand, die Markierung sehe wie ein Grabstein aus.

Damit erreichte ihr Unternehmen die Phase, die das Team als »Endanflug« bezeichnete. Sie hatten ihre Zielperson, sie hatten ihren Plan, alle hatten ihre Aufträge. Jetzt mussten sie das Flugzeug nur noch landen, ohne es in Flammen aufgehen zu lassen. Weil es keinen Autopiloten gab, würden sie es mit Instinkt und Nerven, vielleicht auch mit etwas Glück schaffen müssen. Sie bemühten sich, den Zufallsfaktor auszuschalten. Im Einsatz müsse man sich sein Glück verdienen, fand Gabriel, aber man dürfe nicht darauf zählen. Meistens stelle es sich als Ergebnis sorgfältiger Planung und Vorbereitung ein.

Im Jargon des Diensts war das Unternehmen »stark mechanisiert«, was bedeutete, dass sie mehrere unterschiedliche Fahrzeuge brauchen würden. Die meisten mietete die für solche Dinge zuständige Transportabteilung unter Decknamen an und stellte sie dem Team zur Verfügung. Das wichtigste Fahrzeug gehörte jedoch dem Dienst. Der VW-Transporter, das ein Versteck für einen Mann enthielt, hatte eine wichtige Rolle bei Gabriels berühmtestem Unternehmen gespielt – der Entführung des Kriegsverbrechers Erich Radek aus seinem Haus in Wien. In jener Nacht hatte Chiara den Wagen gefahren. Noch immer erschien ihr Radek in ihren schlimmsten Albträumen.

Zu ihrer großen Enttäuschung gehörte Chiara nicht zu dem Berliner Team, obwohl sie im Rahmen des Unternehmens eine wichtige Aufgabe übernommen hatte. Sie musste die groß angelegte *Taqiyya* koordinieren, die die Spuren des Teams verwischen und Deutsche wie Iraner von seiner Fährte abbringen sollte. Wie alle guten Lügen war sie plausibel und enthielt durchaus wahre Elemente. Und vielleicht, meinte Gabriel, enthielt sie sogar etwas Hoffnung auf eine bessere Zukunft, in der der Iran sich nicht mehr im Würgegriff einer Verschwörung religiöser Fanatiker befand. Die Mullahs und ihre Schergen in der Revolutionsgarde handelten keineswegs rational, sondern waren unberechenbar und gefährlich. Und im Nahen Osten würde es keinen wirklichen Frieden geben, bevor ihre Gewaltherrschaft beendet war.

Dazu kamen weitere Täuschungsmanöver wie der alte

Segeltuchrucksack mit einer beigen Tonmasse, Drähten und Zeitzündern sowie die kleine Haftladung, die laut krachen würde, aber kaum Sprengkraft besaß. Aber dies alles wäre vergebliche Liebesmühe, wenn es nicht gelang, Massud mit einem Minimum an Gewalt aus seinem Wagen zu holen. Nach langen Überlegungen wurde beschlossen, dass Jaakov die Speerspitze bilden und der Muskelmann Oded ihn unterstützen sollte. Als erfahrener Vernehmer von Terroristen verstand Jaakov sich darauf, grimmige Entschlossenheit zu demonstrieren. Noch wichtiger war, dass auch er von deutschen Juden abstammte und wie Gabriel fließend Deutsch sprach. Jaakov würde Massud zum Aussteigen bewegen müssen. Und falls Worte nicht ausreichten, würde Oded mit brutaler Gewalt nachhelfen.

Weil sie nicht öffentlich trainieren konnten, übten sie unzählige Male innerhalb des sicheren Hauses in Wannsee. Je länger sich die Probeläufe hinzogen, desto gereizter wurde Gabriel. Michail fürchtete, er leide unter den Nachwirkungen des Bombenanschlags in St. Moritz oder seiner schlimmen Erlebnisse im Leeren Viertel. Doch Eli Lavon wusste es besser. Das liege an Berlin, sagte er. Für sie alle war Berlin eine Stadt der Gespenster, aber für Gabriel traf das ganz besonders zu. Hier hatten seine Großeltern mütterlicherseits gelebt. Und wahrscheinlich wäre auch Gabriel hier aufgewachsen, hätte sich nicht seinerzeit jene Mörderbande unweit von hier in einer Villa am See versammelt.

Und so hörten sie bewundernswert geduldig zu, wie er zum hundertsten Mal jeden Aspekt ihres Plans kritisch hinterfragte. Sie lächelten insgeheim, als er Jaakov und Oded nach einer besonders missglückten Probeentführung gewaltig zusammenstauchte. Und als sie seine schlechte Laune an ihrem letzten Nachmittag in Berlin nicht länger ertragen konnten, färbten sie seine auffallend grau melierten Schläfen und tarnten seine unvergesslichen grünen Augen mit einer dunklen Brille. Dann packten sie ihn in Schal und Mantel ein und schoben ihn sanft aus dem sicheren Haus, damit er zwischen den Seelen der Toten wandeln konnte.

Der Außendienstler in ihm wollte alles mindestens einmal mit eigenen Augen sehen: die Botschaft, die Wachposten, die Rückzugslinien, den Entführungsort. Von dort aus fuhr er quer durch Berlin zum Brandenburger Tor. Hier im ehemaligen Ostberlin ging er unter den kahlen Bäumen des Boulevards Unter den Linden weiter. An der Friedrichstraße bog er rechts ab, um nach Berlin-Mitte zu gelangen. Die meisten Bausünden des Kommunismus waren inzwischen abgerissen, und man hätte glauben können, den Kalten Krieg habe es wie den richtigen Krieg davor nie gegeben. Hier gab es keine Erinnerungen mehr, nur glitzernden Wohlstand.

An der Kronenstraße bog Gabriel wieder rechts ab und folgte der Straße nach Osten bis zu einem modernen Gebäude mit großen quadratischen Fenstern, die wie Onyx glänzten. Früher hatte hier ein stattliches neoklassizistisches Haus aus grauem Stein gestanden. Im ersten Stock hatten ein deutscher Expressionist namens Viktor Fränkel, seine Frau Sarah und ihre Tochter Irene – Gabriels Mutter – gewohnt. Zwar hatte Gabriel nie ein Foto der Wohnung gesehen, seine Mutter hatte aber einmal, als er noch klein gewesen war, versucht, sie ihm aufzuzeichnen, bevor sie in Tränen ausgebrochen war.

Dies war der Ort, an dem sie eine friedliche großbürgerliche Existenz mit Malerei, Musik und Nachmittagen im Tiergarten geführt hatten. Und dies war der Ort, an dem sie geblieben waren, auch als sich die Schlinge um ihren Hals zugezogen hatte. Im Herbst 1942 waren sie dann in Viehwaggons nach Auschwitz deportiert worden. Gabriels Großeltern waren gleich nach der Ankunft vergast worden, aber seine Mutter war ins Frauenlager Birkenau gekommen. Sie hatte Gabriel ihre Erlebnisse nie geschildert. Stattdessen hatte sie sie zu Papier gebracht und im Yad-Vashem-Archiv deponiert.

Ich werde nicht alles erzählen, was ich gesehen habe. Das kann ich nicht. Das bin ich den Toten schuldig …

Gabriel schloss die Augen und stellte sich die Straße vor, wie sie vor dem Ausbruch des braunen Wahnsinns ausgesehen hatte. Und dann sah er sich selbst als Kind, das hier seine Großeltern besuchte, die friedlich gealtert waren. Und er stellte sich vor, wie anders sein Leben wohl verlaufen wäre, wenn er nicht im Jezreel-Tal, sondern in Berlin zur Welt gekommen wäre.

Plötzlich hörte er eine vertraute Stimme hinter sich.

»Was hoffst du hier zu finden?«, fragte Ari Schamron.

»Stärke.«

»Deine Mutter hat dir Stärke verliehen, als sie dir deinen Namen gegeben hat«, sagte Schamron. »Und dann hat sie dich mir gegeben.«

29

Berlin

Schamron wohnte im Hotel Adlon unter dem Namen Rudolf Heller, einem seiner in Europa bevorzugten Decknamen, aber weil Gabriel die Überwachungskameras des berühmten alten Hotels meiden wollte, gingen sie stattdessen am Rand des Tiergartens spazieren. Die Luft war plötzlich frostig geworden, und der Wind pfiff um die Säulen des Brandenburger Tors. Schamron trug einen Kaschmirmantel, einen weichen Filzhut und eine getönte Brille – eine Verkleidung, mit der er wie ein Mann aussah, der sein Geld mit zweifelhaften Geschäften verdient. Er blieb vor dem Holocaust-Mahnmal stehen, einer öden Ansammlung rechteckiger Betonquader, und runzelte die Stirn.

»Die sehen wie Container aus, die darauf warten, auf einen Frachter verladen zu werden.«

»Der Architekt wollte eine Atmosphäre von Unbehagen und Verunsicherung erzeugen. Sie soll die geordnete Ausrottung der Millionen von Menschen inmitten des Kriegschaos versinnbildlichen.«

»Und siehst du das hier?«

»Ich empfinde es schon als ein kleines Wunder, dass solch ein Mahnmal überhaupt an diesem Ort existiert. Sie hätten es irgendwo draußen an der Peripherie errichten können. Aber stattdessen haben sie es hier errichtet – im Herzen des wiedervereinigten Berlins, gleich neben dem Brandenburger Tor.«

»Du urteilst zu milde, mein Sohn. Nach dem Krieg

haben sie alle so getan, als hätten sie nicht gemerkt, dass ihre Nachbarn bei Nacht und Nebel abgeholt wurden. Erst als wir den Mann geschnappt haben, der gleich dort drüben gearbeitet hat, haben Deutschland und der Rest der Welt die Schrecken des Holocausts wirklich begriffen.«

Schamron deutete quer durch den Tiergarten in Richtung Kurfürstenstraße. Dort hatte Adolf Eichmann in einem imposanten Gebäude, das einst dem Jüdischen Brüderverein gehört hatte, das nach ihm benannte Gestapo-Referat geleitet. Gabriels Blick blieb auf die an Güterwaggons erinnernden Betonquader des Holocaust-Mahnmals gerichtet.

»Du solltest alles aufschreiben.« Er machte eine Pause, in der er Schamron ansah. »Bevor es zu spät ist.«

»Ich trete noch lange nicht ab.«

»Nicht mal *du* wirst ewig leben, Ari. Du solltest dich wirklich hinsetzen und deine Erinnerungen diktieren.«

»Ich habe Memoiren von Spionen immer langweilig gefunden. Und was könnten sie bewirken?«

»Sie würden die Welt daran erinnern, warum wir in Israel leben statt in Polen oder Deutschland.«

»Der Welt ist das egal«, antwortete Schamron. »Und der Holocaust ist nicht der einzige Grund, weshalb wir eine Heimat im Land Israel haben. Wir sind dort, weil es schon immer unser war. Wir gehören dorthin.«

»Sogar manche unserer Freunde sind davon nicht mehr ganz überzeugt.«

»Weil die Palästinenser und ihre Verbündeten es geschafft haben, große Teile der Welt davon zu überzeugen, dass wir arabisches Land geraubt haben. Sie tun gern so, als seien die alten Königreiche Israels ein Mythos und der Tempel Salomos in Jerusalem nur eine hübsche biblische Geschichte.«

»Du redest wie Eli.«

Schamron lächelte flüchtig. »Auf seine eigene Art führt unser Freund Eli in den Grabungsschächten unter der Westmauer ständig Krieg. Unsere muslimischen Brüder haben praktischerweise vergessen, dass der große Felsendom und die al-Aqsa-Moschee auf den Ruinen des ersten und zweiten jüdischen Tempels stehen. Aus der politischen Schlacht um Palästina ist jetzt ein Glaubenskrieg um Jerusalem geworden. Und wir müssen der Welt beweisen, dass wir zuerst dort waren.«

Ein Windstoß heulte durch die Stelen des Mahnmals. Schamron klappte den Mantelkragen hoch und bog auf die Hannah-Arendt-Straße ab – benannt nach der Philosophin und Politikwissenschaftlerin, die mit ihrem Schlagwort von der »Banalität des Bösen« Eichmanns Rolle bei der Vernichtung von sechs Millionen europäischer Juden beschrieben hatte. Schamron, der in einem sicheren Haus in Buenos Aires damals stundenlang mit dem Massenmörder allein gewesen war, betrachtete diese Charakterisierung als bestenfalls töricht. Er betrat ein Café, sah dann die Rauchverbotsschilder, kehrte um und setzte sich stattdessen an einen der Tische vor dem Lokal.

»Gesunde Deutsche«, sagte er und zündete sich eine Zigarette an. »Genau, was die Welt braucht.«

»Ich dachte, du hättest ihnen verziehen.«

»Das habe ich«, entgegnete Schamron, »aber ich kann nicht vergessen, fürchte ich. Und ich wünsche mir auch, ihre Regierung würde beschließen, auf etwas mehr Abstand zur Islamischen Republik Iran zu achten. Aber ich habe längst gelernt, nicht um unmögliche Dinge zu beten.«

Der Alte verstummte, als die Bedienung, eine Schönheit mit milchweißem Teint, den Kaffee servierte. Sobald sie gegangen war, sah er sich auf der belebten Straße um und gestattete sich ein schwaches Lächeln.

»Was ist so komisch?«, fragte Gabriel.

»Als du aus dem saudischen Gefängnis gekommen bist, hast du mir erklärt, du würdest nie wieder für den Dienst arbeiten. Und jetzt stehst du kurz davor, eines unserer kühnsten Unternehmen durchzuführen – alles wegen irgendeiner jungen Frau, die im Petersdom unglücklich gefallen ist.«

»Sie hat einen Namen«, wandte Gabriel ein. »Und sie ist nicht gefallen. Carlo Marchese hat sie übers Geländer gestoßen.«

»Carlo nehmen wir uns vor, wenn wir mit Massud fertig sind.«

»Du kennst unseren Plan?«

»Natürlich. Und mein Instinkt sagt mir, dass ihr höchstens dreißig Sekunden brauchen dürft, um Massud in den ersten Wagen zu bekommen.«

»Wir haben geübt, es in zwanzig zu schaffen. Aber meiner Erfahrung nach geht live immer alles schneller.«

»Vor allem, wenn du mitmachst«, scherzte der Alte. »Aber heute Abend bist du nur Zuschauer.«

»Ein sehr nervöser Zuschauer.«

»Das solltest du auch sein. Geht die Sache schief, wäre das ein diplomatisches Desaster und für die Iraner ein großer Propagandasieg. Die Welt scheint nicht zu merken oder sich darum zu kümmern, dass sie unsere Leute ins Visier nehmen, wann und wo es ihnen gefällt. Revanchieren wir uns auf gleiche Weise, werden wir als schurkische Revolvermänner abgestempelt.«

»Es gäbe weitaus schlimmere Bezeichnungen.«

»Zum Beispiel?«

»Wenn sie uns schwach nennen würden«, antwortete Gabriel.

Schamron nickte zustimmend und rührte nachdenklich in seinem Kaffee. »Massud aus seinem Auto zu holen und in deines zu verfrachten, dürfte der leichteste Teil des Unternehmens sein. Viel schwieriger wird es werden, ihn zum Reden zu bringen.«

»Du hast bestimmt einen Vorschlag. Sonst wärst du nicht hier.«

Schamron nickte zustimmend. »Massud ist kein Typ, dem man leicht Angst machen kann. Erfolg hast du nur, wenn du ihm ein Schicksal androhst, das für ihn schlimmer wäre als der Tod. Und dann kannst du ihm eine Rettungsleine zuwerfen und hoffen, dass er sie ergreift.«

»Und wenn er es tut?«

»Dann ist die Versuchung natürlich groß, jede Menge Informationen aus ihm herauszuquetschen. Aber meiner bescheidenen Meinung nach wäre das ein Fehler. Außerdem«, fuhr er fort, »reicht dafür die Zeit nicht aus. Beschaff die Informationen, die wir brauchen, um diesen Angriff zu stoppen. Und dann …«

»… dann lassen wir ihn laufen.«

Der Alte runzelte die Stirn und nickte dann. »Wir sind nicht wie unsere Feinde. Und das bedeutet, dass wir einen Mann mit Diplomatenpass nicht liquidieren, auch wenn das Blut unserer Kinder an seinen Händen klebt.«

»Und auch wenn wir wissen, dass er in Zukunft wieder morden wird?«

»Dir bleibt nichts anderes übrig, als einen Pakt mit dem Teufel zu schließen. Massud muss die Überzeugung gewinnen, dass du Wort halten wirst. Und ich fürchte, dass solches Vertrauen nicht durch Benutzung von Augenbinden und Sturmhauben erworben werden kann. Du wirst ihm dein Gesicht unvermummt zeigen und ihm direkt in die Augen sehen müssen.« Schamron machte eine Pause, dann fügte er hinzu: »Außer du möchtest, dass ein anderer deinen Platz am Vernehmungstisch einnimmt.«

»Wer? Du?«

»Das wäre nur logisch. Sieht Massud, dass du ihm gegenübersitzt, muss er aus gutem Grund fürchten, er könnte seine Entführung nicht überleben. Sieht er dagegen mich dort sitzen …«

»Dann wird ihm warm ums Herz?«

»Dann weiß er, dass er es mit der Führungsebene Israels zu tun hat«, antwortete Schamron. »Und das macht ihn vielleicht gesprächsbereiter.«

»Ich weiß dein Angebot zu schätzen, *Abba*.«

»Aber du denkst nicht daran, es anzunehmen.« Er hielt wieder kurz inne, dann fragte er: »Dir ist klar, dass er den Rest seines Lebens versuchen wird, dich umzulegen?«

»Dafür wird er sich anstellen müssen.«

»Du könntest immer nach Israel zurückkommen.«

»Du gibst niemals auf, was?«

»Das ist nicht meine Art.«

»Wovon sollte ich dort leben?«

»Du könntest mir helfen, mein Buch zu schreiben.«

»Wir würden uns an die Gurgel gehen.«

Schamron drückte langsam seine Zigarette aus, um zu signalisieren, dass es Zeit zum Gehen wurde. »Ziemlich passend, findest du nicht auch?«

»Was denn?«

»Dass dein letztes Unternehmen gerade hier in der Stadt der Spione stattfindet.«

»Aus meiner Sicht eine Stadt der Toten«, sagte Gabriel. »Ich kann es kaum erwarten, sie zu verlassen.«

»Nimm Massud als Andenken mit. Und was immer du tust, lass dich nicht erwischen.«

»Schamrons elftes Gebot.«

»Amen.«

Sie gingen unter dem Brandenburger Tor auseinander. Schamron kehrte ins Hotel Adlon zurück, und Gabriel ging im Tiergarten spazieren, bis er sicher war, nicht beschattet zu werden, bevor er nach Wannsee zurückfuhr. Als er das sichere Haus betrat, waren die Mitglieder seines Teams eben dabei, die endgültige Checkliste abzuhaken. In der Dämmerung schlüpften sie einzeln oder paarweise aus dem Haus, und bis achtzehn Uhr waren alle auf ihren Posten. Gabriel kontrollierte die Räume der alten Villa und suchte sie sorgfältig nach irgendwelchen Spuren ihrer Anwesenheit ab.

Anschließend saß er mit einem aufgeklappten Notebook auf den Knien allein im Dunkeln. Auf dem Bildschirm war eine gestochen scharfe Aufnahme der iranischen Botschaft zu sehen, die eine Kamera in einem auf der gegenüberliegenden Straßenseite geparkten Auto lieferte. Um 20.12 Uhr glitt das Sicherheitstor der Botschaft langsam zu Seite, und ein schwarzer Mercedes schob sich auf die Straße hinaus. Der Wagen bog links ab und kam dabei der Kamera so nahe, dass Gabriel das Gefühl hatte, er könne eine Hand ausstrecken und den Mann vom Rücksitz pflücken. Stattdessen informierte er seine Leute per Funk darüber, dass der Teufel auf dem Weg zu ihnen war.

30

Berlin

Die *Taqiyya* begann zwei Minuten später, um 20.14 Uhr Ortszeit, als bei der Berliner Polizei ein Anruf wegen eines verdächtigen Pakets einging, das jemand im Europa-Center, dem Einkaufszentrum neben der Kaiser-Wilhelm-Gedächtniskirche, hatte stehen lassen. Tatsächlich erwies sich das »Paket« als ein alter Segeltuchrucksack von der Art, die Goths, Skinheads, Anarchisten, radikale Umweltschützer und sonstige Unruhestifter bevorzugen. Er stand unter einer Bank in unmittelbarer Nähe der berühmten Uhr der fließenden Zeit – einer vor allem bei Kindern beliebten Attraktion. Zeugen würden später aussagen, er sei von einer Muslima Anfang dreißig zurückgelassen worden. Ihr Alter war richtig geschätzt, nicht aber ihre Glaubenszugehörigkeit. Aber dieser Fehler war entschuldbar, denn sie hatte einen *Hidschab* getragen.

Der Anrufer, der den verdächtigen Rucksack meldete, erwähnte auch, dass er womöglich einen Sprengsatz enthalte – eine Einschätzung, die auch die ersten uniformierten Polizisten am Fundort teilten. Sie ordneten sofort die Räumung der Fläche um die Wasseruhr an, und wenig später wurden das gesamte Europa-Center und einige umliegende Gebäude evakuiert. Um 20.25 Uhr strömten Tausende von Menschen auf die Straße, und in der ganzen Stadt waren Polizeifahrzeuge zum Breitscheidplatz unterwegs.

Selbst in der eleganten Atmosphäre des Hotels Adlon war zu spüren, dass in der Innenstadt etwas Dramatisches passiert sein musste. In der berühmten Lobby Lounge & Bar, in der einst Nazigrößen Hof gehalten hatten, versuchten nervöse Gäste, Auskünfte vom Personal zu erhalten, und einige traten sogar auf den Gehsteig hinaus, um zu beobachten, wie Streifenwagen den Boulevard Unter den Linden hinunterrasten.

Nur ein Gast schien gegen alle Aufregung immun zu sein: ein gut gekleideter alter Herr, der in aller Seelenruhe mit dem Aufzug in den obersten Stock hinauffuhr. Dort blieb er an einem Fenster stehen und beobachtete die Lichtshow, als wäre sie zu seinem Privatvergnügen arrangiert worden. Kurze Zeit später zog er sein abhörsicheres Handy heraus und tippte auf eine Kurzwahltaste. Nach mehrmaligem Surren und Klicken meldete sich eine Männerstimme mit kaum mehr als einem Grunzen.

»Was sehe ich vor mir?«, fragte Ari Schamron.

»Das Vorspiel«, antwortete Gabriel.

»Wann hebt sich der Vorhang zum ersten Akt?«

»In einer Minute, vielleicht früher.«

Schamron trennte die Verbindung und beobachtete weiter die blauen Blinklichter auf ihrer Sternfahrt zum Europa-Center. Ein wunderschöner Anblick, fand er. Durch Täuschung sollst du Krieg führen.

Ungefähr fünf Kilometer von Schamrons einzigartigem Aussichtspunkt entfernt saßen in diesem Moment Jossi Gavisch und Michail Abramow am Rand einer Grünanlage in der Hagenstraße auf zwei Motorrädern. Um diese Zeit war der kleine Park längst verlassen, aber aus den Fenstern der Häuser entlang der Straße fiel warmes Licht. Michail rieb sich sein noch immer schmerzendes Knie, während Jossi reglos dasaß, als wäre er in Stein gehauen.

»Entspann dich, Jossi«, sagte Michail leise. »Du musst dich entspannen.«

»Du bist nicht der mit der Bombe in der Tasche.«

»Die detoniert erst, wenn sie zehn Sekunden an dem Wagen gehaftet hat.«

»Und wenn sie vorher hochgeht? Oder viel zu spät?«

»Das tun sie nie.«

Ein grünsilberner Streifenwagen raste mit eingeschaltetem Martinshorn vorbei. Jossi hatte noch immer keinen Muskel bewegt.

»Weiteratmen«, wies Michail ihn an. »Sonst glaubt die Polizei, du wolltest einen iranischen Diplomaten entführen.«

»Ich weiß nicht, warum gerade ich die Haftladung anbringen soll.«

»Irgendjemand muss es tun.«

»Ich bin Analyst«, sagte Jossi. »Ich sprenge keine Autos in die Luft. Ich lese Bücher.«

»Möchtest du lieber den Fahrer ausschalten?«

»Und wie soll ich das anstellen? Ihn mit meinem Intellekt blenden?«

Bevor Michail antworten konnte, war in seinem Ohrhörer ein Knacken zu vernehmen, dem drei kurze Summtöne folgten. Ein Stück entfernt tauchten bereits die Scheinwerfer des Mercedes auf. Im Vorbeifahren konnte er im Fond des Wagens Massud sehen, der im Schein seiner Leselampe Akten studierte. Sekunden später folgte ein von Rimona gefahrener BMW, auf dessen Rückbank Jaakov und Oded saßen. Zuletzt ratterte Eli Lavon, der sein Lenkrad umklammert hielt, als steuere er einen Öltanker durchs Nordmeer, mit einem Passat Variant vorbei. Jossi und Michail reihten sich dahinter ein und warteten aufs nächste Signal.

Sie waren an dem Punkt angelangt, den Schamron gern als »operative Weggabelung« bezeichnete. Bisher war keine Linie überschritten, keine Straftat verübt worden, wenn man von der Bombenattrappe im Europa-Center absah. Das Team konnte noch abbrechen, sich neu formieren, die Lage analysieren und ein andermal einen neuen Versuch wagen. Häufig war es die leichtere Entscheidung, das Schwert in die Scheide zu stecken, statt es zu führen. Schamron nannte das den »Notausstieg für Feiglinge«. Andererseits hatte der Alte schon immer geglaubt, weit mehr Unternehmen seien an Zögerlichkeit als an Ungestüm gescheitert.

An diesem Abend lag die Entscheidung jedoch nicht bei Schamron, sondern in den Händen eines mit Narben bedeckten Geheimkriegers, der allein in einem leeren Haus in Wannsee saß. Er beobachtete auf dem Bildschirm seines Notebooks, wie die Zielperson und sein Team sich der Linie näherten, an der es kein Zurück mehr gab. Symbolisiert wurde sie durch die Königsallee, die aus dem parkartigen Grunewald zum belebten Kurfürstendamm führte. Sobald Massud sie überqueren würde, wäre er für sie unerreichbar. Über die abhörsichere Funkverbindung fragte Gabriel, ob jemand in letzter Sekunde Einwände habe. Als keine kamen, gab er den Befehl zum Weitermachen. Dann schloss er die Augen und wartete auf das Heulen der Martinshörner.

Später beklagte manch einer am King Saul Boulevard die Tatsache, dass es keinen Videofilm gab. Schamron war da ganz anderer Meinung. Er fand, Videoaufzeichnungen von Operationen sollten ebenso wie Selbstmordattentate den Feinden Israels überlassen bleiben. Außerdem, sagte er, lasse Perfektion sich ohnehin nicht auf Bildern festhalten. Sie sei eher eine Art Heldenepos oder Fabel, die zukünftige Generationen am Lagerfeuer in der Wüste hören würden.

Alles begann mit einem kaum wahrnehmbaren Manöver zweier Fahrzeuge – eines mit Rimona am Steuer, das andere mit Eli Lavon. Beide wurden langsamer und hielten sich dabei scharf rechts, sodass für Jossi der Weg zur hinteren

Stoßstange des Mercedes frei war. Er gab kurz Gas, um aufzuschließen, und blickte Sekunden später über die linke Schulter des Teufels. Jetzt griff er mit einer Hand in seine Lederjacke und legte den Schalter um, der die Magnethaftladung aktivierte. Dann starrte er wieder nach vorn und wartete darauf, dass die junge Frau auf die Fahrbahn trat.

Sie trug eine neongrüne Jacke mit Leuchtstreifen an den Ärmeln und schob ein Fahrrad, an dessen Lenkstange eine LED-Lampe leuchtete. Vor einer Stunde hatte sie im Europa-Center den alten Rucksack abgestellt, dessen Fund solche Wellen geschlagen hatte. Als sie jetzt auf den gut beleuchteten Zebrastreifen trat, trug sie einen gefälschten Reisepass in der Tasche und empfand grenzenlosen Hass auf den Mann im herankommenden Mercedes.

Eine Schrecksekunde lang fürchteten alle, Massuds Fahrer wolle seine diplomatische Immunität dazu nutzen, sie zu überfahren. Aber dann bremste er doch, und die große schwarze Limousine kam in einer bläulichen Rauchwolke zum Stehen. Jossi wich scharf nach links aus, um nicht mit der Stoßstange zu kollidieren, und brüllte dann ein paar Flüche durchs Fahrerfenster, während er heimlich die Haftladung im vorderen Radkasten des Mercedes anbrachte. Die Radfahrerin hatte inzwischen unversehrt die andere Straßenseite erreicht. Massuds Fahrer winkte ihr sogar entschuldigend zu, als er davonfuhr. Die junge Frau nahm seine Entschuldigung mit einem Lächeln an, schien es aber plötzlich sehr eilig zu haben, von dem Zebrastreifen wegzukommen.

Sechs Sekunden später detonierte die Haftladung. Um Kollateralschäden zu vermeiden, lenkte ihre sorgfältig berechnete Form die Sprengkraft nach innen. Obwohl ihr Knall gewaltiger als ihre Wirkung war, zerfetzte sie den linken Vorderreifen und sprengte die Motorhaube auf. Der verwirrte Fahrer lenkte instinktiv nach rechts. Der Mercedes fuhr über den Bürgersteig und durchbrach einen schmiedeeisernen Zaun, bevor er auf dem kleinen grünen Hagenplatz liegen blieb.

Wenn der Plan einen Schwachpunkt hatte, dann war es die Bushaltestelle wenige Meter von der Kreuzung entfernt. An diesem Abend warteten dort fünf Personen: ein älteres deutsches Ehepaar, zwei junge Türken und eine Mittzwanzigerin, die so dünn und blass war, als wäre sie soeben nach einem Luftangriff aus einem zerbombten Haus gestolpert. Was diese Personen als Nächstes beobachteten, sah wie das Werk dreier barmherziger Samariter aus, die zufällig am Unfallort waren. Einer der Männer, ein großer, schlanker Biker, kam dem benommenen Mercedesfahrer sofort zur Hilfe – so erschien es zumindest den Wartenden. Sie sahen jedoch nicht, dass der Biker dem Fahrer die Pistole aus dem Schulterhalfter riss und ihm zugleich ein starkes Betäubungsmittel in den Oberschenkel injizierte.

Die beiden anderen barmherzigen Samariter konzentrierten ihre Aufmerksamkeit auf den Mann im Fond der Limousine. Weil er nicht angeschnallt gewesen war, hatte er sich den Kopf angeschlagen und war leicht benommen. Das Betäubungsmittel, das sie auch ihm injizierten, verschlimmerte diesen Zustand, aber auch das bekamen die Zeugen nicht mit. Sie wussten später nur noch, dass die Männer den Verletzten aus dem Mercedes geborgen und behutsam in ihren BMW gelegt hatten. Der Wagen schoss sofort davon – und zwar nach links in den Grunewald, was merkwürdig war, weil das nächste Krankenhaus in der entgegengesetzten Richtung lag.

Der Biker folgte dem BMW ebenso wie ein Passat Variant, der von einem bescheidenen kleinen Mann gefahren wurde, der von der ganzen Episode nichts mitbekommen zu haben schien. Erst als die Zeugen später von der Polizei befragt wurden, wurde ihnen bewusst, dass das Unternehmen fast schweigend abgelaufen war. Tatsächlich hatte nur einer der barmherzigen Samariter, ein Schwarzhaariger mit pockennarbigem Gesicht, mit dem Verletzten aus dem Fond des Mercedes gesprochen. »Kommen Sie mit uns«, hatte er ihn aufgefordert. »Wir beschützen Sie vor den Juden.«

Wie Gabriel vorausgesagt hatte, war die Entführung schneller abgelaufen als erwartet – in lediglich dreizehn Sekunden, wobei es nur acht Sekunden gedauert hatte, Massud aus seinem Wagen zu holen. Vom sicheren Haus in Wannsee aus verfolgte er, wie sein Team erstmals in dieser Nacht die Fahrzeuge wechselte, und stellte sich dann vor, wie ihre Scheinwerfer sich auf der E 26 nach Hamburg ins Dunkel fraßen. Die Zeit war kostbar. Ein paar Sekunden hier oder dort konnten zwischen Erfolg und Misserfolg, zwischen Leben und Tod entscheiden. Gabriel konnte nichts weiter tun. Er hatte die Stadt seiner Albträume angezündet. Jetzt konnte er nur zusehen, wie sie brannte.

Er schickte dem King Saul Boulevard eine verschlüsselte Kurznachricht, um zu bestätigen, dass die erste Phase der Operation wie vorgesehen geklappt habe. Dann ging er nach draußen und stieg in einen Audi A 6. Nachdem er an der unheimlichen Villa am See vorbeigerollt war, in der die Ermordung seiner Großeltern geplant worden war, fuhr er in Richtung Autobahn weiter. Die Berliner Polizei konzentrierte sich weiter aufs Europa-Center. Aber wie lange noch?

Im obersten Stock des Hotels Adlon stand Schamron allein am Fenster und beobachtete das Meer aus blauen Blinklichtern zu seinen Füßen. In der letzten Viertelstunde waren alle zum selben Punkt im ehemaligen Westberlin unterwegs gewesen. Ab 20.36 Uhr jedoch fiel dem Alten ein deutlicher

Richtungswechsel auf. Er machte sich nicht die Mühe, den King Saul Boulevard um eine Erklärung zu bitten. Das Täuschungsmanöver war vorbei. Nun begann das Rennen zur Grenze.

Teil III

Brunnen der Seelen

31

Berlin – Jütland

Die Iranische Befreiungsarmee, eine bis dahin unbekannte Gruppierung, die für den Sturz der Theokratie im Iran kämpfte, erschien am folgenden Spätvormittag erstmals auf westlichen Radarschirmen, als sie die Verantwortung für die Entführung Massud Rahimis übernahm, eines in Berlin tätigen hohen VEVAK-Agenten. Das tat sie in einem gedruckten Manifest, das der BBC in London zugespielt wurde, und auf einer Website, die wenige Stunden nach der Entführung online war.

Zu ihren zahlreichen Forderungen gehörte die Beendigung des iranischen Atomprogramms ebenso wie die Freilassung aller, die aus politischen oder religiösen Gründen, aus Gewissensgründen oder wegen ihrer sexuellen Orientierung inhaftiert waren. Die Mullahs hatten nur zweiundsiebzig Stunden Zeit, um die Forderungen zu erfüllen, sonst würde Massud den gewaltsamen Tod erleiden, den er schon so vielen unschuldigen Opfern gebracht hatte. Um ihre Ernsthaftigkeit zu unterstreichen, verbreitete die IBA ein Foto, das den Entführten zwischen zwei Männern mit Sturmhauben zeigte. Massud, dessen Hände auf dem Rücken gefesselt waren, starrte geradeaus in die Kamera. Sein fleischiges Gesicht zeigte keine Spuren von Misshandlungen, aber sein Blick wirkte etwas benommen.

Für die Medien kam das dramatische Debüt einer neuen iranischen Oppositionsbewegung so völlig überraschend, dass europäische und amerikanische Journalisten in den ersten Stunden der Krise nur wild über Ursprung und Ziele der IBA spekulieren konnten. Allmählich entstand jedoch das Porträt einer kleinen, eng geschlossenen Gruppe aus iranischen Intellektuellen und Exiliranern, die ihr Land aus dem Mittelalter in die Neuzeit zurückholen wollten. Schon abends sprachen Terrorismusexperten und außenpolitische Analysten auf beiden Seiten des Atlantiks von einer neuen Kraft, die eine reale Gefahr für das iranische Regime darstelle.

Nicht einer von ihnen erkannte, dass alle Informationen, die sie mit solcher Bestimmtheit verbreiteten, der Phantasie eines Teams entstammten, das diese Dinge in einem Kellerraum in Tel Aviv ersonnen hatte.

Einige der besseren Terrorismusexperten kannten den Namen Massud Rahimi, während andere, die sich noch an die Geiselnahme im Iran erinnern konnten, sich über seine jetzige Notlage freuten. In Teheran hingegen schäumten die Iraner erwartungsgemäß vor Wut. In einer amtlichen Erklärung leugneten sie die Existenz einer Iranischen Befreiungsarmee, bestritten, dass Massud Rahimi ein iranischer Geheimdienstagent sei, und leugneten jegliche Verbindung zum Terrorismus. Außerdem beschuldigten sie Israel, diese Gruppierung frei erfunden zu haben, um seine Verwicklung in den Fall zu vertuschen.

In der israelischen Knesset trat der Premierminister ans Rednerpult, um die Behauptungen der Iraner als das Geifern religiöser Eiferer zurückzuweisen. Dann kritisierte er die Deutschen ziemlich offen dafür, zugelassen zu haben, dass Massud, an dessen Händen das Blut Hunderter Unschuldiger klebte, sich auf deutschem Boden als Diplomat minderen Ranges ausgegeben hatte. Die Bundeskanzlerin nannte seine Bemerkungen »wenig hilfreich« und appellierte an den Premierminister, die aufgeregten Gemüter zu beschwichtigen. Privat erklärte sie ihren Geheimdienstchefs, sie halte es für sehr wahrscheinlich, dass die Israelis in diese Sache verwickelt seien.

Weil offenbar Profis am Werk gewesen waren, stimmten in den deutschen Polizei- und Sicherheitsbehörden viele dieser Einschätzung zu, auch wenn sie sich nicht beweisen ließ. Der frustrierte Innenminister tobte vor engsten Mitarbeitern, das *müssten* die Israelis gewesen sein, denn kein anderer Geheimdienst sei clever – oder frech – genug, um solch ein Unternehmen auch nur zu planen. Klugerweise rieten die Berater dem Minister, Vermutungen dieser Art bei der nächsten Pressekonferenz lieber für sich zu behalten.

Zu ihrer Ehre muss gesagt werden, dass die deutsche Polizei bei der Fahndung nach dem verschwundenen Iraner alle ihr zur Verfügung stehenden Mittel einsetzte. Sie durchkämmte das Land von Ost nach West, von den bayrischen Alpen bis zu den Ostseestränden. Sie suchte ihn in Groß- und Kleinstädten im ganzen Land. Sie befragte Spitzel und Informanten in radikalislamischen Kreisen, las alle E-Mails mit und hörte alle Telefongespräche ab, die vielleicht einen Hinweis liefern konnten. Doch auch nach vierundzwanzig Stunden stand sie mit leeren Händen da. An diesem Abend teilte der Innenminister dem iranischen Botschafter mit, aus Sicht der deutschen Polizei sei sein Mitarbeiter wie vom Erdboden verschluckt.

Das stimmte natürlich nicht. Sie hatte nur am falschen Ort gesucht.

Im äußersten Norden Jütlands liegt die Halbinsel Skagen, wo Nord- und Ostsee in endlosem Kampf aufeinanderprallen. An den Ostseestränden der Halbinsel ist der Sand flach, aber an der Nordsee bildet er windumtoste Wanderdünen. Dort liegt das Fischerdorf Kandestederne. Im Sommer drängen sich dort dänische und ausländische Urlauber, aber außerhalb der Saison wirkt es wie ausgestorben.

Am Ortsrand stand ein hübsches Ferienhaus mit großer Veranda und Meerblick. Es hatte vier Schlafzimmer, eine helle, moderne Küche und zwei offene Wohnzimmer, die im minimalistischen dänischen Stil eingerichtet waren. Als besondere Attraktion bot es einen Weinkeller, den die Hausverwaltung heimlich in eine schalldichte Haftzelle umgebaut hatte. In ihr saß jetzt der Mann, nach dem die deutsche Polizei fahndete: gefesselt, mit einer Augenbinde, einen Knebel im Mund, bis auf die Unterhose entkleidet, heftig vor Kälte zitternd. In den vergangenen vierundzwanzig Stunden hatte er nichts zu essen oder zu trinken, sondern nur eine kleine Dosis Beruhigungsmittel bekommen. Niemand hatte mit ihm gesprochen. Massud musste glauben, er sei dazu verurteilt, hier jämmerlich zu krepieren, an Durst und Hunger zu sterben. Das hätte er sicher verdient, aber die Vorsehung hatte etwas anderes mit ihm vor.

Die nächste Etappe von Massuds Odyssee begann in der sechsundzwanzigsten Stunde seiner Gefangenschaft, als Michail und Jaakov ihn mit verbundenen Augen nach oben ins Esszimmer führten. Nachdem sie ihn an einen Metallstuhl gefesselt hatten, nahmen sie ihm die Augenbinde ab. Massud blinzelte mehrmals hektisch, bevor er die Wände betrachtete, an denen große Fotos das Werk seiner Hände zeigten – hier die Trümmer der Kaserne der U.S. Marines in Beirut, dort ein ausgebrannter Bus in Tel Aviv und das von einer Bombe verwüstete jüdische Gemeindezentrum in Buenos Aires. Es gelang ihm, erstaunt zu wirken, doch als sein Blick zuletzt auf den Mann fiel, der ihm am Tisch gegenübersaß, fuhr er unwillkürlich zusammen.

»Sie haben jemand anders erwartet?«, fragte Gabriel ruhig auf Englisch.

»Ich habe keine Ahnung, wer Sie sind«, behauptete Massud ebenfalls auf Englisch.

»Bullshit.«

Auf dem Tisch lagen drei Gegenstände: ein schmaler Aktenordner, ein BlackBerry und eine geladene Beretta. Gabriel schob die Pistole übertrieben sorgfältig zur Seite und legte Massud dann das BlackBerry so hin, dass er das Display sehen konnte. Es zeigte die erste Seite der aktuellen BBC Mobile News. Die Titelstory handelte von einer kühnen Entführung mitten in Berlin.

»Sie haben gegen das Wiener Übereinkommen über diplomatische Beziehungen verstoßen«, sagte Massud nach kurzem Nachdenken.

»Nein, Sie sind von der Iranischen Befreiungsarmee entführt worden. Das schreibt die BBC«, entgegnete Gabriel und tippte auf das Display. »Und wie Sie wissen, hat die BBC immer recht.«

»Kluger Schachzug«, murmelte Massud.

»Das war nicht schwierig«, antwortete Gabriel. »Wir haben nur aus Ihrem Skript abgeschrieben.«

»Aus welchem?«

»Der *Taqiyya.*«

»Es gibt keine *Taqiyya.* Das ist nur eine Verleumdung, die die Feinde des schiitischen Islams verbreiten.«

»Sie nutzen die *Taqiyya* tagtäglich, wenn Sie der Welt versichern, Ihr Atomprogramm diene ausschließlich friedlichen Zwecken.«

»Geht's wieder mal darum?«

»Nein.« Gabriel steckte das BlackBerry ein und blätterte langsam im Aktenordner. »Sie werden beschuldigt, hinter zahlreichen Terroranschlägen zu stehen, bei denen Hunderte von unschuldigen Menschen ums Leben gekommen sind. Außerdem werden Sie angeklagt, weitere Terroranschläge zu planen und eine Gruppierung, die sich der Ausrottung meines Volkes verschrieben hat, tatkräftig zu unterstützen.« Er sah von dem Ordner auf und fragte: »Worauf plädieren Sie?«

»Ich bin dritter Sekretär der Konsularabteilung der iranischen Botschaft in Berlin.«

»Worauf plädieren Sie?«, wiederholte Gabriel.

»Sie verstoßen gegen alle diplomatischen Normen und Konventionen.«

»Worauf plädieren Sie?«

Massud reckte das Kinn vor. »Auf nicht schuldig.«

Gabriel klappte den Aktenordner zu. Das Gericht vertagte sich.

Sie holten ihn in dieser Nacht zu zwei weiteren Anhörungen nach oben, doch ohne neue Ergebnisse. Danach hielten sie ihn mit eisigen Meerwassergüssen und ohrenbetäubendem Lärm wach, den nur Massud in seiner schalldichten Zelle hören konnte. Gabriel zögerte, körperlichen Zwang anzuwenden, denn er wusste, dass langer Schlafentzug und Isolationshaft Massud sogar das Geständnis abringen würden, er sei das Kaninchen aus dem Zylinder, aber er hatte keine andere Wahl.

Für ihn tickten jetzt zwei Uhren. Eine zählte die Stunden bis zum Angriff und die andere die Zeit, die ihnen noch blieb, bis sie entdeckt werden würden. Für ihren Aufenthalt hatte Gabriel sich ein Limit von zweiundsiebzig Stunden gesetzt. Er war mit dem Chef des dänischen Geheimdiensts PET befreundet, aber das würde sich schlagartig ändern, wenn er entdeckte, dass Gabriel einen Mann wie Massud Rahimi nach Dänemark geschmuggelt hatte.

Und so verstärkten sie am zweiten Tag den Druck auf den Entführten. Der Lärm nahm zu, die Wassergüsse wurden kälter, die ihm ins Ohr geflüsterten Drohungen finsterer. Als er Essen verlangte, boten sie ihm eine Schüssel Sand an. Und als er um Wasser bat, bekam er einen Eimer brackiges Meerwasser ins Gesicht. Schlafen komme erst infrage, wenn er sich kooperationsbereit zeige.

Massuds Kräfte nahmen von Stunde zu Stunde ab, sein Widerstandswille ebenso. Vor allem schien er zu erkennen, dass die ganze Sache nicht unbedingt mit seinem Tod enden musste, wenn er sich auf einen Deal einließ. Aber wie sollte man ihn dazu bringen, die ausgestreckte Hand zu ergreifen? Und wer sollte sie ihm hinstrecken?

»Wieso ich?«, fragte Eli Lavon ungläubig.

»Weil du von uns allen am wenigsten bedrohlich wirkst«, erklärte Gabriel. »Und weil du ihn kein einziges Mal angefasst hast.«

»Ich vernehme keine Leute. Ich beschatte sie nur.«

»Du brauchst ihn nichts zu fragen, Eli. Er soll nur wissen, dass ich zu einer großzügigen Verfahrensabsprache bereit bin.«

Lavon verbrachte fünf Minuten allein mit dem Ungeheuer, dann kam er wieder nach oben.

»Na, wie war's?«

»Abgesehen davon, dass er gedroht hat, mich zu ermorden, nicht schlecht.«

»Wie viel Bedenkzeit sollen wir ihm geben?«

»Eine Stunde müsste reichen.«

Sie gaben ihm zwei.

Als Massud wieder in den improvisierten Gerichtssaal geführt wurde, hatte er vor Kälte blaue Lippen und zitterte stark. Gabriel schien das nicht zu bemerken. Er hatte nur Augen für den aufgeschlagen vor ihm liegenden Aktenordner.

»Wir haben erfahren, dass Sie in Ihrer Berliner Dienstzeit VEVAK-Mittel nicht immer korrekt abgerechnet haben«, sagte Gabriel. »Eigentlich bräuchte uns das nicht zu kümmern. Aber als Berufskollegen fühlen wir uns verpflichtet, diesen Sachverhalt Ihren Vorgesetzten in Teheran zu melden. Dann werden sie aus Gründen, die nichts mit Ihrem persönlichen Wohlergehen zu tun haben, auf Ihre Freilassung drängen, fürchte ich.«

»Noch mehr jüdische Lügen«, knurrte Massud.

Gabriel lächelte nur, dann begann er, Kontonummern und die dazugehörigen Guthaben aufzuzählen.

»Das sind alles legitime Konten, die legitimen Zwecken dienen«, wehrte Massud gelassen ab.

»Sie haben also nichts dagegen, wenn wir Ihre VEVAK-Vorgesetzten darüber informieren?«

»Ich arbeite nicht für den VEVAK.«

»Doch, das tun Sie, Massud. Und das bedeutet, dass es für Sie einen Ausweg aus Ihrer gegenwärtigen Situation gibt.« Gabriel machte eine Pause, dann fügte er hinzu: »An Ihrer Stelle würde ich ihn nutzen.«

»Vielleicht bin ich nicht so geschwätzig wie Sie, Allon.«

»Aha«, sagte Gabriel lächelnd. »Sie kennen mich also doch.«

»Sie schaffen es schließlich oft genug in die Zeitungen.«

Gabriel blätterte in der Akte. »Die Anklagen gegen Sie wiegen schwer, Massud. Worauf plädieren Sie?«

»Nicht schuldig.«

»Worauf plädieren Sie?«

»Nicht schuldig.«

»Worauf plädieren Sie?«

Massud schwieg.

Gabriel sah von dem Ordner auf. »Worauf plädieren Sie, Massud?«, fragte er ruhig.

»Was wollen Sie von mir?«

»Ich möchte, dass Sie ein paar Fragen beantworten.«

»Und dann?«

»Wenn Sie mir die Wahrheit sagen, lassen wir Sie frei. Belügen Sie mich, erfahren Ihre Vorgesetzten in Teheran, dass Sie einen Haufen Geld unterschlagen haben. Und dann jagen sie Ihnen eine Kugel in den Kopf.«

»Weshalb sollte ich Ihnen trauen?«

»Weil ich im Augenblick Ihr einziger Freund auf dieser Welt bin.«

Keine Antwort.

»Worauf plädieren Sie, Massud?«

»Was wollen Sie wissen?«

32

Kandestederne, Jütland

Sie ließen ihn unter Bewachung duschen und legten ihm einen blauweißen Jogginganzug in Größe XXL hin, den er recht gut ausfüllte. Im Esszimmer erwartete ihn ein Teller mit Essen, daneben eine Tasse mit süßem Tee. Obwohl er ausgehungert war und statt eines Bestecks nur einen harmlosen Plastiklöffel bekam, gelang es ihm, würdevoll zu essen.

»Und Sie wollen nichts?«, fragte er und sah zu Gabriel, der vor einem leeren Tisch saß.

»Mir käme alles wieder hoch.«

»Urteilen Sie nicht so streng, Allon. Wir sind doch beide Profis.«

»Sie sind ein Mörder.«

»Das sind Sie auch.«

Gabriel warf Jaakov einen Blick zu. Daraufhin wurde der Teller abgeräumt. Massud blieb ganz ruhig.

»Regel Nummer eins bei Vernehmungen, Allon: Lassen Sie sich nicht von Ihrem Gegenüber provozieren.«

»Regel Nummer zwei, Massud: Bringen Sie den Vernehmer nicht gegen sich auf.«

»Ich würde gern rauchen.«

»Nein.«

»Wären Sie vielleicht so gütig, mich beten zu lassen?«

»Wenn Sie müssen.«

»Ich muss«, bestätigte Massud. »Wie spät ist's?«

»Zeit fürs Nachtgebet.«

»In welcher Richtung liegt Mekka?«

Gabriel zeigte nach rechts. Massud grinste.

»Regel Nummer drei bei Vernehmungen, Allon: Sagen Sie Ihrem Gegenüber nicht, wo er ist.«

»Sie sind in der Hölle, Massud. Und aus der kommen Sie nur heraus, wenn Sie mir die Wahrheit sagen.«

Er betete eine halbe Stunde lang. Als er fertig war, wollten Michail und Jaakov ihn wieder an den Metallstuhl fesseln, aber Gabriel hielt sie davon ab und sagte auf Hebräisch, das sei nicht nötig. Massud runzelte die Stirn, als verstehe er kein Wort, aber Gabriel nahm ihm das nicht ab. Er gestattete dem Iraner, seinen Teller leer zu essen. Danach ließ er ihm ein frisches Glas Tee bringen.

»Wie fürsorglich von Ihnen«, sagte Massud spöttisch.

»Allein aus egoistischen Motiven«, versicherte Gabriel ihm. »Wir haben eine lange Nacht vor uns.«

»Wo möchten Sie anfangen?«

»Am Anfang.«

»›Am Anfang‹«, zitierte Massud, »›schuf Gott Himmel und Erde.‹ Und dann schuf er die Juden, womit er alles ruinierte.«

»Gehen wir im Kalender ein paar Jahre vorwärts, ja?«

»Wie weit?«

»Daoud Ghandur«, antwortete Gabriel, »alias David Girard.«

Daoud Ghandurs Geschichte lasse sich nicht erzählen, behauptete Massud, ohne sich die verhängnisvolle israelische Besetzung des Libanons in Erinnerung zu rufen. Gabriel widerstrebte es, Massud Gelegenheit zu Triumphgeheul zu geben, aber er erkannte rasch, dass dies eine seltene Gelegenheit war, die er nicht zurückweisen durfte. Und so saß er geduldig da, während Massud schilderte, wie die Iraner das Chaos im Libanon genutzt hatten, um Hunderte von israelischen Soldaten in tödliche Fallen zu locken. »Sie haben den Libanon besetzt, um die PLO zu vernichten«, sagte er leicht ironisch, »und haben dafür die Hisbollah zurückgelassen.«

Als Massud weitersprach, verwandelte er sich von einer politischen Geisel in einen Professor, der ein kleines Seminar leitet. Während Gabriel ihn beobachtete, verstand er, weshalb der Iraner in der halsabschneiderischen Welt von Revolutionsgarde und VEVAK Karriere gemacht hatte. In einem Paralleluniversum hätte Massud ein angesehener Jurist oder Politiker in einem anständigen Staat sein können. Stattdessen hatte die turbulente Geschichte des Islams und des Nahen Ostens aus ihm einen Terrorplaner gemacht.

Widerstrebend empfand Gabriel eine Art Respekt vor ihm. Um sich zu immunisieren, betrachtete er immer wieder die großen Fotos an den Wänden. Das tat auch der Iraner. Am stolzesten schien er auf das Foto zu sein, das eine Rauchwolke über der Kaserne der U.S. Marines in Beirut zeigte. Dieser Bombenanschlag, sagte er, habe den Wendepunkt in der Geschichte amerikanischer Interventionen im Nahen Osten markiert. Er habe Amerika als Papiertiger vorgeführt, der beim ersten Blutvergießen die Flucht ergriff. Und er habe einen jungen libanesischen Schiiten namens Daoud Ghandur zutiefst beeindruckt.

»Schon wenige Stunden nach dem Anschlag hat er den Anwerber der Hisbollah in seinem Wohngebiet im Süden von Beirut aufgesucht. Aber dabei gab es ein Problem«, fuhr Massud fort. »Ghandur war gerade zum Studium an der Pariser Sorbonne zugelassen worden. Nun wollte er stattdessen im Libanon gegen die Juden und Amerikaner kämpfen. Der Anwerber hatte eine bessere Idee. Er hat Ghandur angewiesen, sein Studium aufzunehmen. Und dann hat er mich angerufen.«

»Ghandur war also von Anfang an ein iranischer Agent?«

»Sie denken viel zu linear, Allon. Sie wissen doch, dass wir von Anfang an auf fast allen Ebenen der Hisbollah aktiv waren. Die Hisbollah selbst war gewissermaßen eine iranische Agentin.«

»Wer hat ihn geführt?«

»Unsere Station in Paris. Während seines Studiums hat er uns geholfen, die iranischen Dissidenten zu überwachen, die nach dem Sturz des Schahs nach Paris geströmt waren.«

»Und als er nach England gegangen ist?«

»London hat ihn geführt, während er in Oxford promoviert hat. Als er bei Sotheby's angefangen hat, hatte ich längst den Kampfanzug ausgezogen und mich in einen ehrbaren Diplomaten verwandelt.«

»Sie haben es übernommen, ihn zu führen?«

Massud nickte. »Aber nun war er nicht mehr Daoud Ghandur, der arme Junge aus dem Südlibanon. Er war David Girard, ein Antikenexperte, der für ein angesehenes Auktionshaus durch die Welt reiste.«

»Wie haben Sie ihn eingesetzt?«

»Mit Bedacht. Er konnte sich an Orten bewegen, die mir nicht zugänglich waren, und mit Leuten reden, die einen weiten Bogen um mich gemacht hätten.«

»Also haben Sie ihn als Kurier eingesetzt?«

»Er war mein privater Federal Express. Wenn der VEVAK wollte, dass eine Hisbollahzelle einen Anschlag verübte, beispielsweise in Istanbul, ließ sich das dank David sehr rasch arrangieren. Er hat die Nachrichtenübermittlung an die Zelle übernommen und die Finanzierung des Unternehmens sichergestellt. Unter bestimmten Umständen hat er sogar die Lieferung von Waffen und Sprengstoff koordiniert. Das war ideal.« Massud machte eine Pause. »Und außerdem war da die Sache mit dem Geld.«

»Aus dem Handel mit geraubten Antiken?«

Massud nickte. »Auf diese Idee ist David durch seine

Tätigkeit bei Sotheby's gekommen. Er wusste, dass es für Leute, die bereit sind, die Gesetze zu ignorieren, auf diesem Gebiet viel Geld zu verdienen gab. Und er wusste natürlich auch, dass der größte Teil des Handels mit geraubten Antiken von einem einzigen Mann kontrolliert wurde.«

»Carlo Marchese.«

»Freund des Vatikans«, fügte Massud verächtlich hinzu. »Allerdings hatte Carlos Organisation einen Fehler. Sie war in Europa sehr stark, aber sie brauchte Nachschub aus dem Nahen Osten.«

»Und den konnte die Hisbollah liefern.«

»Nicht nur die Hisbollah. Viele dieser Antiquitäten waren Stücke aus dem alten Perserreich, die aus dem Iran stammten. Schon nach kurzer Zeit hat der Handel mehrere Millionen Dollar im Monat abgeworfen, die direkt an die Hisbollah gingen.«

»Bis eine Kuratorin im Vatikan angefangen hat, zu viele Fragen zu stellen.«

»Genau. Und damit war die Party vorbei.«

Als Massud erneut um eine Zigarette bat, ließ Gabriel sich erweichen und gab ihm eine von Jaakovs Marlboros. Er rauchte sie langsam, als rechne er damit, nicht so bald wieder eine zu bekommen, und achtete sorgfältig darauf, den Rauch nicht in Gabriels Richtung zu blasen. Sogar der VEVAK schien Gabriels Aversion gegen Tabak zu kennen.

Aber das war längst nicht alles, was die Iraner über ihn wussten. So hatte Massud Kenntnis darüber, dass Monsignore Luigi Donati Gabriel gebeten hatte, Ermittlungen im Fall Dr. Claudia Andreatti anzustellen. Und er wusste auch, dass Gabriel den ermordeten Grabräuber Roberto Falcone aufgefunden hatte. Das alles sei ihm bekannt, berichtete Massud, weil Carlo Marchese es seinem Geschäftspartner David Girard erzählt habe.

»Carlo wusste von Anfang an über Ihre Ermittlungen Bescheid«, stellte Massud klar. »Und er hat sofort erkannt, dass Sie ihm gefährlich werden können. Als andere Angehörige seines Netzwerks nervös wurden, hat er sie beruhigt und ihnen versichert, er werde eine italienische Lösung des Problems finden.«

»Er wollte mich ermorden lassen?«

Massud nickte. »Aber zuerst wollte er in Erfahrung bringen, wie viel Sie über seine Organisation wissen. Daher hat er Ihnen zu Ehren ein Abendessen gegeben. Anschließend hat er versucht, Sie auf dem Heimweg erschießen zu lassen.« Er schüttelte langsam den Kopf. »Dass der Anschlag gescheitert ist, hat uns nicht überrascht. Der Mann, den Carlo losgeschickt hat, war vielleicht gut genug, um sich sein Geld in Italien zu verdienen – aber doch nicht in unserer Welt.«

»Deshalb haben Sie beschlossen, die Sache selbst in die Hand zu nehmen.«

»Wir haben die Situation als einzigartige Chance begriffen, Ihren Dienst in einem denkbar ungünstigen Augenblick in einen Skandal zu verwickeln. Und als Gelegenheit, um uns wenigstens teilweise für die Sabotage unseres Atomprogramms zu revanchieren.«

»Woher wussten Sie, dass wir Girard aufspüren würden?«

»Nun ja, wir hatten großes Vertrauen in Ihre Fähigkeiten, obwohl wir uns nie hätten vorstellen können, dass Sie mit einer gestohlenen griechischen Vase anrücken würden. Das war ein Geniestreich, Allon.«

»Ich kann Ihnen kaum sagen, wie viel mir Ihre Anerkennung bedeutet«, erwiderte Gabriel. »Aber Sie wollten mir gerade erklären, weshalb die beiden Berufskiller, die Sie nach St. Moritz entsandt haben, damit sie mich liquidieren, den Job vermasselt haben.«

»Ihre Leiche sollte gut erkennbar bleiben. Wären Sie in

Stücke gerissen worden, hätte Ihr Dienst leugnen können, dass Sie überhaupt vor Ort gewesen seien.«

»Wie rücksichtsvoll von Ihnen.«

Der Iraner tat Gabriels Sarkasmus mit einem Schulterzucken ab.

»Also haben Sie einen wichtigen Hisbollah-Funktionär geopfert, um mich unter solchen Umständen ermorden zu lassen, die meinen Dienst in eine peinliche Lage bringen würden?«

Massud nickte. »Sobald die Verbindungen zwischen Hisbollah und Carlos Schmuggelnetzwerk bekannt waren, hatte Girard ausgedient. Er war entbehrlich geworden.«

»Genau wie Sie«, stellte Gabriel fest. »Wir wissen, dass ein großer Angriff geplant ist, und Sie werden mir helfen, ihn zu stoppen. Sonst mache ich mit Ihnen, was ich mit Ihren geheimen Urananreichungsanlagen gemacht habe. Ich jage Sie in die Luft. Und dann schicke ich Sie in einem Karton zurück zu Ihren Herren in Teheran.«

Massud versuchte, den Hals aus der Schlinge zu ziehen. Er leugnete, er wich aus, er gab angeblich auf und erfand zuletzt eine Story, von der er hoffte, sie werde sein kleines, aber aufmerksames Publikum befriedigen. Gabriel gab durch seinen Gesichtsausdruck zu erkennen, dass er seine Schauspielerei durchschaute. Seine Forderungen waren klar und unverhandelbar. Er verlangte überprüfbare Details des geplanten Angriffs: Zeitpunkt, Ort, Ziel, Waffen, Beteiligte. Sobald der Angriff abgewehrt war, würde Massud unauffällig entlassen werden. Weigerte er sich jedoch, diese Angaben zu machen, oder versuchte er, auf Zeit zu spielen, würde Gabriel ihn liquidieren.

»Ich bin Ihr einziger Freund auf der Welt«, wiederholte Gabriel. »Und ich rate Ihnen dringend, unser großzügiges Angebot anzunehmen. Sie brauchen nur die Details eines einzigen Angriffs zu nennen. Als Gegenleistung dürfen Sie nach Herzenslust weiter foltern und morden.«

»Sie stehen auf meiner Liste ganz oben, darauf können Sie Gift nehmen, Allon!«

»Auch deshalb rate ich Ihnen, einen Schreibtischjob in der Teheraner VEVAK-Zentrale anzunehmen. Sollten Sie noch ein einziges Mal den Iran verlassen, spüren meine Freunde und ich Sie auf und legen Sie um.«

»Wer garantiert mir, dass Sie das nicht sowieso tun?«

»Weil wir nicht wie Sie sind, Massud. Wenn wir eine Vereinbarung treffen, meinen wir sie ernst. Außerdem«, fuhr Gabriel fort, »ist die kaltblütige Ermordung von Geiseln nie unsere Art gewesen.«

Massuds Blick glitt über die vergrößerten Fotos seiner Anschläge hinweg, bevor er wieder zu Gabriel hinübersah.

»Ich weiß gar nicht, welchen Tag wir heute haben.«

»Freitag«, antwortete Gabriel.

Die Miene des Iraners verfinsterte sich. »Wie viel Uhr am Freitag?«

»Kommt darauf an.«

»Mitteleuropäische Zeit.«

Gabriel sah aufs Display seines BlackBerrys. »Zwei Uhr zwölf morgens.«

»Gut«, sagte Massud. »Dann bleibt noch etwas Zeit.«

»Wann soll der Angriff stattfinden?«

»Heute Abend, kurz nach Sonnenuntergang.«

»Am Sabbat?«

Massud nickte.

»Das Angriffsziel?«

»Eine Stadt, die Sie nur zu gut kennen, Allon«, antwortete der Iraner lächelnd. »Ehrlich gesagt, haben wir sie sogar Ihnen zu Ehren ausgewählt.«

33

Wien

Der Flug von Kopenhagen nach Wien startete um 9.05 Uhr. Nachdem Gabriel mit einem US-Reisepass, den er »vergessen« hatte, Adrian Carter zurückzugeben, in Österreich eingereist war, setzte er sich in ein Flughafencafé und las eine gute Stunde Zeitung, bis er Michail, Oded, Jaakov und Eli Lavon durchs Ankunftsgebäude gehen sah. Er folgte ihnen und beobachtete, wie sie in vier Taxis einstiegen. Dann ging er selbst zu einer schwarzen Limousine mit Wiener Kennzeichen und stieg hinten ein. Dort saß bereits Ari Schamron. Der Alte hatte Rudolf Hellers Dreiteiler abgelegt und trug wieder Khaki, Baumwolle und Leder. Als der Wagen anfuhr, warf er seine Kippe aus dem Fenster.

»Du siehst aus, als hättest du eine Woche nicht mehr geschlafen«, bemerkte er.

»Das kommt ungefähr hin.«

»Nur noch ein paar Stunden, mein Sohn. Dann ist alles vorbei.«

Die Limousine fuhr auf die A4 Ostautobahn und in Richtung Stadt weiter. Das Wetter war abscheulich: Es stürmte, und Schneeregen fiel vom Himmel.

»Wie viel hast du den Österreichern erzählt?«, fragte Gabriel.

»Uzi hat Jonas Kessler, den Direktor des Bundesamts für Verfassungsschutz und Terrorismusbekämpfung, heute Morgen angerufen und ihn gewarnt, auf sein Land solle ein terroristischer Anschlag verübt werden.«

»Wie hat Kessler reagiert?«

»Nach dem unvermeidlichen Vortrag darüber, dass Israels Handeln die Welt weniger sicher mache, wollte er wissen, woher diese Information stammt. Uzi hat sich natürlich sehr vage ausgedrückt, was Kessler missfallen hat.«

»Kennt er den Zeitplan?«

»Er weiß, dass wir nicht von Tagen, sondern von Stunden reden, aber Uzi hat darauf bestanden, ihm den Rest selbst zu erzählen. Und wir«, fügte Schamron hinzu, »sind der Meinung, du solltest die Details vortragen.«

»Ich?«

Schamron nickte. »Manche unserer wankelmütigen Verbündeten hier in Europa glauben, dass wir ihnen nur Informationen über geplante Anschläge liefern, um selbst besser dazustehen. Käme die Warnung jedoch von dir, wäre ihnen klar, dass wir es ernst meinen. Todernst.«

»Weil sie wissen, dass ich auf keinen Fall noch einmal hergekommen wäre, wenn nicht Menschenleben auf dem Spiel stünden?«

»Genau.«

»Und wenn sie wissen wollen, woher ich die Informationen habe?«

»Dann sagst du, dass ein Vögelchen es dir gezwitschert hat, und machst weiter.«

Gabriel schwieg nachdenklich. »Wenn Massud die Wahrheit sagt«, meinte er dann, »übersteigt diese Sache vermutlich die Fähigkeiten der Österreicher. Sie muss richtig angepackt werden, Ari. Sonst gibt es Tote. Viele Tote.«

»Da fällt mir eine faire Lösung ein.«

»Inwiefern fair?«

»Wir retten die Menschenleben, und sie streichen die Anerkennung dafür ein.«

Gabriel lächelte. Dann schloss er die Augen und war im nächsten Moment eingeschlafen.

Wie üblich kam es zwischen den Diensten zu Reibereien wegen eines geeigneten Orts für die geplante Besprechung. Uzi Navot hätte einen abhörsicheren Konferenzraum in der israelischen Botschaft bevorzugt, aber Jonas Kessler entschied sich für ein elegantes Gebäude in der Inneren Stadt, in unmittelbarer Nähe zur Staatsoper. Ein Schild im Foyer verkündete zwar, hier finde eine Konferenz über nachhaltige Landwirtschaft statt, doch am Eingang des großen Salons stand eine Plastikwanne, in die alle Eintreffenden ihre Handys und sonstigen elektronischen Geräte legen mussten.

Der Salon selbst wirkte mit seinen goldenen Kronleuchtern und den schweren Samtportieren übertrieben prunkvoll. Als Gabriel und Schamron hereinkamen, sahen sie schon Navot vor dem großen Kuchenbüfett stehen. Kessler, ein kantig wirkender Mann mit glatt zurückgekämmtem Haar, wartete, von seinen Mitarbeitern umgeben, am anderen Endes des Raums und sah ungeduldig auf seine Armbanduhr.

Sie setzten sich auf die zugewiesenen Plätze an einem langen Tisch, und Gabriel fühlte sich an ein Gipfeltreffen während des Kalten Kriegs erinnert. Er, Schamron und Navot saßen auf der einen Seite, die Österreicher ihnen gegenüber. Die meisten kamen aus der Abteilung Terrorismusbekämpfung, aber auch die Bundespolizei hatte mehrere hohe Beamten entsandt.

Kessler hielt sich nicht mit langen Vorreden auf. Es gab auch keine Sprachbarriere, weil Gabriel, Schamron und Navot fließend Deutsch sprachen – Navot sogar mit leichtem Wiener Akzent, weil seine Vorfahren bis zu ihrer Flucht 1938 in Wien gelebt hatten.

»Wir fühlen uns geehrt, heute so viele Spitzenkräfte Ihres Diensts bei uns begrüßen zu dürfen«, sagte Kessler. »Vor allem Ihr Besuch in Wien, Herr Allon, liegt schon sehr lange zurück.«

»Nicht so lange, wie Sie vielleicht glauben«, wandte Gabriel ein.

Kessler lächelte schmallippig. »Ich hatte in der Nacht Dienst, in der die PLO Ihren Wagen in die Luft gejagt hat«, sagte er nach kurzer Pause. »Mir steht alles noch wie gestern vor Augen. Ich hatte auch in der Nacht Dienst, in der Sie Erich Radek aus seiner Wohnung im Ersten Bezirk entführt und nach Israel geschmuggelt haben.«

»Radek ist freiwillig nach Israel gegangen.«

»Erst nachdem Sie mit ihm am Tatort in Treblinka waren. Aber das ist längst Geschichte.« Ein weiteres gezwungenes Lächeln. »Von Herrn Navot höre ich, dass die Hisbollah unsere Stadt im Visier hat.«

Gabriel nickte.

»Wann soll dieser Anschlag stattfinden?«

»Kurz nach Sonnenuntergang.«

»Und das Ziel?«

»Die Hauptsynagoge und das Gemeindezentrum. Sollten die Terroristen Erfolg haben, könnten heute Abend über hundert Menschen sterben. Doch wenn wir zusammenarbeiten …« Gabriel ließ den Satz unvollendet.

»Ja?«

»Dann sterben nur die vier Terroristen.«

»Wir haben noch gar nicht gesagt, dass wir mit Ihnen zusammenarbeiten werden, Herr Allon. Und wir beteiligen uns ganz bestimmt nicht an einer gezielten Tötungsaktion.«

»Wenn Sie erfahren, worum es geht, werden Sie erkennen, dass Ihnen keine andere Wahl bleibt.«

»Vielleicht wären Sie doch so freundlich, uns Ihren Informanten zu nennen?«

»Regel Nummer eins für die Kooperation mit dem Dienst«, sagte Gabriel. »Nicht zu viele Fragen stellen.«

Eines zumindest hatten Gabriels unorthodoxe einleitende Bemerkungen bewirkt: Sie hatten seine Zuhörer sprachlos gemacht. Während er die Informationen weitergab, die er von Massud erhalten hatte, ließen die Österreicher nur ab und zu ungläubige Laute des Erstaunens hören. Das konnte Gabriel ihnen kaum verübeln – schließlich bereiteten sich in diesem Augenblick vier Hisbollah-Terroristen in einer Wohnung in der Koppstraße 34 darauf vor, einen der schlimmsten Anschläge der österreichischen Geschichte zu verüben. Jedes Mitglied der Zelle würde mit einer Pistole und einem Sprengstoffgürtel mit zehn Kilo Plastiksprengstoff und tödlichem Bleischrot bewaffnet sein. Mit ihren Pistolen würden sie das während der Gottesdienste anwesende Wachpersonal ausschalten. Sobald die Wachen neutralisiert wären, würde das Team sich aufteilen – zwei Mann für die Synagoge, zwei Mann für das Gemeindezentrum, das jenseits einer schmalen Gasse lag. Dann würden sie ihre Sprengsätze gleichzeitig zünden. *Allahu Akbar.*

»Wieso stürmen wir nicht einfach die Wohnung und nehmen sie sofort fest?«, fragte Kessler.

»Weil das keine Amateure aus den muslimischen Slums Westeuropas sind. Diese Leute sind bewährte Hisbollah-Terroristen, die ihre ersten Erfahrungen im Kampf gegen die israelische Armee im Südlibanon gemacht haben.«

»Und das bedeutet?«

»Sie sind seit Stunden einsatzbereit. Wenn Sie die Wohnung stürmen, zünden sie ihre Sprengsätze. Das tun sie auch, wenn Sie versuchen, das Gebäude heimlich zu evakuieren oder sie in irgendeinem Stadium ihrer Reise ins Paradies zu stoppen.«

»Warum sagen wir nicht einfach den Abendgottesdienst ab?«

»So einfach ist die Sache nicht. Angenommen, die Terroristen stehen vor einer geschlossenen Synagoge, dann machen sie sich auf die Suche nach einem anderen Ziel. Um diese Tageszeit ist das bestimmt nicht schwierig. Ich könnte mir vorstellen, dass sie auf die Kärntner Straße gehen und so viele Unbeteiligte mit sich in den Tod reißen, wie sie nur können.«

Die belebte Geschäftsstraße, die vom Karlsplatz an der Staatsoper vorbei zum Stephansdom führt, ist die wirtschaftliche und gesellschaftliche Hauptschlagader Wiens und von Cafés, exklusiven Boutiquen und Luxusgeschäften gesäumt. Sprengstoffanschläge an einem Freitagabend wären vernichtend gewesen. Das wusste Jonas Kessler ganz genau und machte daher ein Gesicht, als hätte er eben seine Manschettenknöpfe verschluckt. Als er wieder sprach, war aus seinem Tonfall jeglicher Sarkasmus verschwunden. Gabriel glaubte sogar, eine Spur von Dankbarkeit darin zu entdecken.

»Was schlagen Sie vor, Herr Allon?«

»Es gibt nur eine Möglichkeit, fürchte ich.«

»Und die wäre?«

»Wir warten darauf, dass die Terroristen sich der Synagoge nähern und ihre Absicht erklären. Und dann erledigen wir sie, bevor sie die Sprenggürtel zünden können.«

»Erschießen, meinen Sie?«

Gabriel gab keine Antwort. Auch Schamron und Navot schwiegen.

»Wir haben eine hochspezialisierte Sondereinheit der Polizei, die dieser Aufgabe mehr als gewachsen ist«, fuhr Kessler fort.

»Sie meinen das Einsatzkommando Cobra«, sagte Schamron. »Besser bekannt als EKO Cobra.«

Kessler nickte. »Diese Leute sind für genau solche Szenarien ausgebildet.«

»Bei allem Respekt, Herr Kessler, wann hat zuletzt ein Angehöriger des EKO Cobra einen Terroristen so in den

Hirnstamm geschossen, dass er seine Bombe nicht mehr zünden konnte?«

Kessler gab keine Antwort.

»Das habe ich mir gedacht«, sagte Schamron. »Wissen Sie zufällig noch, wann das EKO Cobra gegründet wurde, Herr Kessler?«

»Kurz nach dem Olympiamassaker von München.«

»Genau«, sagte Schamron. »Ich war in jener Nacht dort, Herr Kessler. Wir haben die Deutschen angefleht, die Rettungsoperation auf dem Fliegerhorst Fürstenfeldbruck uns zu überlassen, aber sie haben sich geweigert. Ich musste die Schreie meiner Landsleute hören, als sie abgeschlachtet wurden. Das war ...« Schamron versagte die Stimme, als fehle ihm das richtige Wort. Schließlich sagte er: »Es war schrecklich.«

»Die Menschen, die heute Abend die Synagoge besuchen, sind österreichische Staatsbürger.«

»Gewiss«, erwiderte Schamron, »aber sie sind auch Juden, und wir ihre Beschützer. Und wir werden dafür sorgen, dass sie ihre Synagoge lebend verlassen.«

34

Wien

Damit war diese Diskussion beendet, und die beiden Seiten machten sich daran, eine operative Übereinkunft zu schmieden. Binnen weniger Minuten standen die Rahmenbedingungen fest. Gabriel und Michail würden es übernehmen, die Terroristen auszuschalten, und die EKO Cobra sollte für ihre Überwachung zuständig sein. Auf Kesslers Drängen behielten die Österreicher sich das Recht vor, jederzeit gegen die Terroristen vorzugehen, falls sich dazu eine Gelegenheit bieten sollte, bevor sie die Synagoge erreichten. Ansonsten würden sie außer Sichtweite des Hisbollah-Teams bleiben und die Attentäter nur »unauffällig in den Tod begleiten«, wie Schamron es ausdrückte. Gabriel diktierte Kessler die genaue Route der Terroristen auf ihrer Fahrt zur Synagoge – bis hin zu den Straßenbahnen, mit denen sie fahren würden. Kessler war sichtlich beeindruckt. Er schlug Gabriel vor, ein bestimmtes Café in der Rotenturmstraße als Stützpunkt zu benutzen. Gabriel erklärte ihm lächelnd, er habe sich schon für ein benachbartes Café entschieden.

»Warum?«

»Besserer Überblick.«

»Wann waren Sie zuletzt in Wien?«

»Weiß ich nicht mehr.«

Jetzt mussten nur noch die Einsatzregeln festgelegt werden. Ein Punkt stand von vornherein fest: Gabriel und Michail durften nicht schießen, bevor die Terroristen ihre

Waffen zogen – und wenn sie Unbewaffnete erschießen sollten, würde sie die volle Härte des österreichischen Strafrechts treffen. Gabriel erklärte sich damit einverstanden und unterzeichnete sogar eine hastig aufgesetzte Verpflichtungserklärung. Nachdem Kessler sie gegengezeichnet hatte, übergab er ein halbes Dutzend Funksprechgeräte, die schon auf die Frequenz der EKO-Cobra-Teams an diesem Abend eingestellt waren.

»Waffen?«, fragte Kessler.

»Dafür ist es noch ein bisschen früh«, erwiderte Gabriel.

Kessler runzelte die Stirn. »Ihre Informationen sind sehr detailliert«, sagte er. »Hoffen wir also, dass sie auch zutreffend sind.«

»Das sind sie im Allgemeinen. Nur so konnten wir in einer feindlichen Umgebung überleben.«

»Erfahre ich noch, wer Ihre Quelle war?«

»Das würde alles unnötig kompliziert machen.«

»Es gibt aber keinen Zusammenhang mit dem entführten iranischen Diplomaten?«

»Mit welchem entführten Diplomaten?«

Inzwischen war es kurz vor fünfzehn Uhr. Schamron gab Gabriel die Schlüsselkarte seines Hotelzimmers in der Inneren Stadt und forderte ihn auf, ein paar Stunden zu schlafen. Gabriel, der erst noch das Gefechtsfeld bei Tageslicht inspizieren wollte, ging zu Fuß die Kärntner Straße entlang, wobei zwei von Kesslers Leuten ihn ziemlich tölpelhaft beschatteten. Auf dem Stephansplatz herrschte reges Faschingstreiben. Gabriel überlegte, ob er sich im Dom das Altarbild ansehen sollte, das er einmal restauriert hatte. Stattdessen drängte er sich durch die Maskierten und setzte seinen Weg ins jüdische Viertel fort.

Vor dem Zweiten Weltkrieg war das dortige Gewirr aus engen Straßen und Gassen Mittelpunkt einer der weltweit lebhaftesten jüdischen Gemeinden gewesen. Auf ihrem Höhepunkt hatte sie 192 000 Einwohner gehabt, von denen im November 1942 nur siebentausend übrig waren, während die anderen geflüchtet oder in deutschen Todeslagern ermordet worden waren. Doch der Holocaust war nicht der erste Vernichtungsfeldzug gegen die Juden Wiens. Im Jahr 1421 waren nach niederträchtigen Gerüchten über Ritualmorde alle Juden der Stadt verbrannt, zwangsgetauft oder ausgewiesen worden. Die Österreicher schienen von Zeit zu Zeit das Bedürfnis zu haben, ihre Juden abzuschlachten.

Das Herz des jüdischen Viertels war die Hauptsynagoge, Stadttempel genannt. Weil Kaiser Joseph II. in seinem Toleranzpatent bestimmt hatte, nicht katholische Gotteshäuser dürften von der Straße aus nicht sichtbar sein, wurde die Synagoge Anfang des 19. Jahrhunderts in der Seitenstettengasse hinter alten Hausfassaden erbaut. Während den organisierten judenfeindlichen Ausschreitungen, die Deutschland und Österreich im November 1938 erfassten, gingen die Wiener Synagogen in Flammen auf, weil die Feuerwehren untätig zusahen. Nicht jedoch der Stadttempel. Weil er eng mit der Wohnbebauung des Viertels verschachtelt war, musste der Mob sich damit begnügen, seine Fenster einzuwerfen und den herrlichen Gebetsraum zu verwüsten. Von allen Bethäusern und Synagogen Wiens blieb in dieser Nacht nur der Stadttempel unzerstört.

Gabriel erreichte die Synagoge auf demselben Weg, den die Terroristen später nehmen würden. Bei Sonnenuntergang würden die meisten Gemeindemitglieder im Gebäude versammelt sein, aber bestimmt würden sich noch einige von ihnen im Eingangsbereich aufhalten. Sie vor Schaden zu schützen würde Gabriels Hauptaufgabe sein. Das bedeutete, dass Michail und er äußerst schnell und treffsicher würden schießen müssen.

Gabriel rechnete damit, dass sie nur zwei Sekunden Zeit haben würden, sobald einer der Terroristen seine Waffe zog: zwei Sekunden, um vier kampferprobte Terroristen auszuschalten. Das war nichts, was man im Hörsaal oder auf dem Schießstand lernen konnte – es erforderte jahrelange Übung und Praxis.

Er blieb in der Gasse, bis er sich jeden Winkel, jeden Pflasterstein eingeprägt hatte, und ging dann zu einem malerischen kleinen Platz mit mehreren Restaurants weiter. Eines davon war der Italiener, wo er zuletzt mit Leah und David gegessen hatte, bevor eine Straße weiter sein geparkter Wagen in die Luft geflogen war. Gabriel blieb lange stehen, von Erinnerungen wie gelähmt. Irgendwann spürte er eine Hand, die ihn leicht am Ärmel zupfte. Er drehte sich ruckartig um und sah eine alte Wiener Dame. Er versuchte sofort, ihr Alter zu schätzen. Das war eine weitere Marotte von ihm.

»Haben Sie sich verlaufen?«, fragte sie freundlich.

»Ja«, gestand er offen ein.

»Wohin wollen Sie denn?«

»Ins Café Central.«

Sie schickte ihn nach Westen zum Volksgarten. Gabriel bedankte sich und schlug die angezeigte Richtung ein, bis die Dame außer Sicht war. Dann machte er sich auf den Rückweg zum Stephansdom. Das Hotel, in dem der Dienst ein Zimmer für ihn gebucht hatte, lag eine Straße weiter.

Als Gabriel eintrat, sah er Eli Lavon und Jaakov in der Halle beim Kaffee sitzen. Ohne die beiden zu beachten, ging er zum Empfang, um den Portier zu informieren, dass er jetzt sein Zimmer beziehen werde.

»Ihre Frau ist vor ein paar Minuten gekommen«, sagte der Portier.

Gabriel hatte das Gefühl, plötzlich keine Luft mehr zu bekommen. »Meine Frau?«

»Ja«, bekräftigte der Portier. »Groß, dunkles Haar, dunkle Augen.«

»Italienerin?«

»Sehr.«

Gabriel konnte wieder atmen. Er bedankte sich und ging an Eli Lavon und Jaakov vorbei zur Treppe.

An der Türklinke baumelte ein »Do not disturb«-Anhänger. Gabriel öffnete die Tür mit seiner Schlüsselkarte und schlüpfte lautlos hinein. Im Bad rauschte die Dusche. Chiara sang leise vor sich hin. Die Melodie klang ein wenig melancholisch, Chiaras Alt ausdrucksvoll und sinnlich. Lautlos trat Gabriel ans Bettende, wo ein kleiner Stapel mit Wechselkleidung für ihn lag, neben einer Pistole mit Schalldämpfer, einer Schachtel Munition und einem Schulterhalfter. Die Waffe war eine Beretta, Kaliber .45, größer als die 9-Millimeter-Pistole, die er sonst bevorzugte, aber wegen ihrer höheren Durchschlagskraft unerlässlich. Die Munition bestand aus Teilmantelgeschossen, die die Gefahr von Kollateralschäden bei Durchschüssen verringerten. Gabriel drückte zehn Patronen ins Magazin und schob es in den Pistolengriff. Dann schraubte er den Schalldämpfer auf und hielt die Pistole mit gestrecktem Arm, um ihre Gewichtsverteilung zu kontrollieren.

»Was, denkst du, machen normale Leute, wenn sie nach Wien kommen?«, fragte Chiara.

»Sie trinken Kaffee und hören Musik.«

Gabriel ließ die Beretta sinken und sah sie an. Chiara lehnte, in einen Bademantel gewickelt, am Türrahmen des Badezimmers. Ihr Gesicht war rosig vom Duschen.

»Ich dachte, ich hätte gesagt, dass du in Jerusalem bleiben sollst.«

»Das hast du auch.«

»Was tust du dann hier?«

»Ich wollte nicht, dass du allein hierher zurückkommen musst.«

Gabriel zog das Magazin der Beretta heraus und schraubte den Schalldämpfer ab.

»Warum hast du diese Sache übernommen?«, fragte sie.

»Weil die Österreicher noch nie mit einem Szenario dieser Art konfrontiert waren. Und selbst wenn sie Erfahrung damit hätten, wäre ich nicht bereit, ihnen jüdische Leben anzuvertrauen.«

»Ist das der einzige Grund?«

»Warum sonst sollte ich es tun?«

Chiara setzte sich auf die Bettkante und betrachtete ihn aufmerksam. »Du siehst schrecklich aus«, sagte sie.

»Danke, Chiara. Du siehst wunderbar aus – wie immer.«

Sie ignorierte seine Bemerkung. »Ich weiß nicht ganz genau, was in jener Nacht passiert ist«, sagte sie, »aber ich kann es mir ziemlich gut vorstellen. In deinen Träumen durchlebst du sie öfter, als du ahnst. Ich höre alles. Ich höre, wie du um den toten Dani weinst. Ich höre, wie du Leah versicherst, dass der Krankenwagen gleich kommen wird.«

Sie verfiel in Schweigen und wischte sich eine Träne von der Wange. »Aber manchmal«, fuhr sie fort, »geht alles anders aus. Du erschießt die Terroristen, bevor sie die Autobombe zünden können. Leah und Dani bleiben unverletzt. Ihr lebt glücklich und zufrieden bis ans Ende eurer Tage. Keine Detonation. Kein Kinderbegräbnis.« Sie machte eine Pause. »Keine Chiara.«

»Das ist doch nur ein Traum.«

»Aber du wünschst dir, die Sache wäre so ausgegangen.«

»Du hast recht, Chiara. Ich wünsche mir, Dani wäre in jener Nacht nicht umgekommen. Und ich wünsche mir, Leah wäre nicht …«

»Ich werfe dir nichts vor, Gabriel«, unterbrach sie ihn. »Das alles war mir klar, als ich mich in dich verliebt habe.

Ich habe von Anfang an gewusst, dass ich nur einen Teil deines Herzens bekommen würde. Der Rest wird für immer Leah gehören.«

Gabriel streckte eine Hand aus und berührte ihr Gesicht. »Aber was hat das alles mit heute Abend zu tun?«

»Es hat damit zu tun, dass du recht hast, Gabriel: Alles ist nur ein Traum. Wenn du diese Terroristen erschießt, macht das Dani nicht wieder lebendig. Und es macht aus Leah nicht die Frau von einst. Ich habe solche Angst, dass du letztlich nur in derselben Stadt sterben wirst wie dein Sohn.«

»Sterben müssen heute Nacht nur die Terroristen.«

»Vielleicht«, sagte Chiara. »Oder aber du machst einen Fehler und ich verlasse Wien als Witwe.« Sie musste unwillkürlich lächeln. »Wäre das nicht poetisch?«

»Ich bin kein Poet. Und ich mache keine Fehler.«

Sie atmete geräuschvoll aus, als kapituliere sie, und zog den Bademantel enger um sich. »In deinem Team ist wohl nicht zufällig ein Platz frei?«

Gabriel starrte sie ausdruckslos an.

»So ähnlich habe ich mir deine Antwort vorgestellt.« Sie ergriff seine Hand. »Wie erfahre ich, was passiert ist, Gabriel? Wie weiß ich, ob du tot oder lebendig bist?«

»Wenn du Detonationen hörst, weißt du, dass ich tot bin. Aber wenn Martinshörner erklingen …« Er zuckte mit den Schultern.

»Was dann?«

»Dann ist alles vorbei.« Er küsste sie, bevor er flüsterte: »Und wir reisen heim und leben glücklich und zufrieden bis ans Ende unserer Tage.«

Nach dem Duschen versuchte Gabriel, ein Nickerchen zu machen, aber das war aussichtslos. Durch seinen Kopf schwirrten die Erinnerungen, und seine Nerven waren viel zu angespannt, wenn er an die kommenden Stunden dachte.

Und so lag er schweigend neben Chiara, während es Abend wurde, und horchte auf die Stimmen aus dem Funkgerät, das Kessler ihm gegeben hatte. Die EKO Cobra überwachte das Haus in der Koppstraße und hatte mit einer Wärmebildkamera festgestellt, dass sich in der fraglichen Wohnung mindestens vier Personen aufhielten. Weitere Teams der Sondereinheit waren entlang der Route zur Inneren Stadt in Stellung gegangen. So würde es für die Terroristen einen Spießrutenlauf bis direkt vor Gabriels und Michails Pistolen geben.

An diesem Freitag ging die Sonne um 18.12 Uhr unter. Gegen siebzehn Uhr trank Gabriel zwei Tassen Kaffee – genug, um wach zu sein, aber nicht so viel, dass ihm die Hände zitterten – und zog die Sachen an, die Chiara ihm aus Jerusalem mitgebracht hatte. Ausgebleichte Jeans, dunkelblauer Pullover, Schulterhalfter: die Uniform eines nächtlichen Kämpfers. Er baute die Beretta wieder zusammen, lud sie durch und steckte sie in das Schulterhalfter. Während Chiara schweigend zusah, übte er mehrmals, die Waffe zu ziehen und schnell nacheinander zwei Schüsse abzugeben, beide steil nach oben.

Als er glaubte, bereit zu sein, steckte er die Waffe weg und zog seine Lederjacke an. Dann streifte er seinen Ehering ab und gab ihn Chiara. Sie fragte nicht, weshalb – das war überflüssig. Stattdessen küsste sie ihn ein letztes Mal und versuchte, nicht zu weinen, während er lautlos das Zimmer verließ. Als er fort war, stand sie mit tränennassem Gesicht am Fenster und betete um das Heulen von Martinshörnern.

35

Wien

Das österreichische Bundesministerium für Inneres residiert in der Herrengasse 7 in einem prächtigen alten Palais. Tief in seinem Inneren befindet sich ein Krisenzentrum mit Lageraum, das gleich nach dem 11. September 2011 eingerichtet worden war, als ganz Europa fürchtete, das Ziel der nächsten al-Qaida-Anschläge zu werden. Zum Glück hatte Jonas Kessler das Krisenzentrum bisher nur einmal betreten müssen. Das war in der Nacht gewesen, in der Erich Radek von dem Mann entführt worden war, in dessen Hand jetzt Kesslers weitere Karriere lag.

Das Zentrum war wie ein kleines Amphitheater angelegt. Auf der untersten Ebene, dem »Parkett«, wie es auch genannt wurde, saßen Verbindungsoffiziere von Bundespolizei und Sicherheitsdiensten an drei Gemeinschaftstischen voller Computer und Telefone. Nach oben hin wurden die Dienstgrade immer höher, und der oberste Tisch blieb für Chefs, Minister und notfalls den Bundeskanzler selbst reserviert.

Um 17.35 Uhr nahm Jonas Kessler seinen Platz zwischen dem Innenminister und Uzi Navot ein. Neben Navot saß Ari Schamron. Der Alte spielte mit seinem Zippo-Feuerzeug und starrte das größte Videobild an der Wand gegenüber an. Es zeigte das Mietshaus in der Koppstraße 34. Um 17.50 Uhr, genau wie von Gabriel vermutet, traten vier junge Libanesen in schweren Wollmänteln aus dem Haus. Alle vier waren bartlos – ein sicheres Zeichen dafür, dass sie sich rituell auf die Genüsse vorbereitet hatten, die sie im Paradies erwarteten.

Die vier Araber gingen zwei Straßen weiter zum U-Bahnhof Thaliastraße. Um 17.55 Uhr bestiegen sie einen Zug der Linie U 6 – in getrennten Wagen, genau wie Gabriel vorhergesagt hatte. Kessler, der sie auf den Bildschirmen beobachtete, fluchte halblaut vor sich hin. Dann sah er zu Navot und Schamron hinüber.

»Ich weiß nicht, wie ich Ihnen danken soll.«

»Dann lassen Sie es bleiben«, knurrte Schamron finster. »Bis alles vorbei ist.«

»Bringt es sonst Unglück?«, fragte Kessler.

Schamron gab keine Antwort, sondern spielte weiter nervös mit seinem Feuerzeug. Er war nicht abergläubisch. Er glaubte an Gott. Und er glaubte an seinen Racheengel Gabriel Allon.

Leider war es nicht das erste Mal, dass arabische Terroristen den Wiener Stadttempel ins Visier genommen hatten. Im Jahr 1981 hatte es zwei Tote und dreißig Verletzte gegeben, als militante Palästinenser eine Bar-Mizwa-Feier mit Maschinenpistolen und Handgranaten überfallen hatten. Seit diesem Anschlag musste jeder Besucher der Synagoge einen Kordon aus in Israel geborenen Sicherheitsleuten passieren. Mitglieder der hiesigen Gemeinde wurden im Allgemeinen durchgewinkt, aber auswärtige Besucher wurden einem Kreuzverhör unterzogen und mussten ihre persönlichen Gegenstände durchsuchen lassen. Das Ganze war ungefähr so angenehm, wie an Bord eines El-Al-Flugzeugs zu gehen.

Die meisten dieser Sicherheitsleute waren Veteranen einer eigens für den Schutz von Diplomaten eingerichteten Abteilung des Inlandsgeheimdiensts Schabak. Deshalb erkannten die beiden Männer, die am Eingang Dienst taten, Jaakov Rossman, als er mit Eli Lavon und Oded auf den Eingang zukam. Jaakov nahm sie beiseite und informierte sie so ruhig wie möglich darüber, dass auf die Synagoge ein Anschlag verübt werden solle. Dann erteilte er ihnen rasch einige Anweisungen. Die beiden zogen sich ins Büro des Gemeindezentrums zurück und überließen Jaakov und Oded die Bewachung des Eingangs. Eli Lavon, einst Mitglied dieser Gemeinde, bedeckte seinen Kopf mit einer Kippa, bevor er die Synagoge betrat. Alte Gewohnheiten halten sich hartnäckig, dachte er, selbst in Kriegszeiten.

Wie üblich standen im Foyer Gemeindemitglieder in kleinen Gruppen zusammen. Lavon schlängelte sich zwischen ihnen hindurch und betrat den prächtigen ovalen Gebetsraum. Als er zur Frauengalerie aufblickte, sah er zwischen den Säulen von Kerzenschein erhellte Gesichter. Unten begannen die männlichen Verwandten, ihre Plätze einzunehmen. Als Lavon an ihnen vorbeiging und auf die *Bima,* ein erhöhtes Podium, stieg, starrten ihn manche erstaunt an. Doch der eine oder andere lächelte. Man hatte ihn hier schon lange nicht mehr gesehen.

»Guten Abend, meine Damen und Herren«, begann Lavon mit ruhiger, angenehmer Stimme. »Einige von Ihnen werden mich vielleicht noch kennen, aber darum geht es jetzt nicht. Im Augenblick ist nur wichtig, dass Sie diesen Raum so schnell und so leise wie möglich durch den Hinterausgang verlassen.«

Lavon hatte eine talmudische Debatte darüber erwartet, ob dieser Schritt nötig und am Sabbat überhaupt zulässig sei. Stattdessen beobachtete er verwundert, wie die Gemeinde sich schweigend erhob und seine Anweisung widerspruchslos befolgte. In seinem Ohrhörer erklang eine deutsche Stimme, die meldete, die Attentäter seien soeben in die U 3 in Richtung Innere Stadt umgestiegen. Er sah auf seine Armbanduhr. 18.05 Uhr. Alles genau nach Plan.

Am unteren Ende der Rotenturmstraße, nur wenige Schritte vom Donaukanal entfernt, befindet sich das Café Aida. Die Markise ist ebenso in Miami-Pink gehalten wie seine Fassade, weshalb es das hässlichste Café Wiens sein dürfte. In einem anderen Leben, unter einem anderen Namen war Gabriel unzählige Male mit seinem Sohn im Aida gewesen, um Schokoladeneis zu essen. Nun saß er mit Michail Abramow dort. Vier Angehörige der EKO Cobra drängten sich unauffällig wie eine Werbetafel am Times Square an einem anderen Tisch zusammen. Gabriel, der mit dem Rücken zur Straße saß, spürte das Gewicht der Beretta im Schulterhalfter. Michail trommelte nervös mit den Fingern auf die Tischplatte.

»Wie lange willst du das machen?«, fragte Gabriel.

»Bis ich die vier Hisbollah-Typen sehe.«

»Davon bekomme ich Kopfschmerzen.«

»Du wirst es schon überleben.« Michail legte die Hand flach auf die Tischplatte. »Ich wollte, wir müssten ihn nicht laufen lassen.«

»Massud?«

Michail nickte.

»Ich habe ihm mein Wort gegeben.«

»Er ist ein Mörder.«

»Aber ich bin keiner«, sagte Gabriel. »Und du bist auch keiner.«

»Was ist, wenn er nicht die Wahrheit gesagt hat? Dann müsstest du nicht Wort halten.«

»Wenn in den nächsten Minuten vier Hisbollah-Attentäter diese Straße entlangkommen«, entgegnete Gabriel und nickte zum Fenster hinüber, »wissen wir, dass er die Wahrheit gesagt hat.«

Michail fing wieder an, mit den Fingern zu trommeln. »Vielleicht brauchen wir ihn nicht wirklich umzubringen. Vielleicht können wir ihn einfach … vergessen.«

»Wie meinst du das?«

»Damit meine ich, dass Jossi und die anderen aus dem dänischen Ferienhaus wegfahren und Massud an die Wand gekettet zurücklassen könnten. Irgendjemand würde ihn dann als Skelett auffinden.«

»Ein unehrliches Versehen? Willst du darauf hinaus?«

»*Shit happens.*«

»Es wäre aber trotzdem Mord.«

»Nein, es wäre Tod durch Nachlässigkeit.«

»Tut mir leid, aber ich sehe da keinen Unterschied.«

»Pass auf...« Michail verstummte, als er merkte, dass Gabriel sich auf eine Stimme in seinem Ohrhörer konzentrierte.

»Was gibt's?«

»Sie steigen aus der U-Bahn.«

»Wo?«

»Stephansplatz.«

»Genau wie von Massud angekündigt.«

Gabriel nickte.

»Ich denke trotzdem, wir sollten ihn liquidieren.«

»Ihn *vergessen*, meinst du.«

»Das auch.«

»Wir sind keine Mörder, Michail. Wir *verhindern* Morde.«

»Hoffentlich. Sonst müssen sie uns mit Pinzetten von der Straße aufsammeln.«

»Es ist besser, positive Gedanken zu haben.«

»Ich habe es immer vorgezogen, vom schlimmsten Fall auszugehen.«

»Wieso?«

»Wegen der Motivation«, antwortete Michail. »Die Vorstellung, dass ein Rabbi für die Beisetzung mein Blut mit einem Schwamm aufnimmt, motiviert mich dazu, meine Arbeit gut zu machen.«

»Aber warte, bis sie ihre Waffen ziehen. Wir dürfen erst schießen, wenn wir Waffen sehen.«

»Was ist, wenn sie keine Pistolen ziehen? Wenn sie sich einfach auf der Straße in die Luft sprengen?«

»Positiv denken, Michail.«

»Ich bin ein Jude aus Russland. Positive Gedanken passen nicht zu meinem Naturell.«

Die Bedienung kam an ihren Tisch, um zu kassieren. Gabriel zahlte und gab ein gutes Trinkgeld. Michail sah zu den vier Männern des EKO Cobra hinüber.

»Sie wirken nervöser als wir.«

»Das sind sie vermutlich auch.«

Michail beobachtete wieder die Straße. »Hast du dir schon überlegt, was du als Nächstes machst?«

»Ich werde ein paar Tage durchschlafen.«

»Vergiss nicht, dein Handy auszuschalten.«

»Das ist mein letzter Einsatz, Michail.«

»Bis der nächste Terrorist beschließt, die Zahl der Juden auf der Welt um ein paar Hundert zu verringern. Dann stehen wir wieder auf der Matte.«

»Nächstes Mal müsst ihr ohne mich zurechtkommen, fürchte ich.«

»Warten wir's ab.« Michail musterte Gabriel prüfend. »Bist du dieser Sache überhaupt noch gewachsen?«

»Wenn du das noch ein einziges Mal fragst, erschieße ich dich.«

»Das wäre eine schlechte Idee.«

»Warum?«

»Sieh mal aus dem Fenster.«

Im Krisenzentrum des Innenministeriums starrte Ari Schamron auf die Bildschirme und beobachtete aufmerksam, wie die vier Hisbollah-Terroristen, denen Gabriel und Michail mit einigem Abstand folgten, auf die schmale gepflasterte Straße abbogen, die zur Synagoge führte. Im nächsten Augenblick hatte er eine klare Vorahnung von einer kommenden Katastrophe – klarer als je zuvor. Aber die hatte nichts zu bedeuten, redete er sich ein. Der Stadttempel hatte die Novemberpogrome überdauert – er würde auch diese Nacht überstehen. Schamron betätigte sein Feuerzeug und starrte in die gelbliche Flamme. Fünf, sechs Sekunden, sagte er sich, vielleicht weniger. Dann war es geschafft.

Sie bildeten jetzt ein Rechteck: zwei gingen vorneweg, die beiden anderen folgten mit einigen Schritten Abstand. Gabriel musste ihnen zugestehen, dass sie ihr Handwerk beherrschten. In den Wintermänteln und mit ihrem bewusst lässigen Auftreten sahen sie wie vier junge Männer aus, die zu einem Abend im berühmten Wiener Bermudadreieck unterwegs waren – nicht wie vier Selbstmordattentäter der Hisbollah auf dem Weg in den Tod.

Gabriel wusste viel über sie. Er kannte ihre Namen und wusste, aus welchen Dörfern sie stammten und wie sie angeworben worden waren. Jetzt waren sie jedoch einfach nur Aleph, Bet, Gimel und Daleth – die ersten vier Buchstaben des hebräischen Alphabets. Aleph und Bet gehörten Gabriel, für Gimel und Daleth war Michail zuständig. *Aleph, Bet, Gimel, Daleth* … dann war es geschafft.

Die Straße stieg etwas an und beschrieb dabei eine leichte Rechtskurve. Noch ein paar Schritte, dann konnte Gabriel Jaakov und Oded in einem weißen Lichtkreis vor dem Eingang der Synagoge stehen sehen. Oded befragte zwei amerikanische Juden, die in der Stadt ihrer Vorfahren an der Sabbatfeier teilnehmen wollten, aber Jaakov beobachtete die vier jungen Männer, die auf der Straße auf sie zukamen. Er starrte sie kurz an, bevor er sich dazu zwang, wieder wegzusehen. Oded schien sie gar nicht zu bemerken. Nachdem er die beiden Amerikaner eingelassen hatte, war er jetzt mit den wenigen Gemeindemitgliedern beschäftigt, die noch auf Zutritt warteten. Etwa ein Dutzend Menschen, darunter zwei Kinder, standen auf der Straße, ohne etwas von dem Horror zu ahnen, der im Anmarsch war.

Seit Gabriel und Michail das Café verlassen hatten, hatten sie den Abstand zu den Zielpersonen allmählich verringert. Jetzt lagen nur noch sieben bis acht Meter zwischen ihnen – vier Terroristen, zwei Geheimagenten, alle auf ihren Auftrag konzentriert, alle von ihrer Sache und ihrem Gott überzeugt. Heute Abend würde der alte Krieg um die Herrschaft über das Land Israel auf einer schmalen Wiener Straße wiederholt werden.

Gabriel glaubte zu spüren, wie die Geschichte auf seinen Schultern lastete, als er die Straße hinaufstieg: die eigene Geschichte, die Geschichte seines Volkes, Schamrons Vergangenheit ... Er stellte sich Schamron als jungen Mann vor, wie er Adolf Eichmann auf einer trostlosen Straße im Norden von Buenos Aires beschattete. Beim Zugriff war Schamron über einen offenen Schnürsenkel gestolpert und beinahe gestürzt. Seit damals hatte er seine Schnürsenkel vor jedem Einsatz mit einem doppelten Knoten gesichert. Das hatte Gabriel heute zu Schamrons Ehren ebenfalls getan. Gabriel und Michail gingen etwas rascher, verringerten den Abstand weiter. Als die Terroristen den Lichtkegel einer Straßenlaterne durchquerten, sah Gabriel an der Innenseite von Alephs Handgelenk einen Draht, der mit hoher Wahrscheinlichkeit zu einem Zünder führte. Alle vier Terroristen trugen ihre Wintermäntel fest zugeknöpft, und es war sicher kein Zufall, dass alle ihre rechte Hand in der Tasche hatten. Dort steckten vermutlich die Pistolen. Zieht sie, dachte Gabriel. Noch zwei Sekunden, vielleicht weniger. *Aleph, Bet, Gimel, Daleth* ... dann war es geschafft.

Ein rascher Blick nach hinten zeigte Gabriel, dass das

EKO-Cobra-Team ihnen mit einigem Abstand folgte. Jaakov und Oded war es inzwischen gelungen, die meisten Wartenden einzulassen, aber einige Gemeindemitglieder, darunter die beiden Kinder, befanden sich noch auf der Straße. Michail atmete mehrmals tief durch, um sein jagendes Herz zu beruhigen, aber Gabriel sparte sich diese Mühe. Das war ohnehin nicht möglich. Nicht heute Nacht. Und so starrte er Alephs Hand an, während sein Herz wie eine Kesselpauke dröhnte, und wartete darauf, dass die Waffe zum Vorschein kam.

Doch wer sie zuerst entdeckte, war eines der Kinder, ein kleiner Junge. Sein Schreckensschrei bewirkte, dass Gabriel das Gefühl hatte, sein Nacken stehe in Flammen.

Es würde keine Detonation geben.

Und keine Beisetzung eines Kindes.

Zwei Sekunden, vielleicht weniger.

Aleph, Bet, Gimel, Daleth …

Dann war es geschafft.

Chiara hörte keine Schüsse, nur das Geheul von Martinshörnern. Sie stand noch immer am Fenster des Hotelzimmers und empfand es als das schönste Geräusch, das sie je gehört hatte. Sie horchte einige Minuten lang nach draußen, dann schnappte sie sich ihr Handy und rief Uzi Navot im Innenministerium an. Er war kaum zu verstehen, so groß war der Lärm im Hintergrund.

»Was ist los?«, fragte sie.

»Es ist vorbei«, antwortete er.

»Ist sonst jemand verletzt?«

»Nur die bösen Kerle.«

»Wo ist er?«

»Die Österreicher haben ihn.«

»Ich will ihn zurückhaben.«

»Keine Sorge«, sagte Navot. »Jetzt gehört er dir ganz.«

36

Wien – Tel Aviv – Vatikanstadt

Anfangs herrschte eine gewisse Verwirrung darüber, was sich bei Sonnenuntergang auf der engen Straße vor dem Stadttempel genau abgespielt hatte. Der Österreichische Rundfunk meldete zunächst, in einem Akt rechtsextremistischer Gewalt hätten zwei Bewaffnete vor der Synagoge vier Juden erschossen. Noch unübersichtlicher wurde die Situation, als eine obskure neonazistische Gruppierung stolz die Verantwortung für die Morde übernahm. Jonas Kessler wollte diese Meldungen sofort richtigstellen, aber Schamron und Uzi Navot überredeten ihn dazu, damit bis einundzwanzig Uhr zu warten. Erst dann trat er im Pressezentrum des Innenministeriums vor die Medien, um die Wahrheit bekannt zu geben – oder zumindest die Wahrheit, wie er sie sah.

Vor der Synagoge habe es tatsächlich eine Schießerei gegeben, begann Kessler, aber bei den vier Toten handle es sich um Selbstmordattentäter der Hisbollah, die nach Wien gekommen seien, um einen mörderischen Terroranschlag zu verüben. Die österreichischen Sicherheitsbehörden, sagte er, seien von einem ausländischen Geheimdienst, den er aus verständlichen Gründen nicht nennen könne, vor dem geplanten Anschlag gewarnt worden. Das erfolgreiche Unternehmen vor der Synagoge sei das Werk des Einsatzkommandos Cobra der Bundespolizei gewesen. Das EKO Cobra, schloss Kessler mit bewundernswerter Aufrichtigkeit, habe sich »in dieser Sternstunde glänzend bewährt«.

Natürlich interessierte die Medien vor allem der Aspekt

der Story, den Kessler nur gestreift hatte: die Quelle der Informationen, die den erfolgreichen Einsatz erst ermöglicht hatten. Kessler und der Rest des österreichischen Sicherheitsapparats verweigerten jeglichen Kommentar, aber binnen achtundvierzig Stunden verwiesen ungenannte »Sicherheitskreise« mehrfach auf die CIA. Im Fernsehen bezweifelten Terrorismusexperten solche Berichte und vermuteten, die Informationen seien aus Israel gekommen. Offiziell wollten die Israelis sich nicht dazu äußern, privat schworen sie jedoch, derartige Vermutungen seien haltlos.

Aber damit war die Geschichte noch nicht zu Ende, sondern lebte am folgenden Morgen neu auf, als *Die Presse* aufgrund von Augenzeugenberichten detailliert den Ablauf der Ereignisse schilderte. Das Faszinierendste daran war die Personenbeschreibung des kleineren der beiden Schützen. Und die eines nicht sehr gepflegt wirkenden Mannes, der wenige Minuten vor dem Anschlag die Evakuierung der Synagoge veranlasst hatte. Mehrere Zeugen fanden, er habe dem Leiter der früheren Wiener »Organisation für Ansprüche und Ermittlungen wegen Kriegsschäden« täuschend ähnlich gesehen. Eine israelische Zeitung meldete prompt, der Betreffende – Professor Eli Lavon von der Hebräischen Universität – sei mit Ausgrabungen unter der Westmauer beschäftigt und habe keinerlei Verbindungen zum israelischen Geheimdienst, was beides nicht stimmte.

Erwartungsgemäß wurden große Teile der islamischen Welt von einem heiligen Furor gegen Israel, seinen Geheimdienst und auch gegen die Österreicher als neue Freunde der Israelis erfasst. Medien im gesamten Nahen Osten sprachen von brutalen Morden und forderten die Österreicher auf, die angeblichen Sprengstoffgürtel der vier »Märtyrer« vorzulegen. Als Kessler genau das machte, taten die arabischen Medien sie als Fälschung ab. Selbst als Kessler sorgfältig ausgewählte Fotos freigab, die zeigten, wie viel Sprengstoff die

Attentäter am Körper getragen hatten, sprach die arabische Welt von Fälschung. Sie sah die Israelis als Drahtzieher am Werk, womit sie ausnahmsweise völlig recht hatte.

Vor diesem unruhigen Hintergrund wurde Massud Rahimi, der entführte iranische Diplomat, mit einer Augenbinde und in Handschellen auf einer Viehweide in Norddeutschland entdeckt. Der deutschen Polizei erklärte er, ihm sei die Flucht vor den Geiselnehmern gelungen, während die Iranische Befreiungsarmee verkündete, sie habe Massud aus »humanitären Gründen« freigelassen. Am folgenden Morgen trat Massud – ein paar Kilo leichter, aber offenbar bei guter Gesundheit – flankiert vom iranischen Präsidenten und vom VEVAK-Direktor im Fernsehen auf. Massud äußerte sich nur vage über seine Gefangenschaft, sagte aber, er sei gut behandelt worden. Sein Direktor wirkte ebenso skeptisch wie der Präsident, der schwor, die Geiselnehmer würden aufgespürt und zur Rechenschaft gezogen werden.

Mögliche iranische Vergeltungsmaßnahmen wurden nicht auf die leichte Schulter genommen – schon gar nicht am King Saul Boulevard. Aber der Dienst feierte auch den Erfolg dieses Unternehmens. Leben waren gerettet, ein alter Gegner war schwer kompromittiert, eine sprudelnde Geldquelle der Hisbollah war zum Versiegen gebracht worden.

Wenn irgendetwas die Feierlaune trüben konnte, dann die Tatsache, dass Seine Heiligkeit Papst Paul VII. in weniger als einer Woche auf dem Flughafen Ben Gurion landen sollte. Wegen der Turbulenzen im Nahen Osten hätte Uzi Navot es für ratsam gehalten, den Papstbesuch zu verschieben – eine Meinung, die der Premierminister und der Rest seines zänkischen Kabinetts teilten. Aber wer sollte den Papst bitten, nicht ins Heilige Land zu kommen? Dafür gab es nur einen Kandidaten. Einen gefallenen Engel in Schwarz. Einen Sünder in der Stadt der Heiligen.

Pater Mark erwartete Gabriel gleich hinter der Bronzetür des Apostolischen Palasts. Er begleitete ihn die Stufen der Scala Regina hinauf, über das Pflaster des Cortile di San Damaso und dann nach oben in die Privatgemächer des Papsts.

Luigi Donati saß in seinem Arbeitszimmer – einem schlichten Raum mit hoher Decke, weißen Wänden und Bücherschränken voller Werke über das Kirchenrecht. Auf einem Sideboard standen mehrere gerahmte Fotos, die größtenteils Donati zeigten, wie er in historischen Augenblicken des Papsttums diskret hinter seinem Herrn stand. Nicht recht zu den anderen Fotos passte nur eines, auf dem eine jüngere Version von Donati einem gelehrt wirkenden jungen Priester breit grinsend einen Arm um die Schultern legte.

»Das ist Pater José Martinez«, erläuterte Donati. »Wir waren gerade mit dem Bau einer neuen Schule in unserem Dorf in El Salvador fertig. Das war eine Woche vor seinem Tod.« Er musterte Gabriel prüfend, dann runzelte er die Stirn. »Sie sehen aus wie ich damals, als ich mit den Todesschwadronen auf den Fersen aus El Salvador geflüchtet bin.«

»Ich habe ein paar turbulente Wochen erlebt, seit ich Rom verlassen habe.«

»Davon habe ich gelesen«, sagte Donati. »Ein Kunstdiebstahl in Frankreich, eine Detonation in einer Galerie in St. Moritz, ein entführter iranischer Diplomat und ein im letzten Moment vereitelter Terroranschlag mitten in Wien. Uneingeweihte könnten glauben, es gebe keinen Zusammenhang zwischen diesen Ereignissen. Aber für jemanden wie mich scheinen sie alle etwas gemeinsam zu haben.«

»Sie haben sogar zwei Gemeinsamkeiten«, sagte Gabriel. »Die eine ist der Dienst. Und die andere ist Carlo Marchese.«

Es war kurz vor achtzehn Uhr, und die Sonne versank hinter den Dächern und Kuppeln des historischen Stadtkerns von

Rom. Während Gabriel sprach, sickerte die Abenddämmerung sanft aus dem Raum, bis dieser in das geheimnisvolle Dunkel eines Beichtstuhls gehüllt war. Ohne die Glut seiner Zigarette wäre Donati in seiner schwarzen Soutane unsichtbar gewesen. Als Gabriel zu Ende erzählt hatte, blieb Donati einige Minuten lang schweigend sitzen, bevor er aufstand und ans Fenster trat. Direkt unter ihm lag die Bastion Nikolaus V., der mittelalterliche Turm, in dem heutzutage die Zentrale der Vatikanbank untergebracht war.

»Können Sie irgendwas davon beweisen?«

»Nun, es gibt Beweise, die jeder gerichtlichen Überprüfung standhalten. Und es gibt welche, die gut genug sind, um ein Problem verschwinden zu lassen.«

»Was schlagen Sie vor?«

»Ein Gespräch«, antwortete Gabriel. »Ich werde Carlo alles erzählen, was ich weiß. Und dann werde ich ihm mitteilen, dass der Heilige Vater und Sie wünschen, dass er den Vorsitz des Aufsichtsrats der Vatikanbank mit sofortiger Wirkung niederlegt. Ich werde ihn auch warnen, dass er es mit mir zu tun bekommt, wenn er sich jemals wieder im Apostolischen Palast blicken lässt.«

»Das erscheint mir als lächerlich geringer Preis für zwei Morde.«

»Aber das wollten Sie doch.« Gabriel betrachtete Donatis Silhouette am Fenster. »Das wollten Sie doch, Luigi, oder?«

»Moralisch einwandfrei wäre es, General Ferrari alles zu erzählen, was Sie wissen.«

»Schon möglich. Würde Carlo jedoch von der italienischen Justiz wegen Handels mit geraubten Antiken, Geldwäsche und Mordes angeklagt, wäre das ein PR-Desaster für die Kirche. Und für Sie, Luigi. Dann käme alles heraus. Sie würden vernichtet.« Gabriel machte eine Pause, dann fügte er hinzu: »Und Veronica auch.«

»Und wenn Carlo sich weigert, unauffällig zu gehen?«

»Ich mache ihm klar, dass er keine andere Wahl hat. Verlassen Sie sich darauf«, betonte Gabriel nachdrücklich, »er wird die Botschaft schon verstehen.«

»Ich dulde keinen Mord. Keinen *weiteren* Mord, sollte ich wohl besser sagen.«

»Kein Mensch redet davon, jemanden zu ermorden. Aber wenn es einen gibt, der den Tod verdient hätte ...«

Donati brachte Gabriel zum Schweigen, indem er die Hand hob. »Reden Sie einfach nur mit Carlo.«

»Wann?«

»Kommende Woche. Dann ist es ausgeschlossen, dass die Medien vor unserer Israelreise davon Wind bekommen.« Er sah sich nach Gabriel um und fragte: »Sie haben wohl keine Zeit gehabt, sich die Sicherheitsvorkehrungen anzusehen?«

»Ganz im Gegenteil, ich habe sie mir sehr genau angesehen.«

»Und?«

»Ich möchte Ihnen nur eines empfehlen.«

»Das wäre?«

»Stornieren Sie den Flug.«

Donati drehte sich langsam um. »Sie raten mir also, die Reise abzusagen?«

»Nein. Wir möchten nur, dass Sie sie verschieben, bis die Aufregung sich etwas gelegt hat.«

»Wir?«

»Diese Anregung kommt von ganz oben.«

»Vom Premierminister?«

Gabriel nickte.

»Wir werden die Reise auf gar keinen Fall absagen – außer Ihr Premierminister ist bereit, das Oberhaupt von einer Milliarde Katholiken offiziell auszuladen.«

»Dann muss jemand dem Heiligen Vater erklären, wie wir dazu stehen.«

»Ganz recht«, sagte Donati lächelnd. »Aber bestimmt nicht ich.«

Die Vatikanischen Gärten lagen im Halbdunkel, als Gabriel aus dem Belvedere-Palast trat. Er ging am Sakramentsbrunnen und dem Äthiopischen Kolleg vorbei und hielt auf eine Stelle an der Vatikanmauer zu, wo mehrere Schweizergardisten in Zivil wie Statuen Wache hielten. Wortlos schlüpfte er zwischen ihnen hindurch und stieg langsam einige Stufen hinauf.

Pietro Lucchesi, bekannt als Seine Heiligkeit Papst Paul VII., wartete allein. Zu seinen Füßen lag Rom – das staubige, schmutzige ewige Rom. Gabriel konnte sich nie daran sattsehen. Der Heilige Vater offenbar auch nicht.

»Ich weiß noch, wie wir zum ersten Mal zusammen hier oben waren«, sagte er. »Das war nach der Crux-Vera-Affäre. Sie haben mein Papsttum gerettet, von meinem Leben ganz zu schweigen.«

»Das war das Mindeste, was wir tun konnten, Eure Heiligkeit«, sagte Gabriel und blickte über den Tiber hinweg zur Kuppel der Großen Synagoge von Rom hinüber. Für einen kurzen Moment sah er Pietro Lucchesi wieder auf der *Bima* stehen und hörte ihn Worte sagen, die noch kein Pontifex Maximus ausgesprochen hatte. *Wir bekennen diese und weitere Sünden, die bald ans Tageslicht kommen werden, und bitten euch um Vergebung.*

»Es hat enormen Mut erfordert zu sagen, was Sie an jenem Tag gesagt haben, Eure Heiligkeit.«

»Ohne Sie hätte ich das nicht gekonnt. Aber was die Versöhnung unserer Religionen angeht, ist mein Werk noch nicht getan, und deshalb *muss* ich diese Reise nach Jerusalem antreten.«

»Niemand möchte Sie lieber in Israel sehen als ich.«

»Aber?«

»Wir glauben nicht, dass sie zum gegenwärtigen Zeitpunkt sicher wäre.«

»Dann tun Sie Ihr Bestes, um sie sicher zu *machen*. Denn aus meiner Sicht ist die Diskussion darüber beendet.«

»Ja, Eure Heiligkeit.«

Der Papst lächelte. »Ist das alles, Gabriel? Ich hätte mehr Widerspruch von Ihnen erwartet.«

»Ich versuche, mich möglichst wenig mit dem Stellvertreter Christi zu streiten.«

»Gut. Denn es ist mein Wunsch, dass Sie auf dieser Reise als mein persönlicher Leibwächter fungieren.«

»Das wäre mir eine Ehre, Eure Heiligkeit. Schließlich habe ich diese Rolle schon mehrmals gespielt.«

»Unter großem Beifall.«

Der Papst lächelte flüchtig, als ein Windstoß seine Soutane bewegte. Die Luft hatte ihre winterliche Frische verloren, sie roch nach Pinien und warmer Erde. Der Heilige Vater schien das nicht zu bemerken. Ihn beschäftigten offenbar wichtigere Dinge als der Wechsel der Jahreszeiten.

»Stimmt es, dass Carlo Marchese etwas mit dem Tod dieser armen jungen Frau aus dem Museum zu tun hatte?«, fragte er.

Gabriel zögerte.

»Irgendwas nicht in Ordnung, Gabriel?«

»Nein, Eure Heiligkeit. Aber es wäre vielleicht besser, wenn ...«

»Wenn mir die unangenehmen Details erspart blieben?« Der Papst lächelte mit Verschwörermiene. »Ich will Ihnen ein kleines Geheimnis anvertrauen, Gabriel. Der Stellvertreter Christi gibt keine Pressekonferenzen. Und er kann einstweilige Verfügungen ignorieren. Das gehört zu den wenigen Vorteilen dieser Position.«

»Was ist mit dem Luxusapartment mitten in Rom?«

»Ach, mir hat es noch nie Spaß gemacht, über dem Laden

zu wohnen.« Der Papst blickte über die Hügel Roms. Die Stadt sah aus wie von einer Million Kerzen erhellt. »Die schlimmen Zustände in der Vatikanbank zu beseitigen, hat zu meinen obersten Prioritäten gehört. Jetzt scheint ein Mann aus einer Familie mit langen Beziehungen zum Vatikan unsere gute Arbeit zunichtegemacht zu haben.«

»Keine Sorge, den sind Sie bald los.«

»Brauchen Sie dazu irgendetwas von mir?«

»Halten Sie sich bitte möglichst weit fern.«

Sie verfielen in geselliges Schweigen. Dabei musterte der Papst Gabriel so genau, wie Donati es zuvor getan hatte.

»Haben Sie schon darüber nachgedacht, was Sie als Nächstes tun werden?«

»Ich muss den Caravaggio zu Ende restaurieren.«

»Und dann?«

»Dann werde ich mein Bestes tun, um meine Frau glücklich zu machen.«

»Sie hätten zugelassen, dass sie Ihnen entgleitet, wenn ich nicht gewesen wäre …«, sagte der Papst lächelnd. »Vielleicht sollten Sie einen Teil Ihrer Zeit darauf verwenden, ein Kind zu bekommen.«

»Das ist kompliziert.«

»Kann ich irgendetwas tun, um Ihnen zu helfen?«

Diesmal lächelte Gabriel. »Woran denken Sie?«

»Als Oberhaupt der katholischen Kirche sind meine Optionen aufs Gebet beschränkt, fürchte ich.«

»Für Ihre Gebete wären wir Ihnen sehr dankbar.«

»Und was ist mit meinem Ratschlag?«

Gabriel schwieg.

»Sie sind seit vielen Jahren auf der Wanderschaft, Gabriel. Vielleicht ist es nun an der Zeit, dass Sie heimkehren.«

»Meine Arbeit ist hier in Europa, Eure Heiligkeit.«

»Gemälde?«

Gabriel nickte.

»Im Leben gibt es ein paar Dinge, die wichtiger sind als Kunst«, sagte der Papst. »Ihrem Land steht eine düstere Zeit bevor. Ich habe in letzter Zeit oft schlechte Träume gehabt ... Visionen.«

»Was für Visionen, Eure Heiligkeit?«

»Wahrscheinlich ist es besser, wenn ich diese Frage nicht beantworte«, sagte der Papst und legte Gabriel eine Hand auf den Arm. »Aber hören Sie mir gut zu. Restaurieren Sie Ihren Caravaggio fertig, Gabriel. Und dann kehren Sie heim.«

37

Ostjerusalem

Im selben Moment lenkte Imam Hassan Darwisch seinen verbeulten Kombi die Steilrampe von der Jericho Road zum Löwentor hinauf. Der wachhabende israelische Polizeibeamte kontrollierte den Wagen wie immer nur flüchtig, bevor er den Imam ins Muslimische Viertel der Jerusalemer Altstadt einfahren ließ.

Imam Darwisch entstammte einer vornehmen Palästinenserfamilie aus Hebron im Westjordanland. Noch wichtiger aber war, dass er dem Stiftungsrat der Jerusalemer Waqf angehörte, der offiziellen Verwalterin des Tempelbergs, seit Saladin ihn im Jahr 1187 von den Kreuzfahrern zurückerobert hatte. Diese Position bedeutete, dass Darwisch so unberührbar war, wie man es als Araber in Ostjerusalem nur sein konnte. Er konnte den Tempelberg mit wenigen aufreizenden Worten in einen brodelnden Hexenkessel verwandeln. Und genau das hatte er schon mehr als einmal getan.

Er stellte seinen Kombi auf dem kleinen Parkplatz der Waqf in der Nähe des Löwentors ab und betrat sein Büro am Nordrand der Stützmauer des Tempelbergs. Auf seinem alten ottomanischen Schreibtisch empfing ihn ein ganzer Stapel von Telefonnotizen. Als inoffizieller Sprecher der Waqf bekam er jeden Tag Dutzende Anrufe mit Interviewwünschen zum Tempelberg und anderen heiligen Stätten in Jerusalem. Die meisten ignorierte er, vor allem die von amerikanischen und israelischen Journalisten – und das aus gutem Grund. In Zusammenarbeit mit Jassir Arafat und später mit dessen Nachfolger Mahmud Abbas hatte Darwisch eine unerbittliche Kampagne mit dem Ziel geführt, den jüdischen Anspruch auf Palästina zu schwächen, indem er die Existenz von Salomos Tempel in Jerusalem leugnete.

Darwischs Krieg gegen die Wahrheit war jedoch über bloße Worte hinausgegangen. Unter dem Deckmantel von Bauvorhaben hatte er auf dem Tempelberg systematisch alle Hinweise auf den alten Tempel beseitigt. Sein inoffizieller Berater bei diesen Bemühungen, ein Antikenfachmann aus der Schweiz, war vor Kurzem bei einem Bombenanschlag in seiner Galerie den Märtyrertod gestorben. Darwisch hoffte, dass ihm selbst kein ähnliches Schicksal bevorstand. Obwohl er die Schönheit des Märtyrertums bei jeder sich bietenden Gelegenheit pries, zog er es vor, das Sterben anderen zu überlassen.

Wie immer erledigte Darwisch die vielen Interviewanfragen, indem er sie einfach in den Papierkorb wischte. Übrig blieb nur eine nüchterne Mitteilung von einem gewissen Muhammad Faruk, die bestellten Korane aus der Druckerei der Al-Ashar-Universität in Kairo seien eingetroffen. Darwisch starrte die Mitteilung einige Minuten lang an und fragte sich, ob er genügend Mut und vor allem den starken Glauben besaß, der für die Durchführung dieses Projekts nötig war. Dann nahm er einen Schlüsselbund aus der Schreibtischschublade und ging auf den Tempelberg hinaus.

Die Familie Darwisch stand seit Jahrhunderten in enger Verbindung zur Jerusalemer Waqf, und Hassan hatte schon als Kind im Schatten der Bäume am Nordrand des Edlen Heiligtums gesessen und im Koran gelesen. Noch jetzt, in mittlerem Alter, konnte er nie am Felsendom vorbeigehen, ohne das Gefühl zu haben, Allah und der Prophet Mohammed gingen neben ihm her. In der Mitte des farbenprächtigen achteckigen Baus lag der Fels, der allen drei auf Abraham zurückgehenden Religionen heilig war. Für Juden und Christen war dies der Ort, an dem der Erzengel Gabriel Abraham davon abgehalten hatte, seinen Sohn Isaak zu opfern, für Muslime hingegen bezeichnete er den Ort, von dem aus Gabriel Mohammed auf seiner nächtlichen Himmelfahrt begleitet hatte.

Unter dem Felsen lag eine natürliche Höhle, die »Brunnen der Seelen« genannt wurde. Hier versammelten sich nach muslimischem Glauben die Seelen der Verdammten, bevor sie in die Hölle geworfen wurden. Als kleiner Junge hatte Darwisch sich manchmal spätabends in die Höhle geschlichen. Dort hatte er stundenlang auf muffigen Gebetsteppichen gesessen und sich eingebildet, gequälte Seelen jammern zu hören. In seiner Phantasie gehörten sie niemals Muslimen, sondern immer nur Juden, die von Allah dafür bestraft wurden, dass sie das Land Palästina gestohlen hatten.

Eine Zeit lang hatte Darwisch geglaubt, Juden und Muslime könnten das Land unter sich aufteilen und friedlich zusammenleben. Heute, nach Jahrzehnten erdrückender israelischer Besetzung und zahllosen gebrochenen Versprechen, war er der Überzeugung, die Palästinenser würden niemals frei sein, bevor der zionistische Staat vernichtet war. Der Schlüssel zur Befreiung Palästinas war seiner Ansicht nach der Tempelberg selbst. Törichterweise hatten die Israelis der Waqf die Kontrolle über den Tempelberg, von den Arabern Haram al-Scharif genannt, überlassen. Damit hatten sie unabsichtlich ihr eigenes Los besiegelt.

Als Kenner der Geschichte des Nahen Ostens verstand Darwisch, dass es beim Konflikt zwischen Arabern und Juden nicht nur um Landbesitz ging. Es war ein Religionskrieg, in dessen Mittelpunkt der Haram al-Scharif stand. Arafat hatte den Tempelberg dazu benutzt, um im Jahr 2000 die blutige Intifada auszurufen. Nun plante Imam Hassan Darwisch eine Wiederholung. Aber diese Intifada, die dritte, würde die beiden anderen weit übertreffen. Sie würde umwälzend sein, die Endlösung bringen. Und wenn sie vorüber war, würde es im Land Palästina keinen einzigen Juden mehr geben.

Mit lebhaften Bildern von der bevorstehenden Apokalypse im Kopf ging der Imam unter der freistehenden Südwestarkade hindurch und überquerte den weiten Hof, der zur al-Aqsa-Moschee mit ihrer silbernen Kuppel führte. Auf der Ostseite des riesigen Baus lag der neue Eingang der unterirdischen Marwani-Moschee. Darwisch stieg die terrassenförmig angelegten Stufen hinauf und benutzte einen seiner Schlüssel dazu, das Hauptportal aufzusperren. Wie jedes Mal zögerte er, über die Schwelle zu treten. Als Bauleiter wusste er, wie sehr der Abtransport vieler Tonnen Erde und Füllmaterial den Tempelberg geschwächt hatte, sodass die gesamte Südhälfte des Plateaus einsturzgefährdet war.

Im Ramadan und an hohen Festtagen glaubte Darwisch manchmal, den Berg unter dem Gewicht der Gläubigen ächzen zu hören. Ein kleiner Anstoß würde genügen, damit ein Großteil des heiligsten Ortes der Welt ins Kidrontal abrutschte und dabei die al-Aqsa-Moschee, den drittheiligsten Ort, mitriss. Innerhalb weniger Stunden würden die Heere des Islams – verstärkt durch Millionen empörter Gläubiger – an Israels Grenzen stehen. Es würde einen Dschihad geben, der alle Dschihads beendete, eine Intifada mit einem einzigen Zweck – der restlosen Vernichtung des Staats Israel und seiner gesamten Bevölkerung.

Vorläufig lag die riesige unterirdische Moschee mit ihren zwölf Schiffen still und von sanftem Licht erfüllt da. Darwisch folgte einem Bogengang zu einer massiven Holztür, die mit einem großen Vorhängeschloss gesichert war. Den einzigen Schlüssel dafür besaß der Imam. Er sperrte auf, zog die Tür auf und hatte nun eine Steintreppe vor sich.

An ihrem Fuß wartete die nächste Tür, die wieder nur Darwisch aufsperren konnte.

Als er sie öffnete, herrschte dahinter rabenschwarzes Dunkel. Er zog eine kleine Maglite aus seiner *Galabija* und beleuchtete die ersten zwölf, fünfzehn Meter eines nur schulterbreiten alten Tunnels. Dieser zur Zeit des ersten jüdischen Tempels in den Fels gehauene Gang war nur einer der vielen Funde, die palästinensische Arbeiter beim Bau der unterirdischen Moschee gemacht hatten. Darwisch hatte den Tunnel weder der Israelischen Antikenbehörde noch den Vereinten Nationen gemeldet. Niemand wusste von seiner Existenz – niemand außer Imam Hassan Darwisch und einer Handvoll Arbeiter, die er auf strikte Geheimhaltung eingeschworen hatte.

Manchen Männern wäre es unheimlich gewesen, nachts einen alten Tunnel zu betreten, aber Darwisch machte das nichts aus. Als Kind hatte er unzählige Stunden damit verbracht, die Höhlen und Gänge unter dem Edlen Heiligtum zu erforschen. Dieser Tunnel führte über hundert Meter steil bergab, bevor er etwa fünfhundert Meter weit eben verlief, um dann wieder steil anzusteigen. Er endete an einer neu installierten Stahlleiter. Hassan Darwisch, der von dem Anstieg leicht außer Atem war, umfasste die Rungen mit beiden Händen und stieg langsam zur hölzernen Falltür hinauf, die den Gang nach oben abschloss.

Als er sie aufstieß, gelangte er ins Schlafzimmer einer Wohnung in Silwan, einem an den Bezirk Stadt Davids angrenzenden Stadtteil in Ostjerusalem. An einer Wand hing ein Poster, das einen französischen Fußballstar zeigte, an einer anderen ein großes Foto von Yahiya Ayyash, dem berüchtigten Bombenbauer der Hamas mit dem Spitznamen »Ingenieur«. Darwisch öffnete den Kleiderschrank. Darin lagen die »Korane«, von denen Faruk gesprochen hatte: hundertfünfzig Kilogramm Sprengstoff mit den erforderlichen Zündern, von Hisbollah und Hamas über die ägyptische Grenze geschmuggelt und von Beduinen durch Israel transportiert. Anderswo in Silwan lagerte noch mehr. Weitaus mehr.

Darwisch schloss die Tür des Kleiderschranks. Dann verließ er das Schlafzimmer und trat auf den winzigen Balkon mit Blick aufs Kidrontal. Jenseits des Tals schwebten über honigfarbenen Wällen aus herodischem Stein zwei gewaltige Kuppeln, die eine silbern, die andere golden. *»Allahu Akbar«,* sagte der Imam leise. »Und möge er meiner Seele gnädig sein, denn was ich tue, geschieht in seinem Namen.«

38

Vatikanstadt

In der folgenden Woche tauschte Gabriel sein turbulentes Leben gegen eine angenehme, wenn auch klösterliche Routine ein. Er wohnte in einem spärlich möblierten kleinen Apartment im Apostolischen Palast, einen Stock unter Donati und dem Papst, und stand jeden Morgen früh auf. Nach dem Frühstück mit den Nonnen, die den Haushalt des Heiligen Vaters führten, ging er ins Konservierungslabor hinüber, um an dem Caravaggio weiterzuarbeiten. Antonio Calvesi, der Chefkonservator, kam häufig in Gabriels höhlenartige Werkstatt. Am zweiten Tag brachte er endlich den Mut auf, nach dem Grund für Gabriels Abwesenheit zu fragen.

»Ich habe eine kranke Tante besucht.«

»Wo?«

»Palm Beach.«

Calvesi runzelte skeptisch die Stirn. »Gerüchteweise hört man, dass du den Papst auf seiner Pilgerfahrt ins Heilige Land begleiten wirst.«

»Wir nennen es lieber Israel«, sagte Gabriel und tupfte mit seinem Pinsel sanft auf den fließenden roten Umhang des Apostels Johannes. »Stimmt, Antonio, ich begleite ihn. Aber keine Sorge, ich stelle den Caravaggio fertig, wenn wir zurück sind.«

»Wie lange brauchst du noch?«

»Vielleicht eine Woche, vielleicht einen Monat.«

»Machst du das nur, um mich zu ärgern?«

»Ja.«

»Hoffen wir also, dass deine *Tante* gesund bleibt.«

»Ja«, sagte Gabriel. »Das wollen wir hoffen.«

Jeden Morgen verließ Gabriel um Punkt zehn Uhr das Labor und ging zur Unterkunft der Schweizergarde hinüber, um an einer Besprechung über den Stand der Sicherheitsvorkehrungen für die Papstreise teilzunehmen. Seine Anwesenheit schien Alois Metzler anfangs zu irritieren, aber die Irritation schwand rasch, als Gabriel auf mehrere große Lücken im Personenschutzkonzept aufmerksam machte, die bis dahin keinem aufgefallen waren. Nach einer besonders langen Besprechung bat der Kommandant der Schweizergarde ihn in sein Dienstzimmer.

»Wenn Sie mit uns Dienst tun wollen«, sagte er mit einem Blick auf Gabriels Jeans und seine Lederjacke, »müssen Sie wie wir gekleidet sein.«

»In Pumphosen sehe ich dick aus«, erwiderte Gabriel. »Und ich hab nie kapiert, wie man eine Hellebarde durch einen Metalldetektor am Flughafen bringt.«

Metzler drückte den Rufknopf der Gegensprechanlage auf seinem Schreibtisch. Zehn Sekunden später kam sein Adjutant mit drei dunklen Anzügen, drei weißen Oberhemden, drei Krawatten und einem Paar schwarzer Schnürschuhe herein.

»Woher haben Sie meine Maße?«, fragte Gabriel.

»Von Ihrer Frau.« Metzler zog die oberste Schreibtischschublade auf und nahm eine 9-Millimeter-Pistole heraus. »Die hier brauchen Sie auch.«

»Ich habe schon eine.«

»Aber wenn Sie sich als Schweizergardist ausgeben wollen, müssen Sie unsere Dienstwaffe tragen.«

»Eine SIG Sauer P226.«

»Aha, Sie kennen sich aus.«

»Ich habe gewisse Erfahrungen.«

Metzler lächelte. »Sie müssen nur den Schießtest bestehen, bevor ich Ihnen eine Waffe überlassen kann.«

»Soll das ein Witz sein?«

»Ich bin Schweizer, wir machen nie Witze.« Metzler stand auf. »Sie erinnern sich an den Weg?«

»An der Ritterrüstung rechts abbiegen und dem Flur zum Hof folgen. Die Tür zur Schießbahn liegt genau gegenüber.«

»Also los.«

Sie brauchten keine zwei Minuten. Als sie die Schießbahn betraten, ballerten gerade vier junge Schweizer auf Zielscheiben, und die Luft war blau von Pulverdampf. Metzler schickte sie weg, bevor er Gabriel die SIG Sauer, ein leeres Magazin und eine Schachtel Munition gab. Gabriel drückte rasch fünfzehn Patronen in das Magazin und rammte es in den Pistolengriff. Metzler setzte Schutzbrille und Ohrenschützer auf.

»Und Sie?«, fragte er.

Gabriel schüttelte den Kopf.

»Warum nicht?«

»Sollte jemand versuchen, den Heiligen Vater zu ermorden, bleibt mir keine Zeit, Augen und Ohren zu schützen.«

Metzler hängte eine Mannscheibe an das Drahtseil und kurbelte sie zwanzig Meter weit hinaus.

»Weiter«, sagte Gabriel.

»Wie weit?«

»Bis zum Anschlag.«

Metzler tat wie geheißen. Gabriel hob die Waffe in klassischer Haltung mit beiden Händen und durchlöcherte Augen, Stirn und Nase mit fünfzehn Treffern.

»Nicht schlecht«, sagte Metzler. »Mal sehen, ob Sie das noch mal können.«

Er kurbelte eine weitere Mannscheibe hinaus, während

Gabriel rasch nachlud. Dann schoss er das Magazin binnen Sekunden leer. Diesmal waren die fünfzehn Treffer nicht übers Gesicht verteilt, sondern hatten ein großes Loch mitten in die Stirn gestanzt.

»Großer Gott«, sagte Metzler.

»Tolle Waffe«, sagte Gabriel.

Mittags entschlüpfte Gabriel auf dem Rücksitz von Donatis Limousine den Banden des Vatikans und wurde zur israelischen Botschaft gefahren, damit er den vom King Saul Boulevard ausgegebenen täglichen Lagebericht lesen konnte. Blieb dann noch Zeit, kehrte er ins Labor zurück, um ein paar Stunden an dem Caravaggio weiterzuarbeiten. Um neunzehn Uhr aß er schließlich mit Paul VII. und Donati im päpstlichen Speisezimmer zu Abend. Gabriel verzichtete darauf, die Sicherheitsprobleme anzusprechen, aber er nutzte die einmalige Gelegenheit, um den Heiligen Vater auf eine der wichtigsten Reisen seiner Amtszeit vorzubereiten.

Das Staatssekretariat, das zugleich auch als Außenministerium des Vatikans fungierte, hatte mehrere – erwartungsgemäß neutrale – Reden aufgeschrieben, die der Papst auf seiner Reise durch Israel und die Palästinensergebiete halten sollte. Aber mit jedem Tag wurde klarer, dass Paul VII. beabsichtigte, die historisch angespannten Beziehungen zwischen dem Heiligen Stuhl und dem Staat Israel auf eine radikal neue Grundlage zu stellen. Seine Reise würde mehr als nur eine Pilgerfahrt sein – sie war als Abschluss des Prozesses gedacht, den der Papst vor fast einem Jahrzehnt mit seiner Bitte um Vergebung in der Großen Synagoge in Rom angestoßen hatte.

Am letzten Abend hörte Gabriel zu, wie der Heilige Vater an der Rede feilte, die er in der israelischen Holocaust-Gedenkstätte Yad Vashem halten wollte. Anschließend bestand Donati – der ungewohnt nervös wirkte – darauf, Gabriel in sein Apartment zu begleiten. Über einen kleinen Umweg brachte er ihn stattdessen zu einem der Eingänge der Sixtinischen Kapelle. Donati zögerte.

»Wahrscheinlich ist es besser, wenn Sie diesmal ohne mich hineingehen.«

»Wer ist dort drinnen, Luigi?«

»Der einzige Mensch, der dafür sorgen kann, dass Carlo Marchese seine gerechte Strafe erhält.«

Veronica Marchese stand mit verschränkten Armen hinter dem Altar und betrachtete *Das Jüngste Gericht.* Auch als Gabriel sich ihr leise näherte, blieb ihr Blick auf Michelangelos Altargemälde gerichtet.

»Glauben Sie, dass es so aussehen wird?«, fragte sie.

»Das Ende?«

Sie nickte.

»Hoffentlich nicht. Sonst habe ich nichts Gutes zu erwarten.«

Veronica sah ihn an. Sie hatte geweint. »Wie konnte ein Mann wie Sie einer der weltbesten Restauratoren für christliche Kunst werden?«

»Das ist eine lange Geschichte.«

»Ich denke, ich könnte gut eine brauchen«, sagte sie.

»Ich bin aufgefordert worden, für mein Land Dinge zu tun, nach denen ich nicht mehr malen konnte. Also habe ich Italienisch gelernt und bin unter falschem Namen nach Venedig gegangen, um Restaurator zu werden.«

»Bei Umberto Conti?«

»Bei wem sonst?«

»Umberto fehlt mir sehr.«

»Mir auch. Er hatte einen großen Schlüsselbund, mit dem er fast jede Kirche Venedigs aufsperren konnte. Nachts hat er mich oft aus dem Bett geholt, um mir Gemälde zu zeigen.

›Nur ein Mann, der mit sich zufrieden ist, kann ein brauchbarer Restaurator sein‹, hat er mir einmal erklärt, ›aber nur ein Mann, dessen Leinwand beschädigt ist, kann ein wirklich großer Restaurator sein.‹«

»Haben Sie sie instand setzen können?«

»Teile davon«, antwortete Gabriel nach kurzem Schweigen. »Manche lassen sich nicht reparieren, fürchte ich.«

Sie schwieg.

»Wo ist Carlo?«

»In Mailand. Ich glaube zumindest, dass er in Mailand ist. Vor Kurzem habe ich entdeckt, dass Carlo nicht immer die Wahrheit sagt, wenn ich ihn frage, wo er ist und mit wem er zusammentrifft. Jetzt verstehe ich, weshalb.«

»Wie viel hat Donati Ihnen erzählt?«

»Genug für die Erkenntnis, dass mein bisheriges Leben vorbei ist.«

Bleiernes Schweigen senkte sich auf sie herab. Gabriel erinnerte sich daran, wie jung Veronica an jenem Nachmittag in der Villa Giulia gewirkt hatte. Jetzt sah man ihr plötzlich jedes ihrer fünfzig Jahre an. Trotzdem blieb sie eine schöne Frau.

»Sie müssen doch gemerkt haben, dass Ihr Mann nicht der ist, der er zu sein vorgibt«, sagte er schließlich.

»Ich wusste, dass Carlo mit irgendwelchen Geschäften, die ich nicht ganz verstanden habe, viel Geld gemacht hat. Aber wenn Sie mich fragen, ob ich gewusst habe, dass er der Kopf einer international operierenden Bande ist, die den Handel mit geraubten Antiken kontrolliert …« Sie brachte den Satz nicht zu Ende. »Nein, Signor Allon, das habe ich nicht gewusst.«

»Er hat Sie ausgenutzt, Veronica. Sie haben ihm Zugang zur Vatikanbank verschafft.«

»Und mein guter Ruf in der Antiquitätenwelt hat ihm einen Anschein von Ehrbarkeit gegeben.« Ihr Haar war ihr in die Stirn gefallen. Sie strich es langsam zurück, als wolle sie dem Restaurator Gelegenheit geben, die durch Carlos Verrat angerichteten Schäden zu begutachten.

»Warum haben Sie ihn geheiratet?«, fragte Gabriel.

»Verurteilen Sie mich dafür, Signor Allon?«

»Das würde mir nicht im Traum einfallen. Ich frage mich nur, wie Sie einen Mann wie ihn nehmen konnten, nachdem Sie mit Luigi zusammen waren.«

»Sie verstehen nicht viel von Frauen, was?«

»Das habe ich mir schon öfter sagen lassen müssen.«

Ihr Lächeln war echt. Aber es verschwand rasch wieder, als sie die Gründe aufzählte, die sie dazu bewogen hatten, einen Mann wie Carlo Marchese zu heiraten. Carlo sah gut aus. Carlo war aufregend. Carlo war reich.

»Aber Carlo war nicht Donati«, wandte Gabriel ein.

»Nein«, bestätigte sie. »Luigi gibt es nur einmal. Und er hätte mir ganz allein gehört, wenn Pietro Lucchesi nicht gewesen wäre.«

Ihre Stimme klang plötzlich verbittert, voller Ressentiments, als sei Seine Heiligkeit irgendwie daran schuld, dass sie einen Mörder geheiratet hatte.

»Vielleicht war es besser so«, meinte Gabriel vorsichtig.

»Dass Luigi wieder Priester geworden ist, statt mich zu heiraten?«

Er nickte.

»Sie haben gut reden, Signor Allon.« Etwas leiser fügte sie hinzu: »Sie sind nicht die Frau, die ihn geliebt hat.«

»Er ist hier glücklich, Veronica.«

»Und was passiert, wenn sie den Fischerring von Lucchesis Finger abziehen und seinen Leichnam in der Krypta unter dem Petersdom beisetzen? Was macht Luigi dann? Ich nehme an, dass er ein paar Jahre lang an irgendeiner Universität Kirchenrecht lehren wird. Und danach wird er die letzten Jahre seines Lebens in einem Seniorenheim für alternde Geistliche verbringen. Schrecklich einsam und traurig.«

»Dieses Leben hat er sich aber selbst ausgesucht.«

»Es ist für ihn ausgesucht worden, genau wie Ihres. Sie und er sind sich ziemlich ähnlich, Signor Allon. Vermutlich kommen Sie deshalb so gut miteinander aus.«

Gabriel musterte sie prüfend. »Sie lieben ihn noch immer, nicht wahr?«

»Das ist keine Frage, die ich beantworten möchte – zumindest nicht hier drinnen.« Sie sah zu den Deckenfresken auf. »Wissen Sie, dass Claudia am Abend ihres Todes in meinem Büro in der Villa Giulia angerufen hat?«

»Um 20.47 Uhr«, sagte er.

»Dann wissen Sie vermutlich auch, dass sie eine Minute früher eine andere Nummer gewählt hat?«

»Ja, das weiß ich. Aber wir haben sie bisher nicht identifizieren können.«

»Ich hätte Ihnen helfen können.«

Sie gab ihm ihre Visitenkarte. Die Nummer, die Claudia gewählt hatte, war Veronicas Handynummer gewesen.

»Ich war nicht mehr im Büro, als sie es dort probiert hat, und habe erst am folgenden Tag gemerkt, dass sie mein BlackBerry angerufen hat.«

»Warum erst so spät?«

»Weil es den ganzen Tag verschwunden war. Ich habe es am nächsten Morgen auf dem Boden meines Wagens wiedergefunden. Etwas dabei gedacht habe ich mir erst an dem Tag, an dem Sie mich im Museum aufgesucht haben. Dann war mir plötzlich klar, wie Carlo die Tat verübt hatte. Nachdem ich Sie in diesem Wolkenbruch hatte stehen lassen, bin ich in die Villa Borghese gefahren und habe eine Stunde lang geweint, bevor ich nach Hause gefahren bin. Carlo konnte sehen, dass irgendwas nicht in Ordnung war.«

»Weshalb haben Sie mir das nicht erzählt, als wir zum Abendessen bei Ihnen waren?«

»Ich hatte Angst.«

»Wovor?«

»Dass mein Mann auch mich ermorden würde.« Sie sah erst Gabriel, dann *Das Jüngste Gericht* an. »Hoffentlich ist es so schön wie auf dem Gemälde.«

»Das Ende?«

»Ja.«

»Irgendwie«, sagte Gabriel, »bezweifle ich, dass wir so viel Glück haben werden.«

Er erzählte ihr so viel, wie er konnte, und begleitete sie dann bis zur Bronzetür. Während sie mit den Kolonnaden verschmolz, stellte er sich vor, wie Donati neben ihr herging – nicht der Mann, der durch sein Keuschheitsgelübde gebunden war, sondern Luigi, wie er hätte sein können, wenn Gott ihn nicht in den Priesterstand berufen hätte.

Anschließend wollte er in sein Apartment gehen, aber irgendetwas zog ihn in die Kapelle zurück. Er stand mehrere Minuten lang allein mitten im Raum und betrachtete die Fresken, während ihm ein Bibelvers nicht mehr aus dem Kopf ging: »Das Haus aber, das der König Salomo dem Herrn baute, war sechzig Ellen lang, zwanzig Ellen breit und dreißig Ellen hoch.«

39

Vatikanstadt – Jerusalem

Als Oberhaupt eines souveränen Staats verfügt der Papst über ein Postamt, eine Münzstätte, ein kleines Heer, staatliche Museen von Weltklasse und Botschafter in Nuntiaturen auf der ganzen Welt. Er besitzt jedoch kein Flugzeug, weshalb er auf die Alitalia angewiesen ist, die in finanzielle Turbulenzen geratene staatliche italienische Fluggesellschaft. Für den Flug nach Israel lieh sie ihm eine Boeing 767, die zu Ehren seiner Pilgerreise in *Zion* umgetauft wurde. In seiner Privatkabine gab es vier luxuriöse Drehsessel, einen niedrigen Tisch, auf dem sich die Morgenzeitungen türmten, und einen Satellitenfernseher, auf dem Paul VII. seinen von der RAI live übertragenen Abflug vom Flughafen Leonardo da Vinci verfolgen konnte.

Das kirchliche Gefolge des Papsts und die Personenschützer saßen direkt dahinter in der Business Class, während das vatikanische Pressekorps Economy fliegen musste. Von den Journalisten, die mit Kameras und Kabinengepäck an Bord gingen, trugen mehrere schwarz-weiß karierte Palästinensertücher als Schals. Die zweite Station der straff organisierten Papstreise würde das Flüchtlingslager Dheischeh sein, und die *Vaticanisti* hatten anscheinend das Bedürfnis, bei ihren Gastgebern einen guten Eindruck zu machen.

Trotz der frühen Abflugzeit servierte Alitalia eine üppige Mahlzeit. Die Geistlichen und Bischöfe verschlangen das Essen, als hätten sie tagelang gehungert, aber Gabriel war viel zu sehr in Gedanken, um etwas zu sich nehmen zu können.

Während des Flugs ging er den Einsatzplan ein letztes Mal durch und machte sich in Gedanken eine Liste der Punkte, die schiefgehen konnten. Beim zwanzigsten Albtraumszenario schob er die Unterlagen zusammen und starrte aus dem Fenster, während die Maschine im Sinkflug die Mittelmeerküste überflog und Israels grüne Küstenebene erreichte. Als fünf Minuten später die Räder über die Landbahn des Flughafens Ben Gurion rumpelten, rief einer der *Vaticanisti*: »Willkommen im besetzten Palästina!« Wozu ein reaktionärer Erzbischof aus dem Staatssekretariat vernehmlich »Amen!« sagte. Manch einer schien über die Entscheidung des Papsts, die Osterzeit in dem von Juden kontrollierten Heiligen Land zu verbringen, unglücklich zu sein.

Auf Donatis Anweisung sollte Gabriel zum engsten Kreis der Personenschützer gehören, was bedeutete, dass er den Papst auf Schritt und Tritt begleiten würde. Und so kam es, dass hinter Seiner Heiligkeit Papst Paul VII., Bischof von Rom, Pontifex Maximus und Nachfolger Petri, ausgerechnet das einzige Kind von Holocaust-Überlebenden aus dem Jezreel-Tal stand, als er das Flugzeug verließ. In der Tradition seines Vorgängers kniete der Papst sofort nieder und küsste den Asphalt des Vorfelds. Dann erhob er sich, trat auf den wartenden israelischen Premierminister zu und begrüßte ihn mit einem kräftigen Händedruck. Von konzentrischen Kreisen aus Sicherheitsleuten umgeben, plauderten die beiden Männer einige Minuten miteinander. Dann begleitete der Premier den Staatsgast zu dem bereitstehenden Hubschrauber. Gabriel, der als Letzter einstieg, nahm zwischen Donati und Metzler Platz.

»So weit, so gut«, meinte Donati.

»Ja«, sagte Gabriel. »Aber jetzt fängt der Spaß erst an.«

Sie flogen nach Osten über die Hügel Judäas und die Windungen der treppenartig ansteigenden Schlucht, die Jerusalem vom Meer trennt. Gabriel machte auf einige Dörfer aufmerksam, die in Israels Unabhängigkeitskrieg besonders umkämpft gewesen waren. Und dann erschien Jerusalem vor ihnen – in der Luft schwebend, wie von Gottes Hand getragen. Der Papst sah aufmerksam aus dem Fenster, während sie die Stadt in West-Ost-Richtung überflogen. Auf dem Tempelberg glänzte die goldene Kuppel des Felsendoms in der Mittagssonne. Gabriel zeigte Seiner Heiligkeit die Grabeskirche, die Erlöserkirche und den Garten Gethsemane.

»Und Ihr Sohn?«, fragte der Papst.

»Dort unten«, sagte Gabriel, als sie den Ölberg überflogen.

Der Hubschrauber kurvte leicht nach Süden ein und folgte der Grünen Linie von 1949, die jetzt allgemein als »Grenze vor 1967« bezeichnet wurde. Aus der Luft war deutlich zu erkennen, wie diese Grenze nach über vierzig Jahren unter israelischer Besetzung fast verschwunden war. Binnen Sekunden überflogen sie das jüdisch-arabische Stadtviertel Abu Thor, die kleine jüdische Siedlung Har Homa im Westjordanland und das arabische Dorf Beit Jala. Neben Beit Jala lag Bethlehem. Der Krippenplatz war schon aus der Ferne sichtbar, weil sich dort Tausende von Menschen drängten, die alle kleine Palästinenserflaggen schwenkten. Auf den Straßen, die in die Stadt führten, waren nur einige israelische Militärfahrzeuge unterwegs.

»Ab hier wird der Besuch politisch«, erklärte Gabriel Donati. »Wir müssen dafür sorgen, dass nichts ins Stocken gerät, vor allem, weil der Ehrengast hier als einziger Mann von Kopf bis Fuß in Weiß gekleidet ist.«

Als der Hubschrauber aufsetzte, warteten Präsident Mahmud Abbas und die Spitzen der Palästinensischen Selbstverwaltungsbehörde auf einem Podium vor der Geburtskirche. »Willkommen, Eure Heiligkeit, im alten Land Palästina!«, rief Abbas laut, damit die Reporter mitbekamen, was er sagte. »Und willkommen in Bethlehem und Jerusalem, der ewigen und unteilbaren Hauptstadt Palästinas.« Der Papst reagierte mit zurückhaltendem Nicken und begrüßte dann die restliche Delegation. Die meisten waren sichtlich erfreut, ihn zu sehen, nur Jassir Abed Rabbo, ein ehemaliger Führer der terroristischen Volksfront für die Befreiung Palästinas, schien sich mehr für den Leibwächter zu interessieren, der nicht von der Seite des Papsts wich.

Paul VII. betrat die Kirche und verharrte einige Minuten lang in stillem Gebet vor dem Geburtsaltar. Dann bat er Abbas, ihm die Schäden zu zeigen, die im Jahr 2002 entstanden waren, als eine Gruppe von Palästinensern die Kirche besetzt hatte, um ihrer Gefangennahme zu entgehen. Nach neunzigtägiger Belagerung hatten die israelischen Sicherheitskräfte vierzig in der Kirche versteckte Sprengladungen entdeckt, während die als Geiseln genommenen Franziskaner schilderten, wie die Terroristen die Kirche geplündert, goldene Ikonen geraubt und Seiten aus der Bibel als Toilettenpapier missbraucht hatten. Dies alles schien Mahmud Abbas neu zu sein.

»Die einzigen Schäden an der Kirche«, behauptete er, »haben die Israelis angerichtet. Wie Sie wissen, sind sie zutiefst christenfeindlich.«

»Wie kommt es dann«, fragte der Papst kühl, »dass der Prozentsatz von Christen in der Einwohnerschaft Bethlehems von fünfundneunzig Prozent auf nur ein Drittel zurückgegangen ist? Und weshalb flüchten Christen in alarmierender Zahl aus den palästinensisch verwalteten Gebieten?«

Abbas lächelte schwach und sah auf die Uhr. »Vielleicht wäre dies ein guter Zeitpunkt, Dheischeh zu besuchen, Eure Heiligkeit.«

Das Lager war nach dem Unabhängigkeitskrieg etwa anderthalb Kilometer südlich von Bethlehem auf Pachtland errichtet worden, das Jordanien gehörte. Ursprünglich hatten dort rund dreitausend Palästinenser, vor allem aus Jerusalem und Hebron, in Zelten gelebt. Jetzt, über sechzig Jahre später, waren die Zelte Wohnblocks aus Hohlblocksteinen gewichen, und die Lagerbevölkerung war auf fast dreizehntausend registrierte Flüchtlinge gestiegen. Wegen der grassierenden Arbeitslosigkeit waren die meisten Schutzbefohlene der Vereinten Nationen, und das Lager war eine Brutstätte militanter Aktivitäten. Trotzdem jubelten die Bewohner dem Heiligen Vater zu, als er mit Gabriel an seiner Seite durch die engen Straßen schritt.

Nach seinem Rundgang beklagte der Papst in einer Ansprache auf dem staubigen Hauptplatz von Dheischeh »die schrecklichen Leiden des palästinensischen Volkes«. Aber dann wich er vom Redemanuskript ab und kritisierte ausdrücklich das Versagen arabischer Spitzenpolitiker, die es in drei Generationen nicht geschafft hatten, eine gerechte und praktikable Lösung des Flüchtlingsproblems zu finden. »Wer menschliches Leid verlängern möchte, um es für politische Zwecke zu nutzen«, sagte er ernst, »muss ebenso scharf verurteilt werden wie die eigentlichen Verursacher.«

Dann segnete der Papst die Menge mit einem Kreuzzeichen und stieg für die kurze Fahrt nach Jerusalem in eine gepanzerte Limousine. Nachdem er durchs Dungtor in das Jüdische Viertel eingefahren war, steckte er einen Zettel mit der Bitte um Frieden zwischen die Steine der Klagemauer, bevor er zu Fuß durch die Straßen des Muslimischen Viertels zum Kettentor ging, einem der westlichen Zugänge zum Haram al-Scharif. Dort erklärte eine Tafel, dass nach Auffassung des Oberrabbiners von Israel gläubige Juden den Tempelberg nicht betreten dürften, weil er heilig sei.

»Das wusste ich nicht«, sagte Paul VII. überrascht.

»Die Sache ist kompliziert, Eure Heiligkeit«, erklärte Gabriel. »Aber das gilt in Israel für viele Dinge.«

»Wollen Sie wirklich mitkommen?«

»Ich war schon mal dort.«

Der Papst lächelte. »Mich schaudert, wenn ich daran denke, wie der arme kleine Isaak geendet hätte, wenn Sie nicht gewesen wären.«

»Es war Gott, der den Jungen verschont hat. Der Erzengel Gabriel war nur sein Bote.«

»Hoffentlich verschont er auch mich.«

»Das tut er, solange Sie auf mich hören. Hier kann sehr rasch etwas schiefgehen. Sobald ich etwas sehe, was mir nicht gefällt ...«

»Brechen wir den Besuch ab«, ergänzte der Papst.

»Und zwar sofort«, sagte Gabriel.

Obwohl die Waqf das Edle Heiligtum verwaltete, kontrollierten die Israelis die Zugänge und hatten so den Wunsch des Vatikans erfüllen können, der Tempelberg solle während des kurzen Papstbesuchs geschlossen bleiben. Das Empfangskomitee aus islamischen Würdenträgern auf den Stufen, die zum Felsendom hinaufführten, umfasste daher nur ungefähr vierzig Köpfe. Es bestand aus dem Großmufti, Mitgliedern des Stiftungsrats und zwei Dutzend bewaffneten Sicherheitsleuten, viele mit Verbindungen zu militanten palästinensischen und islamischen Gruppierungen. Schon wenige Minuten nach der Ankunft des Papsts lud der Großmufti ihn ein, im Felsendom zu beten, obwohl die Waqf dem Vatikan versichert hatte, es werde keine derartige Einladung geben. Der Papst lehnte höflich ab und bewunderte dann einige Minuten lang die herrlichen Fenster und Mosaiken des Baus. Gabriel machte ihn unauffällig auf arabische Inschriften aufmerksam, die den christlichen Glauben offen verspotteten und alle Christen dazu aufriefen, zum Islam überzutreten, den Muslime für die endgültige und maßgebliche Offenbarung Gottes halten.

»Sie können Arabisch lesen?«, fragte der Großmufti.

»Nein«, antwortete Gabriel auf Deutsch.

Nach dem Rundgang zogen der Großmufti und sein Gast sich zum Tee in den Garten zurück. Der Hüter des dritthöchsten islamischen Heiligtums nutzte das Gespräch mit dem mächtigsten religiösen Führer der Welt, um seine ständig wiederholte Theorie vorzubringen, den Holocaust habe es nie gegeben, und die Juden arbeiteten heimlich daran, den Felsendom mithilfe fundamentaler Christen aus Amerika zum Einsturz zu bringen. Der Papst hörte stoisch schweigend zu, beschrieb das Gespräch aber später als »sehr aufschlussreich«.

Nachdem er wie vorgesehen um Vergebung für die Gräueltaten der Kreuzfahrer gebeten hatte, wies er darauf hin, dass die Israelis als erste Eroberer Jerusalems den Status quo des Tempelbergs nicht angetastet hätten. Für den Islam ergebe sich daraus die Verpflichtung, erklärte er, nicht nur die Bauten des Edlen Heiligtums zu erhalten, sondern auch die heiligen Ruinen unter ihnen zu schützen.

»Insgesamt«, meinte Paul VII., als er auf der Lion's Gate Street in seine Limousine stieg, »ist es ganz gut gelaufen, denke ich.«

»Ich weiß nicht, ob der Großmufti da zustimmen würde«, wandte Gabriel lächelnd ein.

»Er kann von Glück sagen, dass ich mich beherrscht habe. Sie hätten hören sollen, was er mir alles an den Kopf geworfen hat.«

»Solches Zeug hören wir tagtäglich, Eure Heiligkeit.«

»Aber ich nicht«, erwiderte der Papst. »Ich kann mir nur vorstellen, dass Gott mich diesem Gefasel aus bestimmten Gründen ausgesetzt hat.«

Mit einem Blick auf den Reiseplan des Heiligen Vaters fragte sich Gabriel, ob das vielleicht sogar stimmte.

Sein nächstes Ziel war die Gedenkstätte Yad Vashem.

Donati hatte für den Besuch eine Stunde eingeplant, aber es dauerte neunzig Minuten, bis der Papst seinen privaten Rundgang durch das Museum zur Geschichte des Holocausts beendet hatte. Im Denkmal für die Kinder, einem unterirdischen Raum, der nur von Kerzenlicht erhellt wurde, verlor er einen Augenblick die Orientierung. »Hier entlang«, flüsterte Gabriel. Und als der Papst wieder in den hellen Sonnenschein Jerusalems hinaufstieg, liefen ihm Tränen übers Gesicht. »Kinder«, sagte er leise. »Wie, um Himmels willen, kann man kleine Kinder ermorden?«

»Möchten Sie kurz pausieren, um sich zu sammeln?«

»Nein. Wir müssen weiter.«

An der hoch aufragenden Säule des Mutes vorbei gingen sie zur Halle der Erinnerung hinüber. Auf dem Platz davor saßen mehrere Hundert israelische Würdenträger und Holocaust-Überlebende vor dem schlichten Podium, auf dem der Papst die wichtigste Rede seines Israelbesuchs halten würde. Wegen der ernsten Umgebung herrschte Begräbnisstimmung. Hier wurden keine Fähnchen geschwenkt, und es gab keinen Beifall, als der Papst die Halle betrat.

Während Gabriel ihm in den kühlen Schatten folgte, fiel erstmals seit ihrer Ankunft auf israelischem Boden alle Nervosität von ihm ab. Hier in der feierlich stillen Halle der Erinnerung war der Heilige Vater sicher.

Die Gedenkflamme war vorübergehend gelöscht worden. Der Papst entzündete sie wieder, wobei Donati ihm assistierte, und kniete dann zu einem kurzen Gebet nieder. Schließlich erhob er sich und trat auf den Platz hinaus, auf dem das Publikum ihm erwartungsvoll entgegensah. Als Paul VII. sich dem Podium näherte, nahm Donati das schwarze Ringbuch mit dem vorbereiteten Text vom Rednerpult und ersetzte es durch ein einzelnes liniertes Blatt Papier. Darauf standen nur die Stichpunkte, die der Heilige Vater sich bei der Abschlussbesprechung mit Gabriel im

Apostolischen Palast notiert hatte. Der Papst würde bei einer der wichtigsten Reden seiner Amtszeit frei sprechen.

Er stand sekundenlang schweigend am Rednerpult, als habe Yad Vashems einzigartige Kombination von Horror und Schönheit ihm die Sprache verschlagen. Gabriel, der ihn im Denkmal für die Kinder gestützt hatte, wusste, dass diese Betroffenheit nicht gespielt war. Aber er wusste auch, dass der Heilige Vater seine Rede mit der Gegenüberstellung von Worten und Taten beginnen wollte. Deswegen erfüllte sein Schweigen einen Zweck.

»An diesem Ort unsäglicher Schmerzen«, begann er schließlich, »genügen bloße Worte nicht, um die Tiefe unserer Trauer oder unserer Beschämung zu schildern. Dieser schöne Erinnerungspark ist mehr als nur ein zeremonieller Grabstein für die sechs Millionen Kinder Gottes und Abrahams, die in den Flammen des Holocausts umgekommen sind. Er erinnert an das real auf der Welt existierende Böse. Und er erinnert auch daran, dass wir Christen einen Teil der Verantwortung für das Geschehen während des Holocausts übernehmen und um Vergebung bitten müssen. Vor einem Jahrzehnt haben wir in der Großen Synagoge in Rom von unserer Mitschuld bei dem Verbrechen gesprochen, dessen in Yad Vashem gedacht wird. Und jetzt bekräftigen wir unsere Trauer und bitten erneut um Vergebung. Aber heute, in einer Zeit zunehmender Spannungen im Nahen Osten, mischt sich Angst in unsere Trauer: die Angst, etwas Vergleichbares könnte sich wiederholen.«

Diese Äußerung quittierte die Menge mit aufgeregtem Murmeln. Einige der mitgereisten Journalisten blätterten ratlos in den vorab verteilten Redemanuskripten. Der Papst trank einen kleinen Schluck Wasser, wartete ab, bis wieder Stille herrschte, und sah zu Gabriel und Donati hinüber, bevor er fortfuhr.

»Seit unserem Besuch in der Großen Synagoge in Rom hat die Kirche bedeutende Fortschritte bei dem Vorhaben gemacht, antisemitische Wendungen aus unseren Lehren und Texten zu tilgen. Wir haben unsere islamischen Brüder zu ähnlicher Gewissensprüfung aufgefordert – leider vergeblich. Überall in der islamischen Welt predigen muslimische Geistliche, den Holocaust habe es nie gegeben, während radikale Dschihadisten mit einem neuen drohen. Diesen Widerspruch mögen manche amüsant finden, aber nicht ich – vor allem nicht, wenn ein Staat, der geschworen hat, Israel auszuradieren, unablässig daran arbeitet, sich die Fähigkeit dazu zu verschaffen.«

Wieder ging ein Murmeln durch die Menge. Gabriels Blick glitt über die verblüfften Gesichter der Kuriendelegation hinweg, bevor er sich wieder auf den schmächtigen Mann in Weiß konzentrierte, der sich anschickte, Geschichte zu machen.

»Es gibt Spitzenpolitiker, die mir versichern, Israel könne mit einem Iran im Besitz von Atomwaffen leben«, fuhr der Papst fort. »Aber für jemanden, der noch die Schrecken des Zweiten Weltkriegs erlebt hat, klingt das zu sehr nach den Leuten, die damals behauptet haben, in einem von Hitler und den Nazis geführten Deutschland hätten die Juden nichts zu befürchten. Hier in dieser heiligen Stadt Jerusalem werden wir auf Schritt und Tritt daran erinnert, wie schnell große Reiche untergehen können. Ihre Schätze füllen unsere Museen, aber wir lernen leider allzu selten aus ihren Fehlern. Wir neigen zu dem Glauben, wir hätten das Ende der Geschichte erreicht, sodass sich dergleichen nicht wiederholen kann. Aber Geschichte wird tagtäglich gemacht, oft genug von Menschen mit bösen Absichten. Und sie wiederholt sich nur zu oft.«

Mehrere Journalisten tippten aufgeregt in ihre Handys. Vermutlich berichteten sie ihren Redaktionen, Seine Heiligkeit sei auf sensationelle Weise von dem bekannten Redemanuskript abgewichen.

»Und so«, fuhr der Papst fort, »tun wir aus diesem ernsten Anlass an diesem heiligen Platz mehr, als der sechs Millionen zu gedenken, die im Holocaust gelitten haben und ermordet wurden. Wir erneuern unseren Bund mit ihren Nachkommen und versichern ihnen, dass wir alles in unserer Macht Stehende tun werden, um sicherzustellen, dass so etwas sich nicht wiederholt.«

Der Papst machte eine letzte Pause, wie um den Journalisten zu signalisieren, dass der wichtigste Teil seiner Ansprache noch bevorstehe. Als er weitersprach, klang seine Stimme nicht mehr besorgt, sondern kräftig und entschlossen.

»Zu diesem Zweck«, sagte er mit ausgebreiteten Armen und lauter Stimme, »erklären wir dem Volk Israels, unseren älteren Brüdern, dass die katholische Kirche euch in dieser existenzbedrohenden Krise beistehen wird. Wir bieten unsere Gebete an – und unseren Rat, wenn ihr darauf hören wollt. Wir bitten euch nur, mit äußerster Vorsicht vorzugehen, denn eure Entscheidungen werden sich auf die ganze Welt auswirken. Der Boden dieser heiligen Stadt ist voller Artefakte untergegangener Reiche. Jerusalem ist die Stadt Gottes, aber sie ist auch ein Gedenkstein, der an die Torheit der Menschen erinnert.«

Die Zuhörer reagierten mit tosendem Applaus. Gabriel und die dafür eingeteilten Schweizergardisten geleiteten Paul VII. zu seiner bereitstehenden Limousine. Als die Wagenkolonne den Herzlberg in Richtung Altstadt hinunterfuhr, drückte der Papst Gabriel das Blatt Papier mit seinen Stichpunkten in die Hand.

»Für Ihre Sammlung.«

»Danke, Eure Heiligkeit.«

»Finden Sie noch immer, dass ich die Reise hätte absagen sollen?«

»Nein, Eure Heiligkeit. Aber Sie können sicher sein, dass die Iraner in diesem Augenblick ein Kopfgeld auf Sie aussetzen.«

»Damit habe ich immer gerechnet«, sagte Paul VII. »Sorgen Sie nur dafür, dass niemand es kassieren kann, bevor ich Jerusalem verlasse.«

40

Jerusalem

Der Heilige Vater und Donati würden die Nacht in der Nähe des Jaffators in der Residenz des Lateinischen Patriarchen verbringen. Gabriel begleitete sie dorthin, kontrollierte die Sicherheitsmaßnahmen und fuhr dann in der Abenddämmerung durch die Stadt nach Westen. Beim Abbiegen in die Narkiss Street sah er sofort den gepanzerten Peugeot vor dem Haus mit der Nummer 16 stehen. Sein Besitzer stand, von den hängenden Zweigen des großen Eukalyptusbaums halb verdeckt, am Geländer des Balkons im zweiten Stock: ein Posten auf niemals endender Nachtwache.

Als Gabriel die Wohnung betrat, roch er den unverkennbaren Duft von Auberginen mit marokkanischen Gewürzen, eine Spezialität von Schamrons geduldiger Frau Gilah. Sie stand mit Chiara in der Küche und hatte sich eine geblümte Schürze umgebunden. Chiara trug Jeans und eine bequeme Leinenbluse mit besticktem Kragen. Ihr Haar war frisch gewaschen, und ihre Lippen schmeckten nach Honig, als er sie küsste. Sie lockerte seine Krawatte, bevor sie ihn ein zweites Mal küsste. Dann nickte sie zum Fernseher hinüber und sagte: »Dein Freund hat ganz schön Aufsehen erregt.«

Gabriel sah sich selbst, wie er in der Gedenkstätte Yad Vashem nur zwei Schritte hinter dem Papst aus der Halle der Erinnerung trat. Ein BBC-Kommentator sprach von einem grundlegenden Kurswechsel der vatikanischen Politik gegenüber dem Staat Israel. Ähnliche Einschätzungen waren in allen Nachrichtenkanälen zu hören, zwischen denen Gabriel hin- und herschaltete. Seine Heiligkeit Papst Paul VII. habe die Dynamik des Nahostkonflikts grundlegend verändert, weil der Vatikan nun ohne Wenn und Aber an der Seite Israels stehe und gegen den Iran und den radikalen Islam Stellung genommen habe. Noch bemerkenswerter erschien dieser Paradigmenwechsel durch die in allen Kommentaren erwähnte Tatsache, dass es dem Vatikan gelungen war, die Absichten des Heiligen Vaters vor seiner Abreise geheim zu halten.

Gabriel stellte den Fernseher ab und ging ins Schlafzimmer, um sich umzuziehen. Dann ließ er sich von Chiara zwei Gläser Chiraz geben und ging damit auf den kleinen Balkon hinaus. Schamron war eben dabei, sich eine Zigarette anzuzünden. Gabriel nahm sie ihm weg, bevor er sich ihm gegenübersetzte.

»Damit musst du aufhören, Ari.«

»Warum?«

»Weil es dich umbringt.«

»Ich würde lieber durchs Rauchen sterben als durch die Hand eines Feindes.«

»Es gibt noch andere Optionen, das weißt du.« Gabriel drückte stirnrunzelnd die Zigarette aus und gab Schamron das zweite Glas Wein. »Trink lieber einen Schluck, Ari. Soll gut fürs Herz sein.«

»Meines habe ich eingelagert, als ich beim Dienst angefangen habe. Und seit ich's wiederhabe, macht es nur Schwierigkeiten.« Er trank einen Schluck Wein, während eine Brise die Eukalyptuszweige bewegte. »Weißt du noch, was ich gesagt habe, als ich dir diese Wohnung geschenkt habe?«

»Du hast mich aufgefordert, sie mit Kindern zu füllen.«

»Du hast ein gutes Gedächtnis.«

»Nicht so gut wie deines.«

»Meines ist nicht mehr so gut wie früher, was vermutlich ein Segen ist. Ich habe in meinem Leben vieles getan, was ich lieber vergessen würde – und oft hatte es mit dir zu tun.« Er betrachtete Gabriel ernst, dann fragte er: »Hat es geholfen?«

»Was?«

»Wien.«

»Ich habe es nicht für mich getan. Ich habe es getan, damit kein anderer mehr ein Kind begraben oder eine Angehörige in der Psychiatrie besuchen muss.«

»Du hast meine Frage gerade bejaht«, sagte Schamron. »Mir tut es nur leid, dass wir Massud nach Teheran zurückschicken mussten. Er hätte einen schändlichen Tod verdient.«

»Wir haben das Nächstbeste erreicht, weil er jetzt verbrannt ist.«

»Wollte Gott, die Flammen wären real statt nur imaginär.« Schamron trank noch einen Schluck Wein, dann fragte er Gabriel, wie es auf dem Tempelberg gewesen sei.

»Er hat sich seit meinem letzten Besuch verändert.«

»Hast du dich Gott nahe gefühlt?«

»Zu nahe.«

Der Alte lächelte. »Der Besuch ist nicht ganz wie geplant verlaufen – zumindest nicht aus Sicht des Großmuftis. Aber für uns war er ...« Schamron brachte den Satz nicht zu Ende. »Die Unterstützung des Papstes hätte zu keinem günstigeren Zeitpunkt kommen können. Und dafür haben wir dir zu danken.«

»Es waren seine Worte, Ari, nicht meine.«

»Aber ich weiß nicht, ob er sie ausgesprochen hätte, wenn ihr nicht befreundet wärt. Ich will nur hoffen, dass er zu uns hält, wenn das Unvermeidbare Realität wird.«

»Du meinst den Angriff auf den Iran?«

Schamron nickte nur.

»Wie viel Zeit bleibt uns noch?«

»Diese Entscheidung muss dein Freund Uzi Navot treffen. Aber ich tippe auf einen Zeitpunkt irgendwann im kommenden Jahr. Meiner Ansicht nach haben wir bereits zu lange gewartet.«

»Aber nicht mal du kannst abschätzen, ob ein Angriff auf ihre Anlagen etwas bewirken würde.«

»Aber ich weiß, was passieren wird, wenn wir *nichts* tun«, sagte Schamron. »Dabei fände ich einen Angriff mit Atomwaffen nicht einmal das Schlimmste. Ich habe Angst, dass unsere Feinde den nuklearen Schutzschirm des Irans dazu benutzen werden, uns den Alltag unerträglich zu machen. Raketen aus dem Gazastreifen, Raketen aus dem Libanon, ganze Landstriche, die unbewohnbar gemacht werden. Und was dann? Die Leute werden nervös. Sie fangen an, sich ins Ausland abzusetzen. Und eines Tages kollabiert dieses schöne Land, das ich mit aufgebaut und verteidigt habe.«

»Vielleicht bist du zu pessimistisch.«

»Ehrlich gesagt war das mein Szenario für den besten Fall.«

»Und für den schlimmsten?«

Der Alte drehte den Kopf zur Seite und blickte in Richtung Altstadt. »Schlimmstenfalls könnte alles in Flammen aufgehen – wie in der Nacht, in der Titus den Zweiten Tempel belagert hat.«

Der Klang von Chiaras Lachen erreichte den Balkon. Es heiterte den Alten etwas auf.

»Gibt's was Neues von der Kinderfront?«

»Der Papst betet für uns.«

»Das tue ich auch«, sagte Schamron. »Neulich habe ich einen interessanten Artikel über Unfruchtbarkeit gelesen. Häufiges Reisen wirkt sich anscheinend störend auf die Fertilität aus. Außerdem steht darin, das Paar solle, von Familienangehörigen umgeben, möglichst viel zu Hause bleiben.«

»Genierst du dich gar nicht?«

»Nicht im Geringsten.« Schamron lächelte und legte Gabriel eine Hand auf den Arm. »Bist du glücklich, mein Sohn?«

»Erst wenn ich den Heiligen Vater wieder an Bord seines Flugzeugs gebracht habe.«

»Du fliegst wohl mit ihm zurück?«

Gabriel nickte. »Ich muss ein ernstes Wort mit Carlo Marchese reden. Und ich muss den Caravaggio fertigstellen.«

»Dir wird es nie langweilig, was?«

»Leider nicht.«

»Und wenn du in Rom fertig bist? Was dann?«

Gabriel lächelte. »Trink deinen Wein, Ari. Soll gut fürs Herz sein.«

Wie Schamron vorhergesagt hatte, kamen die Bemerkungen des Papstes bei seinem Besuch auf dem Tempelberg in der muslimischen Welt nicht gut an. Auf al-Dschasira wurden sie an diesem Abend von allen Kommentatoren als Affront gewertet, der nicht unbeantwortet bleiben dürfe.

Imam Hassan Darwisch, der die Sendung in seinem Büro verfolgte, fand die Empörung eher amüsant. Er wusste, dass die Worte des Papstes binnen weniger Stunden nur noch als Gefasel eines alten Mannes in Weiß wahrgenommen werden würden. Ohne den Fernseher aus den Augen zu lassen, nahm er den Telefonhörer ab und wählte eine Nummer. Der Mann, den er als Muhammad Faruk kannte, meldete sich augenblicklich.

»Ja?«

»Liefern Sie die Korane an die vereinbarte Adresse.«

»Allahu Akbar.«

Darwisch legte auf, verließ sein Büro und ging in Richtung Felsendom davon. Statt den gewaltigen Bau zu betreten, stieg er zur Höhle hinab, die als »Brunnen der Seelen« bezeichnet wird. Dort lauschte er, auf einem muffigen Gebetsteppich kniend, dem Jammern der Toten. Bald würden sie frei sein, dachte er, weil es keinen Brunnen der Seelen mehr geben würde. Wenn Allah zuließ, dass alles nach Plan lief, würde es hier bald gar nichts mehr geben.

41

Jerusalem

Es war Karfreitag, was bedeutete, dass Jerusalem, Gottes gespaltene Zitadelle, in nahezu hysterischem Zustand war. In den überwiegend jüdischen Stadtteilen verstrich der Vormittag mit den üblichen letzten Vorbereitungen für den kommenden Sabbat. In Ostjerusalem waren dagegen Tausende Muslime unterwegs, um auf dem Tempelberg zu beten, während sich zur gleichen Zeit unzählige Katholiken aus aller Welt darauf vorbereiteten, der Kreuzigung Christi zusammen mit dem Mann zu gedenken, den sie für seinen Stellvertreter auf Erden hielten.

Da konnte es nicht überraschen, dass die Stadt einen ungewöhnlichen Anstieg des Jerusalemsyndroms meldete – eine durch die Unmenge von Heiligtümern ausgelöste religiöse Psychose. In einem Fall war ein Gast im Hotel King David nur in ein Bettlaken gehüllt in der Halle erschienen und hatte verkündet, das Jüngste Gericht stehe bevor.

»Wo ist er jetzt?«, fragte Donati.

»Er schläft, nachdem er ein Beruhigungsmittel bekommen hat«, antwortete Gabriel. »Die Ärzte rechnen damit, dass er sich vollständig erholen wird.«

»Ist er einer von unseren oder einer von Ihren?«

»Von unseren, fürchte ich.«

»Woher?«

»Aus San Francisco.«

»Und er musste bis nach Jerusalem kommen, um hier mit einer Psychose zusammenzuklappen?«

Donati zündete sich lächelnd eine Zigarette an. Die beiden saßen in dem eleganten Salon der Residenz des Lateinischen Patriarchen. Auf dem Couchtisch zwischen ihnen lag ein großer Plan der Jerusalemer Altstadt, auf dem die Via Dolorosa, der Leidensweg Christi, rot markiert war. Diese ehemalige Römerstraße, auf der es auch steile gepflasterte Stufen gab, führte gut sechshundert Meter weit durch die Altstadt: von der ehemaligen Festung Antonia bis zur Grabeskirche. Wie die meisten Israelis mied Gabriel sie wegen der aggressiven palästinensischen Händler, die jeden Passanten unabhängig von seinem Glauben in ihre Läden zu zerren versuchten. Im Allgemeinen waren sie auch am Karfreitag geöffnet – nicht jedoch heute, denn Gabriel hatte veranlasst, dass sie geschlossen blieben.

»Ich muss gestehen, dass heute der Tag ist, der mir die größten Sorgen bereitet«, sagte er. »Der Heilige Vater muss eine sehr schmale Straße entlanggehen und an vierzehn der berühmtesten Punkte der Religionsgeschichte haltmachen.«

»An der Route ist nichts zu ändern, fürchte ich – auch an der Geschichte nicht. Seine Heiligkeit *muss* den Weg gehen, den Christus vor seiner Kreuzigung zurückgelegt hat. Und er besteht darauf, das so würdevoll wie möglich zu tun.«

»Lässt er sich wenigstens dazu überreden, eine kugelsichere Weste zu tragen?«

»Nein.«

»Warum nicht?«

»Weil unser Heiland auf seinem Weg in den Tod auch keine kugelsichere Weste getragen hat. Deshalb tut es auch Seine Heiligkeit nicht.«

»Das ist doch nur eine Wiederholung, Luigi.«

»Nicht für ihn. Sobald der Heilige Vater einen Fuß auf die Via Dolorosa setzt, verkörpert er in den Augen seiner Herde Jesus Christus.«

»Mit einem wichtigen Unterschied.«
»Welchem?«
»Seine Heiligkeit soll den Tag überleben.«

Zehn Minuten später trat der Papst, der zu einer schneeweißen Soutane eine scharlachrote Schärpe trug, aus seinen Gemächern und stieg in seine Limousine. Sie brachte ihn an endlosen Massen begeisterter christlicher Pilger vorbei zum Löwentor. Dort warteten die *Vaticanisti* mit einer großen Delegation aus Geistlichen und katholischen Würdenträgern, die dem Papst folgen würden, während er die Kreuzwegstationen abschritt. Als Gabriel und Donati dem Heiligen Vater beim Aussteigen halfen, brandete Jubel auf, der jedoch sehr schnell von der Mittagspredigt übertönt wurde, die vom turmhohen Minarett der al-Aqsa-Moschee kam.

»Was sagt er?«, fragte Donati.

»Das verträgt keine Übersetzung.«

»So schlimm?«

»Ja, leider.«

Die erste Kreuzwegstation befand sich an einer kleinen Treppe vor der islamischen Umarija-Grundschule, zu deren Schülern einst der berüchtigte palästinensische Terrorist Abu Nidal gehört hatte. Der christlichen Überlieferung nach hatte Pontius Pilatus, der Statthalter der römischen Provinz Judäa, Jesus an dieser Stelle zum Tod am Kreuz verurteilt. Fast zweitausend Jahre später stand Seine Heiligkeit Papst Paul VII. hier, schloss die Augen und sagte: »Wir beten dich an, Herr Jesus Christus, und sagen dir Dank.« Donati und die übrigen Angehörigen der päpstlichen Delegation beugten sofort das Knie und antworteten: »Denn durch dein heiliges Kreuz hast du die ganze Welt erlöst.« Gabriel sah auf seine Armbanduhr. Es war 12.05 Uhr. Eine abgehakt, noch dreizehn zu überstehen.

Imam Hassan Darwischs Büro hatte zwei Fenster. Eines führte nach Süden auf den Felsendom und die al-Aqsa-Moschee hinaus, das andere öffnete sich nach Westen zur Via Dolorosa und den Kuppeln der Grabeskirche. Im Allgemeinen hielt Darwisch die Vorhänge des zweiten Fensters geschlossen, um das Bauwerk – seiner Ansicht nach ein abscheulicher Tempel des Polytheismus – nicht sehen zu müssen. Heute jedoch, an diesem traurigsten Tag im liturgischen Kalender der Christen, stand er allein am Fenster und beobachtete, wie der törichte kleine Mann in Weiß und Rot eine Prozession von Affen und Schweinen auf dem Leidensweg anführte.

Als der Papst im nächsten Augenblick die Geißelungskapelle betrat, zog Darwisch energisch die Vorhänge zu und trat an das andere Fenster. Der Felsendom, Symbol der islamischen Herrschaft über die Stadt Gottes, füllte sein Blickfeld aus. Darwisch sah auf seine Uhr. Dann spielte er nervös mit seiner Gebetskette, während er darauf wartete, dass die Erde sich bewegen würde.

Am King Saul Boulevard hielt Dina Sarid aus ganz anderen Gründen nervös Wache. Der fensterlose Raum, in dem sie arbeitete, bestand nur aus einer Tür und Wänden. Im Augenblick hingen dort noch die Materialien des erfolgreich abgeschlossenen Unternehmens in Wien. Der gesamte Ablauf und die genauen Zusammenhänge waren sauber dokumentiert: von Claudia Andreatti zu Carlo Marchese, von Carlo Marchese zu David Girard, von David Girard zu Massud Rahimi, von Massud Rahimi zu den vier Hisbollah-Terroristen, die vor dem Stadttempel gestorben waren. Aber war das Gemeinschaftsunternehmen von Iran und Hisbollah tatsächlich vorüber? Und war der historische Stadttempel in Wien wirklich das Ziel gewesen? Nach langen, hektischen Recherchen und anschließender nüchterner Analyse glaubte Dina, beide Fragen kategorisch verneinen zu müssen.

Ihre Suche hatte am Vorabend gegen neunzehn Uhr begonnen, als die Einheit 8200 eine Blitzmeldung aus der VEVAK-Zentrale an alle iranischen Residenturen und Stationen der Welt mitgehört und entschlüsselt hatte. Der Text bestand aus nur drei Wörtern: »Blut schläft niemals.« Den Mathematikern und Computergenies der Einheit 8200 bedeuteten sie nichts, aber Dina, eine Kennerin der islamischen Geschichte, merkte sofort, dass die Iraner keinen anderen als Sultan Saladin zitiert hatten. »Ich warne euch davor, Blut zu vergießen, darin zu schwelgen und das zur Gewohnheit werden zu lassen«, hatte Saladin gesagt, »denn Blut schläft niemals.«

Wie die meisten Väter hatte Saladin die eigenen Ratschläge nicht immer beherzigt. Nachdem er die Kreuzfahrer 1187 in der Schlacht bei Hattin unweit des Sees Genezareth besiegt hatte, bot er zweihundert der gefangenen Ritter an, sie zu begnadigen, wenn sie zum Islam überträten. Als sie ablehnten, sah er gelassen zu, wie Mystiker und Gelehrte seines Hofs sie unbeholfen mit dem Schwert hinrichteten. Und als er ein Vierteljahr später in Jerusalem einzog, ließ er sofort das Kreuz herunterreißen, mit dem die Christen die Kuppel des Felsendoms geschmückt hatten, und schleifte es durch die Stadt. Ursprünglich hatte er die Grabeskirche, die er als »Misthaufen« bezeichnete, dem Erdboden gleichmachen wollen, aber zuletzt hatte er doch gestattet, dass sie geöffnet blieb – wenn ihre Glocken stumm blieben.

Tatsächlich war Kirchengeläut in Jerusalem bis ins 19. Jahrhundert hinein durch ein osmanisches Edikt verboten. Die Gründung des Staates Israel und die Eroberung der Altstadt im Sechstagekrieg beendeten die von Saladin begründete islamische Herrschaft über Jerusalem. Gewiss, der

Tempelberg blieb in der Zuständigkeit der Waqf, aber er war im Prinzip eine islamische Festung in einer überwiegend jüdischen Großstadt.

Blut schläft niemals …

Aber wozu hatten die Iraner das Zitat in einer verschlüsselten Nachricht verwendet? War es eine kaum verhüllte Drohung gegen den Papst? Etwas anderes jedoch bereitete Dina noch mehr Sorgen. Warum hatte sich die Jerusalemer Waqf, Hüterin des drittheiligsten Schreins der sunnitischen Muslime, sich von einem schiitischen Muslim aus dem Südlibanon in Fragen der archäologischen Vergangenheit des Tempelbergs beraten lassen? Vielleicht hatte die Waqf nicht gewusst, dass David Girard eigentlich Daoud Ghandur gewesen war. Vielleicht war Girards Verbindung mit der Waqf auch ein Zufall gewesen – alles möglich, dachte Dina, aber wenig wahrscheinlich.

Wie alle guten Analysten des Diensts nahm sie immer das Schlimmste an. Und die schlimmste Erklärung für Girards häufige Besuche auf dem Tempelberg war, dass ihn sein iranischer Führungsoffizier Massud dort hingeschickt hatte.

Er konnte sich an Orten bewegen, die mir nicht zugänglich waren, und mit Leuten reden, die einen weiten Bogen um mich gemacht hätten … Er war mein privater Federal Express …

Dina bat die Einheit 8200 dringend darum, alle Aufzeichnungen, die David Girard betrafen, einer steganografischen Analyse zu unterziehen – wobei Steganografie die Methode bezeichnet, wichtige Mitteilungen in scheinbar harmlosen Texten zu verstecken. Dieses Verfahren war schon vor Saladin gebräuchlich gewesen. Das Wort »Steganografie« stammt aus dem Griechischen, und das »versteckte Schreiben« war bereits im fünften Jahrhundert vor Christus bekannt, als Demartus, König von Sparta, Geheimbotschaften unter einer Lage Bienenwachs verborgen hatte.

Im digitalen Zeitalter ist es möglich, Geheimbotschaften

im Internet zu verbreiten, indem man sie als harmlose Texte und Bilder tarnt. Fotos von Objekten für Anschläge lassen sich in Strandfotos verstecken, eine Nachricht für eine aktive Terrorzelle kann in einem Rezept für Bœuf Bourguignon verborgen sein. Das Entschlüsseln ist ein einfacher Vorgang, der darauf basiert, dass die richtige Anzahl Bits von der Farbkomponente des Tarnbilds abgezogen wird. Dann genügen ein paar Tastenbefehle, um staatliche Gebäude oder New Yorker U-Bahnsteige sichtbar zu machen.

Nach dem 11. September 2001 hatten vor allem israelische Hightechfirmen raffinierte Software entwickelt, die blitzschnell riesige Datenmengen nach verstecktem Material durchsuchen konnten. So brauchte die Einheit 8200 nur wenige Stunden, um zwei interessante Aufnahmen zu finden, die am selben Tag an dieselbe Gmail-Adresse geschickt worden waren. Das in einem scheinbar harmlosen Foto von einer ägyptischen Bronzekatze versteckte erste Bild zeigte David Girard, der neben einem Imam vor zwei alten Säulen in einer dunklen Kammer stand. Die zweite Aufnahme war in einem Schnappschuss von seiner Frau versteckt und zeigte ein Blatt Papier mit einem freihändig gezeichneten Trapez. In seinem unteren Drittel stand neben einem kleinen Kreis eine dreistellige Zahl: 689.

Das Trapez erinnerte vage an die Umrisse des Tempelbergs. Was die dreistellige Zahl interessant machte: 689 war das Jahr, in dem Abd al-Malik, der fünfte Umayyaden-Kalif, mit dem Bau des Felsendoms begonnen hatte. Dina versuchte sich vorzustellen, welche Bedeutung die Zahl haben könnte, kam aber zu keiner vernünftigen Lösung. Dann legte sie die beiden Fotos nebeneinander und stellte sich eine einfache Frage. Was war, wenn die Zahl nichts mit Geschichte, sondern nur mit Geografie zu tun hatte – und zwar mit der Höhe der Kammer, in der Girard stand? Da der Tempelberg 740 Meter über dem Meeresspiegel liegt, bedeuteten 689 Meter ziemlich genau einundfünfzig Meter unter dem Tempelberg.

Dina saß allein im unterirdischen Schlupfwinkel des Teams und starrte das Foto an, das David Girard in einem unbekannten Raum zeigte. Und die Gesichter der vier in Wien getöteten Hisbollah-Terroristen. Und Massud Rahimi in einer Zürcher Tram. Und den Text der Blitzmeldung, die am Vorabend an alle VEVAK-Residenturen und -Stationen gegangen war. Zuletzt fiel ihr Blick auf den kleinen Fernseher in der Ecke, der eine Gestalt in Weiß und Rot zeigte, die auf der Via Dolorosa langsam zu der Kirche unterwegs war, die Saladin als »Misthaufen« bezeichnet hatte.

Blut schläft niemals …

Und dann verstand sie plötzlich. Sie konnte nichts davon beweisen, genauso wenig, wie sie hatte beweisen können, dass der Mann in der Zürcher Tram Massud gewesen war, aber sie *wusste* es. Deshalb griff sie hastig nach dem Telefon und wählte Uzi Navots Nummer. Orit, die strenge Chefsekretärin, meldete sich nach dem ersten Klingeln. Am King Saul Boulevard trug sie wegen ihrer unübertrefflichen Art, jede Bitte um ein Gespräch mit dem Direktor abzuwimmeln, den Spitznamen »Eiserne Lady«.

»Ausgeschlossen«, sagte sie. »Er ist mit Terminen eingedeckt.«

»Es ist aber wichtig, Orit. Sonst hätte ich nicht angerufen.«

Navots Sekretärin fragte nicht erst, worum es sich handelte. »Ich kann Ihnen zwei Minuten geben.«

»Mehr brauche ich nicht.«

»Okay, kommen Sie rauf. Ich quetsche Sie rein, sobald es geht.«

»Nein, er müsste zu mir runterkommen.«

»Jetzt treiben Sie es aber zu weit, Dina.«

»Sagen Sie ihm, dass er alles stehen und liegen lassen muss, wenn er will, dass Israel auch nächste Woche noch existiert.«

Dina legte auf und schaute wieder auf den Fernseher. Papst Paul VII. hatte gerade die sechste Kreuzwegstation erreicht, wo Veronika Jesus das Schweißtuch gereicht hatte.

»Wir beten dich an, Herr Jesus Christus, und sagen dir Dank.«

Blut schläft niemals …

42

Tel Aviv – Jerusalem

»Soll das ein Witz sein, Dina?«

Doch ihr Gesichtsausdruck war vollkommen ernst.

»Erklären Sie es mir bitte von Anfang an.«

»Dafür reicht die Zeit nicht.«

»So viel Zeit muss sein.«

Sie deutete auf ein Foto der zerstörten Galerie Naxos in St. Moritz.

»Was ist damit?«

»Nach Massuds Aussage wusste David Girard, dass Gabriel wegen Claudia Andreattis Tod im Vatikan ermittelt und dabei Carlo Marchese ins Visier genommen hat.«

»Bitte weiter.«

»Warum war Girard noch in Europa? Warum ist er nicht sofort ins Hisbollah-Land zurückgekehrt?«

»Weil sie ihn als Köder für Gabriel in St. Moritz lassen wollten.«

»Richtig. Aber *weshalb*?«

»Weil sie es auf Gabriel abgesehen hatten, der ihre Zentrifugen sabotiert hat.«

»Das wäre möglich, Uzi. Aber ich glaube nicht daran. Ich glaube, dass Gabriel aus einem anderen Grund nach St. Moritz kommen sollte.«

»Aus welchem?«

»Taqiyya.« Dina zeigte auf ein anderes Foto, das den iranischen Attentäter Ali Montezari und seine junge Assistentin in der Galerie zeigte. »Den Auftrag hat jemand bekom-

men, den wir erkennen würden. Sie wollten, dass wir wissen, dass sie hinter dem Bombenanschlag stecken.«

»Wozu das?«

»Weil wir auch das hier finden sollten.« Sie deutete auf das nächste Foto von Massud und Girard in einer Zürcher Tram. »Ich habe nachgesehen, welches Wetter am Tag dieser Aufnahme in Zürich geherrscht hat. Der Tag war sonnig, aber sehr kalt.«

»Wieso ist das Wetter wichtig?«

»Weil Massud keine Handschuhe trägt.« Sie tippte auf seine verbundene rechte Hand. »Er hat keine Handschuhe getragen, weil wir das hier sehen sollten.« Sie machte eine Pause, dann flüsterte sie: »Weil *ich* es sehen sollte.«

»Sie meinen also, Massud wollte, dass wir von seiner Verbindung zu David Girard und dem Bombenanschlag auf dessen Galerie erfahren?«

»Genau.«

»Wozu?«

»Taqiyya«, wiederholte sie.

Navots anfängliche Skepsis war längst verschwunden. »Weiter!«, drängte er.

»Die Iraner haben Massud als Köder für uns benutzt und uns zum Anbeißen gezwungen, indem sie Gerüchte über einen bevorstehenden Anschlag verbreitet und die Hisbollah im Südlibanon in Bewegung gehalten haben. Das war ein klassisches Täuschungsmanöver. Und es hatte nur einen einzigen Zweck: *Taqiyya.*«

»Eine Absicht vortäuschen, während man eine andere verfolgt.«

Dina nickte.

»Aber die Zelle in Wien hat wirklich existiert.«

»Richtig. Aber sie sollte niemals Gelegenheit bekommen, ihren Auftrag auszuführen. Massud hatte von Anfang an vor, uns ihre Existenz im letzten Augenblick dramatisch zu enthüllen und uns möglichst wenig Zeit für unsere Reaktion zu lassen.«

»Soll das heißen, dass die Zelle auch ein Täuschungsmanöver war?«

Sie nickte erneut. »Ganz ähnlich wie General Pattons Geisterarmee im Zweiten Weltkrieg, die von den Alliierten in East Anglia aufgestellt wurde, um die Deutschen glauben zu machen, die Invasion solle bei Calais und nicht in der Normandie stattfinden. Zur Täuschung haben die Engländer und Amerikaner regen Funkverkehr aufgenommen, weil sie wussten, dass die Deutschen ihn mithören würden. Nach den ersten Landungen waren die Deutschen wie paralysiert, weil sie glaubten, die Entscheidungsschlacht werde bei Calais geschlagen.«

»Ihrem Drehbuch nach war Wien also Calais.«

»Das ist nicht mein Drehbuch, sondern das von Massud.«

»Beweisen Sie es mir.«

»Das kann ich nicht.«

»Tun Sie Ihr Bestes, Dina.«

Sie legte Navot die beiden steganografischen Bilder vor, die die Einheit 8200 entdeckt hatte. Der Direktor runzelte die Stirn.

»David Girard in einer Höhle und ein Plan, der aussieht, als hätte ihn ein Fünfjähriger gezeichnet.«

»Aber sehen Sie sich an, was passiert, wenn man die Zeichnung mit diesem Plan hier kombiniert.«

Auf ihrem PC schob Dina die Zeichnung über einen Plan des Tempelbergs.

»Passt einigermaßen«, sagte Navot.

»Passt sogar ziemlich genau.« Dina erläuterte rasch ihre Theorie, dass die Zahl 689 die Höhenlage der Kammer angab, in der David Girard auf dem Foto stand.

»Wissen Sie, dass er Massud diese Aufnahmen geschickt hat?«

»Nein. Aber wir müssen annehmen, dass es so war.«

»Wozu hätte er das tun sollen?«

»Weil er ein klassischer Archäologe war, kein Geologe oder Ingenieur. Er brauchte jemanden mit entsprechender Ausbildung, der die nötigen Berechnungen anstellte.«

»Welche Berechnungen?«

»Er musste wissen, wie viel Sprengstoff nötig sein würde, um den Tempelberg einstürzen zu lassen.«

Navot war sichtlich blass geworden. »Wer ist der zweite Mann auf dem Foto?«

»Imam Hassan Darwisch«, sagte Dina. »Er war Bauleiter bei der Erweiterung der Marwani-Moschee. Außerdem gilt er als radikalster Angehöriger der Waqf.«

Sie hielt die VEVAK-Blitzmeldung hoch, die letzte Nacht rausgegangen war.

Blut schläft niemals …

»Saladin?«, fragte Navot.

Dina nickte ein weiteres Mal. »Ich denke, es ist eine Aufforderung, sich auf den gewaltsamen Aufstand vorzubereiten, der die islamische Welt erfassen würde, sobald der Felsendom und die al-Aqsa-Moschee zerstört würden. Sollte diesen Gebäuden etwas geschehen …« Sie zuckte mit den Schultern. »Dann ist es vorbei.«

»*So* verrückt wären nicht mal die Iraner«, sagte Navot mit einer wegwerfenden Handbewegung. »Wieso sollten die Mullahs zwei der wichtigsten Heiligtümer des Islams in die Luft jagen?«

»Weil es nicht *ihre* Heiligtümer sind«, antwortete Dina. »Das Edle Heiligtum ist ein sunnitisches Heiligtum, und wir wissen alle, was Sunniten und Schiiten voneinander halten. Die Iraner brauchen nur einen einzigen verrückten Fanatiker in der Waqf, der ihnen hilft.«

»Und Sie glauben, dass Darwisch ihr verrückter Fanatiker ist?«

»Lesen Sie sein Dossier.«

Navot verfiel in nachdenkliches Schweigen. »Von alledem können Sie kein Wort beweisen«, sagte er schließlich.

»Wollen Sie etwa darauf wetten, dass ich unrecht habe?«

Das wollte er nicht. »Wie viel Zeit bleibt uns?«

Sie sah zu dem Fernseher hinüber. »Ich tippe darauf, dass der Tempelberg um fünfzehn Uhr einstürzt, wenn Seine Heiligkeit in der Grabeskirche ist.«

»Zu der Stunde, in der Jesus am Kreuz gestorben ist?«

»Genau.«

Navot sah auf seine Uhr. »Dann bleiben uns neunzig Minuten.«

»Weisen Sie Orit an, mich nächstes Mal gleich durchzustellen.«

Navot fuhr sich mit einer Hand durch sein eisgraues Haar. »Wissen Sie, wie viele Menschen in diesem Augenblick auf dem Tempelberg sind?«

»Zehntausend. Vielleicht mehr.«

»Und wissen Sie, was passiert, wenn wir dort oben anfangen, eine Bombe zu suchen? Damit lösen wir die dritte Intifada aus.«

»Aber wir brauchen die Bombe nicht zu suchen, Uzi. Wir wissen bereits, wo sie ist.«

»Einundfünfzig Meter unter dem Tempelberg, irgendwo zwischen Felsendom und al-Aqsa-Moschee?«

Dina nickte.

»Arbeitet Eli Lavon noch in der Nähe des Westmauertunnels?«

»Er hat nach unserer Rückkehr nach Jerusalem gleich weitergemacht.«

»Funktionieren Handys dort unten?«

»Manchmal.«

Navot atmete geräuschvoll aus. »Ich kann Eli nicht ohne

Erlaubnis des Premierministers in den Tempelberg schicken.«

»Dann sollten Sie ihn vielleicht anrufen«, sagte Dina. »Und Sie sollten etwas Unterstützung für Eli organisieren.«

Im Fernsehen sah Navot Gabriel zwei Schritte hinter dem Papst die Via Dolorosa hinaufgehen. Er griff nach seinem Mobiltelefon.

Als Paul VII. die achte Kreuzwegstation erreichte, an der Jesus die weinenden Frauen Jerusalems getröstet hatte, spürte Gabriel den Vibrationsalarm seines Handys. Er las die Nummer des Anrufers vom Display ab und hob das Telefon rasch ans Ohr.

»Es könnte ein Problem geben«, sagte Navot.

»Mit dem Papst?«

»Nein.«

»Wo, Uzi?«

»An dem einzigen Ort in Jerusalem, wo wir keines brauchen können.«

»Wovon redest du?«

»Mach dich auf den Weg zum Westmauertunnel. Von Dina erfährst du unterwegs den Rest.«

43

Jerusalem

Gabriel rannte so schnell er konnte. In den engen Gassen des Christlichen Viertels kamen ihm immer wieder Pilger in die Quere, aber sobald er das Jüdische Viertel erreichte, kam er besser voran. Er hetzte weiter – Steintreppen hinauf und hinunter, unter Torbögen hindurch, über stille kleine Plätze –, bis er die Klagemauer erreichte. Wie an jedem Freitag herrschte auf dem Platz davor mehr Andrang als sonst. Mehrere Hundert Männer und Frauen beteten direkt an der Mauer, und Gabriel schätzte, dass sich in den Synagogen des Wilson-Bogens mindestens weitere hundert Menschen aufhielten. Als er kurz haltmachte, um zu verschnaufen, versuchte er sich vorzustellen, was passieren würde, wenn auch nur einer der riesigen herodischen Steinquader herabkrachen würde. Dann trat er auf den ranghöchsten Polizeibeamten zu, den er finden konnte.

»Ich möchte, dass Sie die Fläche vor der Klagemauer und den Platz räumen lassen.«

»Wer zum Teufel sind Sie?«, fragte der Uniformierte.

Gabriel schob seine Panoramasonnenbrille hoch. Der Polizeibeamte stand vor Ehrfurcht beinahe stramm.

»Ich darf den Platz nicht ohne ausdrücklichen Befehl meines Vorgesetzten räumen lassen«, sagte er nervös.

»Ihr Vorgesetzter bin jetzt ich.«

»*Yes, Sir.*«

»Lassen Sie den Platz und den Wilson-Bogen räumen. So unauffällig wie möglich.«

»Wenn ich den Gläubigen sage, dass sie gehen müssen, gibt es Ärger.«

»Sehen Sie zu, dass sie von hier wegkommen.«

Gabriel wandte sich ohne ein weiteres Wort ab und rannte zum Eingang des Westmauertunnels. Dort empfing ihn dieselbe orthodoxe Jüdin wie neulich.

»Ist er dort unten?«, fragte Gabriel.

»Ja, im selben Schacht«, bestätigte sie.

»Wie viele Personen befinden sich im Tunnel?«

»Sechzig Touristen und ungefähr zwanzig Mitarbeiter.«

»Holen Sie alle raus.«

»Aber ...«

»Sofort.«

Gabriel blieb kurz stehen, um auf seinem BlackBerry eine E-Mail von Dina zu lesen. Dann folgte er dem Tunnel, der in die Vergangenheit führte, bis er am Rand von Eli Lavons Grabungsschacht stand. In gleißend hellem Licht war Lavon damit beschäftigt, Rivkas Gebeine freizulegen. Als er Gabriel kommen hörte, sah er lächelnd auf.

»Klasse Anzug. Aber warum bist du nicht bei Seiner Heiligkeit?«

Gabriel ließ das BlackBerry in den Schacht fallen. Lavon fing es geschickt auf und starrte auf das Display.

»Was bedeutet das?«

»Komm aus deinem Loch, Eli, dann erzähle ich dir alles.«

Anderthalb Kilometer weiter westlich verfolgte Chiara die Liveübertragung der Karfreitagsprozession im israelischen Fernsehen. Vor wenigen Augenblicken, als Paul VII. die Gemeinde an der achten Kreuzwegstation im Gebet angeführt hatte, war ihr aufgefallen, dass Gabriel sein Handy ans Ohr hielt. Als der Heilige Vater nun feierlich zur neunten Kreuzwegstation weiterschritt, war Gabriel nicht länger an seiner Seite. Chiara starrte noch einige Sekunden auf den Bildschirm, dann riss sie den Telefonhörer von der Gabel und rief Uzi Navots Büro am King Saul Boulevard an. Orit meldete sich.

»Er wollte dich gerade anrufen, Chiara.«

»Was ist los?«

»Er ist auf der Fahrt nach Jerusalem. Bleib bitte kurz dran.«

Chiaras Magen verkrampfte sich, als Orit sie in die Warteschleife schickte. Einige Sekunden später meldete sich Navot.

»Wo ist er, Uzi?«

»Das ist kompliziert.«

»Verdammt noch mal, Uzi! Wo ist er?«

Gabriel hockte in diesem Augenblick mit Eli Lavon am Rand des Grabungsschachts. Unter ihnen leuchteten die weißen Gebeine Rivkas, die Augenzeugin der römischen Belagerung Jerusalems und der Zerstörung des Zweiten Tempels gewesen war. Ausnahmsweise würdigte Lavon sie keines Blickes, denn er hatte nur Augen für den kleinen Bildschirm von Gabriels BlackBerry. Er zeigte Daoud Ghandur, alias David Girard, neben Imam Hassan Darwisch, dem muslimischen Geistlichen aus dem Stiftungsrat der Jerusalemer Waqf. Beide standen in einer unterirdischen Kammer.

»Sind das im Hintergrund Säulen?«

»Die Säulen brauchen uns jetzt nicht zu kümmern, Professor.«

»Sorry.«

Lavon begutachtete das zweite Bild – das Trapez mit dem kleinen Kreis und der Zahl 689 im unteren Drittel.

»Das könnte hinkommen.«

»Was denn?«

»Dass die Kammer, in der sie stehen, in diesem Teil des

Tempelbergs liegt. Der Boden unter dem Felsendom und dem Eingang der al-Aqsa-Moschee ist von einem Netz aus Gängen, Schächten und Zisternen durchzogen.«

»Woher wissen wir das?«

»Weil Charles Warren es uns erzählt hat.«

Sir Charles Warren war der brillante englische Archäologe, der den Tempelberg von 1867 bis 1870 zum ersten und einzigen Mal vermessen hatte. Seine detaillierten Lagepläne und Zeichnungen waren unverzichtbar - bis in die Gegenwart.

»Warren hat unter dem Tempelberg siebenunddreißig unterirdische Bauten und Zisternen entdeckt«, fuhr Lavon fort, »von unzähligen Aquädukten und Gängen ganz zu schweigen. Es gibt eine riesige Zisterne namens Großer See, die aus dem Fels herausgehauen wurde. Wir kennen sie von einer zeitgenössischen Illustration des Künstlers William Simpson.« Lavon sah auf. »Vielleicht haben David Girard und der Imam dort gestanden.«

»Können wir sie erreichen?«

»Simpsons Illustration lässt deutlich drei große Aquädukte als Verbindung zu anderen Zisternen erkennen. Aber die Waqf kann, durch ihre Bauvorhaben getarnt, auch neue Gänge und Tunnel gegraben haben.«

»Ist das ein Ja oder ein Nein, Eli?«

»Du stellst mir eine Frage, die ich unmöglich beantworten kann«, sagte Lavon. »Tatsächlich haben wir keine Ahnung, was *wirklich* unter dem Tempelberg liegt, weil wir uns dort nicht bewegen dürfen.«

»Heute ist das Verbot außer Kraft.«

»Weißt du, was passiert, wenn die Waqf uns dort ertappt?«

»Mir macht mehr Sorgen, was passiert, wenn in einer Kaverne zwischen Felsendom und al-Aqsa-Moschee eine Sprengladung hochgeht.«

»Da hast du auch wieder recht.«

»Was *würde* dann passieren?«

»Das hängt von der Größe der Bombe ab, denke ich. Entspräche sie einem gewöhnlichen Sprengstoffgürtel, würde der Tempelberg nicht das Geringste spüren. Aber eine richtig große Sprengladung ...«

»Massud hat die Kaserne der U.S. Marines mit der größten nicht nuklearen Detonation nach dem Zweiten Weltkrieg plattgemacht. Er weiß, wie man etwas einstürzen lässt.«

Lavon stand auf und trat an einen der mächtigen Steinquader der Westmauer. Da die Touristen inzwischen den Tunnel geräumt hatten, war die als »Höhle« bekannte winzige Synagoge leer. Sie waren allein.

»Ich habe mir immer gewünscht, einmal einen Blick auf die andere Seite werfen zu dürfen«, sagte Lavon, während er mit den Augen den Stein absuchte. »Aber ich hätte nie gedacht, dass es aus so einem Grund passieren würde.«

»Du hast doch hier unten sicher mehr gefunden als nur alte Knochen, oder?«

»Klar doch«, antwortete Lavon geistesabwesend.

»Weißt du, wie wir reinkommen können, Eli?«

»In den Tempelberg?« Lavon lächelte. »Komm!«

Sie gingen an der höhlenartigen Synagoge vorbei und eine Treppe hinunter bis zu einem zugemauerten alten Torbogen, der durch ein beleuchtetes Schild als »Warren-Tor« ausgewiesen war.

»Natürlich nach Charles Warren benannt«, erläuterte Lavon. »In der Zeit des Zweiten Tempels führte das Tor in einen unterirdischen Gang, an den sich eine Treppe anschloss. Und diese Treppe ...«

»Hat zum Tempel geführt.«

Lavon nickte. »Im Jahr 1981 wollte der Oberrabbiner der Klagemauer das Tor wieder öffnen lassen, aber sobald die Abbrucharbeiten begannen, konnten die Araber das Hämmern sehr deutlich hören. Sie kamen sofort angestürmt, und es hat tätliche Auseinandersetzungen gegeben. Unsere Polizei musste kommen, um wieder Ordnung herzustellen. Danach wurde das Tor erneut zugemauert und ist bis heute verschlossen.«

»Aber es ist offenbar nicht der einzige Zugang zum Tempelberg.«

»Nein«, sagte Lavon kopfschüttelnd. »Wir wissen von mindestens einem weiteren Tunnel, den wir vor einigen Jahren entdeckt haben. Er beginnt ungefähr fünfzig Meter nördlich von hier.« Lavon deutete die Wand entlang. »Und er sieht genau wie das Warren-Tor aus.«

»Weshalb wurde seine Entdeckung nie bekannt gegeben?«

»Weil wir keine weitere Unruhe stiften wollten. Eine Handvoll israelischer Archäologen durfte sich ein paar Minuten drinnen umsehen, bevor auch dieser Zugang zugemauert wurde.«

»Warst du mit dabei?«

»Ich war eingeladen, aber ich hatte leider andere Verpflichtungen.«

»Wie stark ist die Mauer, mit der dieser neue Tunnel verschlossen ist?«

»Nicht wie hier«, antwortete Lavon mit einer Hand auf dem groben Mauerwerk. »Ein tougher Kerl wie du dürfte dafür nicht mehr als ein paar Hammerschläge brauchen.«

»Und der Arbeitslärm?«

»Den übertönt die Mittagspredigt«, sagte Lavon. »Aber ich sehe noch ein anderes Problem.«

»Welches?«

»Wenn die Bombe hochgeht, während wir im Tempelberg sind, dürften wir wie Rivka enden.«

»Es gibt schlimmere Bestattungsorte, Eli.«

»Ich dachte, du hättest mal gesagt, das hier sei nur ein Steinhaufen.«

»Stimmt«, bestätigte Gabriel. »Aber es sind *meine* Steine.«

Lavon schwieg nachdenklich.

»Woran denkst du?«

»An die Säulen.«

»Verschaff mir einen Hammer und eine Stablampe, Eli, dann bringe ich dich zu den Säulen.«

44

Jerusalem

Die Fahrt vom King Saul Boulevard zum Amtssitz des Ministerpräsidenten in Jerusalem dauerte normalerweise eine halbe Stunde, aber an diesem Nachmittag schaffte Uzi Navots Fahrer die Strecke mit Blaulicht in nur zweiundzwanzig Minuten von Tür zu Tür. Als Navot das Gebäude betrat, war Gabriels Funkgerät bereits vom Netz der päpstlichen Personenschützer genommen und arbeitete nun auf einer abhörsicheren Frequenz des Diensts. So konnte Navot mithören, wie Eli Lavon und Gabriel sich aus einem Lagerraum im Westmauertunnel holten, was sie brauchen würden, um in den Tempelberg zu gelangen.

Im Krisenzentrum hatten sich der Premierminister, der Verteidigungsminister, der Außenminister und der Chef des Inlandsgeheimdiensts Schabak versammelt. Eine Videowand zeigte flackernde Livebilder von Überwachungskameras in der Altstadt. Auf einem Monitor näherte sich der Stellvertreter Christi der Grabeskirche. Auf dem nächsten waren viele Tausend Muslime auf dem Tempelberg versammelt. Und ein dritter zeigte den geräumten Platz vor der Klagemauer unter Polizeibewachung. Ein höllischer Karfreitag, fand Uzi Navot.

»Nun?«, fragte der Premierminister, als Navot seinen gewohnten Platz einnahm.

»Die beiden warten nur auf Ihren Befehl.«

»Eine Beraterin sagt, dass unter dem Tempelberg eine Bombe liegt, die das ganze Plateau zum Einsturz bringen könnte, und Sie sagen, dass mir nichts anderes übrig bleibt, als ihr zu glauben.«

»Ja, Premierminister.«

»Wissen Sie, was passiert, wenn die Palästinenser rausbekommen, dass Gabriel und Eli dort drinnen sind?«

»Dann gibt's Tote«, sagte Navot. »Und anschließend kommt der Arabische Frühling nach Jerusalem.«

Der Premierminister starrte die Monitore noch eine Weile an, bevor er schließlich nickte. Navot gab den Befehl umgehend an Gabriel weiter. Einige Sekunden später hörten sie vier trockene Hammerschläge.

Aleph, Bet, Gimel, Daleth …

Dann war es geschafft.

Aus dem Lagerraum hatten Gabriel und Lavon einen Vorschlaghammer, einen Pickel, zwei aufgeschossene Perlonseile, zwei Schutzhelme mit eingebauten Halogenlampen und verschiedenes Kleinwerkzeug mitgenommen, das bei der Entschärfung der Bombe nützlich sein konnte. Bevor Lavon seinen Schutzhelm aufsetzte, bedeckte er seinen Kopf mit einer Kippa. Gabriel hatte Jackett, Krawatte und Schulterhalfter abgelegt. Die 9-Millimeter-SIG-Sauer, die Alois Metzler ihm gegeben hatte, steckte jetzt hinten in seinem Hosenbund. Das Mikrofon seines Minifunkgeräts ließ er permanent eingeschaltet, damit Navot jeden Atemzug, jeden Schritt verfolgen konnte.

Nach dem Mauerdurchbruch betraten sie einen Tunnel mit gewölbter Decke, der durch die Westmauer in den Tempelberg selbst führte. Die Pflastersteine der ehemaligen Straße waren glatt wie Eis. An drei Tagen im Jahr – Pessach, Schawuot und Sukkot – waren Juden aus den alten Königreichen Israels auf ihrem Weg zum Tempel über diese Steine gegangen. Sogar Gabriel, der in diesem Moment nur wenig Sinn für historische Ereignisse hatte, konnte die Gegenwart seiner Vorfahren fast spüren. Eli Lavon trabte aufgeregt weiter.

»Sieh dir die Bearbeitungsspuren an diesen Steinen an«, sagte er und ließ eine Hand über die kühle Tunnelwand gleiten. »Sie *müssen* einfach herodisch sein.«

»Wir haben keine Zeit, uns mit Steinen zu befassen«, sagte Gabriel und stieß ihn leicht mit dem Pickelstiel an.

»Ist dir nicht klar, dass wir vielleicht die letzten Juden sind, die hier unterwegs sind?«

»Falls die Bombe hochgeht, ganz sicher.«

»Wären wir an der Oberfläche, würden wir durch das Dunkelheitstor direkt auf die Ostfassade des Felsendoms zugehen.« Lavon machte eine Pause, dann richtete er seine Helmlampe auf zwei Säulen in der Tunnelwand. »Dorische Säulen«, sagte er. »Die ganze Anlage ist herodisch, kein Zweifel.«

»Weiter!« Gabriel stieß ihn nochmals mit dem Pickelstiel an.

Eli Lavon gehorchte. »Am Ende des Tunnels«, erklärte er, »liegt eine Zisterne, die der Brite Charles Wilson entdeckt hat.«

»Der Wilson, nach dem der Wilson-Bogen benannt ist?«

Lavon nickte, und seine Lampe bewegte sich mit. »Laut Wilson ist die Zisterne achtundzwanzigeinhalb Meter lang, sechseinviertel Meter breit und zehneinhalb Meter hoch. Danach sollten wir eine Treppe sehen, die uns weiter zur Oberfläche bringt. Von dort aus müssten wir uns in dem Netz aus Aquädukten und Zisternen zurechtfinden. Seit dem Vorfall am Warren-Tor im Jahr 1981 wissen wir, dass alles miteinander verbunden ist. Wir müssen nur die richtigen Abzweigungen finden.«

»Und zwar, bevor die Bombe detoniert«, fügte Gabriel finster hinzu.

Sie gingen weiter. Plötzlich blieb Lavon stehen.

»Was ist los?«

Lavon trat beiseite. Grobes graues Mauerwerk blockierte den Tunnel.

»Irgendetwas sagt mir, dass dies keine herodische Mauer ist.«

»Richtig«, bestätigte Gabriel. »Ich tippe auf palästinensisch, etwa zweitausendzehn.«

»Wie dick ist sie?«, fragte der Premierminister.

»Das wissen sie erst, wenn sie zu hämmern anfangen«, antwortete Navot. »Und wenn sie damit anfangen …«

»Dann können die Palästinenser auf dem Berg sie hören.«

Navot nickte.

Der Premierminister brauchte nur wenige Sekunden, um sich zu entscheiden. »Sie sollen die Mauer durchbrechen. Aber wenn sie die Bombe bis 14.30 Uhr nicht gefunden haben, lasse ich Imam Hassan Darwisch verhaften und den Tempelberg von oben aus genauestens durchsuchen.«

»Israelische Truppen und Polizei auf dem Tempelberg?«

Der Premierminister nickte entschlossen.

»Damit geben Sie den Startschuss zur dritten Intifada«, sagte Navot, »und das, während die Augen der Welt wegen des Papsts auf uns gerichtet sind.«

»Das ist mir klar, Uzi, aber es ist besser als die Alternative.«

Navot wies Gabriel an, die Mauer zu durchbrechen.

Aleph, Bet, Gimel, Daleth …

Doch sie hatten kaum eine Delle ins Mauerwerk geschlagen.

In diesem Augenblick stand Imam Hassan Darwisch auf der westlichen Stützmauer des Tempelbergs und starrte auf den leeren Platz vor der Klagemauer hinunter. Alarmübungen fanden in Jerusalem häufig statt, aber den Zugang zu ihrem größten Heiligtum sperrten die Israelis nur, wenn sie glaubten, ein Angriff stehe unmittelbar bevor. Natürlich konnte die Sperrung andere Gründe haben, aber Darwisch glaubte zu wissen, was dahintersteckte. Irgendwie, irgendwo war der Attentatsplan verraten worden.

Darwisch wandte sich ab und ging über die Esplanade auf den Felsendom zu. Auch heute hatten die Israelis wieder nur Frauen und alte Männer zum Freitagsgebet auf den Tempelberg gelassen. Darwisch entbot einigen von ihnen den Friedensgruß, bevor er in den Brunnen der Seelen hinunterstieg. Von dort aus folgte er dem uralten Gang ins Herz des Tempelbergs hinunter. Wenige Augenblicke später stand er in einer der größten Zisternen des Bergs. Er hörte ferne Hammerschläge.

Sie konnten nur eines bedeuten.

Die Juden kamen.

Fünf Minuten lang hämmerten sie ohne Pause auf die Mauer ein, Lavon mit dem Vorschlaghammer, Gabriel mit dem Pickel. Gabriel brach als Erster durch und schlug ein etwa faustgroßes Loch in die Mauer. Er nahm die Lampe von seinem Schutzhelm und richtete ihren Strahl in die Leere vor ihnen.

»Was siehst du?«, fragte Lavon.

»Eine Zisterne.«

»Wie groß?«

»Schwer zu sagen, sie scheint etwa achtundzwanzigeinhalb Meter lang und sechseinviertel Meter breit zu sein.«

»Sonst noch was?«

»Stufen, Eli. Ich sehe die Treppe.«

Der Sicherheitschef der Jerusalemer Waqf war ein bulliger Mittvierziger namens Abdullah Ramadan, ein Veteran der Fatah und der al-Aqsa-Märtyrerbrigaden. Imam Darwisch wählte seine Handynummer und beorderte ihn in die Zisterne unter dem Felsendom. Was das Hämmern bedeutete, brauchte er ihm nicht zu erklären.

»Warren-Tor?«

»Schon möglich«, antwortete Darwisch. »Oder vielleicht eines der neuen, die sie bei ihren illegalen Grabungen entdeckt haben.«

»Was soll ich dagegen tun?«

»Nehmen Sie drei Ihrer besten Leute mit und stellen Sie fest, ob sie versuchen, sich Zugang zum Tempelberg zu verschaffen.«

»Und wenn sie das tun?«

»Dann bestraft ihr sie«, sagte der Imam.

Der Premierminister starrte die Wanduhr im Krisenzentrum an. Es war 14.10 Uhr. Mit einem Blick zu Navot fragte er: »Wie groß ist das verdammte Loch?«

Navot leitete die Frage weiter, dann berichtete er, was er von Gabriel erfahren hatte.

»Nicht groß genug.«

»Wie lange brauchen sie noch?«

Navot fragte erneut nach.

»Wissen sie nicht genau.«

»Sagen Sie ihnen, dass sie schneller arbeiten sollen.«

»Sie arbeiten schon so schnell sie können.«

»*Sagen* Sie es ihnen, Uzi.«

Navot gab die Anweisung weiter. Auf Gabriels Antwort hin lächelte er.

»Was hat er gesagt?«, fragte der Premierminister.

»Dass er so schnell arbeitet, wie er kann.«

»Sagen Sie mir die Wahrheit, Uzi?«

»Nein, Premierminister.«

Der Premier lächelte unwillkürlich und sah auf die Wanduhr.

Es war 14.12 Uhr.

Um 14.15 Uhr hatte das Loch dreißig Zentimeter Durchmesser, und um 14.20 Uhr war es groß genug für Schultern und Hüften eines schlanken Mannes. Gabriel schlängelte sich als Erster hindurch, wobei er sich die Oberschenkel aufschürfte. Nur wenige Sekunden später folgte ihm Lavon. Nachdem er Kippa und Schutzhelm wieder aufgesetzt hatte, blieb er einige Augenblicke vor Ehrfurcht wie gelähmt stehen. Vor ihnen lag die Zisterne, und dahinter erhob sich die herodische Treppe.

»Die Zisterne kann nur aus einem Grund hier liegen«, sagte Lavon und tauchte eine Hand in das lange, rechteckige Becken. »Sie war eine *Mikwe*. Hier haben die Gläubigen ein rituelles Tauchbad genommen, bevor sie zum Tempel weitergezogen sind.«

»Alles sehr interessant, Professor, aber wir haben's eilig.«

»Lass mich wenigstens ein paar Fotos machen.«

»Vielleicht auf dem Rückweg.«

Lavon lief die alte Treppe hinauf. Der Lichtschein seiner Helmleuchte tanzte über Wände und Decke des Bogengangs. Oben machte er wieder halt. »Sieh dir das an!«, sagte er und deutete auf eine in den Stein gemeißelte alte hebräische Inschrift. »Hier steht, dass Christen keinen Zutritt zu den Tempelhöfen haben. Welchen Zweck hätte diese Warnung, wenn es keinen Tempel gäbe?«

Das war eine logische Frage, aber im Augenblick war Gabriel in Gedanken woanders. Er fragte sich, wieso vier große Araber mit Stablampen die Treppe herunterkamen. Dann pfiff die erste Kugel an seinem Ohr vorbei und lieferte die Antwort. Die Nachbarn mussten ihr lautes Hämmern gehört haben. Eigentlich kein Wunder, dachte Gabriel. Blut schläft niemals.

45

Jerusalem

Das Feuergefecht dauerte nur vierundvierzig Sekunden, aber Uzi Navot würde später beteuern, ihm sei es wie Stunden vorgekommen. Weil er den Gegner nicht sehen, sondern nur hören konnte, hatte er den Eindruck, Gabriel und Eli Lavon würden von der gesamten Arabischen Legion angegriffen. Was Navot besonders auffiel, war, dass Gabriels Atemgeräusche kein einziges Mal beschleunigt klangen.

Der Mitschnitt zeigte, dass Gabriel erst nach fast zwanzig Sekunden zurückzuschießen begann. Nach diesem ersten Schuss setzte schmerzliches Jammern ein, das direkt aus dem Brunnen der Seelen hätte kommen können. Fünf Sekunden später gab Gabriel einen zweiten Schuss ab, worauf das feindliche Feuer sich zu verdoppeln schien. Der dritte und der vierte Schuss, die fast miteinander verschmolzen, wurden mit einem weiteren Schmerzensschrei beantwortet. Wenig später folgten zwei weitere Schüsse. Damit war die Schießerei beendet, und über Funk war nur noch eine arabische Stimme zu hören, die um Gnade flehten.

»Wer hat euch hier runtergeschickt?«, hörte Navot Gabriel ruhig fragen.

»Schert euch zum Teufel!«, rief der Araber wütend.

Navot hörte einen weiteren Schuss, danach einen gellend lauten Aufschrei.

»Wer hat euch geschickt?«, wiederholte Gabriel.

»Der Imam«, antwortete der Araber mit zusammengebissenen Zähnen.

»Welcher Imam?«

»Hassan Darwisch.«

»Wo ist die Bombe?«

»Welche Bombe?«

»Wo ist sie, verdammt noch mal?«

»Ich weiß nichts von einer Bombe!«

»Sagst du die Wahrheit?«

»Ja!«

»Wirklich?«

»Ja! Ich schwör's.«

Navot hörte einen weiteren Schuss. Danach waren nur Gabriels gleichmäßige Atemzüge zu hören.

»Sind wir noch im Geschäft?«, fragte der Premierminister.

»Vorläufig«, antwortete Navot.

»Damit dürfte die Frage, ob dort wirklich eine Bombe versteckt ist, beantwortet sein.«

»Ja, Premierminister, das stimmt wohl. Aber nun stehen wir vor einem anderen Problem.«

»Vor welchem?«

»Gabriel Allon befindet sich im Inneren des Tempelbergs und hat nur Eli Lavon zu seinem Schutz.«

»Sie wissen, was passieren würde, wenn sie den Arabern in die Hände fielen?«

»Ja, Premierminister«, sagte Navot mit einem Blick auf den Monitor, der die Menschenmassen beim Verlassen der al-Aqsa-Moschee zeigte. »Sie würden in Stücke gerissen.«

»Sollen wir sie zurückrufen?«

»Dafür ist es zu spät, fürchte ich.«

Die beiden hatten gerade den ersten Aquädukt betreten. Es war 14.23 Uhr.

Die antike Wasserleitung war nicht breiter als eine Telefonzelle und kaum so hoch, dass sie aufrecht gehen konnten. An einigen Stellen quollen Rinnsale aus dem Fels, ansonsten aber war der gewachsene Fels so trocken wie Rivkas Knochen. Lavon orientierte sich mithilfe seines Kompasses. Er zählte leise ihre Schritte mit.

Der Kanal schlängelte sich in Serpentinen durch den Kalkstein, was hieß, dass sie nur eine vage Vorstellung davon hatten, was vor ihnen lag. Obwohl sie nur noch wenige Meter unter der Oberfläche des Tempelbergs waren, hörten sie keinen Laut außer dem Geräusch ihrer eigenen Schritte und Lavons gleichmäßigem Zählen. Nach genau zweihundert Schritten erreichten sie die nächste Zisterne. Lavon blieb stehen und sah sich staunend um. Dann legte er den Zeigefinger auf die Lippen, um Gabriel zu bedeuten, er dürfe nur leise sprechen.

»Erkennst du sie?«, flüsterte Gabriel.

Lavon nickte. »Die T-Form entspricht genau der Zisterne, die Warren an dieser Stelle entdeckt hat«, antwortete er. Seine Stimme war ein heiseres Flüstern. »Sie dürfte unter Herodes angelegt worden sein. Die hier abgebauten Steine könnten zum Bau des Tempels gedient haben.«

»Wo auf dem Tempelberg sind wir?«

»Fast vor dem Eingang der al-Aqsa-Moschee.« Er zeigte auf den kürzeren T-Balken. »Dort drüben müsste eine weitere T-förmige Zisterne liegen. Und dann …«

»Der Große See?«

Lavon nickte erneut, dann führte er Gabriel übers Querstück der alten Zisterne. Auf der anderen Seite begann ein weiterer Wasserkanal, der etwas niedriger und enger als der vorige war. Wie Eli vorausgesagt hatte, brachte er sie zur nächsten Zisterne. Diesmal schritten die beiden das T bis zu seinem Fußpunkt ab und betraten einen neuen Kanal. Schon nach wenigen Metern öffnete sich die kathedralenartige Kaverne des Großen Sees vor ihnen.

Aber sie war völlig leer.

»Nun?«, fragte der Premierminister.

Navot schüttelte den Kopf.

»Was machen sie jetzt?«

»Sie überlegen noch.«

Im Scheitelpunkt der Kuppel über der Zisterne befand sich eine Öffnung, die Gabriel an das *Opaion* des Pantheons in Rom erinnerte. Durch dieses Kuppelauge drangen ein heller Sonnenstrahl und die plärrende Lautsprecherstimme des Predigers in der al-Aqsa-Moschee.

»Wie tief unter der Oberfläche sind wir hier?«, fragte Gabriel flüsternd.

»Dreizehn Meter«, antwortete Lavon.

»Wenn Dina recht hat«, sagte Gabriel, »müsste sich die Bombe in einer Kammer befinden, die gut fünfunddreißig Meter unter uns liegt.«

»*Acht*unddreißig«, verbesserte Lavon ihn. »Was nur vernünftig wäre.«

»Wie das?«

»Wollte ich das gesamte Plateau des Tempelbergs zum Einsturz bringen, würde ich meine Sprengladung möglichst tief anbringen.«

»Gibt es von hier einen Weg nach unten?«

»Tiefer war bisher niemand – zumindest niemand, von dem wir wissen.« Lavon wandte sich ab und studierte die jenseitige Wand der Kaverne. Dort waren drei weitere Aquädukte zu sehen, die in unterschiedliche Richtungen wegführten. »Such dir einen aus«, sagte er.

»Ich bin Restaurator, Eli. Such du einen aus.«

Lavon schloss sekundenlang die Augen, dann deutete er auf den Aquädukt ganz rechts.

Zu diesem Zeitpunkt war Imam Hassan Darwisch weniger als dreißig Meter von ihnen entfernt: in der Zisterne unter dem Brunnen der Seelen. In seiner Rechten lag die Pistole – eine russische Makarow –, die Abdullah Ramadan ihm gegeben hatte, bevor er in die Tiefen des Edlen Heiligtums hinabgestiegen war, um den jüdischen Eindringlingen entgegenzutreten.

Der durch die Aquädukte hallende Lärm des kurzen, aber intensiven Feuergefechts war an Darwischs Ohren gedrungen. Er hatte alles mitgehört, auch, dass sein Name genannt worden war. Jetzt konnte er die leisen, gedämpften Schritte von mindestens zwei Männern hören, die sich der Kammer näherten, die Darwisch heimlich im Inneren des Tempelbergs hatte anlegen lassen. Dort hatte er die Bombe versteckt, die den Berg und mit ihm den Staat Israel zerstören würde. Aber die Kammer enthielt außer dem Sprengstoff noch etwas anderes – ein Geheimnis, das niemand sehen durfte, vor allem die Juden nicht.

Er warf einen Blick auf seine Armbanduhr: 14.27 Uhr. Auf seine Anweisung hatte Muhammad Faruk den Zeitzünder der Bombe auf fünfzehn Uhr eingestellt. Diese Uhrzeit – angeblich die Todesstunde Christi am Kreuz – hatte Darwisch als bewussten Affront gegen die gesamte Christenheit gewählt, aber das war nicht der einzige Grund. Kurz nach fünfzehn Uhr würde das Freitagsgebet in der al-Aqsa-Moschee beendet sein, und die frommen Muslime würden das Edle Heiligtum verlassen. Momentan war die viertausendsiebenhundert Quadratmeter große Moschee mit über fünftausend Menschen zum Bersten gefüllt. Darwisch blieb nichts anderes übrig, als sie alle zu Märtyrern zu machen. Und sich selbst auch.

Er blieb noch einige Augenblicke länger in der Zisterne unter dem Brunnen der Seelen und sprach die letzten Gebete. Dann machte er sich mit der Makarow und einer Stablampe auf den Weg durch einen schmalen alten Gang, der in die Tiefen des Berges und in die Vergangenheit führte. In eine Zeit vor dem Islam, vor dem Propheten. In ein unaufgeklärtes Zeitalter, dachte er. Die Zeit der Juden.

Der erste Aquädukt endete nach ungefähr fünfzehn Metern in einer kleinen Zisterne, die kaum größer als ein Goldfischglas war. Also kehrten sie rasch zum Großen See zurück und betraten den zweiten Gang. Schon nach wenigen Schritten entdeckte Lavon in der rechten Wand eine Öffnung, hinter der ein weiterer Korridor begann. Sein Boden war knöchelhoch mit Kalksteingeröll bedeckt. Lavon begutachtete es im Licht seiner Helmleuchte, dann fuhr er mit der Hand über die Ränder des Durchbruchs.

»Dieser Gang ist neu.«

»Wie neu?«

»Ganz neu«, sagte Lavon. »Ganz sicher erst in letzter Zeit angelegt.«

Sie folgten dem neuen Gang und erreichten schon nach wenigen Metern eine breite, in leichter Kurve verlaufende Treppe, die offenbar mit modernen Maschinen in den Kalkstein gesägt worden war. Gabriel hatte Mühe, mit Lavon Schritt zu halten, als dieser die Treppe hinunterstürmte. Sie endete an einem bogenförmigen Durchgang, der eine kurze arabische Inschrift trug. Die beiden hasteten unter dem Bogen hindurch, ohne sie eines Blickes zu würdigen. Dann machten sie abrupt halt.

»Was zum Teufel ist das?«, fragte Gabriel.

Lavon ging zögernd ein paar Schritte weiter. »Erkennst du sie nicht wieder, Gabriel?«

»*Was* soll ich wiedererkennen, Eli?«

»Die Säulen, die auf dem Foto zu sehen waren.«

»Und wozu gehören sie?«

Lavon atmete tief durch, dann lächelte er. »›Das Haus aber, das der König Salomo dem Herrn baute, war sechzig Ellen lang, zwanzig Ellen breit und dreißig Ellen hoch.‹«

»Was gibt's, Uzi?«, fragte der Premierminister.

»Sie würden es mir nicht glauben, wenn ich es Ihnen erzählen würde.«

»Probieren Sie es doch.«

»Eli glaubt, soeben die Überreste des Ersten Tempels entdeckt zu haben. Und nebenbei«, fügte Navot hinzu, »haben sie auch die Bombe gefunden.«

Der Premierminister verfolgte auf den Bildschirmen, wie Tausende von Muslimen aus der al-Aqsa-Moschee strömten. Dann wechselte er einen Blick mit den Männern, die ihn umgaben, und erteilte die Anweisung, Polizei und Militär einzusetzen.

»Das ist besser als die Alternative«, sagte Navot, während er beobachtete, wie israelische Polizisten und Soldaten das Edle Heiligtum stürmten.

»Das wird sich zeigen.«

46

Tempelberg, Jerusalem

Diese Kaverne hatte die Größe einer Schulturnhalle. Nackte Neonröhren waren an die Decke montiert, ein graues Kabel führte zu einem zentralen Lichtschalter. Als Gabriel ihn betätigte, flammten die Leuchtstoffröhren auf und tauchten den Raum in weißes Licht.

»Großer Gott«, flüsterte Lavon. »Siehst du, was sie gemacht haben?«

Gabriel fuhr mit der Hand über die glatte Oberfläche des frisch behauenen Steins. Sie hatten hier unten eine riesige künstliche Höhle geschaffen und mit archäologischen Artefakten gefüllt, die sie während der jahrelangen Bauarbeiten und heimlichen Grabungen gefunden hatten: behauene Steine, Kapitelle, Säulen, Pfeilspitzen, Helme, Tonscherben und Münzen. Und aus Gründen, die selbst Gabriel kaum verstand, wollte Imam Hassan Darwisch nun dies alles in die Luft jagen – und den Tempelberg mit dazu.

Eli Lavon schien die Bombe vorübergehend ganz vergessen zu haben. Wie hypnotisiert ging er auf die Doppelreihe aus abgebrochenen Säulen zu, die das Kernstück der Ausstellung bildeten. Als er vor ihnen stand, sah er wieder auf seinen Kompass.

»Sie sind in Ost-West-Richtung orientiert«, sagte er.

»Genau wie der Tempel?«

»Ja, genau wie der Tempel«, bestätigte Lavon und trat ans Ostende der Reihen. Ehrfürchtig berührte er eine Säule und ging dann einige Schritte weiter. »Hier hätte der Altar gestanden.« Er wies auf den leeren Raum bis zur Wand der Kaverne. »Neben dem Altar hätte das sogenannte Meer gestanden, ein Bronzegefäß, in dem die Priester sich vor und nach Opferungen wuschen. Im ersten Buch der Könige ist es genau beschrieben. Es soll zehn Ellen Durchmesser gehabt haben und fünf Ellen hoch gewesen sein. Und es hat auf zwölf Rindern gestanden. Es gab auch noch zehn kleinere Bronzegefäße, in denen Opfertiere gewaschen wurden, aber das Meer blieb für die Priester reserviert. Die Babylonier schmolzen sie ein, als sie den Ersten Tempel niederbrannten. Dasselbe Schicksal erlitten zwei Bronzesäulen, die auf beiden Seiten des Eingangs zur Vorhalle des Tempels standen.«

»›Und die er zur rechten Hand setzte, hieß er Jachin.‹«

»›Und die er zur linken Hand setzte, hieß er Boas.‹«

Gabriel hörte ein Knacken in seinem Ohrhörer, dann meldete sich Uzi Navot.

»Wir versuchen, euch so schnell wie möglich zu erreichen«, sagte Navot. »Polizei und Militär sind durch die östlichen Tore auf den Tempelberg gelangt. Der Sicherheitsdienst der Waqf und Teile der aus der al-Aqsa-Moschee kommenden Araber leisten Widerstand. Genau über euch kommt es zu recht hässlichen Szenen.«

»Wenn die Bombe detoniert, gibt es noch viel hässlichere.«

»Das Bombenräumkommando kommt mit der zweiten Welle.«

»Wann, Uzi?«

»In ein paar Minuten.«

»Seht zu, dass ihr Darwisch findet.«

»Wir suchen schon nach ihm.«

Als Navot verstummte, sah Gabriel wieder zu Lavon hinüber, der zur Decke der Kaverne aufsah.

»Die beiden Säulen Jachin und Boas waren von Kapitellen gekrönt, die mit Lilien und Granatäpfeln geschmückt waren«, sagte der Archäologe. »Die Gelehrten streiten sich darüber, ob sie freistehend waren oder einen Sturz und ein Vordach getragen haben. Ich war schon immer ein Anhänger der zweiten Theorie. Warum sollte Salomo den Eingang zum Haus Gottes ohne Überdachung lassen?«

»Sieh zu, dass du verschwindest, Eli. Ich bleibe bei der Bombe, bis das Räumkommando kommt.«

Lavon tat so, als habe er nichts gehört. Er machte feierlich zwei Schritte, als betrete er den Tempel selbst.

»Die Türen, die von der Halle in den Tempel führten, hatten viereckige Pfosten aus Ölbaumholz, aber Türblätter aus Tannenholz. Sie sind verbrannt, als Nebukadnezar den Ersten Tempel gebrandschatzt hat.« Lavon machte eine Pause und legte die Linke sanft auf die Reste einer Säule. »Aber diese hier konnte er nicht verbrennen.«

Gabriel ging an einem Tisch vorbei, auf dem sich Münzen und alte Werkzeuge häuften, und trat zwischen zwei Säulen. Er berührte die eine und fragte Lavon, was nach der Zerstörung des Tempels durch Nebukadnezar mit ihnen geschehen sei.

»Die Bibel drückt sich nicht eindeutig aus, aber wir haben immer angenommen, die Babylonier hätten sie über die Mauer des Tempelbergs ins Kidrontal gekippt.« Er musterte Gabriel schwach lächelnd. »Klingt das irgendwie vertraut?«

»Sehr«, sagte Gabriel.

Lavon ging eine Säule weiter. Das Fragment war ungefähr zweieinhalb Meter hoch und auf der einen Seite rauchgeschwärzt. »›Sie verbrennen dein Heiligtum‹«, zitierte er aus Psalm 74, »›sie entweihen und werfen zu Boden die Wohnung deines Namens.‹«

»Du musst jetzt fort, Eli.«

»Wohin soll ich gehen? Nach oben, wo der Aufruhr tobt?«

»Sieh zu, dass du durch die Aquädukte zur Westmauer zurückkommst.«

»Und was soll ich tun, wenn ich einem weiteren Trupp von Saladins Kriegern begegne? Sie wie ein Kreuzritter mit meinem Pickel abwehren?«

»Nimm meine Pistole.«

»Ich könnte gar nicht damit umgehen.«

»Du warst beim Militär, Eli.«

»Ich war Sanitäter.«

»Eli«, sagte Gabriel gereizt, aber Lavon hörte nicht mehr zu. Er bewegte sich langsam von einer Säule zur anderen. Auf seinem Gesicht standen Staunen und Empörung. »Sie müssen sie 538 vor Christus aus dem Tal heraufgeholt haben, als das Persische Reich den Bau des Zweiten Tempels gestattet hat. Und als Herodes ihn fünfhundert Jahre später hat renovieren lassen, hat er sie vermutlich ins Fundament einbauen lassen, was erklären würde, weshalb die Waqf sie bei ihren Grabungen gefunden hat. Die Säulen waren zu groß, als dass man sie als Schutt hätte abkippen oder wieder ins Kidrontal hätte werfen können, deshalb haben sie sie hier versteckt – zusammen mit den übrigen Funden.« Er sah sich in der riesigen Kaverne um. »Auch wenn es gelingt, dieses Material sicherzustellen, ist es aus seiner Umgebung gerissen. Als sei es ...«

»Geraubt«, sagte Gabriel.

»Ja. Von Plünderern geraubt.«

»Wir holen es hier raus, Eli, aber du musst jetzt wirklich gehen.«

»Ich lasse diese Sachen hier nicht zurück«, wehrte Lavon ab. Er ging mit erhobenem Kopf langsam von einer Säule zur anderen. »Auf Zeichnungen und in Rekonstruktionen des ersten Jerusalemer Tempels wird der Vorraum, das Heilige, heute meist überdacht dargestellt, aber er hatte kein Dach. Und nach Westen hin folgte das Allerheiligste, in dem die Bundeslade stand.«

Lavon näherte sich dieser Stelle vorsichtig, denn Imam

Darwisch hatte dort seine Bombe platziert. Keine gewöhnliche Sprengladung, sondern eine regelrechte Westmauer aus Sprengstoff: komplett verdrahtet und mit Zündern versehen. Wäre sie klein und kompakt gewesen, hätte Gabriel sie vielleicht selbst entschärfen können, wenn ihm ein Sprengmeister die einzelnen Schritte über Funk erklärt hätte. Aber nicht dieses Monstrum.

»Wie haben sie bloß diese ungeheuren Mengen Sprengstoff hergeschafft?«

»Das erzählt uns Imam Darwisch bestimmt gern.«

Lavon schüttelte langsam den Kopf. »Den Tempelberg unter ihrer Kontrolle zu lassen war ein großer Fehler. Vielleicht hätten wir uns wie alle anderen Heere verhalten sollen, die Jerusalem erobert haben.«

»Den Felsendom und die al-Aqsa schleifen? Und auf ihren Trümmern den Tempel neu errichten? Du glaubst doch selbst nicht, dass das richtig gewesen wäre, Eli.«

»Nein, aber in Augenblicken wie diesem darf man sich ausmalen, wie das gewesen wäre.«

Gabriel sah auf seine Uhr.

»Wie lange noch?«

»Wenn Dina recht hat ...«

»Dina hat immer recht«, warf Lavon ein.

»Fünfundzwanzig Minuten«, sagte Gabriel. »Deshalb wird es allerhöchste Zeit, dass du verschwindest.«

Lavon kehrte der Bombe demonstrativ den Rücken. Seine erhobenen Arme schienen die beiden Säulenreihen umfassen zu wollen. »Wir besitzen kein Artefakt, das sich dem Ersten oder Zweiten Tempel zuordnen ließe. Kein einziges! Deshalb ist es den Palästinenserführern gelungen, ihrem Volk einzureden, die Tempel seien ein Mythos. Und deshalb haben sie diese Säulen in einer Kaverne einundfünfzig Meter unter dem Tempelberg versteckt.« Er lächelte Gabriel zu. »Und deshalb verlasse ich diesen Raum erst, wenn ich weiß, dass den Säulen keine Gefahr mehr droht.«

»Das sind nur Steine, Eli.«

»Ich weiß«, sagte Lavon. »Aber es sind *meine* Steine.«

»Und du wärst wirklich bereit, für sie zu sterben?«

Lavon schwieg einen Augenblick. Dann wandte er sich an Gabriel. »Du hast eine schöne Frau. Vielleicht bekommst du eines Tages ein schönes Kind. Ein *weiteres* schönes Kind«, fügte er hinzu. »Aber ich ... diese Steine sind alles, was ich habe.«

»Du weißt, dass ich dich liebe wie einen Bruder, Eli. Ich lasse dich nicht zurück.«

»Dann sterben wir gemeinsam«, sagte Lavon, »hier im Haus des Herrn.«

»Es gibt wahrlich schlimmere Orte zum Sterben.«

»Ja«, sagte Lavon, »das stimmt.«

Im selben Augenblick stand Imam Hassan Darwisch am Eingang der nach seinen Angaben errichteten Kaverne und hörte zu, wie die beiden Juden sich in ihrer alten Sprache unterhielten. Darwisch kannte sie beide. Der eine war der berühmte Archäologe Eli Lavon, ein Kritiker der Jerusalemer Waqf und ihrer Bauvorhaben. Der andere, der Mann mit den grünen Augen und den grauen Schläfen, war Gabriel Allon, der viele palästinensische Helden auf dem Gewissen hatte. Darwisch konnte sein Glück kaum fassen. Die Anwesenheit dieser beiden Männer würde seine Aufgabe erschweren. Aber sie würde seine Reise ins Paradies umso mehr versüßen.

Der Blick des Imams wanderte zur Bombe. Um für den jetzt eingetretenen Fall vorzusorgen, hatte der Mann, den er als Muhammad Faruk kannte, eine mechanische Zündung vorgesehen und Darwisch gezeigt, wie er sie auslösen konnte. Ein Druck auf den Zündknopf würde genügen.

Im nächsten Moment hörte Darwisch das Poltern schwerer Stiefel auf einem der Aquädukte. Die Juden schienen den Sicherheitsdienst der Waqf überrannt zu haben. Die Geschichte sollte sich offenbar wiederholen. Aber nicht diesmal, dachte der Imam. Diesmal würden die heiligen Stätten des Islams nicht wie 1099 in die Hände der Ungläubigen fallen, als die Kreuzfahrer Jerusalem erobert hatten. Diesmal würde die Sache anders ausgehen.

Hassan Darwisch schloss die Augen und rezitierte in Gedanken die Schwertsure aus dem Koran: »Tötet die Götzendiener, wo ihr sie trefft, und ergreift sie, und belagert sie, und lauert ihnen auf in jedem Hinterhalt.« Dann stürmte er in die Kaverne und eröffnete das Feuer.

Die ersten Schüsse trafen die historischen Steinsäulen und ließen heiße Kalksteinsplitter auf Gabriels Wange herabregnen. Als er den Kopf hob, sah er Hassan Darwisch heranstürmen. Sein Gesicht war verzerrt von dem Hass, den Glaube, Geschichte und tausend große und kleine Erniedrigungen erzeugt hatten. Während ihm die Kugeln um die Ohren pfiffen, rannte Gabriel ihm mit schussbereiter Pistole entgegen. Er drückte wie auf der Schießbahn im Vatikan immer wieder ab und hörte erst auf, als vom Gesicht des Imams nichts mehr übrig war.

Als er sich wieder umdrehte, sah er Eli Lavon zusammengesunken am Fuß einer Säule liegen, die er mit beiden Armen umfasste. Gabriel lief zu ihm und presste seine Hand auf die Schusswunde in Lavons Brust. Er hielt ihn an sich gedrückt, während er spürte, wie das Leben allmählich aus seinem Körper wich. »Du darfst nicht sterben, verdammt«, flüsterte er. »Bitte, Eli, stirb nicht!«

Teil IV

Ego te absolvo

47

Jerusalem

Binnen einer Stunde nach dem israelischen Vorstoß aufs Plateau des Tempelbergs brach in den Palästinensergebieten im Westjordanland und im Gazastreifen die dritte Intifada aus. Die schwer bewaffneten Sicherheitskräfte der Palästinensischen Selbstverwaltungsbehörde versuchten anfangs noch, gewalttätige Ausschreitungen zu verhindern. Aber als sich die Aufnahmen von israelischen Soldaten auf dem Haram al-Scharif wie ein Lauffeuer in der arabischen Welt verbreiteten, schlossen sich die Milizionäre den Randalierern an und lieferten sich Feuergefechte mit den israelischen Truppen. Ramallah, Jericho, Nablus, Jenin und Hebron erlebten schwere Kämpfe, aber nirgends wurde erbitterter gekämpft als in Ostjerusalem, wo mehrere Tausend Araber vergeblich versuchten, den Tempelberg zurückzuerobern. Als bei Sonnenuntergang Sirenengeheul den Beginn des jüdischen Sabbats verkündete, befand sich das dritthöchste Heiligtum des Islams fest in israelischer Hand, und der Nahe Osten schien bedrohlich dicht vor einem Krieg zu stehen.

Der jordanische König, selbst ein direkter Nachkomme des Propheten Mohammed, forderte den sofortigen Abzug der Israelis aus dem Edlen Heiligtum. Allerdings verzichtete er darauf, zu ihrer gewaltsamen Vertreibung aufzurufen. Weniger zurückhaltend war man in Kairo, wo die Muslimbruderschaft einen gesamtislamischen Dschihad forderte, um diese Schmach zu rächen. Die Hamas ließ sofort einen Raketenhagel auf Beer Sheva und weitere israelische Städte herabregnen, bei dem es auf jüdischer Seite zehn Tote zu beklagen gab. Seltsamerweise schwieg die Hisbollah im Libanon ebenso zu dem Ganzen wie ihre schiitischen Herren in Teheran.

Zu den vielen Herausforderungen, denen die israelischen Behörden in diesen explosiven ersten Stunden gegenüberstanden, gehörte die Anwesenheit von Papst Paul VII. in Israel. Da die Altstadt von Jerusalem jetzt zum Kriegsgebiet geworden war, suchte er Zuflucht in einem Kloster in En Kerem, einem ehemaligen Araberdorf westlich der Stadtmitte, nach christlicher Überlieferung der Geburtsort Johannes des Täufers. Auf Bitten des israelischen Premierministers erklärte sich der Papst – wenn auch widerstrebend – bereit, nicht nur auf die geplante Karsamstagsmesse auf dem Berg der Seligpreisungen, sondern auch auf die Ostermesse in der Grabeskirche zu verzichten. Leider blieb dem Heiligen Vater keine andere Wahl. Die Grabeskirche, jenes christliche Heiligtum, das Sultan Saladin hatte schleifen wollen, gehörte jetzt zu den Hauptzielen muslimischer Wut.

Im päpstlichen Gefolge plädierten viele dafür, dass der Heilige Vater in die Sicherheit des Vatikans zurückkehren solle, aber Paul VII. bestand darauf zu bleiben, weil er irrtümlicherweise annahm, seine Gegenwart könne beruhigend wirken. Einen Großteil seiner Zeit verbrachte er im Hadassah Medical Center unweit des Klosters. Die häufigen Besuche in der Klinik nährten natürlich Gerüchte, der Papst sei krank oder habe bei den Ausschreitungen Verletzungen erlitten. Das stimmte jedoch nicht – er war da, um seelischen Beistand zu leisten.

Der fragliche Patient war in den ersten Minuten des Aufstands mit einer Kugel in der Brust mehr tot als lebendig ins Krankenhaus eingeliefert worden. Dem Personal wurde gesagt, sein Name sei Weiss, aber außer seinem ungefähren Alter und seiner Krankengeschichte, in der zahlreiche

Stresserkrankungen auffielen, erhielten die Angestellten keine Informationen. Die Jalousie vor seinem Fenster, das nach Osten auf die Mauern der Altstadt hinauswies, blieb heruntergelassen. Auf dem Flur vor seiner Tür hielten Tag und Nacht zwei offenbar bewaffnete Zivilisten Wache.

Der Papst blieb nicht der einzige Würdenträger, der den Verletzten besuchte. Der Premierminister kam, aber auch der Generalstabschef der israelischen Streitkräfte, die Chefs der einzelnen Geheimdienste und – aus Gründen, die das Pflegepersonal nie ganz verstand – eine große Delegation von Archäologen der Hebrew University und der Israelischen Antikenbehörde.

Und es gab einen Mann, der keinen Augenblick von der Seite des Patienten wich. Er versuchte gar nicht erst, seine Identität zu verbergen, weil das mit den markanten grauen Schläfen und den unvergesslichen grünen Augen ohnehin unmöglich gewesen wäre. Er trank wenig, aß noch weniger und schlief gar nicht. Als einer der Ärzte ihm ein Bett und ein leichtes Schlafmittel anbot, lehnte er mit missbilligendem Blick ab. Danach traute sich niemand mehr, ihn zu bitten, den Raum zu verlassen – nicht mal in der zweiten Nacht, als das Herz des Patienten mehrmals stillzustehen drohte. In den folgenden vierundzwanzig Stunden blieb der Besucher, dessen Gesicht nur von den Monitoren der Überwachungsgeräte beleuchtet wurde, unbeweglich am Bettende sitzen. Manchmal konnten die Krankenschwestern ihn flüstern hören. Seine Worte waren immer dieselben: »Du darfst nicht sterben, verdammt. Bitte, Eli, stirb nicht!«

Am Ostermontag war das Läuten der Jerusalemer Kirchenglocken wegen der häufigen Schießereien kaum zu hören. Kurz vor Mittag schlug eine primitive palästinensische Rakete im Garten Gethsemane ein, und am frühen Nachmittag traf eine MP-Salve die Fassade der Grabeskirche. An diesem Abend besuchte der Heilige Vater den bewusstlosen Patienten ein letztes Mal, bevor er an Bord der Alitalia-Maschine ging, um nach Hause zu fliegen. Als er fort war, nahm ein anderer alter Mann seinen Platz ein. Ihn kannte das Personal des Traumazentrums nur vom Hörensagen. Er war der Mann, von dem alle im Flüsterton sprachen. Der Mann, der die Geheimnisse gestohlen hatte, die Israel im Sechstagekrieg einen erstaunlich schnellen Sieg über seine arabischen Nachbarn ermöglicht hatte. Der Mann, der Adolf Eichmann, den Organisator des Holocausts, in Argentinien entführt und nach Israel gebracht hatte. Schamron.

»Du musst nach Hause und dich ausruhen, mein Sohn.«

»Bald.«

»Wann?«

»Wenn er die Augen aufmacht.«

Schamron spielte mit seinem Zippo-Feuerzeug.

»Muss das sein, Ari?«

Schamron hörte auf. »Du musst darauf gefasst sein, dass er's vielleicht nicht schafft.«

»Wieso?«

»Weil das sehr wahrscheinlich ist. Bei seiner Ankunft im OP war er fast verblutet. Sein Herz …«

»Seinem Herzen fehlt nichts.«

»Aber es ist nicht mehr so jung wie früher«, sagte Schamron. »Und deines auch nicht, mein Sohn. Und ich fürchte das, was passieren wird, wenn es erneut bricht.«

»Ich hätte es verdient.«

»Wie meinst du das?«

»Ich hätte Darwischs Schritte hören müssen.«

»Ihr wart verständlicherweise beide abgelenkt. Schließlich kommt es nicht jeden Tag vor, dass man durch das Heilige des ersten Jerusalemer Tempels gehen kann.«

»Glaubst du, dass die Säulen wirklich aus Salomos Tempel stammen?«

»Das *wissen* wir«, betonte Schamron. »Wir warten nur noch auf den richtigen Augenblick, um sie der Welt vorzuführen.«

»Wozu noch warten?«

»Weil wir nichts tun wollen, was die Lage verschlimmern könnte.«

»Wie viel schlimmer könnte sie noch werden?«

»Es gibt über achtzig Millionen Ägypter. Stell dir vor, was passieren würde, wenn die Muslimbruderschaft nur zehn Prozent von ihnen dazu bringen könnte, an unserer Grenze aufzumarschieren. Wäre dieser Sprengsatz tatsächlich hochgegangen ...« Schamron brachte seinen Satz nicht zu Ende. »Erschreckend, wenn man bedenkt, wie knapp die Zeit war – und wie unsicher unsere Existenz in diesem Land ist.«

»Wie lange wollen wir auf dem Tempelberg bleiben?«

»Hätte ich zu entscheiden, würden wir ihn nie mehr räumen. Aber der Premierminister will ihn der Waqf zurückgeben, sobald alle archäologischen Funde geborgen sind.«

»Wir kehren also zum Status quo zurück?«

»Bis die islamische Welt bereit ist, unser Existenzrecht anzuerkennen, müssen wir uns mit dem Status quo zufriedengeben, fürchte ich.«

»Ich möchte ihn nur in einem Punkt ändern, wenn du nichts dagegen hast.«

»In welchem?«

»Massud.«

Schamron lächelte. »Die nächste Bombe, die unter seinem Wagen hochgeht, ist keine kleine, das garantiere ich dir.«

Gabriel ergriff Lavons Hand.

»Wenn Eli stirbt, werde ich mir das nie verzeihen.«

»Es war nicht deine Schuld.«

»Ich hätte ihn energischer wegschicken müssen.«

»Eli hätte den Berg niemals ohne die Gewissheit verlassen, dass den Säulen nichts passiert.«

»Das sind nur Steine, Ari.«

»Das sind Elis Steine«, sagte Schamron. »Und jetzt sind sie mit seinem Blut getränkt.«

48

Jerusalem

Weitere zweiundsiebzig Stunden vergingen, bevor wieder so weit Ordnung hergestellt war, dass die israelische Regierung der Weltöffentlichkeit erklären konnte, weshalb sie den Tempelberg besetzt und was sie in seinem Inneren entdeckt hatte. Zu diesem Zweck lud sie Journalisten und Kamerateams der wichtigsten Nachrichtenagenturen ein und führte sie durch ein Labyrinth aus Aquädukten und Zisternen zur neu angelegten Kaverne in einundfünfzig Meter Tiefe. Dort zeigte der Stabschef der Streitkräfte ihnen die vorbereitete massive Sprengladung. Anschließend erläuterte der Leiter der Israelischen Antikenbehörde die bemerkenswerten archäologischen Funde, die die Waqf in jahrelanger Grabungsarbeit zusammengetragen hatte. Höhepunkt dieser Besichtigungstour waren zwei Reihen von Kalksteinsäulen, insgesamt zweiundzwanzig, die einst das Heilige von König Salomos Jerusalemer Tempel umgeben hatten.

Erwartungsgemäß waren die Reaktionen auf diese Nachricht eher gemischt. Die Videoaufnahmen der uralten Säulen elektrisierten die israelische Öffentlichkeit und schickten einen erwartungsvollen Schauder durch die weltweite Gemeinschaft von Archäologen und Altertumsforschern. Die meisten Gelehrten akzeptierten die Säulen als echt, aber in Deutschland qualifizierte sie ein Vertreter des sogenannten biblischen Minimalismus als »zweiundzwanzig steinerne Symbole für Wunschdenken« ab. So war es wenig überraschend, dass die Palästinensische Selbstverwaltungsbehörde dieses Urteil in ihrer eigenen Reaktion auf die Nachricht zitierte. Die Tempelsäulen seien ein israelischer Schwindel, behauptete sie. Genau wie der »sogenannte Sprengsatz«.

Aber was hatte die Israelis überhaupt dazu veranlasst, den Tempelberg zu besetzen? Und von wem stammte letztlich der Plan, ihn durch eine Sprengung zum Einsturz zu bringen? Die israelische Regierung, die sich dabei auf ihre langjährige Praxis berief, sich nicht zu nachrichtendienstlichen Methoden zu äußern, verweigerte jeglichen Kommentar. Während die Säulen nacheinander ans Tageslicht gebracht wurden, begannen Medienberichte ein diffuses Licht auf die rätselhaften Ereignisse zu werfen, die zu ihrer Entdeckung geführt hatten.

Die Pariser Zeitung *Le Monde* brachte einen Bericht über den Sorbonne-Absolventen Daoud Ghandur alias David Girard, der die Waqf in archäologischen Fragen beraten und nach Angaben ungenannter Justizkreise einem kriminellen Antikenschmugglerring mit Verbindungen zur Hisbollah angehört hatte. Die *Neue Zürcher Zeitung* berichtete im Zusammenhang mit dem Bombenanschlag auf die Galerie Naxos in St. Moritz über Spuren, die in den Iran führten. Und das Nachrichtenmagazin *Der Spiegel* stellte in einem investigativen Artikel eine Verbindung zwischen David Girard und Massud Rahimi her – dem iranischen Terrorplaner, der in Deutschland kurz entführt worden war. Noch interessanter wurde die Story, als ebendieser Massud Rahimi nur zwölf Tage später in Teheran durch eine unter seinem Auto detonierende Haftladung umkam. Die Terrorismusexperten des Fernsehens hatten wenig Zweifel daran, wer hinter diesem Anschlag steckte oder was er bedeutete. Rahimi habe die Sprengung des Tempelbergs geplant, behaupteten sie, und die Israelis hätten sich dafür mit einer Autobombe revanchiert.

Es gab jedoch vieles, wovon die Medien nie erfahren würden. Zum Beispiel, dass die ganze Affäre damit begonnen hatte, dass Gabriel Allon, Schamrons eigenwilliger Ziehsohn, in den Petersdom gerufen worden war, um den Leichnam eines gefallenen Engels zu begutachten. Oder dass Gabriel die beiden letzten Wochen am Krankenbett des Archäologen verbracht hatte, dessen Blut die Säulen von Salomos Tempel befleckte. Deshalb war er anwesend, als der Archäologe endlich wieder die Augen aufschlug. »Rivka«, murmelte Eli Lavon. »Sieh zu, dass jemand sich um Rivka kümmert.«

Am selben Abend herrschte in Jerusalem erstmals seit Ausbruch der Tempelbergkrise wieder angespannte Ruhe. Gabriel besuchte die Psychiatrische Klinik auf dem Herzlberg, um einige Minuten mit Leah zu verbringen, bevor er sich in einem Restaurant auf dem ursprünglichen Gelände der Kunst- und Designakademie Bezalel mit Chiara zum Abendessen traf. Anschließend schlenderten sie Eis essend die Ben Yehuda Street entlang.

»Heute Nachmittag hat Donati angerufen«, sagte sie plötzlich, als falle ihr das eben wieder ein. »Er wollte wissen, wann du nach Rom zurückkommst, um den Caravaggio fertigzustellen und dich um Carlo Marchese zu kümmern.«

»Die beiden hätte ich fast vergessen.«

»Das ist verständlich, Darling. Schließlich hast du Israel und die Welt vor einem Armageddon bewahrt und zweiundzwanzig Säulen des ersten Jerusalemer Tempels entdeckt.«

Gabriel lächelte. »Ich fliege übermorgen hin.«

»Ich komme mit.«

»Das geht nicht. Außerdem«, fügte er rasch hinzu, »habe ich einen Job für dich. Genau genommen sogar *zwei* Jobs.«

»Und zwar?«

»Ich brauche jemanden, der sich um Eli kümmert, bis ich wieder da bin.«

»Und der zweite Job?«

»Eine staatliche Kommission hat entschieden, die Säulen in einem neuen Flügel des Israel-Museums aufzustellen. Du gehörst zu dem Team, das die Innenausstattung des Gebäudes und das Gesamtkonzept der Ausstellung entwerfen soll.«

»Gabriel!«, rief sie aus und umarmte ihn impulsiv. »Wie hast du das bloß geschafft?«

»Als Mitentdecker der Säulen habe ich gewissen Einfluss. Sie wollten sogar den Anbau nach mir benennen.«

»Was hast du ihnen gesagt?«

»Dass er Eli-Lavon-Flügel heißen sollte«, sagte er. »Ich bin dankbar, dass es keine Eli-Lavon-*Gedenkstätte* wird.«

»Werden sie irgendwas ändern?«

»Was die Säulen betrifft?«

Chiara nickte.

»Hast du gehört, was die Palästinenser darüber sagen?«

»›Zionistische Lügen.‹«

»Tempelverleugnung«, fuhr Gabriel fort. »Sie dürfen nicht zugeben, dass wir *vor* ihnen hier waren, weil das unser Recht begründen würde, auch *jetzt* hier zu sein. In ihren Augen müssen wir fremde Invasoren bleiben, die vertrieben werden müssen – wie damals die Kreuzfahrer.«

»Blut schläft niemals«, sagte Chiara leise.

»Unsere Freunde im Westen glauben gern, der arabisch-israelische Konflikt ließe sich dadurch lösen, dass man auf einer Landkarte einen Strich zieht. Aber sie verstehen die historischen Hintergründe nicht. Diese Stadt befindet sich seit dreitausend Jahren in nahezu permanentem Kriegszustand. Und die Palästinenser werden weiterkämpfen, bis wir alle vertrieben sind.«

»Und was sollten wir deiner Meinung nach tun?«

»Uns behaupten«, sagte Gabriel. »Weil der nächste Verlust Jerusalems endgültig wäre. Und wohin sollten wir dann gehen?«

»Das habe ich mich auch schon gefragt.«

Die Nachtluft war plötzlich kühl geworden. Chiara zog ihren Mantel eng um sich und beobachtete eine Gruppe israelischer Teenager auf der anderen Straßenseite. Sie waren sechzehn oder siebzehn. In ein bis zwei Jahren würden sie alle ihren Wehrdienst ableisten: Soldaten in einem Krieg, dessen Ende nicht in Sicht war.

»Das ist gar nicht so einfach, Gabriel, oder?«

»Was meinst du?«

»In Zeiten wie den jetzigen ans Weggehen zu denken.«

»Auch eine Form des Jerusalemsyndroms. Je schlechter es der Stadt geht, desto mehr liebt man sie.«

»Du liebst sie wirklich, nicht wahr?«

»Ich liebe sie zutiefst«, sagte er. »Ich liebe die Farbe des Kalksteins und des Himmels. Ich liebe den Duft von Pinien und Eukalyptus. Ich liebe es, wenn die Luft nach Sonnenuntergang stark abkühlt. Ich liebe sogar die orthodoxen Juden, die mich wüst beschimpfen, wenn ich mal am Sabbat mit dem Auto fahre.«

»Aber liebst du das alles genug, um zu bleiben?«

»Seine Heiligkeit glaubt, dass ich keine andere Wahl habe.«

Gabriel erzählte ihr von seinem Gespräch mit dem Papst auf der Aussichtsplattform an der Vatikanmauer, bei dem das Oberhaupt von einer Milliarde Katholiken bekannt hatte, apokalyptische Visionen zu haben. »Er findet, dass du und ich zu lange auf Wanderschaft waren«, sagte er. »Er glaubt, dass das Land mich braucht.«

»Der Papst weiß nicht, wie es ist, in Hotelzimmern zu sitzen und sich zu fragen, ob du von einem Einsatz lebend zurückkommen wirst.«

»Aber er ist doch unfehlbar.«

»Nicht in Herzensdingen.« Chiara betrachtete Gabriel kritisch. »Weißt du, was passieren wird, wenn wir hier leben? Immer wenn wir heimkommen, wird Ari in unserem Wohnzimmer sitzen.«

»Solange er nicht raucht, stört mich das nicht.«

»Ist das dein Ernst?«

»Für mich ist er wie ein Vater, Chiara. Ich muss mich um ihn kümmern.«

»Und wenn Uzi dich auffordert, einen weiteren Auftrag für den Dienst zu übernehmen?«

»Dann werde ich vier kleine Wörter lernen müssen.«

»Welche Wörter?«

»Such dir einen anderen.«

»Was willst du arbeiten?«

»Ich finde schon irgendwas.«

»Hier kann man leicht Platzangst bekommen.«

»Also ob ich das nicht wüsste!«

»Wir sind immer viel gereist, Gabriel.«

»Ich fahre mit dir, wohin du willst.«

»Ich wollte schon immer mal einen Herbst in der Provence verbringen.«

»Dafür weiß ich genau das richtige Dorf.«

»Warst du schon mal in Schottland?«

»Nicht, dass ich wüsste.«

»Können wir mal wieder Skiurlaub machen?«

»Überall, nur nicht in St. Moritz oder Gstaad.«

»Venedig fehlt mir sehr.«

»Mir auch.«

»Vielleicht hat Francesco Tiepolo etwas Arbeit für dich.«

»Bei ihm verdiene ich nur Peanuts.«

»Ich *liebe* Peanuts.« Chiara legte den Kopf an seine Schulter. Ihr Haar duftete nach Vanille. »Glaubst du, dass sie hält?«

»Die Ruhe?«

Sie nickte.

»Zumindest vorläufig«, sagte Gabriel. »Wenn wir Glück haben.«

»Wie lange bleibst du in Rom?«

»Das hängt allein von Carlo ab, vermute ich.«

»Geh bloß nicht in seine Nähe, ohne eine Pistole in der Tasche zu haben.«

»Ehrlich gesagt wollte ich Carlo zu mir kommen lassen.«

Chiara fröstelte.

»Komm, wir müssen weiter«, sagte Gabriel. »Du holst dir noch den Tod in der Kälte.«

»Nein«, entgegnete sie, »ich mag das auch.«

»Die nächtliche Abkühlung?«

»Ja, und den Geruch von Pinien und Eukalyptus. Für mich ist es der Duft von …« Sie brachte den Satz nicht zu Ende.

»Von was, Chiara?«

»Der Duft der Heimat«, sagte sie. »Es ist ein schönes Gefühl, endlich zu Hause zu sein.«

49

Piazza di Sant'Ignazio, Rom

Als Gabriel zwei Tage später die Piazza di Sant'Ignazio betrat, schien die Sonne aus dem wolkenlosen römischen Himmel, und die Tische des Restaurants Le Cave standen in ordentlichen Reihen auf dem Pflaster. An einem von ihnen saß unter einem mattweißen Sonnenschirm General Ferrari vom Kunstdezernat. Vor ihm lag die aktuelle Ausgabe des *Corriere della Sera*, die er Gabriel hinschob. Die Zeitung berichtete aus Paris über die unerwartete Wiederbeschaffung zweier gestohlener Kunstwerke. Die Hauptattraktion war der Cézanne – die griechische Vase, eine wunderbare Hydria des Amykos-Malers, wurde nur nebenbei erwähnt.

»In einem Punkt habe ich recht behalten«, sagte der General. »Sie verstehen es wirklich, wie ein Verbrecher zu denken.«

»Ich hatte nichts damit zu tun.«

Ferrari musterte Gabriel mit seinem gesunden Auge, bevor er ihn fragte, ob er das Gemälde und die Vase selbst gestohlen habe.

»Um eine gewisse Plausibilität zu gewährleisten, musste ich einen Profi anheuern.«

»Das Ganze war also ein Auftragsdiebstahl?«

»So könnte man es nennen.«

»Übt dieser Dieb sein Handwerk auch in Italien aus?«

»Bei jeder sich bietenden Chance.«

»Wie viel würde ich für seinen Namen zahlen müssen?«

»Der ist unverkäuflich, fürchte ich.«

Gabriel gab ihm die Zeitung zurück.

»Ich habe die jüngsten Nachrichten aus Ihrem Land mit lebhaftem Interesse verfolgt«, sagte Ferrari, als wäre Gabriels Heimat auf Landkarten nur schwer zu finden. »Glauben Sie, dass die Säulen wirklich aus dem Tempel Salomos stammen?«

Gabriel nickte.

»Sie haben sie gesehen?«

»Und die Bombe, die sie zertrümmern und unter Schutt begraben sollte.«

»Verrückt«, sagte der General. Er schüttelte langsam den Kopf. »Das lässt meine Bemühungen, das kulturelle Erbe Italiens zu sichern, in ganz anderem Licht erscheinen. Ich muss mich nur mit Dieben und Schmugglern herumschlagen, nicht mit religiösen Fanatikern, die versuchen, den Nahen Osten in einen neuen Krieg zu stürzen.«

»Manchmal werden die religiösen Fanatiker von Dieben und Schmugglern unterstützt.« Gabriel machte eine Pause, dann fügte er hinzu: »Aber das wussten Sie bereits, nicht wahr, General Ferrari?«

Der Italiener fixierte Gabriel mit seinem Glasauge, ohne etwas zu sagen.

»Deshalb haben Sie mich zu Veronica Marchese geschickt«, fuhr Gabriel fort. »Weil Sie bereits wussten, dass ihr Mann den weltweiten Handel mit geraubten Antiken kontrolliert. Und Sie wussten, dass er sich als Geldbeschaffer für die Hisbollah betätigt hat. Das wussten Sie alles, weil mein Dienst Sie darüber informiert hat.«

»In der Tat«, antwortete der General, »hatte ich Carlo schon lange auf meinem Radar, als Ihr Direktor uns sein Dossier gebracht hat.«

»Wieso haben Sie nichts gegen ihn unternommen?«

»Weil das die Karriere einer Frau, die ich sehr bewundere,

vernichtet hätte. Und die ihres engen Freundes, der im Apostolischen Palast gleich neben dem Heiligen Vater wohnt.«

»Sie wissen, dass Donati und Veronica mal ein Liebespaar waren?«

»Genau wie Carlo«, bestätigte Ferrari nickend. »Er weiß auch, dass der Monsignore nach der Flucht vor den Todesschwadronen in El Salvador seinen Orden verlassen hat. Deshalb wollte er unbedingt in den Aufsichtsrat der Vatikanbank.«

»Er wusste, dass er sein Geld dort ungestört würde waschen können, weil Donati es nie wagen würde, gegen ihn vorzugehen.«

»Die Vergangenheit des Monsignore hat ihn verwundbar gemacht«, sagte der General nach einer kurzen Pause. »Und gerade das sollte man an einem Ort wie dem Vatikan lieber nicht sein.«

»Und als Sie hörten, dass man Claudia Andreatti tot im Petersdom aufgefunden hatte?«

»Da war mir sofort klar, wer hinter ihrem Tod stecken musste.«

»Weil Sie von Ihrem Informanten Roberto Falcone wussten, dass sie ihn in Cerveteri aufgesucht hatte«, sagte Gabriel. »Und als ich seine Leiche im Säurebad entdeckt hatte, haben Sie erkannt, wie die perfekte Lösung Ihres Carlo-Problems aussehen könnte. Eine italienische Lösung.«

»Nicht im eigentlichen Wortsinn, aber so ähnlich.« Das Glasauge fixierte Gabriel weiter. »Und jetzt scheinen wir wieder an dem Punkt angelangt zu sein, an dem alles begonnen hat. Was unternehmen wir wegen Carlo?«

»Ich weiß, was ich *am liebsten* täte.«

»Was haben Sie an Beweisen gegen ihn in der Hand?«

»Genug, um ihm einen Strick daraus zu drehen.«

»Wie wollen Sie das anfangen?«

»Ich werde ihn auffordern, sofort von seinem Posten bei der Vatikanbank zurückzutreten. Aber zuvor will ich ihm Gelegenheit geben, seine Sünden zu bekennen.«

Der General lächelte. »Ich habe schon oft erlebt, wie wohltuend eine Beichte sein kann.«

Nach dem Mittagessen machte Gabriel einen Spaziergang über den Tiber zu dem verblassten alten Palazzo in Trastevere. Den Hausschlüssel hatte er noch immer. In der Eingangshalle kontrollierte er wieder den Briefkasten. Dieses Mal war er leer.

Er stieg die Treppe hoch und sperrte die Wohnungstür auf. Das Apartment sah genauso aus, wie er es vor vier Monaten verlassen hatte. Allerdings war inzwischen der Strom gesperrt worden, und so saß er allein an Claudias Schreibtisch und sah zu, wie die wachsenden Nachmittagsschatten sich allmählich über ihre Sachen legten. Kurz nach sechs hörte er, wie ein Schlüssel in die Wohnungstür gesteckt wurde. Dann ging sie auf, und Dr. Claudia Andreatti kam im Halbdunkel auf ihn zugeschwebt.

Der Tod ihrer Schwester hatte die Welt vor einer Katastrophe bewahrt, deshalb hatte Paola Andreatti es verdient, nichts weniger als die volle Wahrheit zu erfahren. Nicht die Version des Diensts, dachte Gabriel, und bestimmt nicht die des Vatikans – nein, die ungeschminkte Wahrheit ohne Rücksicht auf die Empfindlichkeiten mächtiger Personen oder Institutionen. Eine Wahrheit, mit der sie ans Grab ihrer Schwester treten und die sie dereinst selbst mit ins Grab nehmen konnte.

Und so erzählte Gabriel ihr die ganze Geschichte seines bemerkenswerten Weges von der Kuppel des Petersdoms bis in die Kaverne im Tempelberg, in der er die zweiundzwanzig Säulen von Salomos Tempel und einen Sprengsatz entdeckt hatte, der einen Konflikt von biblischen Ausmaßen hätte auslösen können.

Sie hörte ihm schweigend zu, während sie ihre gefalteten Hände in ihrem Schoß ruhen ließ.

»Was wollen Sie gegen Carlo Marchese unternehmen?«, fragte sie schließlich.

Gabriels Antwort schien ihr körperliche Schmerzen zu verursachen.

»Ist das alles?«, fragte sie.

»Wenn die italienische Justiz Anklage gegen ihn erhebt …«

»Ich weiß, wie die italienische Justiz funktioniert, Mr Allon«, unterbrach sie ihn. »Das Verfahren wird sich jahrelang hinziehen, und er hat gute Chancen, niemals hinter Gitter zu müssen.«

»Was wollen Sie, Frau Dr. Andreatti?«

»Sühne für meine Schwester.«

»Die kann ich Ihnen nicht verschaffen.«

»Wieso haben Sie mich dann nach Rom kommen lassen?«

»Um der Wahrheit willen«, sagte er. »Ich wollte, dass Sie die Wahrheit hören. Und nicht nur von mir, sondern auch von ihm.«

»Wann?«, fragte sie.

»Morgen Abend.«

Sie schwieg einen Augenblick. »Wenn es Gott gäbe«, sagte sie zuletzt, »würde er wie meine Schwester sterben.«

Ja, dachte Gabriel. Wenn es Gott gäbe.

50

Vatikanstadt

Donati rief Carlo Marchese am folgenden Spätnachmittag an und teilte ihm mit, der Stellvertreter Christi wünsche ihn zu sprechen.

»Wann?«, fragte Marchese.

»Heute Abend.«

»Ich habe einen Termin.«

»Sagen Sie ihn ab.«

»Um welche Zeit?«

»Neun Uhr«, sagte Donati. »Bronzetür.«

Die Uhrzeit war nicht zufällig gewählt, aber Carlo schien das nicht zu bemerken. Er schien es auch nicht seltsam zu finden, dass Pater Mark ihn erwartete. Dabei gehörte Carlo zu den Leuten, die sich nicht am Empfang zu melden brauchten, wenn sie das Gebäude betraten. Carlo war sehr wohl imstande, den Weg von der Bronzetür zu den päpstlichen Gemächern allein zu finden.

»Hier lang«, sagte Pater Mark und umfasste Carlos Ellbogen mit einem Griff, der auf regelmäßiges Krafttraining schließen ließ. Er führte ihn die Scala Regina hinauf und in die Sixtinische Kapelle. Dort gingen sie unter Michelangelos *Jüngstem Gericht* vorbei, bevor sie den Gang zum Petersdom nahmen. Als sie das hohe Kirchenschiff durchquerten, ließ Carlo die ersten Anzeichen von Beunruhigung erkennen. Sie verstärkten sich schlagartig, als Pater Mark ihm mitteilte, sie würden die Treppe nehmen, statt mit dem Aufzug in die Kuppel hinaufzufahren. Die Treppe war General Ferraris Idee gewesen. Er wollte, dass Carlo auf seinem Weg zur Absolution wenigstens ein klein wenig zu leiden hatte.

Der Aufstieg dauerte etwas mehr als fünf Minuten. Als sie den obersten Treppenabsatz erreichten, wollte Carlo einen Augenblick verschnaufen, aber Pater Mark schob ihn vor sich her auf die Galerie unter der Kuppel. Am Geländer lehnte eine Gestalt im Regenmantel, die auf den Marmorboden der Basilika hinuntersah. Als Carlo die Galerie betrat, drehte die Gestalt sich um und betrachtete ihn wortlos. Carlo erstarrte, dann wich er einen Schritt zurück.

»Irgendwas nicht in Ordnung, Carlo? Sie sehen aus, als hätten Sie ein Gespenst gesehen.«

Carlo warf sich herum und sah Gabriel dort stehen, wo eben noch Pater Mark gestanden hatte.

»Was soll das, Allon?«

»Dies ist die Stunde der Wahrheit, Carlo.«

Gabriel trat an Paolas Seite. Sie starrte wieder in die Tiefe, als nehme sie seine Anwesenheit gar nicht wahr.

»Hier hat Claudia gestanden, als sie gestorben ist. Ihr Mörder ist von hinten an sie herangetreten und hat ihr das Genick gebrochen, bevor er sie übers Geländer gestoßen hat, um einen Selbstmord vorzutäuschen. Das war der leichte Teil. Viel schwieriger war es, sie überhaupt erst auf die Galerie zu locken.« Gabriel machte eine Pause. »Aber auch dafür haben Sie eine Lösung gefunden, nicht wahr, Carlo?«

Carlos Unschuldsbeteuerungen hallten durch die Kuppel, bevor sie erstarben. Sein Blick war jetzt starr auf Paolas Nacken gerichtet. Gabriel legte ihr sanft eine Hand auf die Schulter.

»Claudia war an diesem Abend mit Donati verabredet, um ihn darüber zu informieren, dass Sie Ihre kriminellen Geschäfte mit geraubten Antiken über die Vatikanbank abwickeln. Aber sie hat die Verabredung ohne nähere Begründung abgesagt. Sie hat sie *abgesagt*«, fügte er nachdrücklich hinzu, »weil jemand sie aufgefordert hat, hierher auf die Galerie unter der Kuppel zu kommen. Diese Person wollte ihr die Informationen geben, die sie brauchte, um Sie hinter Gitter zu bringen. Es war eine Person, der sie vertraute, mit der sie seit Langem befreundet war.« Gabriel machte erneut eine Pause. »Jemand wie Ihre Frau.«

Carlo war sichtlich bemüht, die Fassung zurückzugewinnen, aber das ließ Paolas Anwesenheit nicht zu. Er starrte weiter ihren Nacken an, ohne zu merken, dass General Ferrari keine zwei Meter hinter ihm stand.

»Irgendwann an diesem Abend«, fuhr Gabriel fort, »erhielt Claudia eine SMS von Veronica, die sie aufforderte, sich hier mit ihr zu treffen. Kurz vor neun Uhr versuchte sie, Veronica auf dem Handy anzurufen, konnte sie aber nicht erreichen. Der Grund dafür war, dass Veronica ihr Handy gar nicht hatte – weil *Sie* es hatten, Carlo.«

»Von alledem können Sie nichts beweisen, Allon.«

»Denken Sie daran, wo Sie stehen, Carlo.«

Paola warf Carlo einen anklagenden Blick zu, bevor sie zwei, drei Schritte zur Seite trat und wieder in die Tiefe starrte.

»Aber wen konnten Sie damit beauftragen, die beste Freundin Ihrer Frau zu ermorden?«, fragte Gabriel. »Es musste jemand sein, der problemlos in den Vatikan gelangen konnte, ohne sich jedes Mal als Besucher eintragen zu müssen.« Gabriel lächelte. »Kennen Sie jemanden, auf den das zutrifft, Carlo?«

»Sie glauben doch wohl nicht, dass ich die Ärmste eigenhändig umgebracht habe?«

»Ich *weiß,* dass Sie es getan haben. Und sie weiß es auch«, fügte Gabriel mit einem Blick auf Paola hinzu. »Helfen Sie ihrer Seele, Frieden zu finden, Carlo. Gestehen Sie, dass Sie ihre Schwester ermordet haben, um Ihre Position in der Vatikanbank zu schützen. Bekennen Sie Ihre Sünden.«

Der Schock, den Paolas Anwesenheit auf Carlo Marchese hatte, war sichtbar abgeklungen. Er starrte Gabriel jetzt mit demselben arroganten Lächeln an, das er in jener Nacht zur Schau getragen hatte, als er versucht hatte, Gabriel und Chiara ermorden zu lassen. Er war wieder Carlo, dem niemand etwas anhaben konnte und der keine Angst kannte.

»Sie sind Mitglied eines sehr kleinen Klubs«, sagte Gabriel. »Sie sind weltweit der einzige Mann, der noch lebt, obwohl er versucht hat, meine Frau zu ermorden. Möchten Sie weiter unter uns Lebenden weilen, schlage ich vor, dass Sie sofort Ihren Rücktritt als Aufsichtsratsvorsitzender der Vatikanbank erklären. Aber vorher«, fuhr er mit einem Blick auf Paola fort, »müssen Sie ihr erklären, weshalb Sie ihre Schwester ermordet haben.«

»Gut, ich trete zurück, aber ...«

»Ihre Frau weiß Bescheid«, unterbrach Gabriel ihn. »Ich habe ihr alles erzählt, bevor ich mit dem Heiligen Vater nach Jerusalem aufgebrochen bin. Sie hat mir geglaubt, weil sie sich noch gut daran erinnerte, dass sie am Abend von Claudias Tod ihr Handy nicht finden konnte.«

Die Frau eines Gegners ins Spiel zu bringen, verstieß gegen Gabriels persönliche ethische Grundsätze, aber die Taktik hatte den gewünschten Erfolg. Carlo war jetzt vor Zorn puterrot angelaufen. Gabriel fasste nach, um seinen Vorteil zu nutzen.

»Veronica wird Sie verlassen, Carlo. Wenn Sie mich fragen, denkt sie schon länger darüber nach. Schließlich hat sie Sie nie so geliebt wie Luigi Donati.«

Das genügte, um Carlo Marchese den letzten Rest Selbstbeherrschung zu rauben. Sein Gesicht war zu einer Fratze verzerrt, als er mit ausgestreckten Armen und blind vor Wut auf Gabriel zustolperte. Gabriel trat blitzschnell einen

Schritt zur Seite, wodurch Carlo das Gleichgewicht verlor und übers Geländer stürzte. Hilfe suchend streckte er eine Hand aus, die Gabriel halbherzig und viel zu spät festzuhalten versuchte. Dann zog er Paola an sich und hielt ihr die Ohren zu, damit sie nicht hören musste, wie Carlo unten auf dem Marmorboden aufschlug. Erst nachdem General Ferrari sie auf die Dachterrasse hinausgeführt hatte, warf Gabriel wieder einen Blick übers Geländer. Tief unter sich sah er den Privatsekretär des Heiligen Vaters neben dem zerschmetterten Leichnam knien, während seine Fingerspitzen sanft über Carlos Stirn glitten. *Ego te absolvo.* Und dann war es geschafft.

Die folgenden beiden Tage verbrachte Gabriel wie in Einzelhaft in seinem abgetrennten kleinen Bereich des Restaurierungslabors. Seine Kollegen bekamen ihn nur selten zu Gesicht. Er war schon da, wenn sie morgens zur Arbeit kamen, und blieb noch, umgeben von einer Korona aus gleißend hellem Halogenlicht, wenn sie längst heimgefahren waren. Es gab Gerüchte, hinter den schwarzen Vorhängen habe es eine Katastrophe gegeben – einen unerklärlichen Verlust von größeren Partien von Caravaggios Originalmalerei oder vielleicht eine verpatzte Retusche. Enrico Bacci, der noch immer wütend darüber war, dass der Auftrag nicht an ihn gegangen war, forderte ein sofortiges Eingreifen Calvesis, aber der Chefkonservator weigerte sich, dieser Forderung nachzugeben.

Antonio Calvesi kannte diese endlosen Stunden vor der Leinwand, wenn das Ende in Sicht war. Er hatte sogar miterlebt, wie Gabriel vor vielen Jahren in Florenz, wo er sich unter falschem Namen aufhielt, vierundzwanzig Stunden durchgearbeitet hatte, um einen Masaccio termingerecht fertigzustellen. »Ich sehe kein Problem«, versicherte Calvesi seinen ungläubigen Mitarbeitern. »Er arbeitet sich ans Ziel heran. Seid froh, dass es nur ein Gemälde und kein Mann ist.«

Als die Mitarbeiter am Morgen des dritten Tages zur Arbeit kamen, waren die schwarzen Vorhänge, die Gabriels Arbeitsraum abgetrennt hatten, aufgezogen und gaben den Blick auf *Die Grablegung Christi* frei. Sie stand auf einer Staffelei und war so wunderbar restauriert, als hätte Caravaggio das Gemälde eben erst fertiggestellt. Verschwunden war lediglich der Mann, der es restauriert hatte.

Calvesi verbrachte eine Stunde damit, ihn vergeblich zu suchen, bevor er sich in den Apostolischen Palast begab, um Monsignore Donati die Nachricht persönlich zu überbringen. Der Caravaggio sei endlich fertig, berichtete er. Gabriel Allon hingegen, berühmter Restaurator von Altmeistergemälden, im Ruhestand lebender israelischer Spion und Auftragskiller, einst Retter des Heiligen Vaters, sei spurlos verschwunden.

Anmerkung des Verfassers

Das Attentat ist ein Roman. Die in diesem Werk vorkommenden Personen, Orte und Ereignisse sind das Produkt der Phantasie des Autors beziehungsweise von ihm fiktionalisiert worden. Jede Ähnlichkeit mit lebenden oder verstorbenen Personen, Firmen, Unternehmen, Ereignissen oder Schauplätzen wäre rein zufällig.

Wer den Aufstieg zur Kuppel des Petersdoms kennt, erinnert sich bestimmt daran, dass die umlaufende Galerie mit einem Selbstmördergitter gesichert ist. Um einen Mord – und einen versehentlichen Sturz übers Geländer – plausibler zu machen, habe ich den Drahtkäfig entfernt. Das Restaurierungslabor der Vatikanischen Gemäldegalerie ist zutreffend geschildert, aber ich will keineswegs andeuten, es könnte Probleme mit der Provenienz von Stücken aus der einzigartigen Antikensammlung des Vatikans geben – auch nach den heutigen verschärften Normen nicht.

Die Vatikanbank hat jedoch eine lange, gut dokumentierte Geschichte finanzieller Verfehlungen aufzuweisen. Der letzte Vorfall dieser Art ereignete sich im September 2010, als die italienische Justiz im Kampf gegen Geldwäsche dreißig Millionen Dollar in der Bank beschlagnahmte und Ermittlungen gegen zwei ihrer Spitzenmanager aufnahm. Im folgenden Monat gab die sizilianische Polizei bekannt, sie habe ein Geldwäschesystem aufgedeckt, das das Konto eines Geistlichen bei der Vatikanbank genutzt hatte, dessen Onkel ein verurteilter Mafioso war.

Das Kunstdezernat der Carabinieri hat seinen Sitz tatsächlich an der Piazza di Sant'Ignazio in Rom, und seine Rolle bei den Ermittlungen gegen den verurteilten Antikenschmuggler Giacomo Medici – und bei der Rückgabe des Euphronios-Kraters aus dem New Yorker Metropolitan Museum of Art – ist zutreffend geschildert. An einem malerischen Platz in St. Moritz gibt es auch in der Realität eine Antiquitätengalerie, aber ich bin davon überzeugt, dass sie keinerlei Kontakte zur militanten schiitischen Hisbollah hat. Die Lebanon Byzantine Bank existiert nicht – aber es gibt eine Lebanese Canadian Bank, die nach Angaben von US-Ermittlern zumindest einen Teil des Geldes wäscht, das die Hisbollah durch kriminelle Aktivitäten in aller Welt einnimmt. Es war nicht Uzi Navot, der fiktive Direktor des israelischen Geheimdiensts, sondern ein ungenannter U.S. Federal Agent, der die Hisbollah im Dezember 2011 als »die Gambino-Familie auf Drogen« charakterisierte, wobei er auf die New Yorker Mafiafamilie der Gambinos Bezug nahm.

Massud Rahimi, der iranische Geheimdienstler, ist eine Schöpfung des Verfassers, aber seine engen Verbindungen zu der oft als »Topteam der Terroristen« bezeichneten Hisbollah basieren ausschließlich auf Fakten. Die Hisbollah hat im Auftrag des Irans bereits zahlreiche Terroranschläge verübt und würde sicherlich eine zentrale Rolle spielen, falls es zu einem Angriff gegen iranische Anlagen zur Atomwaffenherstellung käme und Vergeltungsanschläge geplant wären. Tatsächlich weist vieles darauf hin, dass Israel schon jetzt das Ziel von Anschlägen der Hisbollah ist – aus Rache dafür, dass es das iranische Atomprogramm durch Sabotage und Attentate zu behindern versucht. Im Januar 2012 zerschlugen die Sicherheitsbehörden in Aserbeidschan eine Terrorzelle der Hisbollah, die Anschläge auf den israelischen Botschafter und den Rabbi einer örtlichen jüdischen Schule geplant hatte. Im Februar desselben Jahres wurden israelische Diplomaten in Georgien und Indien das Ziel ähnlicher Angriffe. Eine Tag später detonierte in einem Apartment in Bangkok eine Bombe und enttarnte eine vom Iran geförderte Hisbollahzelle, die in der thailändischen Hauptstadt israelische Diplomaten ermorden wollte.

Dabei hätte das niemanden überraschen sollen. Im Juli 2006 hatte Hussein Safiadin, der Hisbollahvertreter in Teheran, verkündet, es sei die Absicht seiner Organisation, Juden und Israelis zu ermorden, wo sie nur könne, und drohend hinzugefügt: »Sie werden nirgends sicher sein.« Eine Ankündigung ganz im Sinne des Ajatollahs Ali Chamenei, des obersten iranischen Führers, der Israel als »Krebsgeschwür« bezeichnet hat, das entfernt werden müsse. Und das sagte ein Mann, der danach strebt, genau das per Knopfdruck zu tun.

Das heilige Plateau in Jerusalem, das die Juden als Tempelberg und die Muslime als Haram al-Scharif bezeichnen, steht tatsächlich unter der Kontrolle der Jerusalemer Waqf. Durch den Bau der Marwani-Moschee entstand in der südlichen Stützmauer des Berges wirklich eine gefährliche Ausbuchtung, und die Schilderung, wie archäologisch reicher Trümmerschutt im Kidrontal abgekippt wurde, entspricht leider der Realität.

Bei der Arbeit am Höhepunkt dieses Romans habe ich meine Kenntnisse aus dem Werk des großen englischen Archäologen Sir Charles Warren bezogen, mir dabei aber viele Freiheiten herausgenommen, um die Romanfiguren beliebig verschieben zu können. Beispielsweise existiert der Geheimgang, durch den Gabriel Allon und Eli Lavon ins Innere des Tempelbergs gelangen, ausschließlich in meiner Phantasie.

Leider trifft das nicht auf die Ansichten und Äußerungen einiger Männer zu, die dieses heiligste Stück Erde verwalten.

Im Jahr 1999 behauptete Ekrima Said Sabri, der damalige Großmufti von Jerusalem, »der Jude«, plane die Zerstörung des Haram al-Scharif. »Der Jude wird den Christen dazu bringen, seine Arbeit für ihn zu tun«, erklärte Sabri, der an der Al-Ashar-Universität in Kairo promoviert hat, der bedeutendsten Hochschule des sunnitischen Islams. »Das ist die Art der Juden. Das ist die Art, wie Satan selbst sich manifestiert.« Im Jahr 2000, kurz bevor Papst Johannes Paul II. seine historische Pilgerfahrt nach Israel unternahm und dabei auch den Tempelberg besuchte, leugnete Sabri, dass es den Holocaust jemals gegeben habe. »Sechs Millionen Juden tot? Ausgeschlossen. Es waren weit weniger. Hören wir also auf mit diesem Märchen, das von Israel dazu benutzt wird, internationale Solidarität einzufordern.« Das waren nicht etwa die Worte eines fundamentalistischen Predigers einer unbedeutenden Salafisten-Moschee. Nein, sie stammen von dem Mann, der die drittheiligste Stätte des Islams verwaltete.

So ist es kein Wunder, dass die Leugnung des Holocausts ebenso wie die Tempelleugnung heutzutage zum allgemeinen Gedankengut in der arabischen und islamischen Welt gehört. Praktisch die gesamte Führungsspitze der Palästinensischen Selbstverwaltung – darunter auch einige, die im Westen als »moderat« gelten – leugnet, dass auf dem Tempelberg jemals ein jüdischer Tempel gestanden hat. Beim Gipfeltreffen in Camp David im Jahr 2000, als US-Präsident Bill Clinton unermüdlich daran arbeitete, den arabisch-israelischen Konflikt beizulegen, behauptete Jassir Arafat auf einmal, der Tempel habe nicht in Jerusalem, sondern in Nablus gestanden. Sein Ausbruch verblüffte Präsident Clinton, der prompt erwiderte: »Als Christ glaube auch ich, dass unter der Oberfläche Überreste von Salomos Tempel liegen.«

Über Arafats Auftreten bei dem Gipfel sagte Clintons

Nahostbeauftragter Dennis Ross später: »Durch seine Behauptung, der Tempel existiere dort nicht, hat Arafat einen neuen Mythos geschaffen. Das war die einzige neue Idee, die er während der fünfzehn Tage in Camp David vorgebracht hat.«

Gegen Ende seiner Amtszeit versuchte Clinton noch mehrmals, den Nahen Osten zu befrieden – unter anderem durch die sogenannten Clinton-Parameter, die er den Israelis und Palästinensern in einer dramatischen Sitzung im Kabinettsraum des Weißen Hauses vorlegte. Die nicht verhandelbaren Parameter sahen die Gründung eines Palästinenserstaats aus dem Gazastreifen und 96 Prozent des Westjordanlands vor. Das Plateau des Tempelbergs, das allen drei abrahamitischen Religionen heilig ist, hätte zum palästinensischen Staat gehört, während die Klagemauer und das Jüdische Viertel der Jerusalemer Altstadt unter israelischer Kontrolle geblieben wären. Der israelische Premierminister Ehud Barak akzeptierte diese Bedingungen, aber Jassir Arafat lehnte sie nach langem Zögern und mit allerlei Wortverdrehungen ab. In seinen Memoiren hat Präsident Clinton sich bemerkenswert freimütig über den Mann geäußert, dessen »kolossaler Fehler« ihn um einen historischen außenpolitischen Erfolg gebracht hatte. »Ich bin ein Versager«, erklärte er Arafat verbittert am Telefon. »Und Sie haben mich dazu gemacht.«

Aber hat Salomos Tempel, wie er im 1. Buch der Könige und im 2. Buch der Chronik in prachtvollen Details beschrieben wird, tatsächlich existiert? Am besten beantworten ließe sich diese Frage durch umfangreiche, aber behutsame Grabungen auf dem gesamten Tempelberg, bei denen israelische und palästinensische Archäologen – vielleicht unter Aufsicht der Vereinten Nationen – Seite an Seite arbeiten sollten. Angesichts der islamischen Empfindlichkeiten und der gegenwärtigen politischen Realitäten ist ein solches Vorhaben allerdings eher unwahrscheinlich. Dasselbe gilt für die Beilegung des arabisch-israelischen Konflikts – zumindest in naher Zukunft.

Irgendwann in nächster Zeit, darin sind sich alle Nahostbeobachter einig, wird es zu einem neuen Ausbruch von Gewalt, zu einer dritten Intifada kommen. Bomben werden detonieren, Schüsse werden fallen, und auf beiden Seiten der langen, blutigen Auseinandersetzung um das zweifach Gelobte Land werden Kinder sterben. Dabei hätte das alles vor über einem Jahrzehnt enden können, wenn Jassir Arafat nur den Mut besessen hätte, ein einziges Wort zu sagen: »Ja.«

Danksagung

Wie die bisherigen Gabriel-Allon-Romane hätte auch dieses Buch nicht ohne die Mithilfe von David Bull geschrieben werden können, der zu den besten Restauratoren der Welt gehört. David verbringt viele Stunden damit, meine Manuskripte auf faktische Fehler durchzusehen, statt in dieser Zeit vor einer Staffelei zu stehen und einem beschädigten Gemälde neues Leben einzuhauchen. Er hat Kunst und Humor in unser Leben gebracht, und unsere Freundschaft ist vielleicht das großartigste unerwartete Nebenprodukt der Gabriel-Allon-Reihe.

Zu größtem Dank verpflichtet bin ich Pater Mark Haydu, dem internationalen Direktor der Kunstförderer in den Vatikanischen Museen, für seinen unschätzbar wertvollen Beitrag zu diesem Projekt. Ebenso danke ich Sara Savodello, Carolina Rea, Lorna Richardson und Dr. Gabriella Lalatta, einer brillanten Kunsthistorikerin, die meine Familie und mich aus dem Prunk der Sixtinischen Kapelle in den Keller der Vatikanischen Gemäldesammlung mitnahm, wo angestellte Restauratoren die herrliche Gemäldesammlung des Papstes pflegen. Dort lernten wir die bemerkenswerte Francesca Persegati kennen, die kein bisschen besorgt war, als ich ihr erzählte, in einem durch Vorhänge abgetrennten Bereich des Labors werde bald ein israelischer Auftragskiller arbeiten. Ein besonderer Dank geht an Pater Kevin Lixey, der an unserer Seite war, als wir – nur wenige Schritte hinter Papst Benedikt XVI. – in Rom an der Fronleichnamsprozession teilnahmen. Ein gemeinsames Abendessen bei Kerzenschein war der Höhepunkt unseres Aufenthalts in Rom.

Ich habe während der Arbeit an diesem Buch mit zahlreichen israelischen und amerikanischen Geheimdienstoffizieren und Entscheidungsträgern gesprochen, denen ich jetzt anonym danke, was sie sicherlich bevorzugen. Fred S. Zeidman, der frühere Vorsitzende des U.S. Holocaust Memorial Council, öffnete mir in Israel viele Türen und inspiriert mich täglich durch die Hingabe, mit der er die Erinnerung an die Opfer der Schoah wachhält. Maxwell L. Anderson, Direktor des Dallas Museum of Art, beantwortete geduldig meine vielen Fragen zu den Gefahren, die den Museumskuratoren beim Ankauf von Antiken durch die neuen Richtlinien zum Schutz des Kulturerbes der sogenannten Ursprungsländer drohen.

Roger Cressey, früher im National Security Council, jetzt bei Booz Allen Hamilton, half mir wie immer, besser zu verstehen, wie die Welt *wirklich* funktioniert. Meinem lieben Freund George Weigel verdanke ich wertvolle Einsichten in die historische Pilgerfahrt, die Papst Johannes Paul II. im Jahr 2000 ins Heilige Land geführt hat, und er hat mein Urteil über das Verhältnis zwischen den Katholiken und dem Staat Israel beeinflusst. Von »M« und »B« bekam ich ein paar private Unterrichtseinheiten zum turbulenten Nahen Osten mit speziellen Einsichten von der Art, die nur sie mit mir teilen konnten.

Michael Oren, dem berühmten Autor und Nahosthistoriker, der heute Israel in den Vereinigten Staaten vertritt, verdanke ich viele wichtige Informationen über die großen Reiche, die ihre Spuren – und das Blut ihrer Soldaten – auf israelischem Boden hinterlassen haben. Seine schöne Frau Sally und ihre drei wohlgeratenen Kinder Yoav, Lia und Noam waren während der Reise immer wieder an meiner Seite und stellten einen steten Quell von Freude und Liebe dar. Unsere lieben Freunde Lior und Talia öffneten uns ihr Haus in einem Vorort von Tel Aviv und eilten uns zur Hilfe, als wir an einem militärischen Kontrollpunkt außerhalb von Hebron im Westjordanland vor einem logistischen Problem standen. Gabriel Motzkin und Emily Bilsky, die das Unglück haben, in der Narkiss Street neben den Allons zu wohnen, haben uns vor zwei Jahrzehnten auf unserer ersten Israelreise begleitet. Auf unserer letzten Reise haben unsere Familien mehrere angenehme Abende miteinander verbracht. Rachel und Elliott Abrams ließen uns beim Abendessen in Abu Gosch an ihrem außergewöhnlichen Wissen über israelische Politik teilhaben. Avner unternahm mit uns eine Nachtsafari auf den Golanhöhen, zu der mehrere halsbrecherische Verfolgungen von Wildschweinen und Schakalen gehörten. Yehuda Deutsch führte uns auf einer unvergesslichen Tour zu den Ausgrabungen in der Stadt Davids. Bis heute klingt in mir nach, wie er Leonard Cohens majestätisches »Hallelujah« sang, um unsere Nerven zu beruhigen, als wir durch die dunkle, enge Felsröhre des Hezekiah-Tunnels gingen, während kühles Jerusalemer Quellwasser unsere Knöchel umspülte.

Ein herzlicher Dank an Yitz Applbaum, Yogi Loshinsky und Miri Sack von der Western Wall Heritage Foundation für den Blick in die erstaunliche unterirdische Welt am Fuß des Tempelbergs, den sie uns ermöglicht haben. Die Archäologen, die das alte Erdreich in der Nähe des Tunnels durchforschen, arbeiten höchst professionell und rücksichtsvoll, und ihre Einstellung hat sich auf den fiktiven Eli Lavon übertragen. Weil die internationale Kampagne, dem Staat Israel die Legitimation zu entziehen, verstärkt weitergeht, haben die Bemühungen der Archäologen, die altjüdische Vergangenheit in Jerusalem freizulegen, größeres Gewicht erhalten. In diesen Tunneln »wird Krieg geführt«, um es mit Ari Schamron auszudrücken. Glücklicherweise ist dies der einzige Nahostkrieg, in dem kein Blut vergossen wird.

Danken möchte ich meinem lieben Freund Doron Almog und seiner wunderbaren Frau Didi dafür, dass sie sich während unseres Israelaufenthalts so gut um uns gekümmert haben. Vor seinem Ausscheiden aus den israelischen Streitkräften war Doron Kommandeur des Wehrbereichs Süd. Dabei ist er weit mehr als ein vielfach ausgezeichneter Soldat seines Landes – er ist ein Humanist, der sich der Aufgabe verschrieben hat, den Ärmsten der Armen unabhängig davon zu helfen, ob sie Juden oder Araber sind. Niemals werde ich den gemeinsamen Nachmittag in Aleh Negev vergessen – dem Dorf, das Doron im Süden Israels für die Pflege Schwerbehinderter gegründet hat. Ebenso wenig werde ich die fünf Mitglieder der Familie Doron vergessen, die am 4. Oktober 2003 im Restaurant Maxim in Haifa von einer palästinensischen Selbstmordattentäterin ermordet wurden. Bei diesem Anschlag verloren weitere sechzehn unschuldige Menschen das Leben.

Bei der Arbeit an diesem Manuskript habe ich Hunderte von Büchern, Webseiten und Artikel aus Zeitungen und Zeitschriften konsultiert – weit mehr, als ich hier aufzählen kann. Aber es wäre nachlässig, die außergewöhnliche Bildung und das Erzähltalent von Peter Watson und Cecilia Todeschini, Vernon Silver, Margaret M. Miles, Jason Felch und Ralph Frammolino, Sharon Waxman, Roger Atwood, Dore Gold, Paul Johnson, Hershel Shanks, Leen und Kathleen Ritmeyer sowie Simon Sebag Montefiore nicht zu erwähnen, deren maßgebendes Werk *Jerusalem: The Biography* das vielleicht beste Buch über die Geschichte dieser umkämpften Stadt ist.

Louis Toscano, mein lieber Freund und langjähriger persönlicher Lektor, nahm ebenso wie meine Redakteurin Kathy Crosby zahllose Verbesserungen an meinem Manuskript vor. Die Verantwortung für etwaige Fehler oder Tippfehler, die das fertige Buch enthält, liegt natürlich auf meinen, nicht auf ihren Schultern.

Wir sind mit vielen Freunden gesegnet, die unser Leben in kritischen Augenblicken des Schriftstellerdaseins mit Liebe und Lachen erfüllen, darunter Rabbi David J. Wolpe, Jane und Burt Bacharach, Stacey und Henry Winkler, Joy und Jim Zorn, Mollie und Jack Blades, Angelique und Jim Bell, Steve Capus und Sophia Faskianos, Enola und Stephen Carter, Andrea und Tim Collins, Margarita und Andrew Pate, Mirella und Daniel Levinas, Jane und Rob Lynch sowie die ganze Familie Kobak. Die ehemalige First Lady Barbara Bush und Präsident George W. Bush sind mir in meiner gesamten Schriftstellerlaufbahn immer eine Stütze gewesen – ebenso wie ihre bewundernswerte Stabschefin Jean Becker, die von ihren Büros in Houston und Kennebunkport aus die Welt lenkte. Doug Banker sorgte dafür, dass die Zeit, die ich nicht am Schreibtisch verbrachte, mit Spaß und Musik gefüllt war. Dr. Benjamin Shaffer, der beste Orthopäde Washingtons, reparierte meisterhaft meine Schulter, die das Schreiben des Romans noch schmerzhafter machte als sonst. Dr. David Jacobs, ein wahrer Dr. House, zeigte unserer Familie, wie Medizin stets praktiziert werden sollte. Bob Barnett, Michael Gendler und Linda Rappaport berieten mich in juristischen Fragen und sorgten für viel Gelächter.

Herzlichen Dank an das hervorragende und professionelle Team bei HarperCollins, vor allem an Jonathan Burnham, Brian Murray, Michael Morrison, Jennifer Barth, Josh Marwell, Tina Andreadis, Leslie Cohen, Leah Wasielewski, Mark Ferguson, Kathy Schneider, Brenda Segel, Carolyn Bodkin, Doug Jones, Karen Dziekonski, Archie Ferguson, David Watson, Cindy Achar, David Koral und Leah Carlson-Stanisic.

Großen Dank möchte ich meinen geliebten Kindern Nicholas und Lily aussprechen. Sie haben mir nicht nur bei der Fertigstellung des Manuskripts geholfen, sondern sie haben mich auch auf einer bemerkenswerten Erkundungsreise begleitet, die uns von der Kuppel des Petersdoms zu den Etruskergräbern von Cerveteri bis zu einem uralten Aquädukt unter Jerusalem führte. Zuletzt habe ich meiner Frau Jamie Gangel, der brillanten NBC-Journalistin, zu danken, die jeden meiner Entwürfe fachgerecht lektoriert und mir bemerkenswert nachsichtig zugehört hat, während ich mich mit dem Plot und den Themen dieses zwölften Gabriel-Allon-Romans abmühte. Ohne ihre Geduld und Liebe zum Detail wäre *Das Attentat* nicht termingerecht fertig geworden. Die Schuld, in der ich bei ihr stehe, ist so unermesslich wie meine Liebe.

Gabriel Allon

Ein Mann mit vielen Gesichtern und ein außergewöhnlicher Geheimagent – Daniel Silvas Held

Ein abgelegenes Küstendorf in Cornwall ist Ende der Neunzigerjahre sein selbstgewähltes Exil. Dort nennt man ihn »den Fremden«. Niemand kennt seine wirkliche Lebensgeschichte. Wer ist der seltsame Unbekannte, über dessen Namen man sich nicht einmal einig ist, jener dunkelhaarige Mann mit den grau melierten Schläfen und der langen, kantigen Nase, die wie aus Holz geschnitzt wirkt? Was haben diese grünen unruhigen Augen schon alles gesehen?

Zurückgezogen als Kunstrestaurator lebt der ehemalige israelische Geheimagent Gabriel Allon ein beschauliches, beinahe unsichtbares Leben. Sein präzises Auge, sein fotografisches Gedächtnis und seine ruhige Hand prädestinieren ihn zu dieser Arbeit, der schon immer seine stille Leidenschaft galt. Dieser Passion konnte er bereits im Wiener Stephansdom nachgehen, als er noch für den Dienst arbeitete und zugleich jahrhundertealte Gemälde restaurierte – eine perfekte Tarnung.

Nachdem seine Frau Leah und sein Sohn Dani einst in Wien Opfer eines heimtückischen Anschlags wurden, ist er aus dem Dienst ausgetreten und hat sich geschworen, niemals in sein früheres Leben zurückzukehren. Jahre zuvor war er dazu ausgebildet worden, die Feinde des israelischen Volkes zu liquidieren, und er hatte seine Aufträge, die ihn um die ganze Welt führten, stets diskret und lautlos ausgeführt. Durch seinen sicheren Umgang mit Waffen, seine scharfe Intelligenz und nicht zuletzt seine Mehrsprachigkeit – Allon spricht zahlreiche Sprachen fließend, darunter auch Deutsch, die Sprache seiner Mutter – war er für diese heikle Aufgabe wie geschaffen.

Doch Ari Schamron, der Chef des israelischen Geheimdienstes, braucht seinen besten Mann und überzeugt Gabriel Allon, wieder für den Dienst zu arbeiten. In Paris wurde der israelische Botschafter ermordet, und der Attentäter – ein palästinensischer Terrorist namens Tariq al-Harouni – plant die Liquidierung Yassir Arafats (»Der Auftraggeber«).

Es gibt aber noch einen viel entscheidenderen Grund, der Allon dazu veranlasst, seinen Beschluss zu überdenken: Mit al-Harouni hat er noch eine persönliche Rechnung zu begleichen, denn der gefährliche Fanatiker ist verantwortlich für den brutalen Anschlag auf seine Familie. So bleibt Gabriel Allon nichts anderes, als den Auftrag anzunehmen. Er reist nach Paris – und ist wieder im Spiel.

Auf einer wilden Verfolgungsjagd um den ganzen Globus liefern sich die beiden Todfeinde ein erbittertes Duell. Und auch als der Fall »al-Harouni« schließlich abgeschlossen ist, bleibt für Allon kaum eine Verschnaufpause. Er muss nach Zürich, wo sein nächster Auftrag auf ihn wartet und er auf ein düsteres Kapitel der Schweizer Vergangenheit stößt: auf den Schwarzhandel mit der Beutekunst der Nazis (»Der Engländer«).

Für den Züricher Millionär Auguste Rolfe soll Gabriel Allon ein äußerst wertvolles Gemälde restaurieren. Allerdings findet er bei seiner Ankunft in der Villa Rolfes nur noch die Leiche seines Auftraggebers vor. Wenig später muss er zudem feststellen, dass eine geheime Sammlung impressionistischer Meisterwerke aus dem Besitz des reichen Bankiers verschwunden ist. Während er die Spur des Kunstraubs verfolgt und dabei erneut unter hohem Einsatz sein Leben aufs Spiel setzt, entdeckt er das unmoralische Band, das einst zwischen der neutralen Schweiz und dem nationalsozialistischen Deutschland bestand.

Auch bei seinem nächsten Auftrag kommt Allon einem geheimen Pakt von erschreckenden Dimensionen auf die Spur: Mächtige Männer Roms hatten vor vielen Jahrzehnten ein skrupelloses Bündnis mit den Nationalsozialisten geschlossen. Um jeden Preis will eine vatikanische Geheimloge namens »Crux Vera« verhindern, dass die Welt von der schmutzigen Vergangenheit der Kirche erfährt (»Die Loge«).

Allmählich kommt das ganze Ausmaß dieses unheilvollen Abkommens ans Licht, denn der neugewählte Papst steht kurz davor, diese Verschwörung zu enttarnen. Dadurch begibt er sich in größte Lebensgefahr – und mit ihm Gabriel Allon, der Einzige, der das mörderische Komplott durchschaut, in dessen Fänge der Papst geraten ist. Doch Allon erhält unerwartete Unterstützung bei dieser schwierigen Mission: In Venedig lernt er die geheimnisvolle, schöne Chiara kennen, die wie er für den israelischen Geheimdienst arbeitet. Sie wird die neue Frau an seiner Seite.

Aber auch die dunklen Schatten der eigenen Vergangenheit lassen Gabriel Allon nicht los. Der folgende Auftrag führt ihn erneut nach Wien, in jene Stadt, in die er nach dem Attentat auf seine Frau und seinen Sohn nie wieder zurückkehren wollte, und konfrontiert ihn zudem mit einem erschütternden Dokument, das die Handschrift seiner Mutter trägt (»Der Zeuge«).

Mithilfe dieses Zeitzeugnisses gelingt es ihm, einen untergetauchten Kriegsverbrecher ausfindig zu machen, der an einem der größten Menschheitsverbrechen des 20. Jahrhunderts maßgeblich beteiligt war. Allerdings scheint es fast unmöglich, den Massenmörder zur Verantwortung zu ziehen, da nicht nur die CIA und der Vatikan eine restlose Aufklärung der Taten Erich Radeks verhindern wollen. Auch der österreichische Kanzlerkandidat versucht mit allen Mitteln, Radek zu schützen. Und so muss sich Gabriel Allon auf ein riskantes Unterfangen einlassen, um den Täter seiner gerechten Strafe zuzuführen.

Ein politischer Brandherd der Gegenwart fordert daraufhin Allons ganzen Einsatz. Nachdem Selbstmordattentäter in Rom die jüdische Botschaft in die Luft gesprengt und zahlreiche Menschen getötet haben, beginnt für ihn eine gefahrvolle Spurensuche, die ihn auf die Fährte eines Phantoms bringt: Chaled al-Chalifa, ein arabischer Top-Terrorist, an dessen Existenz selbst im israelischen Geheimdienst kaum jemand glaubt (»Der Schläfer«).

Doch das gebeutelte Rom kommt nicht zur Ruhe, und so findet sich Gabriel Allon schon kurze Zeit darauf im Vatikan wieder, um für die Sicherheit des katholischen Oberhauptes zu garantieren. Zu spät erkennt er, dass der Kirchenstaat von islamischen Terroristen infiltriert ist, und wird zum Zeugen des katastrophalsten Anschlags nach dem 11. September. Eine mächtige Detonation lässt den Petersplatz erbeben, weitere folgen. Gabriel Allon überlebt und setzt von nun an alles daran, die Drahtzieher dieses kaltblütigen Verbrechens aufzuspüren.

Nachforschungen des israelischen und amerikanischen Geheimdienstes fördern zwei saudi-arabische Namen zutage: Achmed bin Schafiq und Abdul Aziz al-Bakari. Allerdings scheint es beinahe unmöglich, diese beiden großen Fische, die von Politik und Wirtschaft gedeckt werden, zu fangen. Gabriel Allon braucht einen Köder und findet ihn in der jungen amerikanischen Geheimagentin Sarah Bancroft. Mithilfe eines unbekannten van Gogh schleust sich die Kunstexpertin in den Kreis um den Milliardär und Gemäldesammler al-Bakari ein, der sie schließlich sogar auf seine Privatjacht einlädt. Als Sarahs Tarnung jedoch aufzufliegen droht, hat Gabriel Allon ein Problem mehr am Hals.

Denn er hat geschworen, Sarahs Leben unter allen Umständen zu schützen ...(»Das Terrornetz«)

Sein nächster Auftrag führt Allon in eine ganz andere Ecke der Welt: In Amsterdam soll er dem Mord an einem niederländischen Terrorismusexperten und Islamkritiker nachgehen – ein vermeintlicher Routineeinsatz. Doch vor Ort kommt der israelische Geheimagent einer groß angelegten terroristischen Verschwörung auf die Schliche, die eine brutale Entführung in London plant. Allon setzt alle Hebel in Bewegung, um das Opfer, Elizabeth Halton, die Tochter des amerikanischen Botschafters, zu warnen, aber er ist zu spät.

Die Spur der Kidnapper führt Gabriel Allon bis nach Deutschland und Dänemark. Immer näher kommt er den Terroristen, die ihr Netzwerk über gesamt West- und Mitteleuropa gespannt haben. Doch der Versuch, die entführte Frau zu befreien, bringt auch ihn in größte Gefahr. Denn längst kennen die gnadenlosen Männer sein Gesicht, sodass er selbst zum Gejagten wird und sein Schicksal besiegelt scheint (»Gotteskrieger«).

Nachdem Gabriel Allon nicht nur das Leben der jungen Frau gerettet, sondern auch die terroristische Vereinigung zerschlagen hat, kann er endlich auch sein privates Glück besiegeln: Er heiratet Chiara, die Frau, die schon viele Jahre als Geliebte an seiner Seite steht. Mitten in den Flitterwochen kontaktiert ihn jedoch Ari Schamron, der als ehemaliger Chef des israelischen Geheimdienstes noch immer die Geschäfte aus dem Hintergrund lenkt. Er will Gabriel Allon über einen Mittelsmann für die Aufklärung eines Mordes gewinnen: Im Wintersportort Courchevel ist Aleksandr Lubin, ein russischer Journalist, einem kaltblütigen professionellen Killer zum Opfer gefallen.

Was zunächst nach rascher Aufklärung aussieht, entpuppt sich bald als hochbrisantes internationales Komplott, dessen

Fäden im neuen Russland und dort in den Händen des obskuren Milliardärs und Waffenhändlers Iwan Charkow zusammenlaufen. Schnell ist Allon klar, dass es nicht nur gilt, das Geheimnis um diesen Mann zu lüften, sondern auch, die Welt vor dem Terror eines zweiten 11. September zu bewahren. Ein von ihm selbst brillant kopiertes Gemälde wird dabei zum erfolgreichen Lockmittel. Denn Gabriel Allon gelingt es nicht nur, es an Charkows kunstliebende Ehefrau zu verkaufen, er kann sie auch zur Zusammenarbeit bewegen. Damit beginnt ein rasantes Spiel um Leben und Tod, das Allon länger als geplant seine Flitterwochen unterbrechen lässt – und ihn ins glitzernde Zentrum der neuen russischen Macht mit ihrer abgrundtiefen Gier, der Korruption und alten Seilschaften führt (»Das Moskau-Komplott«).

Nur sechs Monate später muss Gabriel Allon jedoch feststellen, dass er einen entscheidenden Fehler begangen hat: Zwar hat er Iwan Charkow, einem der gefährlichsten Männer der Welt, das Handwerk gelegt, aber er hätte ihn niemals am Leben lassen dürfen! Gerade erst hat sich Allon in die umbrischen Hügel zurückgezogen, um für den Vatikan ein Kunstwerk aus dem 17. Jahrhundert zu restaurieren, als ihn eine aufwühlende Nachricht aus London erreicht: Der Ex-FSB-Oberst Grigorij Bulganow, der Allon in Moskau das Leben gerettet hatte, ist spurlos verschwunden. Die Engländer gehen davon aus, dass Bulganow ein Doppelagent war, der sich freiwillig nach Russland abgesetzt hat, doch Allon weiß es besser …

Als dann auch noch seine Frau Chiara entführt wird, hat Gabriel Allon keine Zweifel mehr, mit wem er es zu tun hat. Zusammen mit seinem Team begibt er sich auf die fieberhafte Suche nach der geliebten Frau und dem verschollenen Freund – eine Suche, die sie von London über Genf und Zürich bis in die verschneiten russischen Wälder führt, wo Allon schließlich in einer einsamen Datscha seinem größten

Feind, dem skrupellosen russischen Oligarchen und Waffenhändler Iwan Charkow, Auge in Auge gegenübersteht (»Der Oligarch«).

Um endlich zur Ruhe zu kommen, hat sich Gabriel Allon zusammen mit seiner Frau Chiara an die malerische Küste Cornwalls zurückgezogen. Doch das beschauliche Leben zu zweit ist nur von kurzer Dauer, denn bald schon wird das Paar von einem alten Bekannten Allons aufgesucht, dem exzentrischen Londoner Kunsthändler Julian Isherwood, der schockierende Nachrichten überbringt: In Glastonbury wurde ein Restaurator brutal ermordet und aus seiner Werkstatt ein lange vermisstes Rembrandt-Gemälde gestohlen.

Gabriel Allon lässt sich von Isherwood davon überzeugen, dass nur er diesen Kunstraub aufklären und das wertvolle Porträt zurückbringen kann. Und so folgt er den Spuren des Kunstwerks, die ihn über Amsterdam bis nach Buenos Aires und zurück nach Europa an den Genfer See führen, wo er schließlich von dem todbringenden Geheimnis erfährt, das mit dem Gemälde verknüpft ist. Und von den skrupellosen Männern dahinter (»Die Rembrandt-Affäre«).

Gabriel Allon kehrt zu seiner Frau Chiara nach Cornwall zurück, und während er für Isherwood einen vermeintlichen Tizian restauriert, werden die europäischen Hauptstädte von islamistischen Selbstmordattentätern in Atem gehalten. Bald erhält Gabriel Besuch von seinem früheren Arbeitgeber, dem israelischen Geheimdienst: Er soll der CIA helfen, die Hintermänner der Selbstmordattentate zu finden. Gabriel baut dazu mit dem Geld der märchenhaft reichen saudi-arabischen Kollaborateurin Nadia al-Bakari (der Tochter von Abdul Aziz al-Bakari) ein angeblich islamistisches Netzwerk auf, das die Attentäter mit Geld versorgt, um Zugang zu den Terrorzellen zu erhalten – mit Erfolg: Die Führer der Terroristen bitten Nadia bald zur Besprechung des weiteren Vorgehens nach Dubai. Der israelische Geheimdienst vermutet, dass der von ihm gesuchte Malik al-Zubair Nadias Gesprächspartner sein wird, woraufhin die CIA den Israelis freie Hand lässt, Malik in einer Operation zu liquidieren. Gabriel wird Leiter des »Hit Teams« und muss zugleich ein wachsames Auge auf Nadia haben. Zunächst verläuft die Operation in Dubai nach Plan, doch Malik erweist sich als ebenbürtiger Gegner, und Nadia wird durch die Terroristen entführt. Gabriel folgt ihrer Spur in die Wüste, wo es zu einem tödlichen Schusswechsel kommt. Der verwundete Gabriel findet sich kurz darauf in den Händen des saudi-arabischen Geheimdienstes wieder. Erst nach ausgiebigen Verhören wird er nach London ausgeflogen und kann nach Cornwall zurückkehren (»Der Hintermann«).

Als Gabriel Allon nach Rom eingeladen wird, um im Vatikan das Gemälde »Die Grablegung Christi« von Caravaggio zu restaurieren, begeht in der Petersbasilika eine Kuratorin Selbstmord. Da sie damit beauftragt war, die Kunstschätze der Vatikanischen Museen einer geheimen Überprüfung zu unterziehen, und Stücke zu fehlen scheinen, glaubt Allon bald nicht mehr an einen Selbstmord. Und tatsächlich kann er einem Mitglied des Aufsichtsrats der Vatikanbank den Mord an der Kuratorin nachweisen.

Doch dabei stellt sich heraus, dass der Banker zugleich der Kopf eines international agierenden Schieberrings für geraubte Antiquitäten ist, der eng mit der Hisbollah zusammenarbeitet, die momentan an weitaus größeren Plänen feilt. Allon kann gerade noch rechtzeitig einen Selbstmordanschlag der Hisbollah auf die Hauptsynagoge in Wien, den Stadttempel, verhindern, der sich kurz darauf aber lediglich als Ablenkungsmanöver für ein weitaus verheerenderes Attentat entpuppt: Der Tempelberg in Jerusalem soll gesprengt werden – was den nächsten Nahhostkrieg auslösen könnte. In letzter Sekunde dringt Allon in das Zisternenlabyrinth unter dem Tempelberg ein und erschießt den Drahtzieher in einem Raum voller Sprengstoff, bevor der Attentäter die Welt in einen Konflikt apokalyptischer Ausmaße stürzen kann.

Zurück in Rom, stellt Allon den Caravaggio fertig und reist dann ab, um mit seiner Frau in Jerusalem heimisch zu werden. (»Das Attentat«)

»Ein packender Thriller, glasklar und scharfkantig wie schwedische Eiskristalle.«

Main-Echo

*Cover- und Preisänderungen vorbehalten

Arne Dahl

Gier

Thriller

Piper Taschenbuch, 528 Seiten
Aus dem Schwedischen von Antje Rieck-Blankenburg
€ 9,99 [D], € 10,30 [A], sFr 14,90*
ISBN 978-3-492-30310-1

Aus seinem Mund ergießt sich ein Schwall Blut. Es ist kaum zu verstehen, was der junge Chinese flüstert. Nur dass seine letzten Worte von entscheidender Bedeutung sind, ist dem Polizisten instinktiv klar. Kurz darauf findet sich in einem Waldstück bei London eine weitere schrecklich zugerichtete Leiche. Was treibt die Drahtzieher der beiden Morde an? Europol tappt im Dunkeln, nur so viel wird ihnen immer klarer – die Dimension dieser Verbrechen lässt selbst den Erfahrensten unter ihnen den Atem stocken.

PIPER

Leseproben, E-Books und mehr unter www.piper.de

JENK SABOROWSKI
OPERATION
BLACKMAIL
THRILLER
PIPER